峥嵘岁月醉春风

之 东征之战

周木楠 著

中国广播影视出版社

- 第十一章 · 剑指皇城　195
- 第十二章 · 天下第一　214
- 第十三章 · 大道相离　234
- 第十四章 · 英雄陨落　256

- 尾章 · 大战休止　276
- 番外 · 桃花依旧　286
- 番外 · 无心无尘　299
- 后记　316

目录

- 第一章 · 十年重逢　001
- 第二章 · 虚念神功　022
- 第三章 · 共赴冰原　041
- 第四章 · 君子如玉　054
- 第五章 · 廊玥福地　074
- 第六章 · 新任宗主　094
- 第七章 · 远行蓬莱　114
- 第八章 · 垂天海运　133
- 第九章 · 物是人非　153
- 第十章 · 枪破孤虚　175

第一章 · 十年重逢

极北之地。

坐在轮椅上的男子将手中的信放在了烛火边,看着它燃成了灰烬。

"太久了。"男子沉默了许久,忽然说了一句。

他的身后站着两个人,一人耷拉着肩膀,看起来有些无精打采,还有一个目光灼灼,挺直了腰背,一身的意气风发。

"飞离,你怎么看?"男子问道。

那意气风发的男子笑了笑,回道:"回无相尊使,若不是您按着,我早就已经去姑苏城外了。"

"飞盏,你又如何?"男子又问道。

无精打采的男子微微抬了抬头:"信上写了什么?"

"你们两个虽是兄弟,性格却不一样,一个做事行为先,不考虑后果;一个则总是想明白了再动手,却总是错过时机。"被称作无相使的男子看了眼地上的灰烬,"姑苏城外,那个孩子如今也该三岁了。"

"信上说,他们很幸福。"

飞离冷笑了一下:"这么多年,我们一直在帮助他们引开朝堂的注意力,他们在姑苏城外,倒还真过起了世外桃源的日子。"

飞盏微微点了点头:"如今,是出手的时候了。"

"你们觉得如何处理是好?"无相使问道。

飞离伸手轻轻抹了一下脖子:"不过是一个女人,我杀了便是。"

飞盏则仍在沉吟,没有作答。

无相使笑了一下,摇了摇头:"让玥卿想办法,把易文君弄回天启城。你们去帮助她,记住,易文君的头发,一根都不能少!"

飞离和飞盏相视一眼,都在心中叹了一声。

要说狠,整个天外天的人,都没有这个看着儒雅亲和的无相使来得狠。

"对了,玥瑶最近依旧没有消息吗?"无相使忽然问道。

飞离摇了摇头:"据说人还在北离,但具体的行踪我们一直都没有查到。"

"她还是看重那个叫百里东君的少年吗?倒也没有关系,多一个选择罢了。据说那个家伙已经连续三年登上了冠绝榜的位置?"无相使问道。

"按照百晓堂的说法,之前有两年,他们武榜没发,可在他们的认定里,百里东君就是那时候的良玉榜第一,所以不是三年,是五年。而叶鼎之,则从来没在那个榜单上出现过。"飞离回道。

"武榜只收在世高手的名录,叶鼎之如今隐居在野,已经算是出世了。李先生也没有出现在这几年的武榜上,不然天下第一,还不是他囊中之物!关于李先生……"无相使低头笑了笑,"算了,就连玥瑶的行踪也找不到,更何况李先生了。你们即刻动身去姑苏城吧,如果路上有玥瑶的消息,就把她带回来。"

"领尊使命。"飞盏和飞离转身离去。

无相使伸出一指,轻轻捻灭了烛火:"终于要来了!"

雪月城。

茶花漫天。

百里东君躺在苍山山腰上的一张竹床上,正在美滋滋地睡着午觉。

睡梦之中,他一剑斩开了天门,随后拾级而上,来到天门之外。

天门之中，万千仙女持剑迎风而舞，似乎在迎接着他的到来。

百里东君的目光向仙女们一个个扫过去，却始终没有看到一张他期望的面孔。

"没意思。"百里东君挥了挥手，从天门之外一跃而下，直接就掉落在了地上。

于是梦就醒了。

百里东君睁开了眼睛，看着头顶上方有一只白鸽在那里盘旋，他午睡方醒，也懒得动弹，就这么呆呆地看着上方。

然后鸽子就一泡屎拉了下来。

百里东君身子一侧，那泡屎就摔落在了他的旁边。

"好险！"百里东君笑了笑。

然后就有一个东西砸在了他的脑袋上。

百里东君伸手摸了摸，发现是个小竹管，心里舒了一口气，然后整个人翻身坐了起来，掂了掂手中的竹管，随后一指将它捏碎，里面果然藏着一封书信。

什么人会给自己寄信？

镇西侯府？可母亲前几日才刚来过雪月城一趟。

天启学堂？可他们并没有人知道雪月城究竟在何处啊！几次来找他都是先传信去了镇西侯府。

司空长风？这家伙不是说已经在回来的路上了吗？

百里东君打开了信，信上的字龙飞凤舞，能看出写此信的人在写信的那一刻心情一定很好。

"吾友东君……"

百里东君直接就往下看了最后的落款。

"叶鼎之。"

叶鼎之！

百里东君急忙一抖信纸，快速地将信上的内容一扫而下。

"厉害了厉害了，连孩子都有了！叶安世，这名字不错不错，就是差了点霸气。姑苏城外，寒山寺，走起走起！咦，他怎么知道雪月城的地址的？哦，这个叫忘忧的老头告诉他的。忘忧这老头是谁？"

"是我一个朋友。怎么？叶鼎之现在在他那儿？"一个清朗的声音响起，白衣翩翩的南宫春水从山下走了上来。

"说是上次我们分别之后，他就在寒山寺外结庐而居，那庙里的忘忧老和尚怕他练功走火入魔，所以一直在旁边看着他。之前他担心被人发现，所以一直没有同我联系。但是最近他听说我现在武功厉害得不行，是什么良玉榜首甲，还待在一个叫雪月城的地方，而且那老和尚说雪月城地处隐秘，没有人知道在哪里，让他放心联系便是，于是他就给我写信了。他的孩子的三周岁宴，想邀请我去。"百里东君将信折好收了起来。

"人家都有孩子了。"南宫春水笑道。

百里东君捂住了耳朵："师父您是不是被我母亲贿赂了，要来当她的说客，您也要催婚？"

"我可随你去。"南宫春水耸了耸肩，"就是你母亲说，你再不成婚，她就当没你这个儿子。"

"不听不听。"百里东君笑道，"那我就当那叶安世的义父好了，这样我就有个义子了，母亲她抱孙子的愿望也就可以实现了。"

南宫春水问道："那你打算何日动身？"

"择日不如撞日，那就今日了！"百里东君急切道。

"不急，今天百晓堂的使者回来。今年的武榜，你期待自己的名字在哪里？"

江湖风波定，金榜论武名。

茶花漫天，雪月城外。

一个戴着斗笠的男子骑着一匹黑色的马缓缓行来，斗笠之上，写着一个"百"字，他右手持着缰绳，左手捧着一个卷轴。

这么多年了，江湖上的很多人仍旧不知道雪月城在哪里，可每年的这一天，这个斗笠人都会如期而至。

雪月城中的人也没有人觉得奇怪，因为这个人来自百晓堂。

百晓堂，天下百晓。他们知道雪月城在这里，也并没有人觉得奇怪。

不过雪月城中所住的都是出世之人，理应不会上百晓堂的武榜才是,但百晓堂却年年如是,只因有一名动天下之人居住在此,那就是百里东君。

"师父啊,我已经连续三年拿到良玉榜首甲了,再算上姬若风刻意帮我吹的那两年牛,我都是五年良玉榜首甲了,师父觉得我算名扬天下吗?"百里东君站在城头,看着下面的那名百晓堂弟子。

南宫春水笑道:"良玉榜嘛,不过是一个鼓励小孩子的游戏罢了,真正的江湖高手,并不放在里面。"

"那要如何做?"百里东君有些无奈,"可真令人烦恼啊!"

"天下有名,自然是要冠绝天下。良玉榜就算了,冠绝榜才稍微够看的,入冠绝榜吧,虽然也是可笑的武榜。"南宫春水耸了耸肩。

百里东君挠了挠头:"冠绝榜?那就冠绝榜吧,没有问题!"

南宫春水眉毛一挑:"你现在才二十二岁,就想入冠绝榜?口气是不是太大了点?"

"我离开乾东城去天启城的时候,天下间还没有人想到我会入良玉榜呢!世上的事,本就只怕不敢想。"百里东君傲然道,"师父您向来口气比天还大,我这徒弟不过想与山比肩,不行?"

"可以可以,不愧是我的徒弟,志气还是有的。"南宫春水笑了笑,清风拂面。

百里东君摇头:"这可不是志气,我说的敢想不是说志气,而是讲一件自己必定会做到的事情,陈述出来罢了。"百里东君说道。

南宫春水点了点头,忽然问道:"你这几年如此勤奋,武功剑法突飞猛进,还是因为年轻时和那女子的一句承诺吗?"

百里东君笑道:"名扬天下的方式有很多种,只是就算我的酒赢了雕楼小筑,很多人却依然没听过我的名字,我就想,或许真的成为天下第一,成为当年您还是李先生时候的样子,才是她所说的名扬天下吧!很多时候倒不是那句承诺了,只是觉得……"

南宫春水手指捻过一朵茶花,轻轻一转,茶花便飞散了出去。

"只是觉得天下第一,好像就在那里等着我,不是我去寻它,而是它在等我!"百里东君认真地说道。

"认真的?"

百里东君扑哧笑了一声:"当然是吹牛的。"

"一提及那个女子,你就喜欢打岔哦。"南宫春水幽幽地说道。

城门缓缓打开,百晓堂的使者策马行了进来。

"以前这般豪气的话,你只有在酒后才能说得出来。"南宫春水幽幽地说道。

"酒在心中了。"百里东君指了指自己的胸膛。

三年游历,天地广阔,到底是不一样了啊!

"下去接榜吧,今天以后,你人生的第六个良玉榜首甲,也要来了。"南宫春水不知从哪里拿出一把折扇,轻轻挥着,"也算是一段佳话。"

"有江湖美酒,却无良辰美人,不算佳话。"百里东君从城门之上一跃而下。

雪月城中,也是全城皆动,倾巢而出。

虽然雪月城中都是一些隐居的江湖高手,但这些高手也都有自己的后代子嗣,他们从未入过江湖,却对那江湖充满了好奇和向往,所以每次当百晓堂的使者到来的时候,他们都很是兴奋。

"今年我们小百里是不是又拿了良玉榜首甲啊?"

"今年雪月城会不会有其他的弟子入榜啊?"

"说啥呢,我们雪月城是出世之城,怎么还有人入榜?"

"可能又是那位南宫先生新收的徒弟呢!"

"说不准的,听说现在在外面,我们雪月城的名头可响了,估计可能会入世,到时候啊,以我们的本事,都入了武榜又如何?"

"那以我们城主的本事,今年拿一个冠绝榜二甲不是什么问题吧?"

"走走走,看了就知道了。"

在他们的后方,一个魁梧的年轻男子将手中的重刀放在了地上,冷冷地哼了一声。

他的身旁,一身红衣的绝美女子捂嘴一笑:"怎么?很不服气?百里东君都拿了五年的良玉榜了,可你若走出雪月城,便无人知晓。"

男子摸了摸刀柄，沉声道："祖训！"

"老祖宗都死了百年了，还真能管我们上天入地？只要你想，你随时可以出去。"女子笑道。

"不了，没啥意思。"男子伸了个懒腰，"我自己知道我不比百里东君差就好了，但是……"

"但是？"女子的裙摆在风中飞扬。

"但是我也的确想走出去看一看，和百里东君一样，看看外面的天地广阔。"男子缓缓说道。

"那就跟着我，我也要出去，"女子笑道，"出去看比百里东君看过的更广阔的天地。"

"嗯？"

"越过山海之际，比海外仙山还要远的地方！"

百晓堂的弟子微微一拉马绳，停了下来。

百里东君站在他的面前，摸了摸腰间的酒壶，拿起来仰头便喝了一口。

他的身后，众多雪月城年轻人正静静地等待着百晓堂弟子宣布这次的武榜。

登天阁之上，也有不少人伸出脑袋来看下方发生的一切。

"这小子，这两年很是风流啊！"

"哼，当年还不是被我们打得站都站不起来！"

"现在呢？"

"我老了，还想多活几年。"

南宫春水则一跃来到了那红衣女子和魁梧男子的身边，挑了挑眉："谈妥了？"

魁梧男子一愣，皱眉道："原来姐姐和姐夫给我下了个套。"

"哈哈哈哈，我们要远行，缺一个车夫。"南宫春水拍了拍男子的肩膀，"作为补偿，我传你一套刀法！"

百晓堂的来使终于打开了那封卷轴。

满城皆静，只有鸟语在空。

南宫春水也不再说话，抛下洛河、洛水两姐弟，穿过人群走到了百里东君的身边。

"听说，最近唐门那小子风头很盛啊！"他幽幽地说了句。

"良玉榜第八甲，雷门雷轰。"

"良玉榜第七甲，雷门雷云鹤。"

在雷梦杀叛出雷门之后，雷门这一代终于又有了年轻人可以一争良玉榜的位置。雷门双子，这两年纵横江湖，就连雪月城中的人也都听过他们的名字。

"良玉榜第六甲，雪月城，李寒衣。"

百里东君笑道："寒衣师妹，算是他们的外甥女？名次比他们还高一位。"

南宫春水耸了耸肩："雷门之中族系复杂，说起来雷梦杀和如今的雷门双子属于不同的族支，早就没有什么亲戚关系了。不过李寒衣这辈分却的确小了一辈，但这是按雷门的算法，按我这边，李寒衣和雷梦杀都属同辈呢！"

百里东君挠了挠头："可真乱！"

"良玉榜第五甲，无宗剑客，颜战天。"

"良玉榜第四甲，胧月阁，摘月君。"

"良玉榜第三甲，君却楼，澹台破。"

良玉榜只剩下两甲了，雪月城弟子中不由地有了些骚动。去年司空长风就入了良玉榜的前五，百里东君又做了那么多年的第一，那么这两个位置必定是属于他们的了。可是那唐门唐怜月，据说是这几十年来唐门第一的奇才，他怎么可能跌出良玉榜呢？

"良玉榜第二甲，雪月城，司空长风。"

百里东君眉头微微一皱，望向南宫春水。

南宫春水笑了笑，没有说话。

唐门之中，唐老太爷抽完了一袋烟，在桌子上轻轻地磕了一下："你希望听到你的名字吗？"

唐怜月目光冷然："不希望。"

"良玉榜首甲，唐门，唐怜月。"使者朗声道。

唐老太爷叹了口气："他比你长一岁，走的步子看来也每次都是多了一步。"

唐怜月抬头看着天空："总有一天，要和他真正地打一场。"

雪月城中，弟子们交头接耳。

"今年小百里不也才二十二岁吗？怎么就跌出良玉榜了？良玉榜不是只要生辰不过二十五，就可以吗？"

"就算这一年都没有练武，也不至于从第一跌出良玉榜之外，莫非……"

"怎么可能，二十二岁入冠绝榜？！"

"入冠绝榜的都是武道大宗师，怎么可能还没从良玉榜走出来就入冠绝榜？"

"对啊，当年的良玉榜第一萧若风，不是这么多年依然没有进冠绝榜吗？"

"萧若风已是当今琅琊王，不是当年的小先生了，按照百晓堂的规定，自然不能入武榜。"

"下一榜，冠绝榜。"百晓堂使者缓缓道。

"冠绝榜第四甲，墨门墨晓黑、洛水庄洛轩、天门李九、上九道陈泽。"

冠绝榜第四甲，仍旧没有百里东君的名字，就连他的两位师兄都出现了，这个时候百里东君也有些紧张了……

"不会是因为这一年在雪月城闭关，百晓堂就忘记我了吧？"百里东君挠了挠头。

南宫春水笑道："这么快就没有信心了？"

"毕竟我和两位师兄相熟，去年还一起喝过酒，然后就被柳月师兄给一尺子打在了地上……"百里东君笑道。

杀人放火金腰带，貌美绝世的柳月公子的武器便是他腰间的那根腰带，但是百里东君知道，那其实是一把金色的尺子，软金所铸，挥成笔直的时候可是坚硬得不行，当时打得百里东君疼了好几个月。

"冠绝榜第三甲，秀水山庄柳月。"

"说来就来啊！"百里东君一笑。

"风火楼，笑天子。"

"笑天子，南诀这几年突然冒出来的一个年轻高手，很多人都

说有当年南诀第一高手剑仙雨生魔的风范,如今被称为小魔头,不过才三十岁出头就成了冠绝榜上的常客。"百里东君强装镇定,和南宫春水说道,"上次听柳月说,要去和他打一架。"

南宫春水却不理会这些,只是道:"如果下一个名字没有你,那这一次就真的没有你了。"

"我明白!"百里东君叹了口气。

不管再自信,也应该知道自己如今的终点在哪里。冠绝榜二甲,那就是名义上天下前三的高手了,若加上那些隐世不出、不在江湖行走的高人,那么至少也是前十。现在的他,自然没有到那个程度。

"冠绝榜第三甲,雪月城,百里东君。"

后面的名字,百里东君已经没有刻意地去听了,他只是长长地舒了一口气,然后望向南宫春水,喃喃道:"师父,我入冠绝榜了……第三甲。"

"真的是冠绝榜三甲啊!冠绝榜第三甲!二十二岁!小百里,真的是给我们长脸了!"

雪月城中,满城轰动。

就连登天阁上的那些老人们也都举起酒杯狠狠地喝了一口。

当浮一大白啊!

"姐姐,很威风喽!"洛河不满地按了一下刀柄。

洛水撩了撩鬓发:"给我们赶车,也可以很威风的。"

洛河耸了耸肩:"罢了罢了,我不爱出风头,等他哪天当了天下第一,我过去把他打趴下不就可以了?"

洛水竖起一根大拇指:"不愧是我的弟弟,这方法还真是一劳永逸了。"

南宫春水拿过百里东君腰间的酒壶,仰头喝了一口:"一入冠绝榜就是三甲,不错。"

南宫春水很少夸人,无论是现在,还是曾经是李长生的时候。

百里东君望向南宫春水:"师父,我现在算是天下有名了吧?"

南宫春水将酒壶递了回去:"师父我逗你的。这几年来,江湖上比你有名的也不多了。从你带着七盏星夜酒登上雕楼小筑的那天，江湖上就在传你的名字了。"

百里东君摇了摇头："可是我与她的约定是，等我名扬天下的那一天，她就来见我。"

南宫春水扭过头，望着远处，低声道："她好像来了。"

听到南宫春水的这句话，百里东君身子一颤，仿佛一道闪电穿过，他缓缓地转过头，望前方。

只见飞花落叶之间，一匹白马拉着一辆精致的马车穿过城门，缓缓地行了过来，一名手持马鞭的青衣侍女轻轻一挥马鞭，将面前飞来的一朵茶花打得粉碎，随后盈盈一笑，明媚耀眼。

百晓堂的使者伸手压了压斗笠，轻轻一挥马鞭，默默地走到了一边。武榜已经念完了，这一次，他的使命也就完成了。

可是不仅是他，原本因为好奇武榜排名走到百里东君前面的人，此刻也都自觉地走到了一边，把路让了开来。

他们不知道马车中的人是谁，他们只是自然而然地觉得，此时应该让开。

因为百里东君一直都在盯着那辆马车，他们与百里东君相处多年，都很喜欢这个有些玩世不恭，总是拿着酒壶没事喝几口，偶尔醉醺醺的少年，可是他们却第一次见到这个少年眼神里流露出这样的光芒，就算是听到自己名字进入冠绝榜也没有那样的光芒，仿佛星火燎原，吞噬众生。

马车缓缓停下。

马车面前，只有百里东君一人站着，就连南宫春水都一步退到了洛水身边。

"里面就是他心心念念的女子了？"洛水疑惑道。

南宫春水耸了耸肩："总应该是了吧。"

持马鞭的青衣侍女从马上跳了下来，上上下下打量了一下百里东君。

百里东君一身白衣，腰配玉剑，面目俊朗。

比起十年前那个醉醺醺的少年郎，当真配得上"风流"二字了，就是表情有点呆。

青衣侍女默默地在心中想着。

此刻的百里东君站在那里，有些手足无措，不知手该放往何处，眼睛该看向何处，空有一身风流，却紧张得一颗心都跳出来了。

"还是个傻子啊！"青衣侍女叹了口气，走过去拉开了马车白色的幕帘。在场众人全都屏息等待，一个个伸长了脖子，好奇里面究竟藏着什么样的圣物？

一身白衣无瑕的女子从马车中一步踏了出来，脚轻轻地踩在了一朵茶花之上，她立住身后，轻轻地笑了一下。

风华绝代！众人心中只有这一个想法。

百里东君脑海里却有另外的四个字在敲打着他。

相貌平平！

不是说他觉得面前的女子相貌平平，而是他脑海中不停地响起另一个"相貌平平"的女子。

女子一步步地走上前，直到在百里东君面前一步，才止住了身。

百里东君终于收回了那些乱七八糟的想法，定了定神，望着面前的女子。

此时，距离他们在乾东城桃花树下的初见，已然过去了十年。

依然若初见，只是比起当年，还要更美了。

"好……好久不见……"百里东君有些结巴。

"是很久了，十年了。我初见你时是十五岁的少女，如今都二十五岁啦！"女子一笑。

百里东君咽了咽水："你比当年更美了……"

女子踮了踮脚，仰了一下头："你也长高了很多啊！"

"我方才入了冠绝榜第三甲，江湖百晓，冠绝天下，我这样算不算名扬天下？"百里东君问道。

"算！所以今天我来了，来这里履行自己的承诺。"

"嗯。"

然后便是一阵沉默。

青衣侍女微微扭开头，看着别处，幽幽地吹着口哨。

雪月城的其他人好戏也算看够了，现在一哄而散似乎也不太好，可若继续旁观，也确实有种非礼勿视、非礼勿听、非礼勿言、非礼勿动的感觉，于是纷纷微微侧首。

场中的一切，还是都交给他们。

百里东君也有些脸红，见面了，然后呢？

似乎他从来没有想过这个问题，只是想自己有朝一日名扬天下，那个神仙一样的姐姐就会回来找他了。

雪月城一众弟子面面相觑，百晓堂的使者又将斗笠压低了些，洛水看了一眼南宫春水，南宫春水面色凝重。

结果仍旧是那白衣女子打破了尴尬："听说你酿酒天下一绝，在入冠绝榜之前，我就听过你的故事，携七盏星夜酒登雕楼小筑，大胜秋露白。我想喝喝你酿的酒。"

"好！要喝绝品十二盏桑落、新丰、茱萸、松醪、长安、屠苏、元正、桂花、杜康、松花、声闻、般若，还是七盏星夜酒天枢、天璇、天玑、天权、玉衡、开阳、瑶光，都有酿好的。可惜啊！大家只知道我登雕楼小筑的事，却不知道在那之后，挂在天启城最高处的桃花月落才是最绝。"说起酒来，百里东君就不像刚刚显得那么的木讷了，他轻轻摇头，"可惜啊，只有一坛！"

白衣女子也摇了摇头："既然来了这座城，我不想喝别的，只想喝风花雪月。"

上关风，下关花，苍山雪，洱海月。

这是雪月城独有的四大盛景，百里东君来此城住了三年，曾喝过这里独酿的风花雪月，他根据当地居民们祖传的酿酒之法也酿出了属于自己的风花雪月。而这，面前的神仙姐姐竟然也知道！

百里东君抬头看了一下天，点头朗声笑道："今夜月好，自然能饮。"

"风花雪月，四样皆齐？只缺一样，可就不是好酒了！"

"差了些苍山之雪，与我同采吧。"百里东君伸出手，微微一笑，刹那间风流之气陡起。他一把挽住了女子，纵身一跃，朝着苍山的方向行去，抛下一众发着呆的雪月城弟子。

这么突然？刚才还木讷羞涩的少年，怎么忽然一把就动手了？

青衣侍女伸手欲拦,却被百里东君轻轻一挥袖给打了回去,她这才反应过来,这已经不是当年的傻小子了,是冠绝榜三甲的高手。

"对了,姐姐,你叫什么名字?十年前我忘记问了。"百里东君柔声道。

"我叫玥瑶。"白衣女子微微垂首。

南宫春水一跃而起,落在了城门之中,看着两人远去的背影若有所思。

洛水紧跟着落在了他的身旁,疑惑道:"你好像认识这位姑娘?"

南宫春水回想着记忆中那张熟悉的脸,轻叹道:"北阙帝女!"

苍山之上,有一间草庐,草庐之外,有一张石桌、两条藤椅。百里东君提着一个酒壶从屋里走了出来,他看了一眼玥瑶,玥瑶也回看了他一眼。

又一下子不知该说些什么了。

玥瑶接过了酒壶,给自己倒了一杯,笑道:"这就是风花雪月了?"她拿起酒壶,倒出来的酒水却是晶莹剔透,仿佛如同泉水一般。

"这么多年,我一直在等姐姐。"百里东君忽然道。

"嗯?"玥瑶仰头饮下一杯,只觉得浑身上下都在瞬间清凉舒缓起来。

"期间我遇到过别的貌美女子,却只有一个想法,她们虽然美,却不及姐姐万分之一。"百里东君笑道。

玥瑶忽然身子抖了一下,用手摸了摸胳膊:"你现在说得仿佛这一次我来找你,是来结亲的。"

百里东君微微扭头:"难道不是吗?"

玥瑶依然笑得倾国倾城,语气却是有些疏离:"可我们这才不过是第二次相见!"

"是吗?我们难道不是曾经朝夕相处过几百个日夜吗?"百里东君也给自己倒了一杯酒,喝下后朗声笑道,"虽然那时的你,相貌平平?"

玥瑶愣了一下,目光流露出一丝惊诧:"你在说什么?"

"王月,玥……原来是这个意思。"百里东君低声道。

玥瑶本来还想再露出一脸困惑的样子,可低头略微思索了一下,还是摇了摇头:"罢了罢了,不逗你了,我就想问,你是什么时候看出来的?"

"一路从乾东城到天启城,你出现过两次。"百里东君说道。

"是!但应该只能认出那人是王月,不应知道王月、玥瑶其实是同一个人。"玥瑶笑问道。

"其实看眼睛就知道了。"百里东君伸出一根手指,在玥瑶的眼前轻轻划了一下,"我问了随行的苏姐姐,她说易容之术,想要破解,就看眼睛,皮相能化,眼睛不能化,尤其是姐姐这样的眼睛,更是世间独一无二的。"

玥瑶微微摇了摇头:"你原来是这么会和女孩子说话的吗?"

百里东君挠了挠头:"姐姐与我也算相处过一年,我如何和女孩子说话,姐姐最清楚不过了。如果我真是一个会说话的人,也说不出'相貌平平'那四个字了。"

玥瑶换了一个话题说道:"我假装别人刻意靠近你的身边,你就不会想,我是个坏人吗?"

百里东君又伸出两根手指,在自己眼睛前面划了一下:"人心藏在里面,而眼睛直通人心,一个人是好是坏,眼睛就能看出来。至少我能看出来,姐姐你是仙女之心,靠近我,一定是因为……"

玥瑶挑了挑眉:"嗯?"

"爱我!"百里东君咧嘴一笑。

玥瑶伸出一脚,把百里东君一下子踹倒在了地上。

饶是冠绝榜三甲榜,也挡不住仙女姐姐一脚。

"真是厚颜无耻!"玥瑶骂道。

百里东君倒在地上,满面春风:"我不管,不管!"

苍山之下,雪月城中。

众人皆散去,唯有南宫春水和洛水城主仍站在城头。

"很多年前,我在北阕见到过一个女子,堪称绝世之姿,也有

绝世之才,彼时百晓堂还有秋水榜,评定天下美人,那个女子就位列秋水榜第一。在她死后,百晓堂就撤了秋水榜,并称天下容颜,因此流落三分。一个女子,能占天下三分容颜,那是何等的夸赞,而这个女子,就是北阕国当时的皇后。方才那个女子,与她长得至少有八分相似。"南宫春水缓缓说道。

"北阕不是早就被灭国了吗?"洛水问道。

"是的,他们全族逃窜到了极北之地。北离皇帝想要追杀,被我拦住了。他们或许时时刻刻都在想着复国吧?北阕帝女在这个时候找到东君,怕不是简单的男欢女爱啊!"南宫春水叹道。

洛水微微皱眉,低声道:"我们要先留下来吗?这个时候我们离开雪月城,是否不好?"

"没关系的,东君如今已经是冠绝榜第三甲了,他能走好自己的路!我们出发吧,今日启程。"南宫春水忽然扭过头,大喊一声,"洛河!"

魁梧的年轻男子赶着马车从城里面跑了出来:"姐夫,一切都准备好了?"

南宫春水点了点头,忽然朝着苍山的方向大喊:"百里东君,师父我要远游,此生可能不复再见,莫在北离丢了我的面子!"

苍山之上,百里东君手中握着的酒杯砰然碎裂,溅了他一身的酒水,他看着山下,一脸茫然:"啥?"

城头之上的洛水吸了一口气,也忽然大喊道:"今吾洛水传雪月城城主之位于百里东君,城中弟子、长老皆须听其号令,不得有违,违者终身不得再入雪月城!"

苍山之上,百里东君几步走到山边,看着山下的雪月城,大喊道:"喝多了吧你们两个!"

雪月城中,一片鸦雀无声。

洛家主管雪月城几百年,怎会在这一刻说换就换?更何况雪月城中长老几十人,不乏德高望重、武功绝强之辈,为何能让一个年纪轻轻的半个外人当这城主?那些长老能够服气吗?

众人困惑间,登天阁上的窗户一层层地被打开。

"雪月城弟子谨遵城主之命!"

声音此起彼伏，接连不断，就连最上面几阁的长老也都毫不犹豫地回道。

全城其他小辈弟子也全都跪了下来，高声呼道："谨遵城主之命！"

苍山之上，百里东君急道："不行，我得下山去看看！师父此生不再见我了？师娘不当城主了？我也不想当啊！"

玥瑶一笑："去吧。"

百里东君没有犹豫，一步跃下。

"他要来了，再见一面吗？"洛水问道。

南宫春水笑了笑："不了。人生在世，不要拖泥带水，最后一面，没有那个必要。"

他携着洛水一步从城头之上落下，坐在了洛河的马车上，沉声道："走！"

"师父，不要走！"百里东君似乎猜到了什么，大喊道，"不许走！"

"真的就这样走了？"洛水看了南宫春水一眼，"毕竟师徒一场，你可真有些绝情了！不与他最后说些话吗？"

南宫春水双手抱拳，看着远处，沉吟片刻后叹了口气："好吧，既然你如此说了，那就留下些话吧。洛河！"

洛河猛地一拉缰绳："姐夫，有什么吩咐？"对于这个姐夫，他原本是十分不满的，直到这个姐夫给他展示出了那一番震慑天地的功夫后，他就发誓，此生定要追随在姐夫的身后，学得其三成功夫就已满足。

"借你大刀一用！"南宫春水从马车之中一跃而出，伸手一把拿过洛河身边的那把长刀，随后足尖轻轻一点，站在了马车棚顶之上。

他望向雪月城，忽然有些恍惚。仿佛梦回几百年前，自己还是个少年郎，和此生挚友诗仙一起游历江湖。当年的他们也是一身傲气，不把任何的人放在眼里，誓要疯魔整个天下。

后来，他们真的疯魔了天下，整个天下都在传颂着他们的名字，可他们却也犯了很多的错误，有的错误，导致了很多人的离

开,其中也包括那位绝世的诗仙。

"几百年了啊!"南宫春水叹道。

"李玄,我还记得当年你留给我的四个字,现在,我把这四个字留给我的徒弟!"

南宫春水拿起大刀,长刀飞扬,刀气冲天而起,连空中的云朵都在瞬间被那刀气震得散列开来。

洛河回头,眼睛瞪得老大:"这……这刀法!"

"如今他早已没有什么剑法、刀法了,随后一挥,就是绝世之法。"洛水也走出了马车之外,转身望着持刀飞扬的南宫春水,刀风刮过,吹起了她的头发。

苍山之下,百里东君正在狂奔,可是感受到那股冲天刀气之后,他却忽然停了下来。

玥瑶落在了他的身边,也是满脸惊讶:"这是何等的威势啊!"她见过自己的父亲最巅峰的时候,可即便那时,比起现在的这股口气的威势,仍是逊色了不止一分。

百里东君却并不惊讶当日在唐家堡中,百里东君曾见过南宫春水抬手入神游,面对温壶酒、唐老太爷、唐灵皇等一众高手的围攻依然泰然胜之,可那一日,南宫春水的境界气息都很沉静,如果说那日是山,那今日就是海。

澎湃汹涌!

"师父,这是真的要走了啊!"百里东君忽然道。

另一边,洛河的眼睛却是越瞪越大。一开始洛河看不懂南宫春水对空舞剑的行为,可慢慢地他才看懂南宫春水在做什么。

南宫春水在雪月城城墙之上写字!

"就如此吧。"南宫春水猛地收回了刀,将其一挥,丢回到了洛河的身边,随后转身,朗声道,"启程!"

马车就此徐徐离去,再也没有回头。

百里东君终于走到了城门之外,仰头看着城墙上的那四个字——凭心而动!

"凭心而动,凭心而动……"百里东君低声喃喃道,"这就是师父您留给我的最后一句话吗?"

玥瑶也低声念着那四个字，随后疑惑道："你师父为何会突然离开？"

"我与你有成名天下再相见之约，我和师父也有一个约定，就是等我有朝一日能入冠绝榜，那么我这一门三人，就全由我来负责了。他要去海外访仙，归期不定，但师父说的归期不定，很有可能就是不回来了。可是我没想到的是，他的离去会是这样的快，竟然连一句道别都没有……"百里东君沉声道。

玥瑶皱了皱眉："是这般的绝情吗？"

"不是，其实师父也很多情的，只不过他觉得以他的年纪，多情是一件很尴尬的事情，所以总是一言不合就走，当年在天启城是这样，如今也是这样！"百里东君叹道。

马车之上，南宫春水轻轻抹了抹眼角。

洛水在旁边觉得有些好笑："你怎么了？"

"刚刚用刀在城上写字，有灰吹进眼睛了。"南宫春水喃喃道。

洛水叹了口气。

孩子气的天下第一啊！

南宫春水将头扭开，忽然吹起了口哨，是一曲轻快潇洒的曲子。

几百年啦，总是在这样的离别中度过。

没有人能陪伴自己一直走下去，每个人都不过是生命中的过客。

只是这一次，自己在百里东君身上，却是唯独的用心啊！

因为他真的很像你啊！

李玄！

他也那么爱喝酒，他也因为年少时的一次相见而对一个女子念念不忘，他也是天生的武材。

唯一不同的是，当年你不得已卷入朝堂之争，而百里东君，将只存在于江湖。

南宫春水吹完了口哨，伸手往腰间一摸，忽然有些怅然："忘记拿酒了。"

"这里!"一声高呼传来,一个酒葫芦从外面丢了进来。

南宫春水一把接住,仰头喝了一口,笑道:"是那小子的风花雪月?"

"不止风花雪月,什么星夜酒、长安酒……我都搬来了。"洛河朗声笑道。

南宫春水挑了挑眉:"甚好!"

雪月城中,百里东君看着墙上的那四个字,长吸了一口气,大声道:"弟子记下了!"

声音通过浑厚的内力,传出几里之外。

南宫春水一口酒水呛了出来:"记住就记住了,喊那么大声干吗!"

百里东君看向玥瑶,眼神中有些歉意:"抱歉了,难得相见,却碰上这样的事情。"

"无妨。"玥瑶摇了摇头。

"所以说,这一次来,是发生了什么事吗?"百里东君忽然问道。

玥瑶一愣,看向百里东君,只见他眼神澄澈,仿佛在说一件理所当然的事情。

"难道我来找你,就一定是因为发生了什么事吗?"玥瑶叹气道,"我的目的性就这么强吗?"

百里东君笑了笑:"无妨。"

"那去你的屋里聊吧?"玥瑶说道。

"好。"百里东君点了点头。

于是百里东君就领着玥瑶往自己的住处走去,一路之上有人打趣喊百里东君小城主,百里东君只能无奈地连连摆手,索性他住的地方离城门之处不远,一炷香的时间就到了。

"你的院子还挺空的。"玥瑶说道。

百里东君一愣,一步踏进院子,里里外外看了一圈,忽然满脸通红,一身怒气,他强自压了下去,和玥瑶说道:"玥瑶姐姐,稍等一下、我可能要骂个人。"

玥瑶一愣:"好的。"

百里东君忽然双足顿地，随后双掌往下一挥。

浑身真气暴涨！

玥瑶皱眉，骂人就骂人，运那么足的真气做什么？

随后百里东君把那口真气往上一抬，对着天空吐出一口真气，声音响彻天下，雪月城中众人都不由地捂住了耳朵。

"洛河！我杀了你！"

几十里外，魁梧的年轻男子挥了挥手，一脸得意。

第二章 • 虚念神功

一壶酒，名恨晚，这是洛河唯一给百里东君剩下的酒。

相见恨晚，不知道是他对百里东君想说的话，还是想留给百里东君和那女子的话。

反正百里东君和玥瑶相对而坐，面前只剩下了这一壶酒。

"玥瑶姑娘，我现在心情好些了，你可以说你要说的事了。"百里东君沉声道。

玥瑶苦笑了一下："不是什么好事，可能会让你的心情变得更不好。"

"那还是别说了，"百里东君喝了一口闷酒，"现在再提起一百分的真气，骂出声也听不到了……"

玥瑶轻叹一声："可若是不说，怕是就不止心情不好那么简单了！"

百里东君用手抚了抚额头："难怪师父这个时候走，他就是怕有麻烦的事找到他。"

"的确，这件事情若是有你师父出手，那么的确就会变得很简单。事实上，我的父亲变成这样，和你的师父也有关系。"玥瑶缓缓地说道。

百里东君眉毛一挑："你的父亲？"

"我的父亲叫玥凤城，是北阙国第九位也是最后一位皇帝。我们北阙只是边陲小国，可却人人习武，所以又称武国。我们玥氏一族更是世代传袭绝世武学，到了我父亲这一辈，可谓国力强盛至极，我父亲也是百年来武功第一的北阙皇帝。父亲志向高远，不想只做一个边陲小国的皇帝，便暗中联合了西楚，发起了对北离的战争。西楚是能和北离相抗衡的大国，所以北离派了大部分的兵力去对抗他们，而只分了一支军队来对抗北阙。我们北阙虽然国小人少，可却全民皆可成兵，一路南下，几乎势不可当。我父亲更是能于千军万马之中取对方首级，几乎不费吹灰之力。于是北离就从西边的军队中调来了军神叶羽，这样才让战局稍显缓和。"玥瑶顿了顿，喝了口酒后继续道，"后来的故事你或许也已经知道了。"

百里东君点了点头："西楚被我爷爷的破风军所破，百年国祚毁于一旦，其疆土直接被纳入北离。我爷爷被封镇西侯，坐镇西边，一直到了今天。爷爷的故事我听了很多遍了，但是北阙的故事却很少听到，因为叶羽大伯的这个名字，很少有人会提……他似乎是一个……禁忌！"

"是！那是因为叶羽将军，本来就是北阙人！"玥瑶沉声道。

"哦？"百里东君摸了摸手中的酒杯，有些讶异。

"叶羽将军出生北阙名门，他的父亲支持我的四叔继位，可最终失败，于是逃到了北离。北离虽然收留了叶羽将军的父亲，却并没有重用他，直到后来叶羽将军在军中结识了太安帝，并成为其最信赖的伙伴后，叶氏们的命运才有所改变。叶羽将军被派来对付北阙，也是因为北离的朝中人认为，他对北阙皇族，应该十分痛恨。"玥瑶继续说道，"事实上，叶羽将军的确挡住了原本势不可当的北阙大军，可我父亲以及他的四位武功卓绝的护法，仍然给叶羽将军带来了不小的麻烦。我父亲甚至亲自出手，只为刺杀叶羽将军。叶羽将军在战阵之上所向披靡，可论武功，却不是我父亲的对手。那一日，我父亲几乎就要成功了，然后……"

"我师父来了？"百里东君忽然道。

"是的！学堂李先生，在那个时候还没有现在这般名震天下，可他一出手，就将我的父亲打得经脉尽断，若不是他有留手，我父亲必定当日就死在叶将军的营帐前了。后来我父亲和四大护法逃了出来，本已经打算投降，可北离皇帝却下了灭国令。叶羽将军不得

不继续拔军向前,但是北离人没有想到的是,叶羽将军对自己的故国并没有怨恨,他刻意地拖慢了行程。所以最后虽然北阙不复存在了,但是北阙国的百姓们却绝大部分都逃到了极北之地。有些人死在了路上,有些人没有逃过北离的铁骑,但终究我们这一族,还仍然存活在世上。"玥瑶叹了口气,"后来叶羽将军被判谋逆之罪,有一条罪因就是当年刻意拖缓军队行程。"

"叶羽将军是我一个好朋友的父亲。"百里东君沉声道,"玥瑶姐姐说这个事,是与我的这位朋友有关吗?"

"或许缘分就是这么巧妙,这两件事其实没有半点关系,但事情的人,却有千丝万缕的联系。"玥瑶又往下说道,"我的父亲在到了极北之地后,花了三年时间恢复了功力,随后他就开始练虚念功。这是我们玥氏一族禁止修炼的一门邪功,修炼的过程中非常容易遭到反噬,最后走火入魔。但是父亲为了打败李先生,卷土重来,强行修炼了此功,练到第八重的时候,父亲就已经无法再进一步了。于是他进入了廊玥福地,开始了自己的闭关,而这一闭,就已经过去了十多年。如果再这样下去,父亲会死……"

百里东君微微眯了眯眼睛:"然后呢?"

"我们想要救出父亲,但是自父亲进入廊玥福地之后,他的气息就与福地连为一体,他设下的禁制谁都无法打开,除非那个人……"玥瑶看向百里东君,"也修习了虚念功。"

"那你们找个护法练一下不就行了?"百里东君疑惑道。

"虚念功对于修习者的要求十分之高,除非天生武脉,否则根本无法修炼。所以我们在多年前就开始在天下间寻找天生武脉之人,我们北阙之人修习断脉之术,厉害的高手一眼就能看出一个人的武学资质。我们在乾东城里遇到了你,你曾经是我们最好的人选,但当时古尘在你身边,我们没有办法带走你。"

百里东君想起了他第一次遇到玥瑶的场景,点了点头:"原来是这样。"

"你第一次去天启城的时候,我们四大护法中的无作使曾经潜入天启城,试图带走你,但他失败了,可是另一位门人,官飞离,他遇到了一个人,同样天生武脉。"玥瑶说道。

百里东君放下了酒杯："叶鼎之。"

"是的，叶鼎之是在你之后，我们发现的第二个天生武脉之人，并且天外天的尊使们认为，他比起你是更合适的人选。"玥瑶说道，"目前执掌天外天的无相者，很快就下了决定，以叶鼎之为最新的目标。"

"为何他是最好的人选？"百里东君握了握拳。

"你的身边一直有镇西侯府的影卫保护，而你的爷爷执掌军权，父亲正当盛年，母亲的家族也是深不可测，后来还成为李长生的关门弟子，有学堂和八公子的庇护，要从他们手中抢夺你，难度太大！而叶鼎之……"玥瑶低了低头，没有说话。

"而叶鼎之……"百里东君冷笑了一下，"他家已经被灭族了，如今是朝廷钦犯，虽然他师父是南诀第一高手，但在几年前也已经死了。他四海为家，不仅没有庇护，还要遭受着永无止境的追杀。比起我，他的确更好抢夺，但是有一点，我想你们想错了。"

"首先，我需要纠正一下，"玥瑶微微一笑，"是他们，不是你们，我和几位尊使的想法并不一样。"

"哦？"百里东君微微皱眉。

"我虽然很希望我的父亲能从死关中出来，但是，我并不希望重新燃起战火。北阙的遗民们经过了很多年的努力，才有了现在的日子。虽然极北之地苦寒，但是至少我们都能活下去，可如果再次发动对北离的战争，那么北阙，可能会真的不复存在！开疆辟土，终归只是权高者的欲望驱使，而那些平民，他们或许才刚刚重建起一个家。"玥瑶声音有些低沉，"我曾让青儿驾着马车带我周游各国，期间见过富贵的豪门纷争不断，也见过贫苦的家庭自有安乐，北阙的遗民们如今只需要一个家！"

"所以你找我，是想……"百里东君恍然。

"我希望你帮我救出我的父亲，但不要助他修成虚念功，剩下的交给我，我自有办法劝服父亲。"玥瑶微微低头，"我知道这个请求有些过分，甚至于很危险，但是……"

"出发吧，"百里东君站了起来，"即刻出发！"

站在后方的青衣侍女捂嘴一笑："小姐，果然还是我猜中了。"

玥瑶笑了笑:"为何答应得这么爽快?"

"我希望某一天,你也能答应我一件事情,就像我今日一样爽快。"百里东君笑道。

玥瑶看了青衣侍女一眼,又看了百里东君一眼:"何事?"

"既然是某一天,那就表示今天还不是时候。"百里东君拍了拍腰间的剑,"走,去你们那个极北之地,我还没去过北面呢!极北之地,终年落雪,听着也是个不错的地方。"

"好,那便今日出发!但可惜,我们去的不是天外天,而是姑苏城外,寒山寺下。"玥瑶沉声道。

百里东君一愣:"你也知道我要去参加叶鼎之孩子的三周岁宴?我还以为你等不及想让我早点赶去天外天呢,我正打算给他回封书信,下次再过去看他。"

"不,我们要去找叶鼎之,是因为他,有危险!"玥瑶低声道,"我得到消息,天外天无相使已经动手了,派出魂官飞离和魄官飞盏去叶鼎之那里。他们这一次势在必得,我们必须赶在他们前面。"

"他们是要强行带走叶鼎之吗?那他们可就太小看我的这个朋友了。虽然几年没见,但我相信他的武功,此时也绝对不在我之下。而且就算他被带走了,也不会按照他们的意愿行事的,就算他们杀了他也一样。"百里东君傲然道,"有些人,就是不会屈服!"

"你太天真了!"玥瑶轻轻叹了口气,"叶鼎之如今有了妻子、有了孩子,那么同样的,他就有了弱点。如果我告诉你,当年救走易文君的,就是天外天的人呢?"

"什么!?"百里东君大惊,"天外天为什么要这样做?"

"无相使是曾经北阙国的国手,他精于棋道,观心之术在天外天无人能及叶鼎之如今那美满的生活,就是他一步步设计好的棋局,如今他要收子了。"玥瑶微微眯起眼睛,"给叶鼎之最想要的,再夺走他最想要的,加上魂官飞离和魄官飞盏的邪术,叶鼎之顷刻间就能入魔,而人一旦入魔,心中只有杀意,天外天想要控制他,易如反掌!"

百里东君一身怒气已经压抑不住了:"如果我们去天外天,我会见到这个无相使吗？"

"会。"玥瑶回道。

"我一定会让他为此付出代价的！"百里东君走回了屋内，又拿出了一柄刀，"那我们走吧，姑苏城外，寒山寺下！"

"很少见你用刀。"玥瑶忽然说了一句。

"我的剑叫不染尘，刀名尽铅华，刀剑齐出，就说明……"百里东君轻轻咳嗽了一下，"我有点想杀人了！"不经意间的杀气流露，"或者说，想为这个世间，除去一些不干净的东西。"

姑苏城外，寒山寺。

无禅背着一个行囊站在禅房的门口："师父，师父，启程啦！"

忘忧大师推门走了出来："无禅啊，你什么时候念经和练武能有这么急不可耐就好了。"

"这一次佛道之辩，不就比念经和练武吗？一个意思一个意思。"无禅挠了挠自己的小光头。

忘忧大师叹了口气："你这胡说八道的能力，是不是叶鼎之教你的？"

"哈哈哈哈，没有没有，是叶大哥的娘子教我的。"无禅提了提自己行囊，"她还说我长得好俊俏，以后等我还了俗，要给我介绍小娘子呢！"

"上梁不正下梁歪，"忘忧大师拍了一下无禅的脑袋，"还想着还俗？"

"师父，走吧走吧，我在这寒山寺可待够了，好不容易可以出趟远门，就别磨蹭啦！"无禅急道。

忘忧大师叹了口气，也往外走去："只希望，叶鼎之不要有什么问题！"

"还担心叶大哥呢？他和当年可不一样了，现在的他，除了笑得太多以至于一脸褶子外，没什么毛病！"

大将军府。

一个小小少年正举着手中的长剑认认真真地练着父亲刚传的剑

法,烈日当头,他已经满头是汗,但依然不肯停歇。

"兄长们一个个都能上阵杀敌了,我也得快点跟上才行!"

在他的远处,两个中年人正并肩而行,一个身材魁梧,一身轻甲,面目倒是有几分儒雅之风,另外一个则很瘦削,眼神锐利,右手还牵着一个粉雕玉琢的小女孩。

"小公子天资卓越,是我此生见过最好的练武奇才,但没想到,他不仅天赋高,还如此刻苦,看来叶将军后继有人啊!"瘦削的中年人感慨道。

被叫作叶将军的中年人笑了笑:"我还是希望风儿能做个平凡的人。如今天下太平,哪有那么多的仗要打。"

"将军说笑了,这天下间的战事,又何时真的停歇过呢?"瘦削的中年人捋了一下自己的胡须。

小女孩看了一眼远处那个认真练剑的小少年,仰头看着自己的父亲道:"爹爹,他看上去好辛苦啊!"

"以后要当大将军的人,小时候自然会很辛苦啊!"中年人与她解释道。

"爹爹,我又不想做大将军,那我以后就不练武了,好不好?"小女孩嘟了嘟嘴。

"那可不行哦!你是我们易家的传人,可是要护卫这座皇城的,将军主外,你主内。"中年人摇头道。

"爹爹你说得就好像……你和娘亲的关系?"小女孩皱了皱眉。

中年人哑然,微微一愣,忽然看向那叶将军,然后笑了:"叶将军,我忽然有一个想法。"

叶将军也朗声笑道:"或许是个不错的想法。"他伸出手对着远处招了一下,"风儿!"

少年放下了手中的剑,擦了擦额头上的汗,望向不远处,开心地喊道:"爹爹!"

"风儿,过来。"叶将军唤道。

少年急忙三步两步地跑到了叶将军的面前:"爹爹,爹爹,您昨天教我的剑法我已经练得差不多了,我现在给您演一遍?"

"不急,风儿先见过易叔叔。"叶将军将少年的身子微微移了一下。

少年仰头喊道:"易叔叔。"

瘦削的中年男子看着少年,伸出手在少年的脑袋上轻轻按了一下,眼神中满是欣赏:"不错不错,天生武脉,我这么多年也是第一次见到,以后要不要跟着我一起学武?"

少年摇了摇头:"我与父亲学就可以了。"

"你父亲是兵马之术,与我的武学不同……"中年人循循善诱道。

"哎哟,人家不想学就别逼他了。父亲您总是这样,您把武功当宝贝,可不见得每个人都要把武功当宝贝啊!"小女孩忽然松开了中年人的手,一把握住了少年的手,"不要理他们了,我们出去玩好不好?"

见到有人解围,少年松了口气,他练了半日也有些累了,虽然他很勤奋,但是贪玩仍然是孩子的天性,他想了一下抬头看了自己的父亲一眼。

叶将军点了点头,笑道:"去吧,照顾好妹妹。"

"嗯!"少年狠狠地点了点头,拉着小女孩跑了出去。

"你好,我叫叶风,你叫什么名字?"

"我叫易文君。"

叶将军看着他们的背影,笑道:"我这儿子就不给你当徒弟了。"

"那就当个女婿,也是很不错的。"瘦削的中年人笑道。

叶鼎之忽然睁开了眼睛,身旁的妻子正面朝着自己睡得正香,月光透过窗户照射进来,映着她的脸庞格外温柔,叶鼎之笑了笑,伸手轻轻抚摸了一下,轻声说道:"原来咱们还结过娃娃亲呢!"

关于小时候的事情,自从那次摔入冰崖之后,叶鼎之很多已经记不清了,今夜忽然梦回当年,却没想到自己和易文君还有这样一段往事,只不过这些是小时候真实发生过的故事,还是自己无来由的一场梦,就不得而知了。他从床上爬了起来,看了看睡在摇篮中的儿子,不由地轻轻摇头笑了笑。

哪想得到自己会有这样一天,那句话怎么说来着?老婆孩子热

炕头?

不是应该疯魔这个天下吗?就像那个叫百里东君的家伙一样,听城里的人说,他如今已经是冠绝榜上的高手了。不知道百里东君看到现在的自己,会不会嘲笑一下自己?如果他敢嘲笑的话,那就一拳把他打趴下吧。自己这些年虽然隐居在这里,但是手上的功夫可是一点不落,不会比百里东君弱上多少。

叶鼎之走出屋门,在月光之下,开始练拳。

屋内,易文君却微微皱着眉头。

她依然还在梦中,可似乎梦境由刚才的美梦,变成了一场噩梦。

她梦到了一个金碧辉煌的宫殿,宫殿之上没有一个仆人,只摆着一个摇篮,在那里孤孤单单地摇晃、摇晃。

"安世?"易文君轻声唤道。

摇篮中的孩子并没有理会她,似乎是在睡梦之中。

"安世?"易文君一步步地走近,越走心里越觉得有些发寒,她走到了摇篮前,犹豫了许久终于还是将头探了过去。

她下意识地觉得摇篮中似乎有可怕的东西,可又不由自主地往里看去。

好在,只是一个普通的婴儿。

与安世很像,只不过眉心有一颗小痣,婴儿看到易文君后咧嘴笑了笑,高高兴兴地唤道:"娘亲。"

易文君皱了皱眉头,摇了摇头:"我不是你的娘亲。"

"不,你是!"一个冷漠的声音响起。

易文君吓出一身冷汗,立刻转过身,看到一个熟悉的身影站在他的面前。

"师……师兄?"

一身青衣的洛青阳站在那里,神色冷漠,看了一眼易文君,又看了一眼摇篮中的婴儿,沉声道:"他是萧羽。"

"羽儿?"易文君从梦中惊醒,整个人翻身坐了起来。

身旁的摇篮轻轻地晃着。

叶鼎之听到屋里的动静,收拳赶了进来,疑惑道:"怎么了?"

易文君擦了擦额头上的汗，对着叶鼎之笑了笑："没事，不过只是做了个噩梦。"

清晨。

姑苏城外，清水湾边，一袭紫衣随风飘扬。

"在这儿一住就快四年了啊！"女子望着清澈的湖水，喃喃道。

这里的确是一个不错的地方，四季分明，春日有花，冬日有雪，比起那孤独苦寒的天外天，可要舒适得多了。如果长久住下去，在这里找一个俊秀儒雅的读书人，与他结为夫妇，然后就这么平静地过起日子来，那也算得上平静美好吧……

"开什么玩笑啊，"女子轻轻一挽鬓角的头发，手一挥，将那平静的湖水打起了波澜，"只有叶鼎之这种没有志气的男人，才会愿意接受这样平静的生活吧。"

她刚见到叶鼎之的时候，虽然心怀目的，可却仍然带着几分钦佩，觉得他未来绝对是能做大事的那种人，可这几年他的表现，真令自己有些失望了。她前几日甚至看到叶鼎之来城里买菜，脖子上坐着那个粉雕玉琢的娃娃，还满脸带笑，看得真是让人恼火啊！

"玥卿小姐看起来似乎不太高兴？"一个带着几分笑意的声音响起。

两个人落在了女子的面前。

一个器宇轩昂，面带微笑，白衣飞扬，一身翩翩公子的风流样子。

另一个则耷拉着肩膀，面无表情，一副无精打采的样子。

"魂官飞离，魄官飞盏，你们来得也太晚了！"玥卿不满地说道。

飞离笑道："不早不晚，时机正好，只看小姐有没有做到我们要做的事！"

玥卿低声道："这几年并没有什么人来打扰他们的生活，所以他们的警惕心越来越小。前不久我在姑苏城中遇到了易文君，我对她下了散魂香，如今的她应该噩梦连连，按照无相使所说，此刻的她，应该梦到了许多不想记起的事情。只是无相使能够想到她究竟

梦到了什么吗?"

"无相使精于观心之术,吾等也只能相信他。"飞离笑道。

飞盏沉声道:"那便交给我了!"

"此刻叶鼎之应该入城去了,易文君会留在草庐中照顾孩子,魄官此时前去正好。"玥卿说道,"至于魂官,和易文君曾经交过手,不便现身,便拜托魄官了。"

"等我消息。"魄官飞盏转身离去。

飞离挑了挑眉,问玥卿:"你觉得他能够搞定吗?无相使的这盘棋,一步接着一步,只要一步错了,就一切无可挽回了!"

玥卿冷笑道:"不相信魄官,难道相信你?魄官飞盏虽然不爱言语,但是只要出手,就不曾失败过!"

"人啊,果然是长得老实些,话少一些,更容易让人相信啊!"飞离纵身一跃跟了上去,"小姐请在草庐附近看着,如果遇到叶鼎之回来了,请及时发出信号。"

玥卿一愣:"你去干吗?"

"我会的可不只是杀人!"

草庐之中,易文君抱着怀里的叶安世,轻轻摇晃着。

叶安世已经睡着了,面容安详,可易文君脑海里却总是想起那个眉心有痣的孩子,那个同样叫自己母亲,却从来没有被自己真心对待过的孩子。

萧羽,这是洛青阳特地取的名字,是因为当时的易文君被困在天启城中无法出去,而这个"羽"字,是希望这个孩子未来能够振翅而飞,不禁锢在一城之中吧。可如今自己已经离开那座城了,可这个孩子却可能一生一世都被困在其中了,还会因为拥有一个弃家而逃的母亲而被人看不起吧,可有什么办法呢?自己似乎也做不到什么了。

一个脚步声打断了易文君的沉思,她猛地抬头:"谁在外面?!"

四年的安逸生活,并没有让她放松警惕,她立刻三步退到床边,左手环抱住叶安世,右手从床下拿出了一柄长剑。

房门并没有被推开,只响起了三声彬彬有礼的敲门声。

咚，咚，咚。

"谁？"易文君沉声问道。

"易姑娘，我们只见过一次，却没有知会过名字。"屋外的人回道。

易文君皱眉："什么时候见过？"

"当日易姑娘从天启城中离开时，马车之中，我曾与你并肩而坐，时间很短，大概只有半日。"屋外的人缓缓说道。

易文君低头想了一下，随后恍然大悟："哦，你是那个看起来很累的家伙，一句话也没有和我说。"

"是。"屋外的人回道。

"你是雨生魔的家奴之一？"易文君又问道。

"不是。那天你们离开天启城后，洛副都统让我跟出来帮助你们，事成之后我就回去了。"屋外的人说道，"我叫李飞盏。"

"你进来吧。"易文君依然握着长剑，没有放松警惕。

屋门在这个时候被轻轻推开，飞盏走了进来，看着易文君的样子，却也没有惊讶："原来易姑娘已经有了一个新的孩子。"

易文君看到飞盏的样子，才终于放下了心里的石头，将叶安世放进了摇篮之中，长舒了一口气："还好你长得很好辨认，不然只见过那么一面，我还真不一定记得你。"

飞盏依然面无表情，只是点了点头："很多人都这么说。"

"师兄托你来找我，是因为有什么事情吗？"易文君问道。

飞盏轻叹一声，垂首道："洛副都统让我带个话，说萧羽已经病重，恐怕撑不了多久了，问易姑娘要不要回去一次，看他最后一眼。洛副都统那边会安排好一切，易姑娘会悄悄地入城，也会悄悄地离开。"

"什么？！"易文君浑身一颤，大惊道，"为何会突然这样？"

"易姑娘离开天启城之后，景玉王府对于萧羽王子也并没有太多的关心，除了洛副都统经常前去看望他以外，几乎没有人在意他。而萧羽，想必易姑娘也知道，他的身体自打出生后就很羸弱……"飞盏说道。

易文君瘫坐在了床上："难怪……难怪我这几日会经常梦

见他……"

飞盏缓缓道:"我知道此事不能让叶公子知道,所以看他离开后才来找易姑娘,最终决定,还在易姑娘。洛副都统原本也不想告诉你,只是他怕,你以后会后悔一生!"

飞盏找了个凳子坐了下来,他知道这不是一个简单的决定。他愿意等,但也不能等太久。

"我不知道叶公子什么时候回来,但我需要在他回来之前离开。如果易姑娘要和我一起离开的话,也需要在那之前。"飞盏提醒道。

易文君却像是没有听见一般,默默地坐在那里,陷入了沉思。

最后飞盏站了起来,低了低头:"那就如此吧,易姑娘的决定,我会告诉洛副都统。"

"等等!"易文君忽然喊道,"就不能让我再想想吗?"

"萧羽殿下的病情很重,或许他等不到易姑娘想那么久了!"飞盏摇了摇头。

易文君眉头紧皱,最后终于是长吁了一口气:"那好吧……我与你走,但能否给我点时间,我要给鼎之留一封信。"

"还请长话短说。"飞盏点了点头。

易文君走到桌边,拿出了纸笔,沉吟片刻后立刻落笔。

"夫君鼎之,吾近日常有噩梦……"

一炷香后,易文君将书信收了起来,最后将床上的孩子抱起,重新放进了摇篮里,她亲吻了一下孩子:"安世,娘亲出一趟远门,不用多久就会回来的,还会给你带一个哥哥回来。"

飞盏一直耷拉着的眼睛忽然往上一挑。

易文君看了他一眼,坚定地说道:"是的,我不仅要回去看萧羽,我还会把他治好带回来!"

飞盏依旧面无表情:"好。"

易文君转过身,拿起了那柄长剑,将书信扣在了桌上,转身走出了房门,飞盏也起身跟了上去。

一辆马车已经停在了外面,易文君走了过去,飞盏坐在马后,举起马鞭:"易姑娘,不后悔?"

"我相信师兄，也相信鼎之，不后悔！"易文君说道。

"好！"飞盏一甩马鞭，马车扬长而去。

此刻的易文君还没有意识到，这将会是她这一生最后悔的一件事，却不是因为后悔这次离开，而是后悔没有再相信叶鼎之一些，她如果停下来等一等叶鼎之，告诉他希望他陪自己一同去，那么事情的结果就会完全不一样了……

等到二人离去之后，飞离走进了屋内，他耸了耸肩："真是厉害啊！顶着一张面无表情的脸胡说八道，可大家就是都愿意去相信。来，让我看看你都写了些什么？"

三岁大的叶安世没有哭闹，只是好奇地瞪大了眼睛，望着飞离。

飞离看着那封信，连声赞叹："啧啧啧，没想到我们的这位景玉王妃，哦不对，现在的皇帝似乎已经赐封他为宣妃了。这宣妃，文笔还真是不错，发人深省，催人泪下，连我都要为她的为母之心而感动了呀，只不过……"飞离将那封信收了起来，重新拿起了桌上的那根毛笔。

魂官飞离，书法之术天外天第一，最擅长的就是模仿他人的笔迹，方才那封信看完，易文君的笔法已在他的心中，随后他落笔而下，每一个字，都像是易文君亲笔书写而成一般。

只不过信的内容，却发生了天翻地覆的变化。

"杀人诛心，无相使这哪是观心之术，分明是诛心之术啊！"飞离收了笔，满意地看了一眼，嘴角露出一丝笑意，"就这样吧。"就将那支笔一挥，随后便走了出去。

叶安世一脸茫然地看着他，忽然道："你笑什么？"

飞离一惊，转过头看着叶安世，忽然微微一皱眉。

杀气陡起！

一般这种情况，小孩子都会被吓得哇哇大哭，但是叶安世却依然瞪着那双大眼睛，看着飞离。

飞离被看得心里有些发毛，问道："小屁孩你看什么看？"

叶安世歪了歪脖子："你，坏人！"

"多嘴的小孩！"飞离一甩手，一些粉末飞散出来。

叶安世闻了一下,随后就闭上了眼睛,倒在床上睡了过去。

"把方才的事都忘了吧,"飞离冷笑了一下,"其实想直接把你杀了,这样叶鼎之的恨意也会更深吧,可是无相使特地吩咐不能动你,我怕我随便这么一动手,棋局就变了。"飞离走出了屋门,然后又把门轻轻地合上。

等到叶鼎之回来的时候,已经日落西山了,他已经准备好挨上一顿骂了,于是站在屋外就开始大喊:"哎呀我早就想回来了,可是偏偏遇到那个张屠夫,说今天杀的猪不带毛,要请我留下来喝一杯,我说喝一杯就喝一杯吧,哪知道他硬拉着我说他病死老婆的事情,我本来不想理他的,可是心一软,硬是听他唠叨了一个多时辰,这才回来晚了。娘子,不要不理我啊娘子,我买了你最爱吃的糯米团,还有一壶桂花酿。"

见屋里没人回应,叶鼎之又道:"娘子?娘子!"

叶鼎之皱了皱眉,放下了手中的东西,缓缓地朝着房门走去。他运起真气,在草庐附近流转了一圈,却只发现一个微弱的气息,应当是叶安世的。他轻轻推开屋门,走进房间,果然只有叶安世躺在摇篮里熟睡着,屋里再无他人。

"奇怪,这是时候,娘子怎么会出去?"叶鼎之环顾了一下屋子,便瞥到了桌子上的那封信,他走过去打开了那封信。

草庐百丈之外,飞离和玥卿正远远地看着。

"你说叶鼎之会如何?"飞离问道。

玥卿想了想,说道:"我猜草庐会在片刻倒塌。"

"轰"的一声,远处那座草庐真的坍塌了。

"你那封信是不是写得很过分?"玥卿问道。

飞离耸了耸肩:"其实就是说明德帝以萧羽和洛青阳的性命要挟于易文君,易文君不得不回到天启城。最后替易文君表达了一下感恩和惋惜之情,感谢这一生的相遇,期待来生的重逢。"

玥卿叹道:"此刻的叶鼎之一定会发了疯一样地赶去天启城吧?"

飞离点了点头:"所以要在这里,拦住他!"

"做得到吗？他这些年虽然安乐于做一个平凡人，但功夫却没有一点落下。"玥卿说道。

飞离笑了笑："当年我打得他站不起来，如今依然可以。"

叶鼎之左手携着叶安世，右手拿着玄风剑，冲着北面疯狂行去，一路之上锋芒毕露的剑气将周围的草木瞬间搅成了碎片。

直到那一袭紫衣拦在了他的面前。

"许久没有见面了。"玥卿低声道。

叶鼎之双眼之中像是有烈火在燃烧，他低声喝了一句："滚开！"

"哎哟，"一个轻笑声响起，飞离双手抱拳，望向叶鼎之，"叶鼎之，别来无恙啊！"

叶鼎之强自压抑着心中的怒意："我不想要再说一遍，滚开。"

飞离笑了一下："好大的怒气啊！我们赶了很远的路才到这里……"

叶鼎之右手将玄风剑插在了地上，随后猛地一握拳，往前一掠，已经到了飞离的面前。他举起右拳，猛地挥下，一拳打在了飞离的胸膛上。

飞离几乎做不出任何的反应，就被一拳打飞了出去，直接撞在了一颗桑树之上。桑树被拦腰打断，飞离也一屁股坐在了地上，他擦了擦嘴角的血丝："这一拳，下手可真猛！"

叶鼎之收拳站了起来，长吸了一口气："我说了，滚开！"

玥卿拦在了叶鼎之的面前："我们这次来寻你，并没有什么恶意，只是想……"

叶鼎之看了她一眼，眼神中的怒意已经藏不住了："我不想对女人动手，但你若是再不走开，我怕我控制不住，杀了你！"

玥卿摇了摇头："你为什么对我们有如此大的敌意？"

叶鼎之一手按住了玄风剑的剑柄一道："我现在有事急着要离开，有什么话等我回来后再说，虽然不用我猜，还是那一套废话！"

"有什么事，我们能帮你吗？"玥卿问道。

叶鼎之再也忍耐不住了，大喝一声："我说了让开，听到

没有!"

"你要我让,我还偏就不让了!"飞离从地上爬了起来,从怀中掏出了一根判官笔,轻轻一挥,左手也摆了摆,浑身上下的骨骼发出噼里啪啦的响声。

叶鼎之咬牙切齿地说道:"我说你们是不是有什么毛病?"

玥卿叹了口气:"其实方才我们来的路上遇到尊夫人了……"

叶鼎之一愣:"你们遇到她了?"

"她还拜托我们二人拦住你,"玥卿缓缓说道,"她说世界上有些事情是无可奈何的,只能接受。"

叶鼎之咬了咬牙,喝道:"放屁!"

"喂,叶鼎之,"飞离一跃而起,高声喊道,"刚才那一下……真的好疼啊!"

判官笔猛地一挥,一条沟壑在叶鼎之面前划开。

叶鼎之拔出玄风剑,护住了左手怀里的孩子,猛地往后退了十步,他将手中的孩子放下,低声道:"安世,在这里待着不要动。"

叶安世点了点头:"好的,爹爹。"

叶鼎之起身朝前走去:"我不管文君和你们说了什么,现在走,我不杀你们,不然……"

飞离手中的判官笔轻轻一旋:"哟,好大的口气!"

剑气疾!

叶鼎之一掠来到了飞离的身边,手中长剑轻轻一旋,林中飞鸟惊鸣。

"这一次可没有那么容易了!"飞离判官笔猛地一挥,将那玄风剑打了出去,随后又大笔一挥。

笔上生花,花开百朵,

朵朵都是摄人心魄的妖冶。

玥卿退回到一边,沉默地看着这场对决。魂官飞离,曾经被认为是天外天这一代最有潜力的年轻人,可几次试图修炼虚念功都没有成功,不然光凭他自己,就能打开廊玥福地的石门。

"雕虫小技!"叶鼎之一剑落下,将那墨笔生花打得粉碎。

飞离退回三步,手上判官笔猛挥,竟在虚空中画出了一只墨虎。

叶鼎之持剑追了过去。

管你什么妖法！

见虎杀虎！

遇龙斩龙！

飞离大笔一挥，那只墨虎竟腾空飞跃了一下，风中似乎隐隐还有虎啸，随后便直冲叶鼎之而去。

一剑化之。

可是那墨虎被一剑化之后瞬间就变成一摊黑墨落了下来。

玥卿惊道："不可！"

墨中有毒，血肉化之。

叶鼎之长剑一抬，所有的墨水都在他身边一尺范围之内落了下去，长虹剑气而起，一尺之内，已无任何一物可以接近。

"施毒，下法。"叶鼎之傲然道。

飞离冷笑："你比当年真的强了很多。"

"我最后说一次，让开，饶你一命！"叶鼎之举起长剑指着飞离，"你也已经看到了你我今日的差距，你想拦我，根本没有可能。"

飞离耸了耸肩："看起来是这样的。"

玥卿叹了口气："带走你夫人的人我们见过，功力也是不同寻常，你和我们对了一轮，再过去未必是他的对手，更何况他们早就已经走了，你追也来不及了。"

"那就入天启城，把她带回来！"叶鼎之怒道。

玥卿摇了摇头："偌大的天启城，当年你带不回，今日她再入的可是皇宫，你又如何做得到？"

叶鼎之皱眉："皇宫？"

"你如果要去，必须要变得足够的强，强到天启城内的国师、大监、都统全都拦不住你，强到整个北离，都要跪倒在你的脚下，那样你才能真正地拥有你的妻子！不然只要北离的皇帝一天在位，你们便没有安生的日子！"玥卿循循善诱道。

叶鼎之沉吟了片刻，随后冷笑一声："原来在这里等着我呢！想

借我夫人离开之际,蛊惑我吗?你们也太小看我了,给我滚开!"

玄风剑朝天一指。

玥卿直接被剑气打飞了出去,撞到了一棵大树之上。

飞离判官笔一横,再次拦在了叶鼎之的面前。

"你想死?"叶鼎之问他。

飞离左手伸出一指,在自己胸前连点了三下,随后将那指伸出,指向叶鼎之:"可别小看人啊,我的实力还没有完全发挥出来呢。"

"哦?"叶鼎之往后退了一步。

玥卿惊呼道:"不可,魂官飞离,你疯了!"

"我没疯,我只是真的也想看一看,虚念功的威力啊!"飞离将那左手一指在额头上轻轻一扣,沉声道,"虚念功,第三重……

"祭!"

第三章 · 共赴冰原

叶鼎之皱着眉头,低头看着飞离的脚下。

飞离脚下三丈之内,草木瞬间枯萎,甚至有被烧灼的痕迹。

而那一直面带笑容,给人一种轻佻感的魂官飞离,此刻的眼睛中却像是有一团紫焰在燃烧,就连声音都变得低沉起来,有着一种尊贵高傲的感觉:"叶鼎之,看到了吗?这就是虚念功!"

叶鼎之又往后退了一步,这一刻,他才真正地把面前的飞离当成是队友,飞离此刻带给他的那种压迫感,他上一次经历还是在那一次天启学堂大考中,面对那个诡异的神秘人的时候。

"这才是真正的力量!"

飞离手中的判官笔轻轻一挥,在空中大大地写了一个字——生。

又写了一个字——死。

"生死印!"飞离长袖一挥。

"真当自己是判官,能定我的生死?"叶鼎之冷笑一声,玄风剑一挥,又要将那生死印打得粉碎。

可是一剑劈下,却并未像刚才斩碎墨虎一般斩碎那两个字,反而自己还被那一招生死印给瞬间打退了出去。

"我不如你,没有什么天生武脉,我苦

修这么多年，虚念功才不过修至第三重，可是光这第三重，也足够我在今日，将你打趴下！"飞离傲然道。

"那就试试！"叶鼎之将玄风剑插在面前，忽然闭上了眼睛。

师父，当日您劝我不要再用魔仙剑，可今日迫不得已，怕是弟子无法再遵守当时的诺言了！

叶鼎之将玄风剑拔起，指天。

忽然间势若雷霆。

狂风呼啸，似乎是万鬼哀号。

"老和尚劝我不要再入魔，可是这世道，却要逼我入魔！"叶鼎之的眼中闪过一丝杀意。

玥卿敏锐地察觉到了叶鼎之那转瞬即逝的杀意，心中一惊。虽然方才叶鼎之说了那么多次如果不让路就杀死他们，但是方才的叶鼎之虽然出剑，却无杀意，只是这一刻，叶鼎之是真的打算杀人了。

"可别死了啊！"玥卿和飞离说道。

"死在这样的剑下，不枉！"飞离的嘴角已经有鲜血流出，但他的眼神却越来越狂热，面对叶鼎之忽然强绝的剑势，他不仅没有退，反而更加疯狂地朝前冲去。

"魔仙剑，以身入魔，得无上剑法。传说中这是百年前的一位剑仙向魔神献祭换来的剑法，但是问魔神借来力量，为何不自己成为魔呢？"

"若你能修得虚念功，小小魔仙剑，又算得上什么？届时别说天启城中没有人拦得住你，就算是学堂李先生亲自出手，也不会是你的对手，"飞离接着说，"你就是真正的天下第一！你的家仇可以报，你的妻子不会再离开你，过去的那些苦难，再也不会来叨扰你。我们都有共同的敌人，让我们一起踏平北离！"

"啪"的一声，飞离的判官笔终究是碎成了两片，摔落在了地上。

叶鼎之落地，将玄风剑重新插在了剑鞘之中。

叶安世眨巴着眼睛看着他。

片刻之后，飞离的身子才重重地摔在了地上，他浑身都是鲜血,可却面带笑容:"畅快,畅快!"

玥卿落在了他的身边,伸手探了一下他的脉搏,才略微放下了心:"还好,只断了几根筋脉。随便乱用虚念功,你的胆子可真大,以你的体魄,随时可能经脉尽断而亡!"

"好不容易偷偷练了些,总要用一次才尽兴。"飞离笑道。

"方才我的魔仙剑已经用到了第八重,而你的虚念功却只出了三重,你能和我过招不落下风,很厉害。"叶鼎之淡淡地说道。

飞离在玥卿的搀扶下勉强坐了起来:"这是我的体魄用出的虚念功第三重,如果换成是你,那么一定不一样!"

"你们为何一定要我练这门功夫?"叶鼎之问道。

"北离护国高手无数,光李先生一人立国之门,我们北阕就没有一点机会。我们需要有一人习得虚念功,带领我们攻破这道国门。"玥卿望向叶鼎之,"而你就是我们的人选!"

"是要借我的手,摧毁北离?"叶鼎之冷笑。

"各取所需。"飞离呕出一口鲜血,"我方才说的话不是骗你,北离皇帝继位之后就派了近百位金吾卫在外面寻找你们,你们不管逃到哪里,都会被他们找到。"

"去南诀呢?去更远的地方。"叶鼎之喃喃道。

飞离喝道:"难道你只知道逃跑吗?"

"修炼这门虚念功,需要多久?"叶鼎之问道。

"如果你愿意,现在与我们前往天外天,"飞离站了起来,"我把我的三重虚念功,全部传给你!"

玥卿闻言大惊:"飞离你真的是疯了!"

飞离看向叶鼎之,神色镇定:"我们本来现在要做的,不就是一件疯狂的事情吗?"

叶鼎之皱眉道:"虚念功,可以直接传功?"

江湖之上,的确有些功法是可以直接由一个人传至另一个人身上的,但是一般以纯粹的内功心法为主,并且在传授的过程中会有一定的折损,甚至于大多数都是十之存一,所以除非是万不得已,不然很少有传功渡法的事情发生。

"是,虚念功可以!并且在我这里三重,到你身上也是三重,

只有一个条件……"飞离缓缓道。

叶鼎之疑惑道:"什么条件?"

飞离忽然一步掠出,直接来到了叶鼎之的身前,一把抓住了他的肩膀:"你的身体能够承受得住我的功法!"

叶鼎之先是一愣,随后冷笑:"这很难?"

"玥卿,赶路吧。"飞离忽然道。

玥卿点了点头,打了个呼哨,一辆马车从丛林之中跑到了他们的身旁,飞离拉着叶鼎之一跃飞进了马车之中。玥卿走过去抱起了站在角落里的叶安世。

"娘亲!"叶安世望着远处,忽然喊了一句。

玥卿一愣,急忙转头,却没有其他人的身影。

三十里外,有一人从一辆白色的马车中掠了出来。

"我有一种不好的预感,我不能再等了!"

那人脚下生风,瞬间就掠出几十丈外。

形、声、闻、味、触。

飞离将内功传至叶鼎之体内,游走了半个周天,叶鼎之五感已尽被其封,所以几里之外的一声呼喊,他并没有及时听到。

但是玥卿听到了。

"叶鼎之!你大哥我百里东君,来了!"

玥卿猛地一挥缰绳,冲着空中发出一支令箭。

那些藏匿在寒山寺周围的天外天门人看到令箭发出,立刻都往那个方向赶去。

"百里东君?是阿姊经常念叨的那个家伙吗?原本还打算会会他,可今日……"玥卿再次一扬缰绳,"我可没工夫陪你玩!"

"叶鼎之,你大哥百里东君来了,还不出来拜见!"百里东君又高呼一声。

仍然没有人理会他。

"难道我来晚了?"百里东君低声说道,他望着山顶的那座寺庙,根据叶鼎之在信中的描述冲着草庐的方向狂奔而去,可是当他终于赶到的时候,他最不想看到的画面还是出现了。

草庐已经倒塌了,周围更是一片狼藉,很明显,方才有人在这里狠狠地破坏了一场。

"叶鼎之！"百里东君双拳紧握，随后俯下身，看着地上清晰可见的脚印。看来叶鼎之离开的时候很是愤怒，每一个脚印都入地寸许，他望向脚印离开的方向，立刻下了决心。

追！

他正起身，欲向前追去，可却探知到周围的气息，摇头冷笑了一下："我现在心情很不好，你们一定要选在这个时候惹我吗？"

有将近十几个人先后落在草庐的附近，他们清一色地穿着黑色长袍，正是此次和魂官飞离他们一起来到这里的天外天门人。为首的是一个魁梧的中年男子，他看向百里东君："方才听到公子在远处呼喊，可是镇西侯府小公子百里东君？"

"百里东君就是百里东君，前面一定要加那么长的前缀做什么？"百里东君撇了撇嘴，"我现在给你们两个选择。"

"哦？"为首的中年男子笑了一下。

"第一，你们把路让开。"百里东君伸出一根手指。

中年男子摇了摇头："看来还是直接听第二个选择吧。"

"第二，我把你们揍一顿，然后你们把路让开。"百里东君又伸出一根手指。

中年男子双手一摊，袖中真气澎湃，他微微有些恼怒："百里东君，可别太小看人了，我修炼金钟心法四十年，别的不擅长，最擅长的就是抗揍，你来试试看！"

"那就试试看！"话音还未落地，百里东君就已经来到了中年男子的面前。

好快！中年男子心中惊呼一声，还没来得及做出任何反应，就被百里东君一拳打到了胸膛上。

中年男子纹丝不动。

百里东君歪了歪脖子。

中年男子先是一愣，随后朗声大笑："不痛不痒，不过如此！"

百里东君拳头轻轻一转："哦？"

那拳头之上，忽然一股真气涌出，中年男子低头一看，似乎听到了自己胸骨裂开的声音，他再猛地扬头，却是整个人被一拳打飞

了出去,摔进了那废墟草庐之中。

百里东君收拳,望着其他人:"有没有谁,比他还抗揍?"

那十几个人虽然神色中流露出了几分畏惧,可却谁都没有后退半步。

百里东君双手骨节噼里啪啦地作响,他冷笑道:"看来刚刚下的手还不够重?"

中年男子从废墟中站了起来,他咬牙道:"其实你只有一个选择。"

百里东君举起拳头:"你说。"

"杀了我们,然后从这里过去!"中年男子怒喝一声,随后扬起手中的拳头,一拳冲着百里东君打去。

百里东君伸出左掌,轻而易举地握住了他的拳,随后右手一挥,腰间的不染尘已经出鞘落在了他的手中,他将不染尘搁在了中年男子的脖子上:"也不是不可以。"

中年男子冷笑道:"我们,宁死不退!"

"真的是有骨气啊!只是这么有骨气,为什么要找别人来帮你们复国呢?"百里东君手中长剑轻轻旋转,"以前我一直觉得人的生命是最珍贵的东西,别人没有资格去肆意夺取,所以我并不觉得,在复国这么大的一件事上,牺牲一个人的命是值得的……所以叶鼎之不应该死,你也不应该死!"

"你什么意思?"中年男子问道。

百里东君将长剑一旋,插回鞘中,随后左手松开,将中年男子丢在了地上,又转身看了周围那些人一圈:"既然这样,各位不好意思了,我要把你们的腿打断。"

中年男子怒道:"少看不起人了!"

一辆纯白的马车在此时缓缓地行到了他们的边上。

中年男子看了那马车一眼,惊道:"这辆马车?"

"各位天外天的门人,我是玥瑶。"马车之中传来一个温柔的声音。

那十几名天外天的门人都是一惊,玥瑶是曾经北阙的长公主,也是在玥风城闭关以后,他们天外天实际上的宗主,四方尊使只不过辅佐她罢了。只是这些年来，玥瑶公主一直在远游之中，天外天内部也早就以无相使的命令为先，但是见到玥瑶本人亲临，他们仍是十分尊敬，十几个门人包括那重伤的中年人全都跪拜在地："恭迎代宗主。"

"不必叫我代宗主，这么多年来我也没做过什么。"玥瑶柔声道，"我只以父亲的名义请求各位，能否把路让开？"

为首的中年男子一愣："路？"

"我和那位百里公子的路，我们要去追一个朋友，希望几位可以行个方便。"玥瑶缓缓道。

"可是无相使有命令……"中年男子说了一半，还是没有说下去。

"无相使啊，"玥瑶微微一笑，"父亲这么久还未出关，他已经决心取而代之了吗？"

"当然没有！"中年男子急忙回道。

"那就把路让开。"玥瑶淡淡地重复了一遍。

百里东君冷哼了一声，随后直接往着那脚印离去的方向走去，那十几个人都没有再说话，任由百里东君穿行而过，谁都没敢再上前阻拦。

玥卿的马车一路北行，很快就离开了姑苏地界，但是刚一离开姑苏，她就收到了一只天外天门人传来的信鸽。她看了一眼那封信，眉头便皱了起来。

"姐姐，没想到你会在这个时候出现，想要在现在夺回那些权力吗？是不是有些太晚了！"

"你太小看玥瑶公主了，她想要的，可不仅仅是权力。"一个有气无力的声音忽然响起，玥卿转过头，发现飞离靠在马车之上，仰头喝了一口酒。

"你对我姐姐很了解？"玥卿问道。

"小时候我们几个可是一起长大的，玥瑶公主和我们不一样，她并不想要复国。"飞离幽幽地说道。

玥卿冷笑了一下："是吗？"

"她觉得对现在的北阙遗民来说，留在极北之地才是更好的选

择。"飞离说道。

"荒谬!"玥卿不屑地说道。

"不,玥瑶公主的想法没有错。"飞离放下了酒壶,喘了口气,"的确如果发起复国的战争,北阙的遗民会很惨。"

玥卿没有说话,只是冷笑。

"可惜啊,我又不是普通的北阙遗民,我并不关心他们的好与坏,对我来说,复国,然后继承当年我父亲的大将军之位,才是最好的选择。"飞离笑道。

"他要什么时候醒?"玥卿看了一眼飞离的身后。

"早着呢,不睡上三天三夜是不会醒来了。"飞离也回头看了一眼,"或许等到我们回到天外天的时候,他才刚刚醒来也说不定。三重虚念功呢,可不是一下子就能消化得了的。"

"那你呢?"玥卿问道。

"我?"飞离耸了耸肩,"至少这一个多月,连站起来的力气都没有了吧,至于恢复到以前,恐怕需要一年半载了。"

玥卿皱眉道:"百里东君已经突围而来了,路上我派了三波人马拦他,但如今都已全军覆没。他如果赶上来了,冠绝榜上第三甲的高手,我可对付不了。飞盏什么时候回来?"

"他要确保把易文君送到天启城,之后折道回天外天,这一路上,他不会来帮我们。"飞离回道。

"偏要弄这么麻烦做什么?一拳把那女人打死不就好了!"玥卿的眼神中闪过一丝狠厉。

"那个女人可没你想得那么好杀!如果没有杀成,反而暴露了我们的目的,那么她折回头来找叶鼎之,那么可就麻烦了。而一旦她到了天启城……"飞离笑了笑,"便不需要我们动手了。"

"你看上去还挺轻松?既然飞盏不会回来,那我们怎么和百里东君打?"玥卿问道。

"你看前面那座城。"飞离指了指前方。

玥卿看了眼:"怎么?"

"那座城叫宣城,在那里有一个我们的老同伴,他和百里东君可是有着血海深仇,他等这个机会等了很久了。"飞离说道。

"谁?"玥卿疑惑道。

"无作使。"飞离缓缓吐出这三个字。

玥卿倒吸了一口冷气:"那个疯子……他不是和无相使势不两立吗,他为什么会帮我们?"

"这么久以来,无相使一直派我追查无作使的下落,后来我发现他一直待在这座宣城里疗伤。当时我就想好了,如果此行顺利,我们绕城而走,此行不顺,便从宣城走。那条老狗,就是一个疯子!"飞离吸了吸鼻子,"我猜他一定会先杀百里东君,然后再来收拾我们!"

宣城。

新风客栈。

"无作使,有从天外天来的人快进宣城了。"

床榻之上,一个形容枯槁的老人正在那里打坐,他的周围烟雾缭绕,似乎正在运功疗伤。

"那个该死的李长生,当日究竟暗中做了什么,为什么我的伤至今也不见好!"老人低喝道。

"无作使,您……有听到我说的话吗?"站在门口的年轻侍从有些害怕地说道。

"什么事?"老人抬头道。

"有人要来宣城了,是天外天的人。"年轻侍从急忙说道。

"是谁来送死?"老人不屑一顾。

"魂官飞离,还有二小姐,玥卿小姐。"年轻侍从说道。

"他们?飞离也就罢了,怎么还有玥卿那丫头?"老人问道。

年轻侍从回道:"看他们的样子,似乎是正在被人追杀,所以迫不得已要躲进宣城,也不知道是巧合,还是……"

老人冷笑道:"飞离那小子深得无相的真传,心机深得很。他这次来定是早就暗中谋划好了,想拿我当救命稻草?他是不是想太多了!追他的人是谁?"

"玥瑶公主,还有雪月城的……百里东君。"

"百里东君?!"老人猛地一收真气,一步从床榻之上走了下

来,"是那个镇西侯府的百里东君吗?"

"好,来得好!我想找他很久了,当日在天启城里没有能抓住他,这一次的机会可不能再错过!"老人目露凶光,"这次要是还抓不到,那就直接杀了!"

"可是魂官飞离那边……"

"不过是个小小魂官,谁管他!等我收拾了百里东君,再去杀他,又有何难?"老人问道,"距离他们入城还有多久?"

"魂官飞离他们还有半个时辰,百里东君还有一个时辰,但百里东君的速度很快。"侍从说道。

"好,就怕他让我等得太久。"老人直接推门走了出去。

玥卿驾着马车驶入了宣城之中,她左右看着周围的人,身子微微有些颤抖。

"你很害怕?"飞离笑着问她。

"无作使,四大尊使中我最怕的就是他!其他几位尊使虽然性格古怪,但对我们几个却都还算和善,唯有他,总是给人一种不寒而栗的感觉。"玥卿低声道。

"因为无作使性格阴晴不定吧,时而温和,时而阴冷,但你有没有想过,无作使可能是两个人?"

"两个人?"玥卿一愣。

"是的,但现在不用管了,如今的无作使只剩下一个了,就是那个阴冷、狠厉,对敌人绝不留半点情分的无作使。我们应该庆幸这样的无作使,会替我们对付百里东君!"

宣城。

登楼酒肆。

一个一身灰衣、披头散发的中年男子从二楼直接被人丢了下来,结结实实地摔倒在了地上。

玥卿猛地一拉马车:"来者何人?"

飞离眉头一皱,心中也是一惊。

"你不是说无作使不会来拦我们的路吗?"玥卿低声问道。

飞离望着地上那人:"人心难测啊,尤其是无作使这样的人。"

地上那中年男子打了个酒嗝,站起来看了他们两个人一眼,弹了弹身上的灰尘，懒洋洋地说道："二位小友好，此行可是往北？"

"关你何事！"玥卿怒道。

飞离也冷冷地望了那中年男子一眼："阁下是谁？为何要拦我们的路？"

中年男子笑道："我啊，是个读书人，一心想去最北面的地方看看千里荒原、万丈冰山，所以想搭一搭你们的马车，不知二位是否愿意啊？"

"不愿意！"玥卿回道。

中年男子挠了挠头，自言自语地说道："这长相和师父说得半差不差，可是性格脾气怎么完全不一样？师父他老人家是不是又捉弄我呢！"

玥卿看了飞离一眼，飞离点了点头。

杀了！

玥卿手一挥，三根银针从她袖中飞出，直逼中年男子而去。

"阿嚏"，中年男子打了个喷嚏。

三根银针瞬间碎落了一地。

"点子扎手。"玥卿低声道。

飞离右拳紧握，皱眉思索着什么。

"算了算了，看来肯定搞错了。"中年男子却一副意兴阑珊的样子，摆了摆手，走到了一边，给马车让开了路。

"怎么回事？"玥卿一愣。

"走！"飞离猛地一拍马屁股，马车朝前，穿过中年男子狂奔而去，惊起一地尘土。

中年男子一挥袖将那些尘土打散，无奈地说道："真没教养，大街之上，弄脏了人家的衣服。"

酒楼的二楼之上，忽然伸出一个妇人脑袋，那妇人看起来年纪不小了，却也算得上风韵犹存，可脾气确实很大，对着楼下那中年男子破口大骂："就你个王八蛋有教养，欠了老娘一个月的酒钱了，每次都赊，赊赊赊，赊你大爷！"

中年男子却是脸不红气不喘，望着楼上的妇人笑道："三娘，我可不是没钱，只是我这酒一喝，钱一付，咱们的关系呀也就断了，

一想到这儿,我的心就好痛啊……"

"给钱就不痛了!兄弟们,给我打他,往死里打!"那被称作三娘的妇人指着他大喊道。

七八个小二扛着桌凳扫把从酒楼里冲了出来,奔着那中年男子而去。

"唉,世间所有的动人,都是因为真心。"中年男子一副悲痛欲绝的样子,"三娘啊,我对你的真心,你却为何感受不到呢?"

一个凳子砸在了他的头上。

中年男子往后一倒,躺在了地上,一动不动了。

小二们立刻停下了手。

"该不会是死了吧?"有人小心翼翼地问了一句。

片刻之后,长街之上没有一个人影,酒楼的大门紧闭,只有二楼之上那个眼神中流露出了几分害怕的老板娘,依旧不安地望着下面。

"不会真死了吧……"

中年男子忽然睁开眼睛,冲她眨了眨:"就知道三娘你关心我。"

那妇人先是松了口气,随后语气也终于软了下来:"我名字里不带三,家中排行也不是三,你为何一见面就叫我三娘?"

"一双珍秀笼烟眉,比起花容胜三分,所以你叫三娘啊!"中年男子躺在地上,笑着说道。

妇人虽然听不太明白,却也知道是夸人的话,笑骂道:"说话文绉绉的,听不懂你在说啥。"

躲在妇人身后的那些小二们纷纷叹了口气,看来今日这酒钱又是讨不回来了,这一个月来妇人每次发难,这个中年男子总是三言两语就把她给哄住了。中年男子仍旧躺在地上,语气还是贱兮兮的:"因为我是个读书人啊!"

妇人笑骂道:"没见过这么邋遢的读书人。"

小二们纷纷摇头,在中年男子不在的时候,他们说过他不少坏话,可每次妇人都会笑盈盈地说:"别看那家伙看起来邋里邋遢的,其实他的眉眼很好看的哩!"

中年男子站了起来,慢慢地将身上的灰尘弹去。

一匹洁白无瑕的马拉着一辆华丽的马车停在了他的面前。

"这一次总该是了吧？"中年男子喃喃道。

拉着缰绳的青衣女子看了他一眼，问道："这位先生，能否把路让一下？"

"你们可是往北行？"中年男子问道。

青衣女子一愣，随后点头道："却是北行。"

中年男子喜道："我啊，是个读书人，一心想去最北面的地方看看千里荒原、万丈冰山，所以想搭一搭你们的马车，不知姑娘是否愿意啊？"

青衣女子摇了摇头："不愿意。"

"君子有礼，助人为乐。"中年男子朗声道，"何不成人之美？"

"我是女子，不是君子，还请先生让路。"青衣侍女回道。

"不行，带上我。"中年男子摇头。

百里东君推开马车的帷幕一步踏了出来，声音很不耐烦："又是天外天的人来挡路了？"

青衣侍女摇头："此人我未曾见过，不是天外天之门人。"

百里东君看了他一眼："先生哪位？"

"我是个读书人，想要往北方而行，可没有钱赶路，不知这位小友，可愿带我同行？"中年男子回道。

"我们几个不是去北方游玩的，我们有要事在身，一路之上还有生死之斗，先生与我们同行，怕是不妥。"百里东君摇头道。

"妥的妥的。"中年男子拍了拍百里东君的肩膀，笑着说道。

上一刻还站在马车一丈开外，这一刻却已经坐在了马车之上，就在百里东君的身边。

"三娘，我走啦！"中年男子冲着二楼的妇人挥了挥手。

妇人神色有些难过："记得下次回来，付你的酒钱。"

"明白啦，酒喝了，钱未付，我们的缘分就没断。"中年男子接过青衣侍女的马鞭，轻轻一挥，潇洒离去。

当马车从酒肆边行过的时候，中年男子拿过百里东君腰间的酒壶仰头喝了一口。

"世间从此，又多了个痴痴等我的女子啊！"

第四章 · 君子如玉

百里东君一脸茫然地看着这自来熟地仿佛是自家人的中年男子。

青衣侍女则一手按住了腰间的短剑，一手拿着缰绳，等着马车内的小姐一声令下就准备动手。

"青儿，继续赶路吧，我看这位先生，不像是坏人。"马车之内，玥瑶柔声道。

"遵命！"青儿立刻松开了握剑的手，一挥马鞭朝前行去。

中年男子抹了一下胡子上的酒水，看着马车之内笑道："还是这位姑娘明事理。是啊，如我这般温润如玉的公子，看着便不像坏人啊！"

百里东君摸着腰间悬挂着的玉佩，心想你是不是对玉有什么很大的误解。

"你小子，就是百里东君吧？"中年男子看了他一眼。

百里东君也看了他一眼："那你是谁？"

"我叫君玉。"中年男子撩了撩自己的鬓发，"谦谦君子，温润如玉的那个君玉。"

"我有钱。"百里东君没有半点犹豫，从自己身旁的行囊里拿出了一个大银锭，放在了中年男子的面前，"这个银锭，足够你走到最北面，再从最北面走到最南面。你走吧，我们这马车真坐不得！"

"如果我不走呢？"中年男子嘴上说着不

走,可手里却将那个大银锭坦然收之了。

"你必须走!"百里东君低声说道,语气并不和善,"我现在真的很没有耐心。"

"少年郎,你心中的戾气很重啊!"中年男子拍了拍百里东君的胸膛,"你是学堂出来的人,因有君子之气。所谓君子气,有喜气、怒气、霸气、秀气,甚至可以有杀气,却唯独不该有戾气!戾,便是邪,一步之错,万劫不复!"

忽然胸前被打了几下,百里东君本是十分愤怒的,可偏偏几下敲打之后,他的一口一直压在胸前的闷气却被打散了,浑身上下终于舒坦了,心中紧绷的那根弦,也被松了松。他看着中年男子道:"先生此番话说得不一般,也曾是学堂之人吗?"

"我啊,受过学堂之书,却也没去过学堂。"中年男子朗声笑道。

"遗憾了,不然天启城中,也该有女子在痴痴想念着先生。"百里东君半嘲讽地说道。

"别叫先生了,叫我君玉。"强调自己叫君玉的中年男子重复道,"谦谦君子,温润如玉。"

百里东君摇了摇头:"你看看你自己这行头,披头散发、胡子拉碴、衣衫褴褛、一身尘土,哪里是君子,哪里又如玉了?"

"君子有形而忘形,心有玲珑便如玉。这位先生却是君子,至于如玉……"马车内的玥瑶笑道,"那得把胡子刮了才能看出来。"

"这位姑娘有眼光,听声音听谈吐,必是人间绝色。"君玉毫不避讳地将帷幕一拉,望向车内。

玥瑶也不介意,只是低头微笑。

君玉连声赞叹:"啧啧啧,想不到同一副面孔,一张不过是人间绝色,一张却可以是天上仙姿。心有玲珑便如玉,姑娘你也是心有玲珑之人。"

玥瑶淡淡地"哦"了一声:"看来玥卿这一次也来了。"

"玥卿是谁?"百里东君问道。

"我的妹妹。"玥瑶淡淡地说道。

百里东君看着君玉:"方才你见到他们了?"

"一个有气无力的年轻人,一个脾气不好的大美人。我也曾想坐他们的车北行,却差点被他们杀了。"君玉耸了耸肩,"这就是戾气啊!"

"再快点!马上就追上了!"百里东君急道。

青儿猛地一挥马鞭,眼看着马车就要穿过城门了,却忽然有一人落下,拦在了哪里。

一个形容枯槁的老人,远远看去,就像是一个骷髅一般。

"可恶,没完没了还!"百里东君一手按住了长剑。

"君子之气!"君玉大喝一声,"你要降魔,可莫自己成了魔。"

百里东君咬了咬牙:"我真的,很着急!"

"再着急也要守住自己的君子之道,不然戾气太重,迷失了本心,你不仅救不了你们的朋友,也救不了自己!"君玉沉声道。

青儿一拉马绳,将马车停了下来,望着前方那浑身上下透露着一股诡异之气的人,低声道:"小姐,是……"

"不用想了,那一身阴诡的气质,一定是无作使了。"玥瑶轻叹一声,"无法无天,无相无作,四大尊使中最不好对付的那一位,百里东君,你在天启城中和他动过手吧?"

百里东君皱了皱眉头:"那时他还是一副年轻人的打扮,自称是诸葛家的后人,诸葛云。师父曾和我说过,无作使其实有两人,一个性格平和,另一个天生狠戾。他将那个狠戾的无作使杀了,留下了那个相对性格平和的无作使。可是看眼前这个人……师父杀错了?"

"不是杀错了,是他将他那兄弟融合进了自己的内心之中!"君玉沉声道。

玥瑶沉吟片刻一道:"这是何解?"

"像是这样的双生之子,心灵本就相通,一人死了,却也在另一人心里种下了一颗种子。如今我们面前的这个人,可以说不再是当初的任何一个无作使。"君玉解释道。

玥瑶摇了摇头:"玄妙至极,却也诡异至极。"

"人一旦走入极端,便会产生可怕的事情,这就是戾气过重所致。所以要做君子,有喜气、怒气、霸气、秀气,不该有戾气。

戾，便是邪，一步之错，万劫不复，就变成了这样的妖怪。"君玉缓缓道。

百里东君皱眉道："都这个时候了，还说教什么？最后还不是要打。这样的一个怪物，可不好打！"

"你错了，戾气之重所造成的怪物，看着虽然可怕，却只不过虚有其表。怕什么，弹指可破。"君玉傲然道。

百里东君一摊手："那你去打。"

"你以为我为什么要在这里等你们？自然便是等待此刻，可惜啊，三娘看不到我接下来的风姿，不然啊，肯定哭着喊着要和我一起走。"君玉望向前方，朗声道，"学堂君玉，请赐教。"

学堂。

君玉！

天启学堂，自打北离建朝以来，出了无数的英雄豪杰，以至于"学堂"这两个本来囊括无数的词变成了它的专属。

天下间再也没有一座别的学堂，能单单以这两个字，就能让人明白其中意味。

玥瑶看了百里东君一眼，百里东君摇了摇头："学堂偌大，除了李先生之外，还有很多的教习，徒子徒孙遍布天下，我没有见过这位君玉。"

"不单你没有见过我，雷梦杀、顾剑门、洛轩、柳月、墨晓黑、萧若风，他们都没有见过我。"君玉笑道。

那边的老人却已经有些不耐烦了，忽然抬步向前走来。

"哎哟，看来是搞定了？"君玉耸了耸肩。

"何意？"百里东君问道。

"这家伙暗中在布阵呢，只不过诸葛一族的奇门遁甲，我这些年却也有幸见过正儿八经的。你们北阙这一旁支的……"君玉右手伸出一根手指，挥了挥，"不入流。"

话音刚落，无作使的身形忽然消失。

"上面！"君玉轻轻一抬手。

只见无作使忽然从天而降，一拳砸下。

却被君玉牢牢地挡住了。

身形却又忽然消失。

"左边!"君玉眼睛也没眨,朝着左手边一挥。

又挡住一拳。

"后面!"君玉一个转身,一脚把无作使踢了出去。

"你看清了吗?"玥瑶皱眉问道。

百里东君摇了摇头:"这无作使就像凭空出现一样,根本无来时之路,看不清。"

君玉顿了顿脚,忽然看着地上,很不耐烦地说道:"别躲了,下面闷得慌。"

地面在瞬间开裂,那无作使一拳挥起,直逼君玉下门而去。

"末流。"君玉一个侧身,直接把无作使拎了起来,随后一拳打出。

又是一拳。

再一拳。

拳拳到肉,说不出的清脆结实。

"天行健,君子以自强不息。地势坤,君子以厚德载物。君子浩然之气,不胜其大,小人自满之气,不胜其小。"君玉最后一把把无作使整个人都打飞了出去,他收拳笑道,"我心有浩然气,一手君子拳,奇门遁甲?何处奇,无处遁!"

无作使倒在了地上,身子已经支离破碎,虽然勉强还吊着一口气,却几乎没有活下去的可能了。

玥瑶皱眉道:"这位学堂君玉武功的确很强,可是无作使,不应该只有如此。"

"当然不止如此!傀儡之术,诸葛家视之末流,可你却用得相当坦然啊!"君玉无奈地耸了耸肩,"诸葛无成?你还真如名字一般,无成。"

众人凝神望去,才发现地上那人的真面目已经被打了出来,分明是个二十多岁的年轻男子,哪是真正的无作使。那无作使真身却藏在何处呢?

声音从四面八方而来。

"你为何知道我的名字?"

"我和诸葛青云喝过酒,和诸葛柳花下过棋,走过诸葛洛的八卦阵,睡过诸葛云的流金床,你信不信?"君玉的声音却也传向四面八方。

"我幼年与父亲离家,早已不是诸葛一族的人了。你说的这些诸葛族人,我也一个都没有听说过。"

"也是啊,你都一个快死的人,我说的这些名字啊,可是诸葛家年轻一辈的翘楚呢。"君玉回道。

"你连我的人都不知道在哪里,又如何杀我?"那声音中带着几分嘲讽。

"哦?你不就在我的身边吗?"君玉笑道。

忽然间没有了声音。

君玉伸出一只手:"想跑?"

忽然一阵风吹过。

风走尘落之时,君玉的手中,就多了一个灰衣的老人。

老人的脸色阴沉,目光冷然:"你是何时看穿的?"

"诸葛家号称十大金刚破百天,说只要十个金刚凡境的诸葛家门人联手,就能胜一百个逍遥天境的高手。便是靠这些神神道道的阵法,我这师弟虽然是什么冠绝榜三甲,但是没对上过你这样阴诡邪门的家伙,我怕他吃亏,就代他动手了,却没想到只是这么个小鬼阵,浪费我的时间啦。"君玉轻松地说道。

百里东君一惊,疑惑道:"师兄?"

"是啊,我君玉,就是这一代的,学堂大师兄。"君玉将手中的无作使狠狠地丢了出去,"小师弟,幸会啦。"

那一日百里东君在天启城中拜师,一路走到李先生面前,见到最大的师兄就是二师兄雷梦杀,而大师兄则连一张画像都没有,其他师兄们也都没见到过他,师父也从来不提起他,以至于他们都觉得这个人是不存在的。

可如今,他竟然出现了!

百里东君也没有半点怀疑,因为这样的性格,这样的武功,就该是学堂李先生教出来的。

无作使落在了地上,向后滑出了十余丈,他咬牙怒道:"可别太

小看我了!"

真气暴涨,刮起地上的飞石,冲着马车飞扬而来。

君玉一挥袖,将那些飞石打落,他笑道:"好大的气派,这可是大逍遥之境啊!"

百里东君低声道:"师兄,可要东君相助?"

"不了吧,帮人帮到底。你师兄我刚打了一套拳法,现在想用一套剑法。"君玉看着空空如也的手,"却缺一柄好剑。"

"师兄,请。"百里东君从腰间拿起君子剑,往前一伸。

"剑为何名?太俗不借。"君玉说道。

"名不染尘,名剑山庄仙宫品之剑。"百里东君回道。

"不染尘,名字妙哉,"君玉伸手将剑拔出,"配得上我的剑法!"

百里东君笑问道:"师兄剑法何名?"

"君子剑。"君玉一步掠出,直冲无作使而去。

玥瑶看着君玉持剑而去,感慨道:"这可真是一个妙人!"

"学堂的人都这样。"百里东君傲然道。

"怎样?"

"臭屁,自在,天下无双!"百里东君朗声道。

"老哥,你一身污秽泄气,偏偏遇上我一身浩然正气。"君玉一剑划去,逼得无作使连退三步,"是你的不幸,也是你的幸运,因为我的剑,将赐予你重生的机会!"

玥瑶点了点头:"确是臭屁,自在,而又天下无双。"

无作使的身上已经伤痕累累,几乎多次被君玉一剑贯穿胸膛,可他的神色却一点都不畏惧,反而多了几分狂热。

"血,鲜血啊!"

"来啊,杀了我吧。"他的眼神慢慢地变成了血红色,身上真气暴涨,周围三丈之内,一切事物在瞬间化为虚无。

百里东君低声道:"这应该是大逍遥境巅峰的境界了。他方才是故意受伤的?"

"是血魔功!"玥瑶低声道,"北阕国的禁术。没想到无作使居然偷偷练了这个邪门武功。"

"君子有九思：视思明、听思聪、色思温、貌思恭、言思忠……"君玉却置若罔闻，一边念着自己的君子一言，一边又挥出一剑。

"你的剑，太慢了！"无作使伸出右手，以肉身之躯一把抓住了不染尘，随后向前一步，一掌把君玉打倒在了地上。

君玉趴在了地上，口中喃喃念道："还有事思敬、疑思问、忿思难、见得思义……"

无作使拿起那柄不染尘，抬起后抵着君玉的脖子："这就是你的君子剑？"

百里东君向前一步，拿出了他的那柄长刀，随时准备向前掠去。

玥瑶低声道："要小心，他如今丧失了理智，随时会出手杀了君玉。"

君玉叹了口气："君子跪地，实则不雅，邪人握剑，何来染尘？"

"去死吧！"无作使一剑落下。

百里东君瞬间提刀掠出。

可已经赶不上了。

百里东君忽然持刀而停。

玥瑶手中的那一把梅花针也终究没有丢出。

因为君玉忽然站起来了，右手按住了不染尘的剑柄，左手一拳挥出，把无作使一拳打飞了出去。

"君子怒则诸侯惧，君子隐则天下安。"君玉擦了擦嘴角的血痕，"你惹怒一个君子了！"

"好疼啊！"无作使站了起来，怒喝道。

身上的真气一涨再涨。

君玉将不染尘抵在地上，伸出右手轻轻一抬："有什么威风的，大逍遥而已，我亦大逍遥！"

从无作使那边刮来的狂风便又刮了回去。

一场真正的境界之争！

"好，太快结束那可太没意思了。"无作使握紧双拳，身上的肌

肉暴涨,骨节噼里啪啦作响,竟然在一瞬间整个人都高大了不少,他脚下的泥土已经有了几分火灼的痕迹,他竟然在大逍遥之上,又进了一步。

"这就是师父所说的半步神游吗?"百里东君喃喃道。按照师父的说法,自己若是行走江湖,遇到这样的对手,最好的选择就是转头逃跑。

"半步神游,好,那我也踏出这半步!"君玉的灰色长袍飞扬,不染尘仍在地上,可剑气却已澎湃如潮,即便百里东君他们远远地站着,也能感受到那股剑气割皮的疼痛。

无作使的眼神中终于多了一份讶然:"你怎么也可以!"

"哈哈哈哈哈,我可是学堂大师兄,是这个天下间,最接近李先生的人。"君玉长袖一扬,那股震天慑地的气势忽然消散,重新变成了那个有些邋遢、有些放荡,却又满口君子哲言的中年读书人。

无作使眼睛微微眯起:"你要作何?"

"区区半步伪境,何须我全力杀你。"君玉傲然道,"你要显示境界,那我就跌境。"

君玉足尖一顿,再从平常的逍遥境,变成了自在地境,可他却摇了摇头,最终喃喃道:"还不够,还不够!"于是足尖再一顿,那飞扬跋扈的剑气就真的一点不剩了。

百里东君皱眉道:"大师兄这是直接跌入金刚凡境了。"

玥瑶摇头道:"是不是有些托大了,无作使就算血魔功未成之时,也是四大尊使中战力最强的一位。"

"我以凡境杀你半步神游,"君玉提起剑,眼神中满是坦然,"如何?"

"你会后悔做出这个决定!"无作使一跃而起,双手飞舞,刮起一阵狂风,风中似乎有万鬼哭号。

君玉却浑然不觉,只是原地忽然舞起了剑。

"大鹏一日同风起,扶摇直上九万里。"

"假令风歇时下来,犹能簸却沧溟水。"

"世人见我恒殊调,闻余大言皆冷笑。"

"宣父犹能畏后生，丈夫未可轻年少。"

无作使已经掠至君玉的面前，掌间真气已至顶峰，就算君玉是什么金身罗汉，他也有信心一掌碎之，何况眼前的君王不过是一个妄自托大的金刚凡境。

"师父啊，真想认识一下您的这位诗仙朋友。"君玉递出一剑，"您说一个人怎么可以既有这般的豪情万丈，文笔却又可以如此秀美如画？"

一剑递出。

万物归于沉寂。

这是百里东君见过最简单的一剑，没有眼花缭乱的技法，也不见澎湃汹涌的剑气，只有干干净净的一剑，只有与天地同息的一股浩然正气。

君玉长袖一挥，不染尘远远掠出，退入了百里东君的剑鞘之中。

百里东君看着不染尘入鞘，犹然感受着那一股浩然剑意。这一剑，真是绝妙绝妙，绝妙至极了！他拿出腰间的酒壶，仰头喝了一口。

玥瑶微微皱眉，看着远处缓缓道："无作使，死了。"

青儿握着马鞭的手有些微微颤抖："应该是的。"

君玉轻轻拍了一下呆呆站立在那里的无作使脑袋，将他整个人拍在了地上："你这伪境也有几分能耐，可惜啊，吓不住我。许久没出手了，我的剑法还是一如既往的，冠绝天下啊！"他耸了耸肩，忽然朝前走去。

"师兄，你去何处？"百里东君朗声问道。

"我答应了师父，路上来帮你一程，剩下的路，你还是自己走吧。茫茫天地间，还有那么多的女孩没见过我，我要去见她们。"君玉背对着他们，遥遥挥手，"此行无终点，他日难相见，两位，珍重了！"

"师兄不是说要往北行，见那千里荒原、万丈冰山吗？"百里东君问道。

"对哦，那还是同行吧。"君玉一个转身，忽然就走了回来。

百里东君看了玥瑶一眼,玥瑶也是瞪大了眼睛看着他,面面相觑。

"话说你们往北而行,为的是什么?"

马车朝前奔去,君玉很不客气地又拿走了百里东君腰间的酒壶,仰头喝了一口。

百里东君皱眉道:"师兄你方才应该遇到过他们了。"

君玉愣了愣:"哦?所以你们此行就是来找他们的?找到他们以后呢?"

"里面有一个我的朋友,我要把他带走!"百里东君沉声道。

君玉低头沉吟了片刻:"原来如此。方才那马车之中,的确有一个人的气息很是微弱,看样子是受了很重的伤……啊!难道方才我把他们拦住,此行到此就可以结束了?"

百里东君漠然地点了点头:"是的。"

君玉仰头又是一口气,哀叹一声:"悔之!悔之!"

百里东君回想了一下君玉方才的话:"你说……马车中的人气息很微弱?"

君玉想了一下,回道:"与其说是微弱,不如说……快死了?"

玥瑶忽然道:"他们不会让叶鼎之死!现在这种情况有两种可能,第一种是他们在带走叶鼎之的时候把叶鼎之打成了重伤;第二种,就是叶鼎之体内被渡入了虚念功。魂官飞离,他以凡体之躯强行练就了虚念功三重,如果他将这些功力注入叶鼎之的体内……君玉先生,方才那马车之中,是否还有一男子?"

"是,也受了重伤,但没那么严重,武功底子不弱,不过方才的情况,怕是一掌就能打死。"君玉咧嘴笑了一下,"我也是仁慈,才放了他们走。"

"这就没错了,飞离强行渡了三重虚念功到叶鼎之的体内,所以两个人现在都十分虚弱。"玥瑶咬了咬牙,"他们比我们想象得要快。"

百里东君望着前方:"方才无相使拖了我们太久,我们与他们又拉开了不少距离,可能在到达天外天之前,很难追上了。"

"如果是穿城而过,那我踏风而去,不出一个时辰,就能按住他们。"君玉傲然道，"可惜……过了宣城，便是大片的荒芜之地，我无法寻到他们的方向。"

玥瑶沉吟片刻，终于是下了决心："不行！百里东君，你也要练虚念功，不然到时候廊玥福地的门被关上后，我们就什么也做不了了！"

君玉皱眉："虚念功？小师弟，你也是天生武脉？"

百里东君一摊手："我也很无奈啊！"

"可是虚念功，虚虚实实，念在无虚，就算是你天生武脉，又岂是这么好练的？"君玉说道，"没有一年半载的修炼，除非和他们一样强行渡功，姑娘你难道是个深藏不露的高手？也练了几重虚念功？"

"先生太高看我了，虚念功岂是我这样的人能够练得成的，怕是练到一重就经脉爆裂而亡了。但是东君他，那一年半载的修炼，却是有的。"玥瑶看了百里东君一眼。

君玉一愣："哦？"

百里东君也是一愣："我怎么不知道？"

玥瑶从马车后面拿起了一把古琴，放在了面前，笑着问百里东君："可还记得《琴中剑》？"

百里东君恍然大悟。当时他们在乾东城古尘旧宅之中曾经翻阅古尘旧书，其中有一本就是《琴中剑》，教人以琴音化剑气伤人。当时二人都觉得这武功，实用性且不说，光那抚琴伤人的架势就非常吸人眼球，所以一整年都在练习这琴中之剑，最后玥瑶洒下几十片落叶，百里东君拨弦，竟也能在瞬间将它们斩落。他接过那把古琴，轻轻一抚。

"试试？"君玉问道。

百里东君一笑："可以。"

君玉将那酒壶往下一倒，竟倒出一柱酒水，他将那酒水轻轻往上一抬，忽然化作一根冰柱，手指在上面一敲，冰柱又化作了数十个小圆珠。他看向百里东君："起！"

百里东君琴弦一抚，一股清雅的剑气从弦上掠出。

只听得叮叮当当几声清脆的声响，那数十个冰珠都被整整齐齐地切了开来，摔落在了地上。

玥瑶喜道："比起当时，还要更精进几分了！"

君玉笑道："不错，虚念化力，我都没练过这功夫。"

百里东君将琴放下："这就是虚念功？那我练到第几重了？"

"第几重？"玥瑶笑了笑，"这只不过是虚念功的入门所需，你呀，一重都没有。"随后她掀开幕帘问那青衣侍女："青儿，此行天外天，最快还需要多久？"

"日夜兼程，十七天。雪生是天生神驹，比起玥卿公主的墨落要快上几分，运气好的话，我们还能在冰原之上截住他们。"青儿回道。

"好！"玥瑶点头道，"至少能在廊玥福地拦住他们。东君，从今日开始，你开始修习虚念功，十七日之后，你需要入虚念功第二重。"

"我可不能输给叶鼎之！虽然他的功力是白给的，但我也不能输给他。他既然已经第三重了，那我也要入第三重。"百里东君傲然道，"十七日，虚念功第三重！"

君玉仰头又喝了一口酒："真是豪迈啊，当浮一大白。"

百里东君叹了口气："我说师兄，喝酒啊不需要这么多的理由，想喝就喝了，不用每喝一口酒都要和我说一句话。"

君玉笑道："我是个读书人嘛，脸皮很薄的。"

君玉说"我是个读书人"的时候，百里东君就会想起那个返老还童、风流翩翩的师父，总爱装腔作势地说一句"我叫南宫春水，是个儒雅的读书人"，他轻叹一声："师兄，你可知师父去了哪里？"

"我哪知道！我与师父也有几十年不曾相见了，他走的时候给我留了封信，让我来助你一程。说好了，只是一程，在宣城已经了结了。这一次，我去极北之地，真的只是看看风景。"君玉回道。

"师父每次都是这般绝情狠心？"百里东君无视了君玉的后半句话。

"或许是因为见惯了太多的离别，所以反而更害怕离别了吧。"君玉仰头又想喝酒，可是晃了晃酒壶，却发现一滴都不剩了。

第十七日。

百里东君在马车之中闭关冥想了十七日之后，终于睁开了眼睛。

君玉又喝了一口酒，笑道："这门功夫还真省心，闭着眼睛坐在马车里就能练。"

百里东君方从冥想中归来，神思还有些恍惚，眼神呆滞地看着前方。

"感觉如何？"玥瑶关切地问道。

"像是陷入了一个冗长的梦境，有时候如同坠入烈焰地狱般灼热，有时候却又像跌入万丈冰渊般寒冷。我几次想要挣脱苏醒过来都没有成功，但是没有任何一刻，如同现在这般，是真真切切地寒冷。"百里东君倒吸了一口冷气。

"废话，因为我们已经到了——"君玉一把拉开马车的幕帘，外面寒风凛冽，一望无际的就是冰山荒原，"极北之地。"

百里东君立刻打了个喷嚏，大喊道："快把帘子拉上，不对师兄……你怎么身上穿着那么厚的毛裘？"话音刚落，忽然感觉身上一阵温暖，他扭过头，发现玥瑶将自己身上的白色狐裘披在了他的身上。玥瑶笑了笑："你进入冥想的时候，身上像是火烧一般热，真气澎湃，我们在这马车之中就像是身处澡堂一般，我怕你的真气散不出来，也就没给你披上。"

百里东君披着这白色毛裘，闻着上面那股淡淡的香味，神思又开始飘飘荡荡，一个劲地傻笑："玥瑶姐姐，那你岂不是冷着了？要不……"我们一起报这件？"

君玉一口酒差点没喷出来，师父的厚颜无耻，果然每个弟子继承得都是淋漓尽致。

"不必了。"玥瑶微微一笑，又从马车后方拿出了一件狐裘穿在了身上。

君玉笑道："玥瑶姑娘这马车还真像是个百宝箱，什么东西都有。"

百里东君叹了口气，整个人往角落里一缩，只能偷偷地使劲闻那股香味，只不过闻着闻着忽然肚子咕噜地叫了一声，他有些无奈地挠了挠头："饿了。"

"接着。"君玉从身边拿起一个馒头,随手就丢了过去。

百里东君伸手一接,轻轻掂了掂:"这馒头,比石头还硬,我怕把我的牙给磕坏了……"

"热一热不就行了?"君玉笑道。

百里东君耸了耸肩,手中散出一股真气,转眼之间那馒头的周围就热气腾腾了,一个冰块般又冷又硬的馒头竟然慢慢地发出了一股焦焦的香味,百里东君拿起馒头啃了一口:"这法子不错。"

"那几日整个马车里都是你的真气,我和玥瑶姑娘就在你头上顶个馒头,不一会儿就热腾腾了。"君玉说道。

玥瑶笑了笑,可眼神又立刻凝重了起来:"东君,你现在的虚念功到第几重了?"

"你说过一重功就相当于登一层楼,每一层楼都阻碍重重。如果估计没有错误,如今我恰好登上了第三层楼。不多不少,虚念功第三重。"

在他们十里之外的马车之中,另一辆由一匹通体乌黑的墨马拉着的马车也踏破这风雪急速前行着。

"马上就要到了。"一身紫衣的玥卿握紧了马鞭,咬牙说道。

一声精喝响起,只见躺在那里的叶鼎之猛地坐了起来,吓得玥卿握着马鞭的手剧烈地颤抖了一下。飞离转过身,看着满头大汗、惊魂未定的叶鼎之,淡淡地说道:"醒了?"

叶鼎之擦了擦额头上的汗,低声道:"我还以为我死了。"

"哦?"飞离笑道,"你睡了快有小一个月了。这段时间里,你梦到了什么?"

"我什么都没有梦到,只感觉自己跌入了一座深渊之中。那是一座没有尽头的深渊,我就这样一直下落一直下落,永远没有尽头,除了绝望,我什么也感受不到。"叶鼎之呆呆地看着自己的手掌,"后来有个人拉了我一把,可是却被我挣脱了。"

"谁?"

"我的一个朋友,他叫百里东君。"

飞离微微眯起眼睛。

玥卿没有说话,只是又狠狠地甩了一下马鞭。

叶鼎之长吁了一口气:"我有些饿了,有吃的吗?"

飞离丢了几个馒头过去,随后又丢了一瓶酒:"先喝点酒暖暖身子吧。我们已经入极北之地了,很快你就可以见到真正的天外之天。"

叶鼎之喝了一声,吐出一口气,随后狠狠地咬了一口馒头:"你们那里是有人已经修成了这门功夫,能够教我吗?"

"是的,我们的宗主玥风城很早就已经修至了第八重,并且很快就要突破瓶颈到达第九重,到时候就算是学堂李先生,都无法拦住宗主。以你的本事,我想很快就能到第七重。"飞离缓缓说道。

叶鼎之很快就将一个馒头吃完了,随后掂了掂手中的另一个馒头:"第九重?需要多久?"

飞离一愣,笑道:"我们宗主闭关十多年都没有突破第八重的瓶颈,你出来就说第九重,是否有点太狂妄了?"

"你们宗主不行,不代表我不行。"叶鼎之耸了耸肩,"你不是说我天生武脉吗?"

"爹爹,您醒啦。"睡在一旁的小童睁开了眼睛,看到父亲终于醒了,眼神中流露出了几分欣喜。

叶鼎之挠了挠他的头:"安世,第一次来这么冷的北面吧?"

叶安世点了点头:"北面好冷。"

叶鼎之笑了笑:"是啊,好冷。我比你再大几岁的时候第一次来这里,天地寒冷,我本以为自己会死在这里。"

"娘亲来吗?"叶安世忽然问道,"我看她和人先走了,是先来这里了吗?"

"娘亲去看一些亲戚,我们先去北面,之后再去寻她。"叶鼎之回道。

叶安世点了点头,非常乖巧地将毯子往身上拉了拉,然后往后缩了缩。

飞离笑道:"你这孩子很聪明,而且……他的体格也很适合练武。"

叶鼎之皱了皱眉:"也是什么天生武脉吗?"

"现在年纪还太小,看不出来,但我觉得八九不离十吧。"飞离

说道,"你现在已经教他练武了吗?"

叶安世挠了挠头:"什么是练武?"毕竟只是一个三岁小童,对于练武并没有什么概念。

叶鼎之笑了笑:"等见到你娘亲,让她教你吧。"

玥卿看着前方:"马上就要到了,一会儿飞离你驾着马车带这孩子回天外天,我领着叶鼎之直接去廊玥福地找父亲。"

叶鼎之疑惑道:"为何不一起去那廊玥福地?"

玥卿叹道:"虽说是福地,可却不是寻常之人都可以去的,在那里是一片比这儿更可怕的冰原,再神勇的骏马也会望而却步,再也不敢前进一步,我们只能徒步前去。"

"好,安世,你先跟着这叔叔去暖和一点的屋子里去,我随后就来。"叶鼎之挠了挠他的头。

叶安世点了点头:"爹爹小心。"

"小心?"叶鼎之微微一愣。

玥卿和飞离相视一眼,心中都是一紧。

"放心吧,你娘亲还在等着我们。"叶鼎之低声道。

玥卿忽然一拉缰绳,停下了马车。

叶鼎之问道:"怎么了?"

玥卿轻声道:"无相使。"

叶鼎之伸手拉开了马车的幕帘,看着不远处站着的那两个人。

一个面相儒雅的中年男子坐在木轮椅之上,正看向他们。边上另外站着一个执伞的少年,举着巨大的竹伞,正在替中年男子遮挡风雪。

叶鼎之低声道:"这位就是你们天外天如今的掌事人无相使吗?"

无相使朗声道:"在下无相,在此恭候叶公子的到来已经许久了。"

叶鼎之抱拳道:"在下叶鼎之,幸会!"

玥卿说道:"无相使,那飞离和这孩子就先拜托你带回天外天了。"

无相使点了点头:"去廊玥福地的那条路有些危险,二位也务必小心!"

玥卿和叶鼎之从马车上跳了下来,玥卿走过无相使身边,看了他一眼。

无相使轻轻点头:"去吧。"

叶鼎之也看了无相使一眼,无相使还以微笑。

心如深潭,是个看不透的人啊!叶鼎之微微皱眉。

等二人离去之后,飞离也驾着马车行了过去:"尊使。"

"你们先回去吧,我这里,还要等待几位朋友。"无相使说道。

飞离神色犹豫:"无相使您要亲自出战吗?"

"有暗使传话到天外天,无作已经被他们杀了!此刻若我不站在这里,那么天外天还有人可以拦得住他们吗?"无相使叹了口气,"去吧,飞离,很快,属于我们的新的时代就要来了!"

"我很期待那一天的到来。"飞离一扬马绳,穿过无相使离去,他皱着眉头,仔细地回想着无相使说的那最后一句话。

却嚼出了一分死意。

"前方就快到了,左行之路前往廊玥福地,右行之路就是天外天。他们知道我们在后追赶,必定是直接去了廊玥福地,在那里马车无法行进,我们需要徒步过去。"玥瑶说道。

青儿却轻轻一拉缰绳,马车缓缓停了下来。

玥瑶疑惑道:"青儿,还有一段距离,为何现在就停下来了?"

君玉喝了一口酒,笑道:"前面有人等着呢。"

百里东君一把拉开幕帘,只见前方有一个端坐在轮椅之上的中年儒生和一个执伞的俊秀少年。

"无相使。"玥瑶轻声道。

无相使点了点头:"代宗主大人。"

玥瑶笑了笑:"无相使大人如今已经是天外天真正的掌事人了,可却仍称我为代宗主?"

"属下越权,实与代宗主大人想法不同,我不想看着天外天走向覆灭,所以越俎代庖,实为不敬,等宗主出关之后,我定会请罪。"无相使垂首道,语气恭敬。

"以自己的权力欲望,而驱使终于能有安静日子的天外天民众为你们卖命,这才是真正地走向覆灭吧!"玥瑶叹气道。

无相使摇了摇头:"代宗主大人说错了,无相这一生,从未对权力有过执念,只是我们原本就应该生活在那片温暖富饶的土地,而不是这贫瘠苦寒之地!"

"但是有些失败已经注定了,如果放不下,那么只会败得更惨,我在北离游历多年,我知道他们的强大。"玥瑶说道。

"等到宗主再次重临北离,那么世上就没有再比他还强大的存在了。"无相使语气低缓平静,似乎不带任何情绪,可偏偏又有种不容反驳的坚定。

"又是一个入了邪道的人啊!"君玉叹了口气,"只不过这个家伙,可要难对付得多了。"

"哦?可是玥瑶说他们四大尊使里最能打的是那个无作啊!"百里东君幽幽地说道,一路之上尽遇到一些小虾小蟹,唯一一个能打的无作使,被自己的师兄抢先搞定了,如今他修成了虚念功,当然想好好和面前的这个无相使过过招。

君玉看着无相使,脸色竟意外地有些凝重:"那个无作使入了邪道,却只是徒有其表,不堪一击。可这个无相,虽然心入了邪道,可这心,却是坚若磐石,且认定了自己走的是正道。这样的人,才是真正的难缠,因为他有信仰,而信仰往往能激发出更强大的力量。"

玥瑶看着前方,低声道:"我们不能等,既然无相在这里,那么说明叶鼎之他们已经前往廊玥福地了。"

君玉走下马车,一振双袖:"这位老哥,我和你来打。东君,你们先走。"

无相者微微一笑:"或许不行。"

君玉看了百里东君一眼:"抱歉啊,最后一段路终归还是要你自己去走了。放心地干,四个字,不要后悔!"

百里东君垂首:"小师弟我记下了。"

君玉一挥手,风雪飘扬,一身灰色长袍在风中狂舞,那个撑伞的少年身形有些摇摇欲坠,似乎随时会被这突如其来的狂风给吹走。

无相使眉头微微皱紧:"你就是杀死无作的人吧。"

"也是马上要杀死你的人。"君玉笑道。

"你说得没错,我的确无法同时拦住你们二人。"无相点了点头,"那么你我二人,就在这里分出生死吧!"

第五章 · 廊玥福地

千里冰原之上，叶鼎之和玥卿正朝着前方继续奔行着。

叶鼎之去过最北面的荒原，在那里冰山高耸入云，直接将此方世界和冰山后的世界隔绝开来了，也是极为苦寒的地方。但是即便是那里，也没有现在这片荒原上更让人觉得恐怖。

"没有人走出过这片冰原，它就像是没有尽头一样，廊玥福地已经是我们能走到的极限了！"玥卿在这样猛烈的风雪之中走得已经有些吃力了。

叶鼎之伸出一掌，将自己的内力渡到玥卿的体内："在这里，但凡停下来一刻，身体里的血液都会被冻住，你们的宗主为何要选择这样的地方苦修？"

"父亲说在廊玥福地这样的地方修炼，能够让他时刻不忘记亡国的痛苦。"玥卿感觉叶鼎之的内力渡入体内后，像是有一股暖流在体内流淌开来，终于觉得说话舒畅了些。

"你父亲的执念可真是够深！"叶鼎之幽幽地说道。

十里之外。

百里东君和玥瑶从无相使身边走过，无相使端坐在轮椅之上，执伞的少年目光依旧望着远方，都没有打算伸手阻拦。

"你想要你的父亲一直陷入沉睡吗？"无

相使忽然开口问道。

玥瑶摇了摇头:"我希望父亲醒来,也希望不要有战争。"

"关于你我的期许,很快就会有一个答案了。"无相使忽然从轮椅之上站了起来。

百里东君一愣:"这人能站起来啊?"

玥瑶皱了皱眉,一把拉过百里东君:"来不及了,走!"

风雪之中,无相使一步一步地朝前走着,对着君玉面带微笑:"实不相瞒,我已经十几年没有这样行走了。"

"这里风这么寒,你在这里走路,可不是什么好选择。"君玉笑道,"你以无相龙力功强行让一双残废的腿走起来,可是又能支撑多久呢?一个时辰,还是两个时辰?"

无相使对君玉伸出一拳:"这位先生的确见识广博,难怪无作会死在你的手上。"

"有些人虽然讨厌,但也值得敬佩,你是个值得敬佩的对手,"君玉也伸出一拳,"虽然不是什么好人。"

"谬赞了。"无相使右脚一顿,溅起风雪无数。

"廊玥福地。"叶鼎之抬头望着上面的那四个字,幽幽地说道。

巨大的石门挡住了这个山洞,叶鼎之伸手轻轻触了下那石门,随后微微皱了皱眉:"这石门怕是有千斤之重,光凭蛮力可无法打开。"

玥卿点了点头:"是的,父亲为了防止我们打扰,在这扇石门之上下了禁制,除非有虚念功的内力注入,不然石门就无法从外面打开。"

"原来如此。"叶鼎之又伸出手按在了石门之上,可却没有用力,只是摇头笑了笑,"是不是里面的人根本不知道我要来,而且

他不打算开门出来，但你们却真的很想要见他。"

玥卿一愣，没有说话。

"我是不是就是串钥匙？"叶鼎之又说道。

玥卿终于摇头道："自然不是。只是父亲入了廊玥福地，我们也没有办法将你已经到来的事情告诉他。"

"是吗？"叶鼎之收回了手，耸了耸肩。

玥卿心跳瞬间加速，没想到就差最后一步了，却还是被看穿了！此刻应该如何，用他儿子的性命威胁他？还是继续装傻，回到天外天后，再让尊使他们把他制住？就在玥卿着急思考的时候，叶鼎之却是一掌按在了石门之上："罢了，都走到这里了，又怕些什么，反正这虚念功，我是练定了！"

片刻之后，叶鼎之收回了右掌。

石门猛地一颤，震落了无数积雪，惊得玥卿往后退了一步，叶鼎之也退了一步。石门缓缓抬起，一股腐朽而温暖的气息从山洞之内流了出来。叶鼎之望向里面，竟是一排排的书架，书架之上摆满了古籍，山洞两边镶满了夜明珠，以至于整个山洞都十分明亮清晰。

叶鼎之吸了吸鼻子："这门怕是真的有许久没有打开过了吧？"

玥卿没有说话，此刻的她并不知道叶鼎之究竟在想些什么。

叶鼎之似乎也没有期盼她会回答自己，直接走入了廊玥福地之中，玥卿犹豫了一下，立刻就跟了上去。比起外面的风雪萧瑟，廊玥福地之中，却是十分温暖了。叶鼎之边走边摇头："这廊玥福地却是真正的福地没错，山洞之下应是有地热暖泉通过，所以即便外面天寒地冻，这方小天地却是温暖如春。方才你说的你父亲的那番话，还真是胡扯。"

玥卿双拳紧握："我并没有真的进入这廊玥福地过，想来是父亲大人在逗我吧。"

"父亲大人？"叶鼎之穿过那些书架，走进了山洞的内阁，"他似乎……"

玥卿推开叶鼎之一步走了进去，眼神略带惊恐地看向里面，无论是她还是飞离，甚至无相使都有一个最不好的打算，那就是这长达十余年的闭关,玥风城已经死在了廊玥福地之中。

在内阁之中的睡榻之上,盘腿坐着一个容颜消瘦的中年男子,他紧闭着双眼,呼吸匀速,似乎已经陷入了沉睡之中。

玥卿走了过去,轻声唤道:"父亲大人……"

玥风城依旧还在沉睡之中,并没有回应他。

玥卿伸出一根手指在玥风城的鼻子下探了探,虽然气息很微弱,但也很平缓。

叶鼎之冷笑了一下:"到底是多少年没有见了,你甚至担心他都死了?"

"的确很多年了!"玥卿看着父亲的样子感慨道,"或许他见到我,都已经不认得我了!"

叶鼎之问道:"那现在需要我做什么才能唤醒他?"

"我也不知道,父亲现在这是进入了虚念功的冥想。"玥卿轻声唤道,"父亲大人,卿儿来看你了。"

"轰"的一声,外面的石门猛然落下。

玥风城在这一刻,忽然睁开了眼睛,可是那一双眸子,却是妖异的金黄色!

"你们……是谁?"他伸出手,一把抓住了玥卿的喉咙。

"住手!她是你的女儿!"叶鼎之一步踏向前,一拳冲着玥风城打去。

瞳孔泛金,可是明显的走火入魔之状,叶鼎之不期待方才的那一句话能够让玥风城停手,所以没有犹豫,一出手就用上了八成功力。

"女儿?"玥风城忽然松开了手,然后转头看向叶鼎之,伸出一掌,一把握住了叶鼎之打过来的拳头。叶鼎之用了八成功夫的掌力就这样被他轻轻一握,瞬间化解。玥风城嘴角微微扬起:"哦?虚念功?"

叶鼎之一愣:"你竟然还能保持神智?"

"你以为我已经走火入魔了?"玥风城手掌放开,轻轻一扬,带起一股掌风,一把将叶鼎之打在了墙上。

叶鼎之呕出一口鲜血,半跪在地,两人不过才交手一招,他就

已经毫无还手之力了。

玥卿方才被玥风城放开后就一直在咳嗽,如今得了个喘息,急忙说道:"父亲大人,我是卿儿。"

"是卿儿吗?"玥风城扭过头,瞪着那一双有些可怖的眼睛望向她。

父女久别重逢,可玥卿心中却没有半点欣喜和感动,只是无法克制地恐惧,她往后退了一步:"是的,父亲大人。"

"你现在畏惧我?"玥风城语气平和。

玥卿急忙摇头:"没有,父亲大人。"

"不,你畏惧我,但这没有办法。"玥风城沉声道,"我如今半只脚已经踏入了虚念功第九重,现在的我,万物看到我都会有天然的畏惧,这是源于内心的,无法克制的恐惧。如果你们没有打扰我,那么半年之内,我将破镜入第九重。"

玥卿急忙跪下:"廊玥福地内外隔绝,我们也是担心父亲大人的情况才迫不得已打开石门!惊扰了父亲大人闭关修行,卿儿该死!"

"不,你不该死,你很好。"玥风城走上前扶起了玥卿,随手转头看着靠在石壁之上的叶鼎之,"你为我送来了一个很好的食物。"

叶鼎之冷笑道:"食物?"

"是啊,没想到这世间除了我以为,竟然还有人能够修得虚念功,而且年纪这么轻就已经有四重功力了。"玥风城看着叶鼎之,缓缓道,"吸了你的功法,我直接就能破镜,不必再等了。"

玥卿一愣,四重功力?那么说,路上这么短的时间,叶鼎之竟然又破了一重。

叶鼎之看了玥卿一眼,说道:"所以是这样?"

玥卿退了一步,低头道:"没有办法。"

"没有什么事是没有办法的。"叶鼎之一手按在了腰间的玄风剑上,"我只有一个问题,文君的事,是不是你们的安排?"

玥卿犹豫了一下,说道:"你放心,她不会有性命之忧。"

"够了,话太多了。"玥风城看向玥卿,"卿儿,你是否喜欢这个少年郎?"

玥卿咬了咬嘴唇，没有说话。

"儿女情长，真是麻烦的事啊！"玥风城走向叶鼎之，"少年郎，如果你顺从一些，我可以看在我女儿的面上，留住你的命。"

叶鼎之冷哼一声："你就是曾经的北阙国主玥风城？"

"曾经这两个字，有些刺耳。"玥风城右拳紧握。

"我姓叶。"叶鼎之忽然道。

玥风城眉头微皱："真是个不令人喜欢的姓氏。"

"我叫叶鼎之，我的父亲是叶羽，当年他灭了你们北阙，但如果没有他，你们中可没有那么多人能逃到这里。"叶鼎之傲然道。

玥风城微微抬手，杀气毕现。

叶鼎之却视若无睹，继续说道："看来我父亲做错了，他当初就应该杀光你们，一个不留。"

"你父亲是一个很自以为是的人，"玥风城一步向前，"你和他一样。我改变主意了，你必须死！"

"剑起！"叶鼎之怒喝一声，腰间玄风剑猛然出鞘，他一把握住长剑，一个转身，剑气如潮，贯穿了整个山洞。

"好一个剑起！"玥风城又往前一步，轻轻一挥，将那强悍的剑气一手压了下去。

叶鼎之又退了三步，扭头往身后看了一眼。

玥风城一拳挥出，直逼叶鼎之而去，叶鼎之一个转身，直接冲着门口奔去。

打不过，跑！

叶鼎之再怎么热血上头，敌我实力的差距却是真真切切地在面前摆着，他也不会傻到去白白送死，所以他很快就下了决定，直接冲着出口的方向行去。只是他刚奔到门口，石门就已经轰然坠下了。

"你跑不了的。"玥风城将手从书架后面的机关之上伸了回来，略带嘲讽地看着叶鼎之。

叶鼎之怒喝道："你可别以为这么简单就能杀死我！"

"你的实力很强，我年轻时怕是也不如你，但如果我一只脚已经踏入了虚念功九重，在我眼里，你就像蝼蚁一般。"玥风城叹了

一口气,"要后悔,就后悔刚才你报出自己的家世吧!"

叶鼎之冷哼道:"我父亲乃北离大将军,我家世敞亮,有何不能报的!要打就打,怕你了不是!来!"

叶鼎之右足一顿,瞬间直入虚念功第四重。

虽然同是虚念功,但叶鼎之展现出来的威势却远非当日的飞离所能相比,可是玥风城的神色却仍是不屑一顾:"在我面前用虚念功?"

"可别看不起人了!"叶鼎之大喝一声,衣衫瞬间炸裂,露出了衣衫之下火红色的皮肤,那一双眸子也在瞬间变成了火红色。

玥风城一愣:"不动明王功?"

世间最霸道、最蛮横,也是最容易伤人伤己的武功。

叶鼎之将剑插入土中,声音低沉而威严:"既然你要打,那我们就不死不休!"

玥风城沉声道:"同时催动虚念功和不动明王功,你不怕经脉寸断?"

"左右不过一个死,怕什么!"一股紫气从剑柄之上流出,慢慢地将整个剑身都笼罩了起来,显得无比的妖邪诡异。

玥风城皱眉道:"剑仙雨生魔,是你什么人?"

"自然是我的师父。"叶鼎之举起了那柄紫气缠绕的剑。

虚念功、不动明王功、魔仙剑法。

都是不为世间常人所容的武功。

"或许我也和这个世间,格格不入吧!"叶鼎之轻叹一声。

虽然很不愿意承认,但玥风城也不得不认可,此刻面前年纪轻轻的叶鼎之,值得他用出全力了。

玥风城点了点头,朗声道:"同时运起这三门不为正道所容的武功。你比起你的父亲,倒更令我敬佩了。"

叶鼎之已经无法压制住自己体内的真气了,他长吁了一口气,一字一顿地说道:"你这个失败者,没有资格提我父亲的名字!"

"我还没死,失败就可以重来!"玥风城一步掠出,冲着叶鼎之一掌打去,一掌飞出,虚虚晃晃竟有千手之态。

虚念掌,千手印!

叶鼎之只修习了虚念功的心法，那几门玄妙至极的外功招式还一招都没有学，可是他有一剑。

"一剑可破万法！"叶鼎之手中玄风剑猛地一挥，只见一道紫气将那虚虚妄妄的千手之印斩得粉碎。

玥风城一惊，收掌退了一步。

可那玄风剑立刻就追了上来，一剑将他的长袖斩落了一片。

玥风城站定身子，缓缓吸了口气："许久没动手，倒让你占了先机。"

玥卿在一旁看得大惊，没想到叶鼎之居然能和父亲打得不分胜负，甚至一出手还占了先机。

"废话倒是很多。"叶鼎之没有给他任何喘息的机会，立刻持剑又追了过去。

如玥风城所言，叶鼎之此刻三门功夫同时所用，且都是伤人伤己的武功，一不小心就会落得个筋脉寸断的下场，叶鼎之自己心里也很清楚，所以他必须立刻结束这场战斗。

用最快、最狠、最直接的剑术！

他很快又刺出了三剑，一剑指向玥风城的眉心，一剑指向玥风城的心口，一剑直逼玥风城的腹部。

阴毒至极。

"来得好！"玥风城一挥手，长袍飞扬，真气流转，却也没有退，也没有进，就那么站着。

硬生生地挨了叶鼎之三剑。

毫发无伤。

玥风城笑道："虚念功第八重，身如坚铁，刀枪不入，比起佛门金刚不坏神通，也不逊色分毫！"

叶鼎之大喝一声："那就试试！"

长剑飞扬，瞬间用出了十九式，一剑一层楼。

昔日南诀曾有剑阁，后有一年轻后生持剑登楼，一剑一层楼，直登十九楼，将剑阁三百弟子竟斩于阁内。或许是因为这个年轻人的剑气太过于强横，将整个南诀的剑势都一人揽尽，也或许是因为那一次的剑阁之战，杀了太多未来的剑术大家，所以南诀从那之后

并不再兴剑,成名的大多数都是刀客。

这个人就叫雨生魔。

十九剑,一剑就是一个境界。

"一剑观尽天下夜!"叶鼎之收剑,轻叹。

师父啊,刚刚这十九剑,我用得可是惊才绝艳,没有半点马虎,您泉下有知,总不会又说糟蹋了您的好剑法吧?

"父亲大人。"玥卿轻声道。

玥风城摸了摸脸颊之上,有一道伤口慢慢地裂了开来,鲜血从中流淌下来,他神情微妙:"有意思啊,竟然能伤到我。"

叶鼎之咬了咬牙:"只受了点小伤吗?"

玥风城一抬手,整个山洞之中的书架全都摔落在地,他沉声道:"差不多,就到这里了吧!"

叶鼎之皱眉道:"你的真气内力之高,在我见过的人中却是数一数二,就连我的师父剑仙雨生魔也不如你,可是,你的武功招数,却也太粗浅了!"

玥风城一愣,同样的话,当年那个骄傲不可一世的李先生也曾与自己说过。

"你的内力已经当世一绝,可是只会像个傻子一般地乱用真气,我就跌入金刚之境,用一剑招退你,你信不信?"

"不!如今已经不同了!"

玥风城一扬袖,山洞之中忽然又出了一个玥风城。

他再一扬袖,便又是一个玥风城。

就那么瞬间的工夫,山洞之中出现了五个玥风城。

五个玥风城全都长袍纷飞,手中不断地挥掌。

虚念功,千手之阵。

玥风城有信心,就算是昔日李先生亲临,面对他如今的这千手之阵,也无法破之。

叶鼎之挥出一剑,以脚下三尺之剑为圈,以那紫色剑气缠绕自己,才勉强将那玥风城的千手之阵挡在其外。

"我就看看你能撑到何时!"玥风城冷笑道。

叶鼎之感觉剑气之外,掌力一阵比一阵凶悍,但更可怕的是,他自己体内的真气也开始无法控制地乱窜。他感觉神思被一点点地抽离出去了，几乎整个人都要晕倒。

就是那一瞬间，玥风城看到了破绽。

"破！"

五个玥风城的幻影消失，重新成为一个。

一步掠出，长袖一挥，将那玄风剑直接打飞出去，钉在了山洞之上。随后玥风城一把抓住了叶鼎之的肩膀，冷笑道："那就多谢了。"

叶鼎之努力压下体内乱窜的真气，正欲反抗，可是肩膀被玥风城抓住之后，他便感觉浑身的力气都泄了下去，更可怕的是，他感觉体内的真气正源源不断地流出，流向到玥风城那里。

"这是？！"

"虚念神功最奥妙的地方就在于此，"玥风城笑道，"可惜你体会不到了！"

当日飞离将体内的虚念功渡给叶鼎之时曾经说过，江湖上普通的传功武学，往往十不存一，且风险巨大，而虚念功却可以做到，十之存十，甚至能更上一层楼。可叶鼎之却没有想到，这门武功不仅可以渡人，还可以强行从别人体内拿走。

"吸走带着虚念功的内力，可真是第一次啊，这一次之后，我必将进入第九重，届时就连李先生也拦不住我！"玥风城的金瞳中现出一份狂喜。

而叶鼎之，却无论怎么努力，都控制不住那真气的流失。

只是忽然间，石门突然打开了。

风雪在外面飘扬，只有几粒小雪花吹了进来。

一身白衣、风度翩翩的世家公子哥站在屋外，手中带剑，腰间佩玉，在这风雪飘扬的世外之地，仿佛是神仙下凡。

而他的语气则是凶狠的、愤怒的，却又带了几分骄傲和自恋。

"兄弟，我百里东君，来救你了！"

细说起来，百里东君只和叶鼎之有过三次见面。

第一次，学堂大考，二人携手合力，与境界远在自己之上的天

外天无作使以命相搏。

第二次，闯城天启，二人再度合力，仅仅凭借着几个年轻人的一腔热血，要从天启城的两位王爷手中抢亲。

第三次，便是此刻了。

他们的面前是虚念功入了第八重的北阙旧主玥风城，整个世间仅次于学堂李先生的高手。

相逢不多，但每一次，都历经生死。

"兄弟，我来救你了！"百里东君又重复了一遍。

"那倒是快来救啊！"一身真气如洪水般泄出的叶鼎之好不容易才从嘴边憋出了这几句话。

百里东君一愣，这才发现叶鼎之和玥风城两个人似乎像是吸住了一般站在那里一动不动。叶鼎之的神情十分痛苦，而玥风城则闭着眼睛，似乎神思已经远游。

"父亲他……在吸叶公子的内力。"玥瑶低声说道。

"吸人内力？"百里东君走向前，"怎么弄？一剑劈开他们吗？"

玥卿走向前，拦在了他们面前："如果你这个时候强行打断他们，那么你的这位叶兄弟必定筋脉尽断而亡；你若放手不管，那他最多失去一身功力，还能够活下去。"

百里东君看了玥卿一眼，微微一愣："你妹妹容颜与你还真是相似，可惜啊，眼神却完全不一样。"

玥卿微微皱眉："你说什么？"

"你姐姐的眼睛如同一汪清泉，不仅澄澈还很深邃，而你则像一潭死水，肤浅而又污浊，让开！"百里东君按住了腰间长剑，"我的兄弟，不能死，功力也一点都不能丢。"

玥卿咬了咬牙，握拳看向玥瑶："王姐，你如今是要帮着外人对付自己的父亲吗？"

"卿儿，你这句话错了两个地方。第一，北阙早就亡了，我们不再是公主了，你不应该叫我王姐；第二，我并没有想对付自己的父亲。"玥瑶叹道，"以我们的力量，根本无法对抗北离，若不阻止父亲，才是真的害了他！"

玥瑶怒道："你到底是北阙的人，还是北离的人？为何要站在北离的立场上说话!"

"我行走了很多地方,也见过很多北阙的遗民,不像你们,只坐在那早已经坍塌的王座之上!"玥瑶轻叹道,"大家真的不需要,再有一场赢不了的战争。"

玥卿冷笑道:"很好,王姐想再向前一步,就从我的尸体上踏过去吧!"

"话怎么这么多?"百里东君轻轻一甩手,一掌就把玥卿打到了墙壁之上,"你不仅长得不如你姐姐,武功也差得可以,就这样还想拦我们的路?"

玥卿正欲再次起身,却见玥瑶轻轻一挥手,七根银针就钉在了玥卿的穴位之上。玥卿立刻整个身子瘫软了下去,只能怨恨地看着二人,却一点力气都用不上了,她恨声道:"就算是这样你们也拦不住的,虚念功的吸功神通,只要开始了,父亲不愿意停下来,就不会停下来。能停下虚念功的,便就只有虚念功!"

"还真赶巧了,我就会虚念功。"百里东君走到那两人的身边,伸出一只手,看向玥瑶,"如何做?"

玥瑶摇了摇头:"说实话,我也不知道现在该如何做了,只能说……"

"那就相信自己的选择!"百里东君左右各伸出一掌,按在了两个人的肩膀之上。

玥风城在瞬间睁开了眼睛,一双金瞳散发出可怕的光芒,他低喝道:"是谁?!"

"是你女婿!"百里东君怒喝道,手中真气更加澎涌地往两个人的身子中流去,原本只是玥风城一个人在吸食叶鼎之的内力,可这一瞬间,却有第三股力量进入了两个人的体内。

百里东君忽然闭上了眼睛。

"世上武功都得修习内力,内力所成,也就是真气,招式千变万化,内力却也不是千篇一律。每个人的内力都有自己的独特性,有的内力宽广如大海,有的内力深邃如深渊,有的内力虚无若空气,有的内力猛烈若惊雷,也有的内力阴森若鬼夜。东君,你的内力则像什么?"

"那自然像是酒。"

"作何解?"

"一壶酒不停,指尖响惊雷!"

百里东君想起了曾经和师父的这段对话,他在试图寻找着属于叶鼎之的内力。

他感受到那两股接触到的真气,一股浑厚浩瀚,却是充满着暴戾的侵略之气,还有一股则缥缈自在,可是却已经被压制得有些奄奄一息。

"你的内力,像是风啊。"百里东君微微一笑,随后将自己的内力与那若风般缥缈的内力融合到了一起,而那股内力似乎也欢迎着他的到来,没有半点的抗拒。

百里东君睁开眼睛,看着叶鼎之。

叶鼎之也看向他。

眼神确认了,是对的内力没错!

"看什么看,干!"叶鼎之低喝道。

百里东君猛吸了一口气,两股内力终于在那一瞬间融为一体,一起向那股暴戾的浑厚内力冲去。

玥风城沉声道:"我不过闭关十几年,却没想到世间会有如此大的变化,竟然在同一个时代,会出现三名虚念功的修炼者。我改变主意了,我们三人合力,或许是更好的结局!"

"岳父大人,虽然我觉得这个想法不错,但你恐怕不知道我们的身份。"百里东君缓缓道。

"我知道他是叶羽的儿子,可那又如何,叶羽本就是我北阙之人!"

"可我的爷爷,是百里洛陈啊!"百里东君手中的真气又提了一重。

玥风城先是一愣,随后笑道:"有趣有趣,世间的事,还真是奇妙啊!那我就只好将你们二人的功力都笑纳了。"

"那就来试试!"百里东君笑道,"我们二人合力……可一直都没有赢过!所以这一次,我们一定赢!"

叶鼎之的脸色渐渐和缓了,百里东君真气的注入终于让他喘了一口气，他闭了闭眼睛，随后睁开。

整个山洞都在瞬间颤动起来。

猛烈的颤抖整整持续了一炷香的时间。

山洞里的书架东倒西歪，上面的石粉被震得不住地往下掉，有一个瞬间玥瑶甚至都以为山洞就要塌了，可是一炷香之后，忽然归于沉寂。

死一般的沉寂。

无论是玥风城、叶鼎之还是百里东君，都闭上了双目，彼此之间以掌相交，安静得不发出一丝声响。

但若是一名逍遥境的武学宗师在这里，一定会惊讶地瞪大眼睛。

这是一场何等强绝的内力相争啊！

两个当今天下年轻一辈中数一数二的翘楚英才，另一个是当年一路无人能敌直到遇到李先生才被迫停下脚步的绝世强者。三股内力在彼此的身体间游动抗争，一开始两股年轻的内力纵容融合，却依旧无法保持一致的步伐，被玥风城的内力完全压制住了，可是随着时间越久，两股内力的融合也就越顺畅了，慢慢地玥风城的额头上已经沁出了汗水。当然叶鼎之和百里东君也没有好过，衣衫已经全都湿透了。

玥卿艰难地说道："这样下去，他们都会死的！"

玥瑶握紧了拳头，她不想其中的任何一个人受伤，可是此情此景，她又能做什么呢？

玥风城微微一侧首，他的衣衫忽然飘起。

虚念功第八重，十成功力！

叶鼎之在瞬间呕出一口鲜血。

百里东君微微皱眉，虽然玥风城一瞬间将自己的内力催至极致，但对他来说并没有太大的影响。

三人的内力最终汇成了一条奔流不息的大河，但是却有一股内力将那道大河慢慢地引向固定的轨道，就这么在三个人之间来回流淌。

秋水诀!

"大河之水天上来!"百里东君怒喝一声,所有的真气在一瞬间都集于他的掌上。

这是秋水诀的大河剑意,也是这套内功心法中,暗藏的一式剑招,是百里东君从来没有用过的必杀之招。

你与我比内力!

我却暗藏一剑!

玥风城的金瞳闪出狠戾的光芒:"你要内力,那我就给你内力!我看你吃不吃得下!"他猛地一推掌,所有的内力毫无保留地流向百里东君,将百里东君的那股大河剑意瞬间吞没。

然后百里东君就像是一个被吹鼓了的皮球一般,不仅一身衣衫被风涨满,就连整个人都鼓胀了起来。

"好……好难受啊!"百里东君痛苦地低喝道。

而叶鼎之一直低着头,嘴角流出鲜血,看不清脸上的神色。

"该死!"玥瑶终于忍不住了,冲上前一指点在了百里东君的肩膀上,喝道,"泄!"

可是三个绝世高手的内力又岂是她能一指卸去的,那一指刚碰到百里东君身上,就立刻被反弹了回来,直直地撞到了墙壁之上。

"没有用的,这已经不是我们可以停下来的。"玥卿摇头道。

玥瑶捂住胸口,无奈道:"这就是你们想要的结果吗?"

"你们已经死定了!"玥风城朗声长笑,他面前的两人,一个已经毫无气息,另一个试图牵引他们的内力如今却一口吞下了全部的内力,此刻决然逃不过顷刻经脉寸断的结果。他自己虽然最后没有吸走两人的内力,还因此元气大伤,但经此一战,他心有所悟,自信能在三月之内,直入虚念功第九重。

只是忽然间,叶鼎之睁开了眼睛。

只是这一刻,他与玥风城一样,瞳孔变成了无比诡异的金黄色。

这已经不仅仅是运用魔仙剑时的以身入魔了,而是真正地走火入魔。

"来!"叶鼎之大喝一声。

所有的内力在那一瞬间开始从百里东君的身上源源不断地流入叶鼎之的体内，而叶鼎之的体型却没有半点变化，只是那双眸子的金色却越来越鬼魅艳丽！

"叶鼎之，你会死的！"百里东君急喝道。

可是叶鼎之却丝毫没有停下来的意思，他像是对那些内力有着无比的渴望，近乎贪婪地将每一点内力都吸食殆尽。叶鼎之自己的内力、玥风城的内力，甚至连百里东君的内力都没有留下来的意思！

百里东君急道："叶鼎之！叶鼎之！你听得到吗？！"他已经意识到，叶鼎之的心智已经迷失了，如今只有他大声高喝，才能够将他唤醒！

"叶鼎之！"

"谁，是谁在叫我？"

"叶鼎之！不要迷了心智！回来！"

"回来？不回来了。"

"叶鼎之！"

"我的家人死了，我的师父死了，我的妻子被人带走了。这个世界本就没有给我存下什么善意，那我，也决定，不再回报以善意！"

"叶鼎之！"

"对不起了！"

叶鼎之猛地一挥双袖，将玥风城和百里东君两个人整个都举了起来，他轻轻一旋转，将两个人都丢了出去。两人撞在了石壁上，随后摔落在了地上，瘫倒在了那里。

玥风城的一双眸子却已经恢复了正常，他并没有强烈的愤怒，只是有些略带绝望的无奈："没想到，他竟然把所有的内力都吸到了自己的体内……"

"叶鼎之！"百里东君继续唤道。

"没有用的，他已经入魔了，他很快就会杀光我们这里的人。"玥风城看了那边的两个女儿一眼，叹了口气，"如今我功力尽失，这一瞬间，我忽然有些意识到，可能我真的做错了！"

玥瑶轻声道:"父亲。"

"罢了罢了,只是没想到会就这样死去,早知道如此,当年我就死在战场上了。"玥风城忽然一跃而起,速度快若雷霆,根本不像是功力已失的人。

百里东君一惊,急忙喊道:"叶鼎之,小心!"

可是玥风城只是在瞬间掠过了叶鼎之的身侧,随后猛地一扬手,打在了书架之上。

石门再度升起!

"跑!"将死之际,玥风城终于恢复了一些人性,利用自己身体中仅剩的最后一点力量,为自己的两个女儿打开了一条活路。

"快!"

叶鼎之一把扼住了他的喉咙:"你,得死!"

"叶鼎之,住手!"百里东君一瞬间都不知道自己该站在哪一边。玥风城虽然一直想杀他们,可毕竟是玥瑶的父亲,而此刻的叶鼎之,究竟是敌人,还是同伴,或许也不能确定了。

"他听不到你说话的。"玥卿有些绝望地瘫倒在了地上。

百里东君想上前阻拦,却发现自己身上一点气力都没有,他瞪大了眼睛,竟有些惊恐:"我的内力……我的内力似乎一点都没有了。"

玥瑶走上前扶住了百里东君:"看来是叶鼎之他把你和父亲的内力全都吸去了,三股内力相冲,叶鼎之原本无论如何也不可能承受得住……除非他已经入魔了。他,真的会杀死父亲!"虽然明知不敌,但玥瑶依旧将一身真气提至极致,猛然出手,试图趁叶鼎之气血尚未稳固之时将他击溃。

可是叶鼎之看都没看,就轻轻一挥手,将玥瑶打飞了出去。

"叶鼎之!"百里东君大喝一声。

叶鼎之将手中的玥风城丢在了地上,也不再理会他的死活,只是转头,忽然看向百里东君。

那一双瞳孔中像是有火焰在燃烧。

但是那火焰之中,仍有一点清明。

百里东君一愣,缓缓道:"你其实听得见我说话。"

"是。"叶鼎之点了点头。

百里东君喜道："你没有入魔！"

叶鼎之却是摇了摇头："不，我入了！"

百里东君猛吸了一口气，沉声道："我不明白。"

叶鼎之走上前，忽然将手按在了百里东君的头上。

冰原之上，无相使重新坐回了自己的轮椅之上。

"盛年不重来，一日难再晨。"

他轻声吟道，血水像是花一般在他脚下绽开，一点一点地在冰层之上弥漫开去，不过几个眨眼，就已经凝结成了血冰。

"天外天无相使，都说是一个书生文人，可你的武功却比那个无作要强多了，"君玉收了拳，神色中多了几分尊敬，"值得我认真出手！"

"很多年前我曾有幸见过李先生一面，的确是天下第一的妙人。你是他的大弟子，死在你的手上，我倒没什么怨言。"无相使缓缓道，"可是我死了，却也不代表我们输了。"

"你真的以为我的小师弟阻止不了你们的计划？也真的以为那玥风城练成了什么虚念功第九重就能够毁天灭地，天下第一？"君玉冷笑一声，"可笑！"

无相使摇了摇头："不与妄言者辩。"

君玉耸了耸肩，问道："你还有多久死？"

无相使微微皱眉，看着脚下依旧不断蔓延的血水："君玉先生就如此迫不及待吗？可惜要让先生失望了，冰原之上的寒风正在冻凝我的伤口，我可能还能再苟活一个时辰吧，但先生若是再出手，我自然一刻也活不下去。"

"行，那我们就打个赌，"君玉仰起头，"一个时辰之内，如果来到这里的是玥风城，我就治好你的伤，让你活下去。"

无相使笑了，似乎觉得这是个很愚蠢的问题："如果是宗主来到这里，他神功大成，自然也会救我，哪还需要先生？"

"我会先杀了他，然后救你。"君玉傲然道。

"你似乎很自信。"无相使幽幽地说道，"那如果来到这里的，

是百里东君呢?"

"我还是救你,你以天外天的名义答应我,至此留在这片土地,再也别打北离的主意!"君玉神色严肃,"如何?"

无相使伸手轻轻按着自己的伤口:"似乎这个赌局对我没有坏处。"

"那便赌了!"君玉一振双袖,看着前方。

方才对决,无相使已使出毕生绝学,仍然敌不过似乎还未尽全力的君玉,他本以为死局已定,却没料到君玉竟会突然和他打一个赌。果然是李先生的大弟子,对自己太过于自信了。无相使正欲运功疗伤,可君玉却伸出一指,直接断了他的真气:"一个时辰,我只给这个赌局一个时辰。"

无相使一愣:"看来是我会错了意。"

"我们读书人喜欢讲道理,但我是一个很厉害的读书人,所以只讲大道理。家国大事才是大道理,个人生死的小道理我不讲,输赢我都给你一条命,但赌局要是没成,你的命就交给天。"君玉看了看天。

无相使曾是北阙的大才子,自然也看过不少书,却不是很懂君玉此刻的道理。

"是不是不懂我的道理?"君玉忽然道。

无相使没有说话。

"所以你只能在这荒原,而我行走天下。"君玉继续道。

依旧是沉默。

只有血凝结成冰,而冰再度碎裂的声音。

不知过去了多久,无相使感觉到眼前的视线越来越模糊,身体中的力量一点一点地流失殆尽……

君玉忽然抬起头,轻声道:"终于来了。"

"来……来了!"无相使身体猛地一颤,用尽最后气力转过头,神色中满是期待。

只见一片冰雪之中,一个身形魁梧的人双手各携带着一个人朝他们行来,虽然带着两个人,但他的身形却是很快,只是几个纵身,面容便已清晰可见。

无相使的表情一点点地凝固在了脸上。

君玉的神情却也有些难以名状。

"这场赌局的结果比我想象中还更有意思一些……没想到我们两个，谁都没有赢。"

"怎么会……怎么会如此！"无相使咬牙道。

叶鼎之落在了地上，看也没有看那无相使一眼，直接将右手的百里东君和左手的玥瑶同时甩了出去。

君玉上前一步接住了二人，伸手探了一下二人的气息，都无性命之忧，可是百里东君的体内却是空空如也，没有半点内力。他微微皱眉，随后抬头看了看叶鼎之，看到了那双火烧一般的瞳孔。

此刻的叶鼎之周围真气仍旧在不停地流转，脚下那千年的冰层竟然都在一点点地融化，他也看着君玉，神情淡漠，没有杀意，却也没有善意。

"入了魔道，却仍有一颗人心……"君玉感慨道，"这应当比那所谓的虚念功第九重更厉害吧！你就是叶鼎之？"

叶鼎之看向君玉，沉声道："是！"

君玉上下打量着他，最后摇了摇头："我打不过你，或者说至少，杀不了你。"

第六章 · 新任宗主

君玉从李长生里那里听说过虚念功的厉害，很久以前甚至自己也见过玥风城，但他依旧有信心把九重虚念功大成的玥风城结束在这冰原之上。可是如今的叶鼎之，内力浑厚旺盛至极，几乎接近于师父了。

叶鼎之也终于说话了："我不想与你动手。"

君玉笑了笑，缓解了一下有些凝重的气氛："我很好奇，冰原深处究竟发生了什么？玥风城已经死了？"

"死了。"叶鼎之答得简略。

"哦？怎么死的？"君玉问道。

"他被我吸干了内力，却又强行运功，筋脉寸断死了。"叶鼎之面目表情地说道，"倒是免去了我亲自动手。"

君玉微微点头，叶鼎之虽然说得轻描淡写，可是这话语里的意思却有些令人震惊了。尤其是那气力几乎已经耗尽的无相使，瞪大了眼睛，才勉力说道："为何？！为何……为何会如此？！"

叶鼎之转过头，伸出一掌，直接把无相使整个身子吸了过来，一把按住了他的脑袋："可你不会有这么幸运，你一定要死在我的手上！"

无相使的瞳孔一点点地黯淡下去："没想到我苦心谋划这么多年，最后却还是功亏一簋。"

"你苦心谋划，却又与我何干？"叶鼎之声音冰冷，"我原本此刻应在姑苏城外的草庐之中，那里四季温暖、草木成荫，而不是在这寒风冻骨的冰原。"

无相使没有回答他。

叶鼎之右手轻轻一收。

响亮的一声脆响。

君玉皱了皱眉头，那是头盖骨被捏碎的声音。

无相使的尸体瘫倒在了地上，这个被称为天外天中观心第一人的实际掌权人，终于带着满腔的绝望和不甘死在了这片冰原之上。

叶鼎之随后猛地一顿足竟将脚下整片冰层踩得粉碎，下面似有冰泉在缓缓流动，叶鼎之一脚就将无相使的尸体踢了进去，他寒声道："就算永生坠入寒冰地狱，也挽回不了你的罪孽！"

君玉叹了口气："你现在很危险！"

叶鼎之看着那冰泉，缓缓道："我知道。"

"危险到……甚至我觉得需要在这里不惜一切代价杀了你！"君玉微微后撤了一步。

叶鼎之摇了摇头："你现在需要把他们带回去，那家伙的内力也被抽空了，如果你不为他传一些真气，他会死的。"

"哦？他千里奔袭至此，却只为救你。如今他要死了，你却不管？"君玉反问道。

叶鼎之伸出一只手掌，看了看后摇头道："我的真气，只会加快他的死亡。"

君玉没有犹豫，将他们二人直接扛上了马车，随后他也一步跨了上去，右手执着马鞭，左手对着叶鼎之伸出："我知道你现在心中已经有一个决定了，但我仍然想和你说一句，与我们一同回去吧，你心中的魔心，我可以帮你去掉。"

叶鼎之看着君玉的那只手。

的确是读书人的手，白净如玉。

但叶鼎之看了许久之后，却只是背过身，低声道："不必了。"

"那就终归是两条路了。"君玉收回了那只手，叹道，"下次见

面,可能就不能避免打这一架了!"

叶鼎之低声道:"那就避免再见面吧。"

"我们素不相识,不见面便不见面了,可你的这位朋友呢?"君玉问道。

"我不配做他的朋友!"叶鼎之忽然大步离去,冲着方才飞离前往天外天的方向走去。

君玉叹了口气,猛地一甩马鞭。

"师父啊师父,这世间,依旧还是失意最多啊!"

天外天内,飞离终于在长久地调息之中恢复了一点气力,他从床榻下走了下来,推开门问那轮守的弟子:"还没有消息吗?"

弟子垂首道:"无相尊使还没有回来。"

"真是令人不安啊!"飞离叹道。

"魂官……魂官大人!"忽然有弟子从前堂之中跑了过来,一路跌跌撞撞,神色慌乱,"大事不好了!"

飞离微微皱眉:"发生了什么事?"

"有人忽然杀了进来,武功太高了,谁也拦不住他!"那弟子跑到了飞离的面前,气喘吁吁地说道。

"可是一个中年书生、一个白衣少年?"飞离问道。

"不,不是!只有一个人!"

"一个人?"

"对,他说自己姓叶,是昔日北离大将军的儿子!"

"叶鼎之?!"飞离大惊道。

天外天正堂之上,叶鼎之一人站在正中央,身上尽是血污,所有堂中之人都离他足有三丈之外,有几个白发老者,乃是天外天的镇宗长老,闻讯赶来曾试图阻拦叶鼎之,可却被叶鼎之在三掌之内就打退了回去。

"叶将军虽曾奉命讨伐北阙,可终归他亦是北阙人,这么多年过去了,不知道叶公子为何来我天外天挑衅?"一位白发长老问道。

"让钟飞离,出来。"叶鼎之淡淡地说道。

"叶鼎之!"面色苍白的飞离从后堂之中走了进来,看着站在堂间，近乎恶鬼一般的叶鼎之。

"无相，他已经死了。"叶鼎之抬起头。

飞离摇了摇头："既然你能走到这里，那么无相尊使便肯定是死了。"

"下一个……"叶鼎之伸出一指。

飞离苦笑道："是我！"

"是你！"叶鼎之伸指轻轻一弹，飞离整个人往后一坠，撞在了墙上。

飞离呕出一口鲜血，抬头看着叶鼎之："我只想知道，你是怎么做到的？"

"因为我想……"叶鼎之走到了飞离的面前，伸出一指抵在了飞离的额头上，"再见到我的妻子。"

飞离点了点头："原来是这样啊！"

"你这一生，还剩最后一句话可以说，"叶鼎之漠然道，"希望你珍惜这句话。"

飞离闭上了眼睛："一切都是我和无相使的谋划，不要杀玥卿。"

叶鼎之手指轻轻一弹，一条细小的血柱从飞离的额间流出，叶鼎之随手一挥，将他的尸体打开，最后站了起来，看着堂间众人："我叫叶鼎之，从这一刻开始，我就是你们的新宗主，不服者，杀！"

天启城风雪楼。

易文君坐在客栈之中，神色中有着几分疲倦和焦虑。从姑苏城赶到这里，日夜兼程，一路之上甚至都没有睡过一个好觉，没认真地吃过一顿饭，但很快这一切都要结束了。那个叫作飞盏的人说洛青阳很快就会赶到这里来，带着她那个生了重病的孩子。

血脉相连真的是一件很奇怪的事情，易文君对萧若瑾没有半点爱意，可是和这个并不喜欢的男人生下的孩子，她无论再怎么不愿意承认，却依然放心不下。

飞盏走到了楼下，回头看了一眼客栈，随后漠然地走到了人群之中。

　　一封信早就被送到了它该去的地方,一会儿来到这里的自然不会是洛青阳,而是易文君最不愿意见到的人。

　　但是他不知道的是,在暗处,却也有两双眼睛看着他。

　　"上一次从天启城中带走景玉王妃的就是他!"风雪楼对面的楼阁之上,一个面带恶鬼面具、腰配长棍的男子说道。

　　他的身边站着一个抱着长枪,头发随意束起的男子,瞥了一眼下面的飞盏道:"看起来就像是普通的庄稼汉子。"

　　"他可不是普通的汉子!北阙遗民,遥远北面的天外之天,甚至连百晓堂都不知道……为什么他们会对景玉王妃感兴趣?"戴着面具的男子幽幽地说道。

　　"关键是为什么将她带走,又将她送回来?"持长枪的男子皱眉道,"你说,是不是洛青阳安排的?"

　　"洛青阳?"戴面具的男子微微摇头,手轻轻地在窗沿上扣了扣。

　　这二人便是如今在天启城中声势最旺的天启四守护之中的白虎守护姬若风以及朱雀守护司空长风。他们当年与琅琊王一同助萧若瑾登上了帝位后便成了这天启城的守护者,负责在暗处保护这座皇城。姬若风身为百晓堂堂主,本身这天启城的一举一动都逃不过他的眼睛。

　　"来人了!"司空长风将怀中长枪轻轻一甩,整个人往前站了一步。

　　姬若风看了一眼,笑了笑:"这下可真是有趣了。"

　　司空长风则皱着眉头,似乎有些不悦:"为什么会是他?"

　　姬若风转头看了萧若风一眼:"你想管这件事?"

　　"我在想,如果他在,会不会管这件事?"司空长风低声道。

　　姬若风点了点头:"会!"

　　司空长风握紧长枪:"那我就不得不管了!"

　　姬若风摇头道:"你现在身份不同,你是天启城的朱雀使!"

　　"太久了,被困在这座无趣的城池,我不想做什么朱雀使了,"司空长风挑眉道,"我要走了。"

　　"你走了?那个弹琴的姑娘该怎么办?"姬若风打趣道。

司空长风挠了挠头:"她应当是不喜欢我的吧……"

"她不喜欢你为什么天天催你去听琴?"姬若风问道。

司空长风耸了耸肩:"大概是因为我像他的一位故人吧。"

姬若风还欲说话,可司空长风却低声喝道:"他进去了!"

咚咚咚。

敲门声响起。

易文君一把拔出了放在长桌上的剑。

她和洛青阳相处十几载,每日都在一起习武生活,她对洛青阳的一举一动都无比熟悉,洛青阳敲门从来只敲一下,从来不会连敲三下,所以她立刻就拔出了剑。

可是拔出剑的那一刻,房门就已经被打开了。

一把剑率先按在了易文君的剑上。

两把剑很像,似乎是同一个剑师打造的。

易文君目光垂下,黯然道:"父亲。"

天启影宗宗主易卜。

"你不该回来。"易卜抬起头,看着易文君,眼神漠然。

易文君轻叹道:"父亲啊,为什么您就不肯放过女儿呢?"

易卜沉声道:"我们易家世世代代侍奉萧氏皇族,如果你当时不走,你甚至有机会成为皇后!"

"可她不想成为皇后。"有一个略带懒散的声音响起。

易卜没有转头,只是收回了自己的剑,他沉声道:"朱雀使。"

司空长风轻轻一甩长枪,姬若风并没有与他一起来,他也抱拳回道:"易宗主。"

"天启城本有影宗守卫,如今却多了一个天启四守护,这其中必有一个是多余的。"易卜终于转过身,"你不该来管我的闲事,因为只要被我抓到机会,我就会杀了你。"

司空长风没有理会他,只是穿过他看向易文君:"这位便是易姑娘了吧?在下司空长风,是百里东君的……师弟……好吧,按照辈分说的确是师弟。虽然我们没有见过,但是我可曾经为了你差点死在离这里三条街外的地方。叶鼎之不算我的朋友,可如果此刻我袖手旁观,我怕我师兄和我绝交。"

易文君面色微微有些好转,对着司空长风微微一笑:"我听过你的名字,你我素未谋面,你已经为我拼过一次命了,不必再拼第二次。"

"当年是拼命,如今却不一样了,"司空长风举起长枪,指着易卜,"我可不是那个谁都打不过的少年郎了!"

风雪楼的对面,姬若风坐了下来,慢慢地喝着酒。

一身红衣、面色不善的男子坐在了他的对面,拿起酒杯仰头就是一口,红衣男子虽然平时是个话痨,可此刻却只问了一句:"怎么回来了?"男子自然便是雷梦杀,自从明德帝继位后,他便一直跟着琅琊王四处征战,立了不少军功,如今也是一名将军了。

姬若风拿过一个新的酒杯,给自己又倒了一杯:"谁知道呢!似乎是有人在下一盘大棋。"

"好麻烦,太麻烦了!你为什么要派人来告诉我这个消息?我不想管!我如今大小是个将军了,这等男情女爱的事情可不可以不要烦我?我走了,当我没来过,也当我不知道。"雷梦杀起身便要走。

"雷将军,方才易卜来了。"姬若风缓缓道。

雷梦杀身形一滞,随后一摆手:"那就让他们自己去解决。"

"然后司空长风就进去了。"姬若风喝了一口酒。

雷梦杀一愣:"又来?"

"如今以影宗和天启四守护的关系,起了冲突可很难收场了。"姬若风语气忽然变得很严肃。

雷梦杀伸手揉搓着额头,没有搭话。

"影宗自开国之时便奉命守卫皇族,守卫北离之主。而如今琅琊王又设定了天启四守护,甚至在明德帝尚未登基之时就号称'天启守护'之名。之前还好,各自为营,如今放在一起,着实有些尴尬啊!"姬若风用手指轻轻地敲着桌面,"虽说帮陛下夺得帝位的是我们,可是,我们终究是跟着琅琊王的旗号来的。你说如果我们二者只能留一,我们的那位皇帝陛下会选谁?"

雷梦杀揉完了额头,又开始揉太阳穴,曾经被称为"多言公子"的他,却难得的开始沉默了。

"会选影宗！"姬若风只好替他回答，"所以现在动手去拦，还来得及！"

雷梦杀终于停了下来，问道："你怎么不去？"

"我当日奉我姬氏老祖宗之命帮助琅琊王殿下夺取帝位，如今事情已经了了，我随时可以不做这白虎守护，所以这个事我不管。"姬若风说道。

雷梦杀愣了愣，随后猛地一拍桌子："干他！"

姬若风微微一侧首："哦？干谁？"

"自然干那个卖女求荣的易老头！我这辈子就没见过这样的人，千方百计要把自己的女儿把火坑里推！女儿不情愿，他还一定要嫁，女儿跑了，他还要抓回来！世上哪有这样的人！"雷梦杀破口大骂道，"这样的人，打死也就得了！"

姬若风拍了拍手："雷将军，好豪情！怎么还不动手？"

雷梦杀面色有些尴尬："我若是动了手，那今天这事还真不好收场……"

"那你要如何？"姬若风问道。

雷梦杀朗声高喝道："司空长风，加油！"

"啪"的一声，对面楼阁之上的窗户被撞得粉碎，一个白发的老人从窗户里飞了出来，重重地摔落在了地上。

司空长风随后从窗户里一跃而下，持着长枪稳稳地落在了地上。

"天启朱雀守护和影宗的对决，要放在这条朱雀大街上？不太好吧……"雷梦杀无奈道。

易卜站了起来，轻轻咳嗽了一下："总算是见识到了朱雀使的惊龙变，果然厉害！"

司空长风一抡长枪："你老了。"

易卜苦笑道："是我老了吗？"

司空长风伸手指了指自己的心脏："因为你老了，所以你不再相信自己手中的剑，而去相信一些别的事物，比如权力。你的徒弟洛青阳就没有老，他依然只相信自己的剑。"

易卜垂首道："或许吧，可我没有退路了！"

"你没有退路,那就往前走啊,冥顽不灵!"司空长风身形猛地掠出,手中长枪一挥,将那周围的风瞬间撕裂开来,刹那间发出飞鸟惊鸣般的声音。

姬若风感慨道:"真是一柄好枪啊!"

"师父说过,这小子以后是能做枪仙的。"雷梦杀傲然道。

"似乎又有人来了。"姬若风转过头,看着长街尽头那辆奔袭而来的马车,马车之上雕刻着萧氏一族的族徽神鸟大风。

"是宫里的马车。"雷梦杀微微皱眉道。

马车的帷幕微微掠起。

一粒棋子猛然从中掠出,直冲司空长风的后背而去。

司空长风此刻全力都在那一枪之上,枪已出,无法回头。

"该死!"他低声咒骂道。

"的确该死!"雷梦杀向前一步,忽然伸出一指。

雷门惊神指。

司空长风长枪落下,将易卜手中的长剑击成两片,随后长枪微微一扬,抵在了易卜的咽喉之上。

那一粒白子在空中碎成了粉末,没有留下半点痕迹。

"大监,来得可是真巧啊!"司空长风没有回头。

马车之中踏出一双紫靴,身形修长的大宦官站在了朱雀大街的中央,看向司空长风。马车之后,随行的禁军在短短片刻之间便将整个朱雀大街都封锁了起来,其间普通百姓甚至于朝堂官员,也都被赶了出来。

当然,姬若风和雷梦杀依旧在楼上慢悠悠地喝着酒。

皇帝换了,大监自然也不再是以前的大监了,如今的大监瑾宣是浊清大监的弟子,据说武功尽得浊清真传,与洛青阳同为大内两大高手。

"堂堂朱雀使,和影宗宗主当街斗殴,有失我北离颜面吧?"瑾宣幽幽地说道。

"就你废话多!"司空长风一枪把易卜打到了边上,随后转身,"你想怎样?"

瑾宣自然知道这个朱雀使的脾气,也就没有理会他,直接对着那风雪楼行礼道:"宣妃娘娘,陛下请我来护送娘娘回宫。"

"宣妃?我不喜欢这个称呼!"易文君终于也从阁楼之上跃了下来,冷冷地说道。

"恭迎娘娘回宫。"瑾宣大监垂首道。

"恭迎娘娘回宫。"他的身后,三百虎贲郎同时高喝道。

雷梦杀皱眉道:"拿出虎贲郎来吓唬人?"

姬若风摇头道:"不,是拿出皇帝来吓唬人。"

司空长风冷笑道:"素闻你是和洛青阳比肩的高手,洛青阳那家伙任凭我嘴巴说烂,也不愿意拔剑,那今日你来和我过过招。"

瑾宣大监微微皱眉:"还请朱雀使注意自己的身份。"

"注意什么身份啊?我就一个江湖浪客,看到不爽的就打,看到想要的就抢,没什么身份。"司空长风举起长枪,指着瑾宣大监,"你以为我会被你吓到?"

瑾宣大监对着易文君又是一垂首:"恭迎娘娘回宫,陛下和七皇子,都在等着呢!"

司空长风转过头,与易文君对视了一眼。

司空长风的意思很简单,你说一句,我就动手,管他什么大监、贲郎、天启守护,只要我还没死,他们就不可能带走你。

姬若风看到了那个眼神,他问雷梦杀:"真打起来怎么办?"

雷梦杀手指之上真气流转,可却也没有下定决心:"大不了让琅琊王出来收拾场面吧……"

易文君自然也明白了司空长风的意思,可是她却是摇了摇头,叹了口气:"那便走吧……"

姬若风放下了酒杯,起身离去。

雷梦杀轻叹一声:"真是何苦啊!"

"是啊,何苦!"姬若风摸了摸腰间的长棍,步伐没有停下来,"方才有一刻,我已经打算下场助她了。"

司空长风愣了一下,随后问道:"为何?"

易文君叹了口气,冲着他摇了摇头:"我从小就被困在这座牢笼,我知道这一次是决然逃不出去了,谢谢你,我们素未谋面,你能做到这般,已经足够了。"

"人生在世,要的不是足够。"司空长风说道。

易文君微微垂首。

"是不后悔!"司空长风握住长枪,"易姑娘,你可想清楚了?"

易文君沉默了半晌,最后只是对瑾宣说了两个字:"走吧。"

"恭请。"瑾宣大监往侧边退了一步,让开了去马车的路。

易文君就这么一步一步地走上马车,没有说话。

司空长风看着她走上马车,又看着马车离去,握着长枪孤零零地站在朱雀大道之上,许久都没有说话。

雷梦杀从楼阁之上跃起,站在了司空长风的身边:"如果两个决定,都很有可能后悔呢?"

司空长风看着手中的枪:"那就把决定后悔的机会交给自己,不要交给别人。"

"如果方才她点了头,那么无论如何,你都离不开这座天启城了。为了留住这个女人,别说三百虎贲郎,三万王林天军都可以全体出动!"雷梦杀叹道,"她这么做是为了保护你,也是想保护自己的孩子。方才瑾宣特地提及了七皇子,这也是对易文君的威胁。"

"没意思!"司空长风看着天空,忽然想到了什么,"方才易姑娘最后一句话说了什么?"

"她说走吧。"雷梦杀顺着司空长风的目光看去,却是什么都没看到。

司空长风点了点头:"那便走吧。"

司空长风手中长枪一转,扛在了肩膀之上,随后朝着城门的方向行去。

来也空空,去也空空,所以取姓司空。

也愿化作一阵长风,一去不归,所以自名长风。

这一天,天启城中的朱雀守护,在他声势最旺的时候,头也不回地离开了天启城。

他本就是个浪客,原本就该四海为家,只不过因为师命而停留在了这座城池,原本任务完成,他就可以离去,却偏偏又有些难以割舍的东西将他留了下来。如今这一刻,他才终于下定了决心。

"没办法啊，还是不属于这座天启城啊！"司空长风在长街上大步流星地走着。

两边的屋檐之上，却也有一个戴着面具的人快速地跟随着。

"既然要走了，真不去那里道个别？"

"不去了，不去了。"

"你不是说人生在世，要的是不后悔吗？"

"谁说我会后悔？"

"还会再见吗？"

"会的吧……我们还很年轻，天下又这么大，总会有相见的一天！"

"都说你自小流浪，没上过一天学堂，怎么有时候说话却这么有诗意？"

"因为我流浪时遇到过一个穷酸秀才，很爱说这些酸话。"

"哦？那个秀才一定很有趣，这么久你还记得他。"

"他叫君玉，他说总有一天，他会名扬天下的。"

姬若风的步伐微微一滞，面具之下露出一丝暧昧不明的笑意："哦？君玉啊……"他随后停下了步伐，看着司空长风越行越远。

司空长风走到了天启城的城门口，丢了一粒银子给旁边的马夫，随后接过马绳，拍了拍它的脖子："兄台，以后多多指教了。"接着翻身上马，猛地一挥马鞭。

天启城中那座百花争艳的阁楼之中，最高贵冷艳的那朵花难得地不再淡然，一把将面前的古琴掀翻了。

"他走了？"

"嗯！"

"不来这里道别？"

"没来，走到城门，头也未曾回一个。"

"那有没有留下什么话？"

"没有。"

"混蛋！"

百花楼中，百花谢。

琅琊王府中，萧若风正在浇花，听到这个消息后却似乎并不惊

讶,依旧慢悠悠地浇着水:"他啊,总会走的,天启城太小了,只有这天下容得下他。"

"唐怜月不久前走了,现在又少了司空长风,姬若风的态度也始终暧昧不明,你当时辛苦创立的天启四守护,只剩下了一个心月,你不觉得可惜了吗?"雷梦杀问道。

"剑心有月,睡梦杀人,有你们夫妻两个就已经足够了。"萧若风摸了摸那朵来自南诀的火焰蔷薇,笑了笑,"更何况如今朝野太平,加上影宗的存在,天启城不需要那么多的守护。不过当时他们都答应过我一件事情,就算他们都走了,那件事情他们也不会忘记。"

"什么事?"雷梦杀问道。

"他们手握守护令牌,以后若有人需要他们守护,他们仍然需要出现,如果他们死了,那他们的后人也不能丢弃那块守护令牌。"萧若风将水壶放下,站了起来,"这是我和他们的约定!"

"你说的他们将来要守护的人是……"

"我还没有决定好,毕竟他还很小,"萧若风缓缓道,"不过我很少会看错人。"

"对了,关于易文君回来的事情……"雷梦杀忧道,"似乎有些奇怪……"

"寒山寺忘忧大师传信来了,那座草庐已经塌了,叶鼎之和易文君不知所终,如今易文君出现在天启城,而叶鼎之依旧下落不明……这件事情似乎不简单。"萧若风叹了一口气,"还有百里东君,他也离开了雪月城。我总觉得这些事情之间似乎有所联系,可我又看不到那些联系。"

雷梦杀摸了摸脑门:"真叫人头疼!"

"我总觉得,这安定的日子很快就要结束了!"萧若风叹道。

天启城外,司空长风摊了摊自己的右掌,看着那只腾空展翅的朱雀神鸟,幽幽地说道:"就算我死了,我的后代也不能丢弃这块朱雀令。萧若风这个人真看得起我,我这样的人,怎么会成亲,怎么会有后代啊!"

"走!浪迹天涯!"

边陲沙城之中,一身落拓的中年书生仰头喝了一口酒,轻轻一挥马鞭,马车的帷幕忽然被人掀起,里面传来一个女声:"君玉先生,他醒了。"

这一行人自然就是百里东君、玥瑶以及君玉,他们离开极北之地后就一直向南而行,如今才刚过北离边界,入了这座名为沙罗的边陲小城。

听到身后的声音,君玉点了点头,将马车停在了一边,随后起身走进马车之中,看着躺在那里面色苍白的百里东君,问道:"感觉如何?"

百里东君有气无力地摇了摇头:"感觉很不好,我感觉不到我体内有一丝的真气在流动。"

"你的内力被吸干净了!"君玉叹了口气。

百里东君倒是并没有很惊讶,只是点了点头:"我猜到了。叶鼎之呢?他如何了?还活着吗?"

"至少我们分开的时候他还活着,但是那些带走他的人可不一定了。"君玉沉声道,"你的这位兄弟,他入魔了!"

"为何不把他也带回来?"百里东君的语气很平静,并没有半点抱怨之意。

君玉却略带歉意地说道:"那时的他,即便是我也没有信心能把他从那里带走,甚至我都担心他会不会忽然暴起,趁我不备把你们两个都杀了……"

"我明白了,无论如何,还是谢谢大师兄。"百里东君勉力撑着想要站起来,"只是,叶鼎之不能留在那里,我一定要把他带回来!"

"以你现在的武功,天外天随便一个看门的弟子都能够把你打趴下。而叶鼎之,整个天下间如今能够制服他的人也不过寥寥几人罢了!你要担心的应该是你自己!"君玉看了一眼玥瑶。

玥瑶此刻容颜间也尽是憔悴,这一行确实阻止了天外天对北离发起战争,但是却害死了自己的父亲,另外也使得叶鼎之走火入魔,无论如何都不能算是成功,但她仍然打起精神对百里东君鼓励

道:"你现在想的应该是恢复自己的功力,君玉先生这么厉害,想来必定是有办法的吧?"

君玉却没有接话,沉默了片刻后却是摇头:"不,我没有办法!"

百里东君苦笑了一下,似乎早就已经猜到了。

"这几天我一直在把小师弟的脉搏,也想尽了脑海之中所有的办法,但说实话,我如今对于治好依旧小师弟一头雾水,甚至在这个世间,能治好小师弟的,除了师父本人,我想不到别人……可师父他如今行踪不定,谁也找不到他!"君玉沉声道。

"药王辛百草如何?或许我们可以去药王谷试试?"玥瑶问道。

"辛百草的确医术天下无双,可是小师弟的伤却不仅仅是靠医术就能治愈的,他全身真气被瞬间掏空,内海必定受了极为严重的损伤,必须要有一个高手帮他重塑内海。"君玉叹道,"可惜啊,当今天下,有这能力的,我只见过一人,那就是师父!"

"我还认识一个人,他应该可以做到。"百里东君忽然道。

"谁?"君玉一愣。

"莫衣。"百里东君缓缓道。

玥瑶微微皱眉,似乎是从来没有听说过这个名字。

君玉倒是若有所思:"你说的这个名字,我很久以前听师父醉酒后说过。看来那海外仙山,方外之地,你已经去过了。"

"多年前游历离海,我曾到过那个地方,见过那对师徒。"百里东君暗淡的眼神忽然燃起一道光,"莫衣一定有那个能力!"

"如果真是师父曾提起过的那个莫衣,那么倒的确有可能。"君玉点了点头,"只可惜海外仙山,我却不能陪你去。"

"为何?"百里东君问道。

君玉叹了口气:"海外仙山只见想见之人,我多年之前做过一件错事,那件错事注定了我若靠近那仙山,整条船都会被海浪掀翻……"

"师兄你做了什么?"百里东君问道。

"我提着一把剑,砸了一座山,伤了很多人,还拆了几间道观,最后气不过又一把火烧了。"君玉眼神中流露出了几分懊悔,"而莫衣和他的师父，就出自那座山。"

"师兄你年轻时脾气那么差吗？"百里东君无奈道，"当时就不能忍一下吗？"

君玉挠了挠头："都是过去的事情了，我当年也是可以冲冠一怒为红颜的……"

"红颜？"百里东君疑惑道。

"里面有一座道观，道观里面有道姑……"君玉神色尴尬，"莫说这些往事了，海外仙山远在离海之外，一路上艰辛无比，当年你有一身武功，只要识得去的路，去到那里自然不在话下，可如今你功力尽失……"

"我可以！"玥瑶忽然道，"我陪着他去，一定将他送到那里！"

君玉微微一挑眉："哦？"

"不可！"马车之外有一个声音响起，只见一个青衣女子走了进来，她将手中装着干粮的包裹放地上一丢，怒道，"小姐，你才刚从死地里逃出来，现在不能再入险境。"

"君玉先生，离去之前，我有一件事情拜托先生。"玥瑶柔声道。

君玉一抬手，抱拳道："姑娘请说。"

玥瑶微微一笑："麻烦先生安顿好我的这个小侍女，她脾气倔、性子急，劳烦先生了。"

"不在话下。"君玉扭过头看了百里东君一眼，"师弟，离别在即，师兄问你一句话。"

百里东君垂首道："师兄请讲。"

"功力恢复之时你要做什么？"

"自然是把叶鼎之带回来。"

"如果那个叶鼎之已经不再是当初的叶鼎之，而成为一个魔头呢？"

"那就先把他打趴下，然后带回来。"

"还是这么简单啊！"君玉一把按住那青衣侍女的肩膀，往后一撤，只是一个瞬间，就已经站在了长街之上。

玥瑶接过马鞭，猛地一挥，马车便扬长而去。

青衣侍女眼眶里泪水不由得开始打转："小姐……"

君玉举起腰间酒壶，仰头喝了一口，却发现酒壶中已是空空，他笑道："人生难得行一段路，或许是一生，或许是一时，你就随他们去吧。"

这些天，北离发生了很多故事。

比如天启城中有位年纪轻轻就名震天下之人，他位列天启四守护之朱雀使，骑着马头也不回地离开了那座皇城。

朝廷没有挽留他，四守护的创立者琅琊王也没有挽留他，甚至于其他的几位守护也都对此表示了沉默。

在朱雀使离开天启城之后，这座城似乎没有任何的变化，非常的安静。

安静到有些不寻常。

直到一匹马踏出天启城，这种安静才终于被打破。

骑在马上的女子在天启城里同样赫赫有名，甚至出名更早，却是以花魁之名闻名。不过这位花魁却只卖艺，而不卖身，一身琴艺被许多天启琴师称之为国手，但谁也没有听说过，这位花魁还擅长骑术。

那武功绝顶的朱雀使策马行了一千里。

她便也行了一千里。

就这样日夜兼程奔出千里之后，朱雀使司空长风才重重地长舒一口气，这才把心中的那口浊气吐了出去，他一抡长枪，摸了摸嘴边的胡茬，才意识到自己已经跑了许久了。

"都说天启城待久了，人的锐气就没了，"司空长风喃喃道，"想来是真的。"

"真个屁！"一个略带喘息的声音响起。

司空长风一愣，立刻掉转马头，回头就看到一个略显狼狈，却依然倾国倾城的女子骑在一匹白马上，一脸怒意地看着他。

"你……你怎么来了？"司空长风有些破音。

女子没有回他，只是从腰间掏出了一柄剑。

谁都不知道这位国手会用剑。

就连司空长风都从来不知道。

不过剑法却是稀松平常，毫无精妙之处，可女子这一剑刺去，却把名震天下的朱雀使一剑从马上打了下来。她愤怒地看了司空长风一眼，随后又掉转马头，猛地一挥马鞭。

司空长风愣了一下，随后咧嘴大笑，立刻翻身上马，追了上去，一边追一边大声喊道："你那天晚上没说话，我以为你是拒绝我了，所以那天以后，我就再也没有去过……你别跑啊，你停下来，你不要生气，我走的时候本来是想找你的，但怕给你惹来不必要的麻烦！"司空长风追着道。

"等等我！等等我！"他急道，"所以我现在来了，是不是同意那天晚上我说的话了？""你是不是也喜欢我？姓姬的那家伙没有骗我？"

女子终于愤怒地转头回应道："我们的事，和那个戴面具的有什么关系？为什么要他说了算！"

"那你说了算，你说！"

"驾！"女子不理他，继续策马狂奔。

于是又是三百里。

那三百里之后的故事，便不为人知了。人们知道的就是，那一天之后，司空长风没有回到天启城，那位国手花魁也没有回天启城。

不过风花雪月之中，才刚开始他们的传说。

离海之边的小酒馆中，百里东君喝了一口酒，随后用手拨着面前的海蟹，笑着听那些边上的年轻人们讨论着这桩最近盛传于江湖的风流轶事，最后摇头道："这小子，不是一直和我说自己要随心随性，一辈子不娶妻生子的嘛……怎么一回头就把花魁抱回家了？"

玥瑶看着百里东君虽然一身武功被废，但仍然看不出有半点的压抑痛苦，也不知他是强撑，还是真的心无所顾，便只把他面前的酒拿开了："你现在的身子，还是少喝一些。"

"我要写封信给司空长风。"百里东君忽然道。

玥瑶点了点头："若是有他相助，此行必定会顺利许多。"

"不，我等不了那么久了，而且他刚刚抱得美人归，我就让他

陪我出海,这岂不是太煞风景了?"百里东君挥手呼喊掌柜,"掌柜的,给我来纸和笔,还有一个信封。"

玥瑶疑惑道:"那你要在信上说些什么?"

百里东君微微一笑,等到掌柜的将笔和纸拿来之后,便提笔写道:"在外行游,喜闻师弟抱得美人归,恭喜恭喜,师兄不日将归,喜酒勿急,缺吾不可。"写完之后,又满意地看了一遍,才点了点头,说道,"我怕他太着急,把喜酒给办了。我这辈子还没参加过兄弟的婚宴呢,叶鼎之的没赶上,司空长风的可不能错过了。"

玥瑶笑道:"你要喝喜酒就喝喜酒,自称师兄,一口一个师弟,分明是要给那花魁国手看的,让她在你回来之前,先弄清楚辈分。"

"嘿嘿,司空长风那家伙总不肯承认我是师兄,我怕他跟弟妹乱说嘛!"百里东君笑着将纸折了起来,放到了信封之中,"下午我们便找艘大船出海吧。"

"行。"玥瑶点了点头。

"怕是不行!"一个声音打断了他们。

这个声音有些无精打采,充满着倦意,玥瑶的身子微微一滞,因为她对这个声音很熟悉。

天外天四尊使之下,最可怕的人物——魄官飞盏。

"是你!"玥瑶右手轻轻一晃,三根银针已经夹在了手指之上。

飞盏望向她,非常尊敬地垂首道:"代宗主。"

"既然你称我为代宗主,那我现在让你让开!"玥瑶沉声道。

飞盏轻轻一抬手,两旁的桌椅在瞬间支离破碎,他看了看酒馆中的人:"还烦请各位,在屋外等候。"

这海边小城的人哪见过这般神通,立刻起身跑了出去。很快小酒馆中,便只剩下了他们三个人。

百里东君苦笑道:"你的老大都死了,你还抓着我们不放做什么?"

飞盏神色不改,看向百里东君:"你废了?"

百里东君皱眉道:"我能走路、能吃饭,还能喝酒,不过不会武功罢了,难道天下不会武功的人都是废人吗?"

"在天外天,究竟发生了什么?"飞盏问道,"我原本从天启打算回去,但是路上接到消息,天外天发生巨变。我在路上发现了你们的行踪,便一路跟随至此,我觉得你们应该能给我答案。"

"你想要的是什么答案?"玥瑶问道。

"无相使死了吗?"飞盏问道。

"死了。"玥瑶回道。

"玥卿小姐呢?"

"不知道。"

"飞离呢?"

"不……"

"死了。"百里东君放下酒杯,抹了抹嘴角的酒水,说道。

第七章 · 远行蓬莱

"砰"的一声。

小酒馆中所有摆放着的酒坛在一瞬间就碎裂了。

飞盏往前踏了一步，沉声道："死了！？"

玥瑶急忙说道："飞离先行回了天外天，我和东君离开的时候，并没有见到他，所以我并不知道他的生死。"

"死了。"百里东君又举起酒杯。

"砰"的一声，他手中的酒杯碎裂开来，酒水洒在了衣襟上。

飞盏又往前踏了一步："为何？"

"如果你看过那一刻的叶鼎之，你就应该知道，一个把他害得那么惨的人，不可能还有机会存活在这世上。不仅飞离死了，如果你见到他，那么你也必然会死！"百里东君抬眉看着飞离，神情中略带挑衅。

玥瑶微微向前一步，拦在了百里东君的面前，她轻轻摇头："你不应该激怒他的。"

飞盏背微微站直了一些，整个人的气势陡然一变，他低声道："那是不是在我死之前，应该把你也杀了！"

"魄官飞盏，是天外天中仅次于四大尊使的高手，甚至有可能只在无相使之下！"玥瑶叹道。

"那就让他来试试！"百里东君站起身来，"若不是他们，叶鼎之也不会变成如今这样！"

玥瑶微微皱眉，转过身终于愤怒地踹了百里东君一脚："白痴！我的意思是我打不过他啊！"

百里东君虽然吃了一脚，痛得龇牙咧嘴的，但是嘴角却又满是笑意："哈哈哈哈，玥瑶，你终于骂我了。"

玥瑶感觉有些头疼："我骂你，你这么高兴做什么？"

百里东君摸了摸还在发疼的小腿："你这一路上太严肃了，其实我不过就是武功没了罢了，你却一副是你害了我的模样，却叫我好生不习惯。我们当时在乾东城的时候，你可没少骂我，现在看到你变回那个样子了，我很高兴。"

玥瑶无奈道："我看你不仅仅是武功没了，脑子也坏了。"

百里东君忽然严肃道："其实玥瑶，有一段时间我觉得很愧疚……"

玥瑶有些不习惯这跳跃的话题："你又愧疚什么？"

"我愧疚我不是个专一的人！"百里东君叹道。

玥瑶一愣："嗯？"

"我年少时初次见你，便下定决心只娶你一人，但是后来我又见到了一个女子，心意竟然有所摇晃。"百里东君缓缓道。

"哦？是哪家小姐？"玥瑶的神色微微有变。

"就是那个教我弹琴的王月啊！虽然她相貌平平，但和她相处的那一年，我过得很快乐。当时我就对你有所愧疚，因为自己变心了，但我又真的不愿意承认。"百里东君继续一本正经地说道。

玥瑶也配合他继续说下去："不愿意承认自己是个不专一的人？"

"不！不愿意承认我喜欢王月，因为她真的……不好看。"百里东君笑道，"所以现在我很开心，我没有成为不专一的人，王月就是你，而你，还是这么好看。"

玥瑶盈盈一笑："你知不知道现在很危险，我们快死了。"

飞盏就这么站在那里，听了百里东君说了许久的废话，表情没有半点变化，只是他身上的那股压迫感越来越强了。

百里东君终于支撑不住，单膝跪了下去，却也没有理会飞盏，

只是依然看着玥瑶,满脸都是笑意:"我才与你重逢不久,而这不久的重逢都没有来得及坐下来好好与你说说话,我怎么能死呢?"

飞盏手轻轻往前一挥,准备推出一掌,却又猛地收了回来。

他抬起头,低声道:"好快的速度!"

一身黑衣、头戴一个斗笠的剑客举起了手中那把墨黑色的长剑站在了百里东君的身边。

天下爱白,我偏要黑。

"墨尘公子墨晓黑!"飞盏低声道。

"师弟啊师弟,许久不见,听闻你都是入了冠绝榜的高手了,怎么还是需要师兄们来救你呢!"一个温和的声音在屋外响起。

这是一个很美的声音。

像是琴声般悦耳。

只听声音,就知道这是一个很美的男子。

一顶精致的轿子缓缓地落在了小酒馆的门口。

"柳月公子柳月!"飞盏微微皱眉,"素闻墨尘公子和柳月公子不合,却没想到竟是一起出现。"

"白痴!若他们真的不合,怎会一起并列八公子!他们只是嘴上看不惯对方,心里没有对方不行!"百里东君大骂道。

飞盏寒声道:"你很嚣张!"

"废话,我当然嚣张了!我两个师兄站在这里,而且都还这么能打,我干吗不嚣张些?二位师兄,帮我把他打趴下!"百里东君大喝道,"让他知道知道我乾东城小霸王的厉害!"

墨晓黑却很不给面子地把剑收了起来,他素来不爱说话,自然也就没有搭理百里东君这么无聊的话。

柳月是八公子中最疼爱百里东君的那个,语气中微带笑意:"师弟想要打,那便等师弟伤好了再打吧。至于屋里的这位兄弟,我们无意为难,不妨各自离去,如何?"

"北离八公子,"飞盏转过身,看着屋外那顶精美的轿子,"我也很想见识一下!"

"可以。"一声话下,轿子的帷幕轻轻掀起。

一身白衣的男子从轿中掠出。

飞盏的肩膀终于抬了起来。

两人擦肩而过。

柳月公子落在了百里东君的身边，脸上依旧带着面纱。

飞盏的肩膀又重新耷拉了下去。

"后会有期。"飞盏抬步朝着屋外走去。

柳月公子腰间的玉佩瞬间碎裂成了两半，他轻轻咳嗽了一下："这家伙好强的内力！"

墨晓黑沉声道："如果这次我们只来一个人，可能还真吓不走他。"

百里东君长吁了一口气："两位师兄怎么知道我在这里？"

"有一天，忽然有个人找到我，自称是我的大师兄，要我来这里等你，我自然是不信。"柳月公子叹道，"大师兄，从来没听师父提起过啊！"

"然后呢？"

"然后他就把我打了一顿……我根本没有还手的力气。这样的武功和说服人的方式，我相信是我的大师兄……"柳月公子无奈道。

茫茫大海，满天星辰。

百里东君抬起头，看着东方，在那漫天星辰中寻找着那颗祥瑞的星辰。

一艘狭长如同一张长弓的大船停靠在那里，过去不过三里的海面乍一看无比平静，可实际上却暗潮汹涌。

"第一次行到这么远的地方啊！再过去，可是北离的海志上都没有任何记载的虚无之地了，无数的大船沉在这片暗潮之下，历朝历代很多位帝王都想穿过这片海域，看看虚无之地之外，是否还有广袤的土地，可是却没有谁成功过……"柳月公子看着海面，低声喃喃道。

墨晓黑语气中也有几分担忧："小师弟，你说得那法子，真的管用？"

"柳月师兄、晓黑师兄，你们一个戴着白斗笠，一个戴着黑斗

笠,现在是晚上,又是海上,很多东西怎么看得清呢?"百里东君轻叹一声。

"什么东西?"柳月公子问道。

"比如我看到东面的天空中,升起了一颗耀眼的星辰,"百里东君微微一笑,轻声道,"瑶光。"

站在一旁的玥瑶转过身,看着西面,那里也有一颗星辰异常的闪亮:"帝君。"

"东升瑶光,西起帝君。"百里东君垂下头,看着那片海面,"暗潮停了。"

柳月公子点了点头,问道:"行船?"

"给我一艘小船吧,毕竟那片暗潮是否真的停了,我也不能完全确定,总不能让这一整船的人为我陪葬吧?"百里东君转身对着船甲板上的船员说道,"放一艘小船下去,你们返航吧。"

"不,这片暗潮已经停了!"玥瑶忽然道。

"嗯?"百里东君转过身。

玥瑶伸出一根手指,指着远处:"有一个人行着小舟从暗潮那边过来了。"

百里东君急忙走上前,却见那迷雾之中的确是有一艘小舟行出,小舟之上依稀站着一个高大的身影,手中挥动着长桨,速度很快,没过一会儿就穿过了那阵迷雾,来到了他们的面前。

"没想到暗潮之外,竟然会有人行舟过来……"柳月公子惊叹道,"等等!怎么是一只……猿猴?"

"老袁!"百里东君却像是见到了熟人,用力地冲着下方挥了挥手。

猿猴放下了长桨,却也似乎很是高兴,对着百里东君号叫了几声,随后它伸出一掌,对着自己这边扬了扬,似乎在示意百里东君下去。

柳月公子看了一眼那艘船,低声道:"这艘船这么小,估计只能再上两个人,是晓黑你还是我……"

一袭白衣从船上一掠而下,稳稳地站在了猿猴的身边。

"老袁,初次见面,我叫玥卿。"白衣女子笑着打招呼。

猿猴伸出一根手指，在脑袋上点了点，似乎有些困惑，再抬起头，却看到百里东君也一跃跳了下来。

"我这一行不知道该去多久，也不知道会遇到什么凶险，你应该让两位师兄下来一个陪我的！"百里东君轻叹一声。

柳月公子在长船上之上喊道："姑娘，还是让我陪师弟吧。"

"好的，那我上去了。"玥瑶一把搭住了猿猴的肩膀，"老袁，借个力。"

"不用了，不用了，"百里东君拿起长桨递给猿猴，"老袁，快点划，可别让两位师兄追上了。"

猿猴拿起长桨，一掌不耐烦把百里东君推开，却差点把百里东君整个人从小船上打了出去，还好玥卿一步跃起，把他整个人给拉了下来。猿猴似乎很是困惑，嘴里低声号叫了几声。

百里东君苦笑道："老袁啊，今日不比当初，你刚才那一掌，可差点打死我！"

猿猴的神情也变得凝重起来，猛地一挥长桨，就行入了那片暗潮之中。

玥瑶看这猿猴直立而行，挥桨动作轻盈熟练，比起普通船夫都不遑多让，一张脸上喜怒分明，惊奇道："这老袁，除了不会说话以外，倒与一个普通人没什么区别。"

"你去了那个岛上就知道了，这个不算稀奇，不过老袁是他们中最能打的那一个，放在北离，若是一个普普通通的金刚凡境，怕还是不够老袁打的。"百里东君说到此处，轻声咳嗽起来。

"没事吧？"玥瑶问道。

百里东君摇了摇头："还死不了。"

穿过迷雾之时，已然晨起。

一座巨大的海岛出现在了他们的面前，海岛之上树木参天、鸟兽齐鸣，岛中有数座高山，高山山峰之处云雾缭绕，仿若仙境。

"这里就是三蛇岛之外的虚无之地了。这座岛，名蓬莱，常有诸佛参拜，万仙来朝！"百里东君虽然不是第一次来到这里了，可再次看到这幅场景，依旧心生感慨。

"真的是有仙人在这里吗?"玥瑶疑惑道。

"何为仙人呢?"有一个苍老的声音响起。

那猿猴将船停到岸边,冲着岸上的那人微微一鞠躬,便立刻离开了。

百里东君也从船上走了下来,对着那人鞠躬道:"清风掌教。"

只见岸上那人穿着一身白色长袍,须发皆白,脸上却没有半点皱纹,举手投足间颇有仙家之气,倒真像极了北离年画中的老神仙。

这就是仙人了吧?玥瑶心想,也立刻躬身拜会:"这位仙人好。"

"我不知道何为仙人,但至少,我不是仙人。"那老道长笑道,随后看向百里东君,"我也不是什么掌教了,我离开黄龙山已经很久了。"

百里东君笑道:"但黄龙山仍有传承,天启城钦天监,掌教的大弟子齐天尘已经是国师了。"

"小齐啊,当国师有点委屈了,不过钦天监还不错,那里的高台之上,能看到北离最亮的星空。"老道长微微点头,随后忽然道,"你好像受了伤!"

"是。"百里东君点头道。

一阵清风拂过。

那老道长已经站在了百里东君的身边,伸手轻轻搭上了他的肩膀:"伤得很重,内力没有了。"

百里东君耸了耸肩:"被吸得干干净净。"

老道长放了下手,没有片刻的犹豫:"我治不好。"

"治不好?!"玥瑶大惊,原本她见这老道长一身仙气,印证了之前百里东君所说的"海外有仙人"的说法,一颗悬着的心已经放下来了,可老道长却忽然来了一句"治不好",却着实令她无法接受。

"当然是治不好!被吸走的内力想要重回,和活死人、肉白骨有什么区别!我只是凡人,当然做不到。"老道人的神情却依然淡然,似乎并不因为他治不好而有任何的遗憾。

百里东君却也并不惊讶,只是点了点头:"我明白了。"

"明白了是什么意思！"一向淡定的玥瑶此刻却有些难以掩藏自己心中巨大的失落，"我们千里迢迢来到这里，最后却一点办法都没有吗？"

"人还站着，经脉又没废，武功可以重学，内功可以重练，不过是需要些时间。你从小被儒仙古尘铸造了药修之身，加上天生武脉，所以这些年精进速度远超他人，如今从山顶跌落，未尝不是好事。"老道长缓缓说道。

百里东君苦笑道："清风掌教，可别拿我开玩笑了。"

"这可不是开玩笑啊！曾经黄龙山天师卷共有九本，每一本便是一个境界，当时我门人众多，只有小齐一个人看到了第八本，只花了三年的时间，其他的门人，有人一年就看了六本，却在第七本止步不前，有的人看了两本以后，此生都没有再精进。可是他，花了两年的时间就看完了八本，只是在看第九本之前，他忽然回到了藏书阁的最底层，重新看那第一本。"老道长顿了顿。

百里东君很配合："然后呢？"

"然后一个时辰一本，一天一夜，观尽天师卷，成了我黄龙山开山以来最年轻的天师。"老道长微微一笑，"所以啊，有的时候从头开始，或许是最快的路。"

"愿闻其详。"百里东君躬身道。

"我花了十二年看完天师卷，你要的答案我给不了。"老道长轻轻挥了挥长袖。

"你们在说的他是谁？"玥瑶终于忍不住问道。

"是我！"一个温和的声音响起。

老道长笑了笑，往后退了一步，长袖一挥，忽然就从那里凭空消失了。

玥瑶抹了抹眼睛："这是怎么回事？"

"虚无之地，海外仙山，总有很多难以理解的事情。"百里东君对她轻声说道。

"我师父名为清风道人，那么若一道清风般消散，又有何奇怪呢？"在老道长方才所站的地方，却又凭空出现了一名年轻人。

那年轻人穿着一身白衣长袍，长袍被海风刮起，猎猎作响，年

轻人看向玥瑶，说道："姑娘好。"

声音和煦，若清风拂面。

玥瑶愣了一下，却不知该回一句，公子好，还是姑娘好。

因为他的面目实在太过于俊美了，玥瑶在北离见过不少美男子，包括百里东君便是一名俊朗秀美的世家公子，可是面前这人却美得有些过分了！肤若凝脂、面若白玉，尤其是那身上散发出来的不染凡尘的气息，却真的让人有瞬间的恍惚。

"看傻了？"百里东君无奈道。

玥瑶愣了愣，想开口说话，却也不知道该说些什么。

年轻人微微一笑："我叫莫衣。"

"莫衣？"玥瑶喃喃道。

"唉！"百里东君叹了口气，"玥瑶姐姐，我一直觉得你是那种山崩于前而面不改色的人，怎么如今看到一个美男子，就这么魂不守舍了呢？"

玥瑶微微有些恼怒，脸色羞红道："我没有！"

"小百里。"莫衣忽然唤了一声。

百里东君挑眉道："怎么了？"

"不应该与心上人说这样的话，"莫衣幽幽地说道，"她们总有一天会还回来的，小百里。"

玥瑶此刻回过神来，看到莫衣一口一个"小百里"，微微皱眉道："他为何叫你小百里？你看着还比他年长几岁啊！"

百里东君耸了耸肩："你别看他像是个十七八岁的少年郎，其实啊，他已经四十岁了！"

"真是个不善良的小孩子，"莫衣不顾玥瑶眼中的惊讶，走到了百里东君的身边，伸手按住了百里东君的头，"难怪武功给你废了。"

"为什么要提我的伤心事呢？"百里东君假装很沮丧地耷拉着肩膀。

"这值得伤心吗？你练的内功叫什么？"莫衣问道。

百里东君一愣，回道："秋水诀啊！"

"秋水时至，百川灌河；泾流之大，两涘渚崖之间不辨牛马。

这的确是一门很厉害的内功，但是还不够。"莫衣长袖一挥，"儒仙古尘见秋水时至，而心生感悟，创出这秋水诀，确实令人敬佩。可其一，这是他的感悟，你练得再好、用得再熟，也终究逊色了儒仙一分；其二，秋水时至，百川灌河，这还不够。"

"那什么才够？"百里东君问道。

"你看那千丈之水奔流而下，光那声音便如千万匹骏马在踏碎荒原；你看那无垠海面一望无际，就算你用最快的船，日行千里，行上一年，行上十年，你也无法行遍每一片海域；你看那水中万物波澜多彩，有过世上从未见过的景，从未见过的物……这样够不够？"莫衣问道。

百里东君想了一下："您是说……这片大海？"

"是的。秋水而至，河伯自傲，可在这大海面前，却也只能望洋兴叹。海上生千潮，的确壮阔，但你觉得足够了吗？"莫衣又问道。

百里东君想了想："既然您这么问，那肯定是不够了。"

"哈哈哈哈，够不够，你自己看。"莫衣笑道，"海外仙山，蓬莱之岛，你上次来，看过的还太少太少，今天就让你看到天下极景，你就能明白什么是够，什么是不够。"

"内力没了，便重新练，不是什么大事。"

"不过既然要练，就要练得更快、练得更好。"

百里东君低声道："我有一个朋友，他……"

"每个人都有自己的命运，也都有自己的选择。"莫衣低声道。

"我怕他走错路。"

"只要路还没走完，就可以回头！"

莫衣没有再等百里东君说话，一把抓住了他的肩膀，带着他朝着岛上仙山飞了过去。

真的是——飞。

玥瑶瞪大了眼睛，她见过的绝顶轻功数不胜数，却没见过这般真若御风而行，潇洒如仙人的轻功，惊叹道："这是什么轻功？"

"这不是什么轻功了，"那须发皆白的老道人不知何时竟又出现了，他捋了捋自己的胡须，"只要境界到了，又在乎什么武功

轻功。"

玥瑶愣了一下,随后恍然大悟:"这就是神游玄境了!"

"神游玄境?听小百里提起过,大概就是了吧。"清风老人轻捋胡须。

"他们现在是去哪里?"玥瑶问道。

清风老人笑道:"总归是我们去不了的地方。"

莫衣带着百里东君一路向上行去,气息却平稳地如同在平地之上散步:"你师父呢?"

"师父出门远游了,不知道什么时候才会归来。"百里东君回一句却是十分吃力。

"那怕是很难再回来了!"莫衣幽幽地说道。

"嗯?"百里东君却记得师父的确说过这样的话。

"你师父去了北面,"莫衣带着百里东君落在了山崖之上,"极北之地。"

"天外天?"百里东君一愣。

"天外天是什么地方?"莫衣反问道。

"就是一片千里冰原,在以前北阙国的再北面。"百里东君解释道。

莫衣摇了摇头:"不是,我说的极北之地是需要穿过北蛮一直再往北,能看到一片延绵无际的山脉,那片山脉被称为天绝山脉,翻过天绝山脉就是一片冰原。天外天那里有千里冰原,可天绝山脉之外,却可不止千里、万里、十万里!谁也不知道冰原的那边是什么,那就是北面的尽头。"

百里东君疑惑道:"师父去那里做什么?"

莫衣反问道:"那我来这里做什么?"

"莫前辈,我现在武功尽失,您就别和我说这么些高深莫测的话了。"百里东君挠了挠头。

"高深莫测吗?我只是觉得总有一天你也会镇守一方。"莫衣淡淡地一笑,眼神中带着几分寂寥,"北面的冰原,西面的荒漠,东边的无垠大海,南方的十万大山……人间绝境,四方圣人,你会成为很强的人,但越强的人,责任也就越大。"

百里东君疑惑道:"莫前辈您是说……"

"都是以后的事了。"莫衣再次一把拉起了百里东君,一跃而起,直接落在了山峰之上,那里有一块巨大的石碑,他指着那块石碑说道,"越过石碑,你就能看到,真正的绝境!"

百里东君抬头一看,只见石碑上写着四个字:天无尽头。百里东君走上前,伸手摸了摸那块石碑,却发现上面的字似乎被人改过。

"以前那人留下来的是天尽头三个字。"莫衣笑道,"可我觉得不是,说是尽头只是我们的目光有尽头,所以我给改成了天无尽头。"

"那边是什么?"百里东君隐隐听到一些声音。

"石碑那边就是另一个世界了。这个岛很神奇,只踏出一步,很多事情就不一样了。"莫衣轻轻推了一下百里东君,"去吧。"

百里东君吞了吞口水,他曾见过南宫春水一步入神游,在唐门之内将一众天境高手压得抬不起头来,也曾见过莫衣御风而来,举手投足翩然若仙人临世,但面对这绝世的高手,他从未有过压迫之感,可那块石碑后面隐隐传来的声音,却给他一种强烈的压迫感。他叹了口气:"希望不要太过于吓人!"他长呼吸了一下,然后一步踏了过去。

首先传来的,是铺天盖地的咆哮声。

"这是……龙吟吗?"百里东君伸手捂住耳朵。

然后,是一股扑面而来的炎热感。

然后便看到了世界的极景。

一处巨大的悬崖。

所有的海水在那个悬崖之处倾斜而下,急速地奔流中燃起了火焰,将那片天空烧得通红。他听到的龙吟声便是那海水奔涌而下的声音,他感受到的炎热,便是那急速地奔流中产生的火焰。而海水奔涌而来之后流向哪里,他却已经看不清了,火焰烧起水雾,又将远处的场景给笼罩了起来,隐隐约约似乎能看到一些影子。

有的像龙在游动。

有的像佛在静坐。

有的像仙人在跳舞。

"古籍《山海图志》里说,离海行至深处是一处不见底的悬崖,海水在那里汇聚奔流而下,急速的奔流燃起火焰,把整片天空都烧得通红。没有人能跨过这片海域,这里便是天之尽头。另外一本古籍《天风野录》里说,在天之尽头有蓬莱岛,每当盛事来临,会有众仙来朝,万佛参拜,是绝世仙人之住所。我想,写书的人一定来过这里。"莫衣也从石碑的那边走了过来,幽幽地说道,"因为他们见到的,都是真的!"

百里东君犹在见到这极景的震惊之中,好半天才回过神来,指着那片云雾说道:"那过去,是什么?"

"我也不知道是什么,或许真是仙人佛祖,或许不过是虚梦幻影,或许真的到了尽头。"莫衣对着远处挥出一掌,可那片云雾只是轻轻地动了一下,"我们不必想这么多。"

百里东君犹豫了一下:"那我接下来?"

"你的师父儒仙见秋水入河,便能创出秋水诀这样高深的内力,如今你见这大海奔涌,呈一片海水一片火焰之奇景,是否也该创出更高明的内功呢?"莫衣回道。

"这……"百里东君一愣,"这看个奇景就能创出一套内功?您当我是百里霞客?"

"你看的不是奇景,是天道!"莫衣拍了拍百里东君的肩膀,"好好想想吧,这几天老袁会每日送吃食过来,你就在这石碑之后,好好想想你的内功。"

"等等,莫前辈您是认真的?"百里东君仍是不解。

"我自然是认真的。万物皆有道,此刻你看的可是天道,"莫衣笑了笑,"不是每个人都有这样的机会!"

"没想到这样的深海孤岛之中,竟然藏着这样的一处水榭楼阁。"玥瑶环顾四周,绕是她驾着那辆华美的马车环游列国看过许多奇景,仍是觉得很惊叹。

一只小松鼠抱着一个小野果,晃悠晃悠地走了过来,将野果放在了她的身边。

"虽说万物皆有灵,但这番场景,倒是闻所未闻。"玥瑶接过野果，伸手挠了挠小松鼠的头。

"这座楼阁是之前那人建的。"莫衣忽然走进了楼阁之内。

玥瑶急忙站了起来："仙……仙人。"

莫衣摇了摇头："不要叫我仙人，叫我莫衣就好。"

"莫衣前辈……"玥瑶恭敬地说道。

"你是玥风城的女儿？"莫衣忽然问道。

玥瑶一愣："前辈认识我的父亲？"

"认识的，我和他年纪也算是同辈人，他是个很有武学天赋的人，他要是不是当皇帝，而是当一个门派的掌门，那么很多事情的结果就不会这样了。"莫衣轻叹一声，"可惜啊！"

玥瑶摇了摇头："生在帝王家，又是谁能选择的呢？"

"你不就做出了选择吗？你的选择很好，"莫衣点了点头，"不是每个人都有勇气做出这样的选择。"

"可是现在我的父亲死了，无相使也死了，那些北阕的遗民们不知接下来会遇到什么。那一刻的叶鼎之真的很可怕！"玥瑶摇头道，"莫衣前辈身处孤岛，也能知道外面之事吗？"

"你不是喊我仙人，所谓仙人，自然能掐会算，能坐着观想过去未来。"莫衣转过身，遥望高处。

"他在那里如何了？"玥瑶问道。

"天下极景，不是每个人都有机会见到的，剩下的就靠他的机遇和天分了。"莫衣幽幽地说道。

"只要看一看，就有这么大的力量吗？莫衣前辈也看过那里的风景，最后如何了？"玥瑶问道。

莫衣微微一笑："我晨起观海，见长天大海倒灌奇景，日落之时冲入其中，饮了一瓢火中之水，暮时下山。"

"如何？"

"按照你们如今陆上的说法，便是破境了，入了那神游玄境。"

"老袁，你进来啊。"百里东君对着石碑那头的猿猴喊道。

可是猿猴却挥了挥手，似乎对石碑那头十分畏惧。

"奇怪了，难道真和莫衣前辈说的一样，不是每个人都能来到这里？"百里东君走过去，将老袁留下来的那一盘野果拿了进来，

一边吃一边默默地看着面前这惊天骇地的场景。

如果是诗人来此，必然是要提笔挥墨，好好来一首飞流直下九千里了。

如果是画家来此，必定也是长卷铺开，留下一幅人间极景图供后人瞻仰。

如果是剑客侠士来此，当然是要用剑气将那长雾给一剑劈开。

可是百里东君没有兴趣，他吃着野果，看着那片燃烧着火焰的海水，忽然有了一个想法，他大声喊道："老袁，给我拿一个大木桶来，还有摘下岛上最美味的葡萄，全都给我送到这里来。"

老袁叫了一声，就算是回应了。

"我记得《酒经》之上，记载过一种酒，是用海水酿造的。那种酒很难酿，但是很好喝，带着微微的咸味。我一直未曾想过真的酿一杯这样的酒，可这里却有着世间最奇妙的海水，用这样的海水酿出来的酒，老袁你说会不会比那七盏星夜酒还能震撼天地呢？"百里东君一边来回踱步，一边念念叨叨，似乎对自己的这个想法很是得意，"老袁，老袁你怎么不理我？"他转过身，却发现那老袁早就已经下山去了。

"算了，算了，酿酒之事急不得，还是想想这内功怎么办吧。"百里东君盘腿坐了下来，"莫衣前辈让我新创一门内功，可是哪有这么简单，不然还是从秋水诀练起吧。"

虽然秋水诀是儒仙所创，但当日将这秋水诀传给百里东君的是百晓堂的姬若风，当时百里东君倚靠儒仙古尘给自己打造的十年药修之体，没过几日就学得七七八八了，可今日身体上下却空空如也，算是将当日的都补回来了。百里东君盘腿坐了一会儿，按照秋水诀的内功要领，运走着体内这几天刚刚积累出来的那一点点可怜的真气。

一个时辰之后，百里东君便倒头睡了过去。

之后便做了一个梦。

他梦见自己变成了一条白色的长龙，坠入了那片大海之中，随着那惊天骇地的大瀑布往下沉去。他咆哮着试图逆流而上，却被水流一次又一次打了下来。他感受到海水的冲击、火焰的灼烧，也听到云雾之后的仙人在笑。他很愤怒，冲着长空一次次咆哮，却没有回应，只有一次接一次地打落。

于是他只能绝望地往下看。

万丈深渊似乎没有尽头，他就这么一直地坠落，一直地坠落，仿佛陷入了一个永恒的梦境，唯一的选择只有闭上眼睛，等待自己在这样的坠落中老去，变成一堆没有思考的枯骨。

"不，绝不能这样坠下去！"

长龙摆尾，冲天而起。

却有一个大浪猛地打了下来。

百里东君忽然睁开了眼睛，起身站了起来。

他的周围水雾围绕，整个后背都已经湿透了，他感觉一股真气开始在体内流转，虽然远不如从前，却比刚到岛上之时要增进了不止一分。看来方才的这一段神游，不是简单地做梦。

"呼！"百里东君长吁了一口气，"真如莫前辈所说，石碑之后还真是一个玄妙的世界。方才的梦境，也太过于真实了，如果方才放弃了，该不会就醒不过来了吧？"

百里东君站了起来，拔出了腰间的不染尘，默默地开始练剑，先是那最简单的《绣剑十九式》，随后又是父亲所传的瞬杀剑法，最后又将那西楚剑歌给演练了一遍。

"还是止于问道于天啊！"百里东君遗憾地收了剑，"挥不出那大道朝天的一剑！师父啊师父，究竟什么是我的大道啊！"

"你觉得东君是一个什么样的人？"

"他很小的时候我就见过他，这么多年似乎也没有变化，还是个小孩子，有些任性。"

"小时候是任性，现在算是随性。随性是个很好的品质，因为他不会被外界改变。"

"嗯？"

"很多人都会被外界改变，我曾游历至南诀，曾见一个老儒生闭门不见自己功成名就衣锦还乡的弟子，只是派人去问了一句话，说如今你三十有余，在城里做了大官，可若是那个十七岁在我书庐

中终日苦读的那个你此刻站在你面前，那个你会觉得开心吗？他愿意见现在的你吗？门口那位大官原本身着锦衣，身后跟着数十个随从，满脸春风得意，可听到老儒生的这句话，思寻良久却是调马回头，神情中满是落寞。"

"我父亲年轻时是个温和有礼的人，可继承王位之后却整个人都变了。"

"我们活在世间，很难知道自己想要什么，却一定要清楚自己不想要什么！比如东君，镇西侯世袭罔替的爵位他可以随手抛弃，只愿做一个江湖浪客。有时候当你抛弃了你不想要的东西，很多事情就会变得明朗起来。"

"莫衣前辈怎么突然变成了一个讲人生大道理的老师，我倒有些不习惯了。"玥瑶喝了口茶，笑着摇了摇头。百里东君在那石碑之后一待已经是数月了，这些时日她便在这水榭楼阁之中自己练功游玩，莫衣很少出现。玥瑶后来发现，莫衣每天都坐在后山的一处山崖之上观海，不知道在思考些什么，至于那个清风掌教则一次都没有出现过。

莫衣也喝了口茶："年纪大了，看到有缘的年轻人，便忍不住多说几句。"

"我这段时间游览仙山，常见莫衣先生坐于山崖之上观海，不知道先生在思考些什么？"玥瑶忽然问道。

莫衣神色不变："我在想一件我此生唯一要做的事情。"

"唯一要做的事情？"玥瑶一愣。

"是啊！我与你们不同，我知道自己想要的是什么，而且此生，仅此一件。"莫衣站了起来，看着山顶，"我前几日去见过东君，距离他下山怕是不远了。"

"我也去过那里，可在那石碑三步之外，我就再也不能前进一寸，想要远远地和他说几句话，可声音也传不过去，反而是老袁倒还能比我多走几步。"玥瑶缓缓道。

"天道之处，非异人不能入，就连我师父，也无法跨过那座石碑。"莫衣一振衣袖，"玥瑶姑娘继续在这岛上安心游玩，待他下山，便是你们一起回到北离的时候了。"

"莫衣前辈。"看到莫衣准备离去，玥瑶又轻声唤了一句。

"嗯？"莫衣向前走了两步，背对着玥瑶，没有回头。

"前辈曾经说过自己能观想过去未来，那么是否前辈已经看到了我的未来？是否我的未来，会做出什么遗憾终身的选择，所以前辈在这里苦心劝我。"玥瑶忽然问道。

莫衣站在那里，风轻轻吹起他的白袍，并没有回答。

玥瑶便继续说了下去："前辈这样的人，怎会突然与我说那么多的话，想必是前辈看到了什么。看前辈的反应，玥瑶应该是没有猜错！"

莫衣终于转过身，一身白袍在风中飞扬，他微微一笑，便给人清风拂面之感："玥瑶姑娘，虽说我是道门出生，却也不能就把我当成一个算命的。我说过我能观想过去未来，可未来，不过是一个可能，在我知道未来的那一刻，未来就已经改变了。"

"未来就改变了？"玥瑶微微皱眉。

"是啊，任何事情都可以改变。"莫衣点头。

"除了生死。"玥瑶补充了一句。

"不！"莫衣一跃而起，往那山顶行去，"包括生死。"

石碑之外。

百里东君又一次从冥想中醒来，他站了起来，抹了一把胡须上的汗水。

一连数月，昔日的翩翩公子，已经变成了一个浑身汗臭的胡须大汉，他站了起来，那一身白衣也已经破破烂烂。

"还好没让玥瑶姑娘看到我现在的样子，"百里东君笑道，"若是玥瑶姑娘哪天来了，老袁你一定要告诉我，我可得提前躲起来。"

"或许他就喜欢你此刻这般的样子呢？"莫衣从石碑那头缓缓走了出来。

百里东君闻了闻自己的手臂："莫衣前辈说笑了，我如今身上的味道可跟天启城里的小吃豆汁差不多了，若是这样玥瑶姑娘都喜欢，那她可真是个特别的女子。"

"这一点我赞成，她的确是个特别的女子。"莫衣点头道。

"前辈，我觉得我进入一个瓶颈了，这十天里没有一点长进！"

百里东君正色道。

"何解？"莫衣问道。

百里东君手轻轻一挥，感受到体内真气澎湃涌动，虽然还是赶不上他前往天外天之前，却也差不离了："我的内功心法已经走出了秋水诀的禁锢，却又总觉得还差了一口气，无法完全的随心所欲。我想了许久，想到了原因。"

莫衣很认真地配合他："哦？什么原因？"

"我觉得我可能需要……"百里东君忽然转身冲着前方纵身一跃，"洗一个澡！"

他顺着那奔涌而下的海水直冲而下，往那深邃不可见底的深处直直坠去。

百里东君闭上了眼睛。

想到了自己反复做的那个梦。

梦到自己变成了一条白龙，被那水流一次又一次地打下，而自己不愿意就此沉沦，又一次次地向上游去。

水雾的那边，似乎有仙人在低声嘲笑。

黑暗的深处，似乎有不知名的怪物在咆哮。

海水与火焰，在反复折磨着自己的意志。

而自己唯一记得的就是——

绝不妥协！

"来，那就让我化身一条白龙！"百里东君仰头怒喝。

一个大浪打了下来，把他瞬间淹没。

莫衣走到山崖边，看着百里东君的身影消失不见，轻叹一声："玥瑶姑娘没有说错，果然还是个小孩子啊！"

第八章 · 垂天海运

百里东君被一个浪头打了下去，海潮之上无处可以着力，眼看着整个人就要被巨浪吞没之时，他一把按住了背上的刀柄。

他的腰间有一把剑，名不染尘。

他的背上有一把刀，名尽铅华。

"刀起！"百里东君朝着海面之下猛地挥了一刀。

刀气澎湃，将他整个人向上推去，令他在一个瞬间就破浪而去。

"好！"莫衣脚下轻轻一顿，只见一个木桶破土而出，他抬起脚踩在木桶之上，眼神中流露出了几分赞赏，"当饮一杯。"

"莫衣，那是我的酒！我还一口没喝呢！"百里东君骂道。

莫衣并没有因为百里东君的怒喝以及直呼其名而生气，毕竟当日李先生也因为一口酒而被百里东君辱骂过。只见莫衣轻轻伸出一指，那木桶之上便破了一个洞，酒水从木桶中成一条线状流入了他的口中，但他却没有多喝，很快就踢起一块小石子堵住了那个缺口，之后又轻轻舔了一下嘴唇："有点咸。"

百里东君靠着一柄尽铅华和绝强的刀气在海潮巨浪之中翻滚着，却只能勉强保证自己不向下坠落，他叹了口气，又握住了腰间的不染尘。

"师父,让您看看我的双手刀剑之术!"

左手不染尘,右手尽铅华。

百里东君猛地旋转了起来,剑气飞扬,刀气狂舞,那些巨浪再怎么汹涌澎湃,却也无法近他身三尺之内,百里东君就这么直飞而起,就像是……

"竹蜻蜓?"莫衣的眼神忽然有些恍惚。

他想起那个喜欢穿着绿衣的小女童,站在河边,手轻轻一旋,然后便开心地笑起来。

"小绿儿啊……"莫衣微微垂首。

而另一边,百里东君终于破浪而出,他收回了刀剑,整个人悬浮于海潮之上,抬头看天,是一片烧红的天空,低头看海,是汹涌澎湃的海潮,再看前方,是那片水雾。

雾里似有神佛静卧,也有仙人起舞。

百里东君忽然有了一个大胆的想法,他的身子在继续下坠,在继续坠入那片海潮之前,他忽然握紧了双手的刀剑。

莫衣从回忆中回过了神来,抬头看向百里东君,就算淡定如他,眼神中都流露出了几分震惊,他怒喝道:"不可!"

但已经来不及了,百里东君刀剑齐舞,冲着那道水雾猛地劈去。

"是人是神,尽头之外,是否还有尽头?就让我看个明白!"百里东君高声怒喝。

刀剑齐下!

水雾似乎轻轻波动了一下,又似乎一点都没有波动。

百里东君一愣,收了刀剑:"难道真的只是一片水雾?"

水雾之后,那起舞的仙人却忽然停下了动作,那影子晃了晃,似乎走到了水雾之前,随时都要破雾而出,但最终也依旧没有走出来,只是那影子似乎对着水雾之外伸出了一指。

澎湃的海水在那个瞬间忽然静止。

水雾很明显地波动了一下。

然后百里东君就感觉到方才挥出的那一刀一剑的无上威势全都反冲回来了。百里东君试图挥挡,可方才那全力一击已经耗尽了他所有的气力，就在此时，一条白袖忽然裹住了他的腰，猛地将他往后拉去，百里东君转头，看到莫衣迎风而起，朝着自己这边飞了过来。

"莫衣前辈！"百里东君唤道。

"不自量力！"莫衣冷哼一声，长袖一甩把百里东君甩回到了山崖之上，随后身子一旋，竟凌空停在了空中，面对那凶悍无比的刀剑之势，他伸出一掌。

"八卦！"

太极生两仪，两仪生四象，四象化八卦。

黄龙山最强心法——八卦心门。

百里东君站在岸边，心生惊骇："好大的一个八卦！"

一个巨大的八卦之形现出，将那刀剑之势全都挡了下来。

水雾之后那个影子却一直站在那里，没有前进，也没有后退。

莫衣凌空而立，长袖翻飞，一副仙人之姿道不尽的风流，可他的表情却是难得的凝重。

"起！"莫衣双袖一挥，脚下那原本平静下来的海潮再度汹涌而起。

水雾之后的影子终于是退了下去。

莫衣轻轻呼出一口气，一个转身，落回到了山崖之上。

"那水雾之后究竟是什么？"百里东君忍不住问道。

莫衣收回长袖，望向那渐渐平息下来的水雾："不可知的东西，便不要再问了。"

百里东君皱眉道："难道尽头之外仍有天地，天地之上，真有仙人？"

"若真是仙人，此刻的你便无法站在这里了……"莫衣幽幽地说道，"那边的事情等你有能力以后再问吧，现在的你还差得远呢！"

百里东君将手上的刀剑插入土中，忽然正色道："我方才悟出了我的内功心法。"

"哦？"莫衣的语气淡然。

"这几个月，我时常做梦，梦到我化身白龙，奔流于这片大海之上。我曾以为古尘师父所创的秋水诀，更进一步，当由秋水入大

海,我的内功心法,应以大海为天道。百晓堂的堂主姬若风也曾经说过,我命中注定与水有缘。方才入海之时,我心里却已有感悟,已经超出了秋水诀,可是却依旧觉得遗憾,直到方才破浪而出,凌空于海面之上,上见火红之天,下见奔腾之海,对着雾中仙人,更心生战意……"百里东君眼睛忽然变得无比明亮,"我就感觉,大海仍是不够的!"

"那如何够?"莫衣问道。

"天,只有这片天才够!"百里东君轻轻一顿地,山崖之上,竟皆荒芜,"我的内功,名垂天!"

那个装着酒的木桶砰然炸裂。

百里东君转过身,猛地那么一吸。

一条水柱从桶中飞出,最后落入了百里东君的口中。

百里东君最后舔了舔嘴唇,笑道:"还真是有点咸。"

莫衣平静地说道:"你喝那么多酒,会醉的。"

百里东君身子开始微微摇晃:"我似乎已经醉了,我现在很想,很想……"

"想什么?舞一套剑法?"

"不,我忽然很想,很想打一套拳。"百里东君喃喃道。

百里东君就那么站在山崖边,一步三倒地打起了一套拳。

莫衣从来没有见过这套拳法,看了一会儿后笑道:"我没见过这套拳法,是什么?佛家的睡梦罗汉拳,还是道家的三步颠?"

百里东君打了个酒嗝,又挥出一拳,海潮汹涌:"这套拳法是我自创的。"

"哦?刚创了一套内功,又创出一套拳法,可想好名字了?"莫衣问道。

"等……等我打完……"百里东君身子忽然稳了稳,脚往地下用力一顿,却因为没有掌控好力道整只脚都陷了进去,于是又使劲把脚拔了出来,再打了个长长的酒嗝。

莫衣有些嫌弃地往后退了退,衣袖挥了挥,眉头微微皱了一下。

百里东君神情忽然变得严肃,一改方才东倒西歪的架势,一套拳法打得若行云流水，气势恢宏。海潮之上的水雾之中，那些影子似乎也聚集了起来，来看百里东君的这套拳法。

"不错，是套好拳法！"莫衣也赞叹道。

百里东君一套拳打完，抬头望着天："我觉得还差了点意思。这套拳法没有垂天之势，只够得上这大海之浩瀚，不如就叫他……海运吧！"

"内功垂天，拳法海运，都是很不错的名字，只不过半步神游……"莫衣点了点头，"确实还差了点意思。"

"您说是差了点什么呢？"百里东君疑惑道。

"或许差了点，才是最好的。"莫衣忽然长袖一甩，指向西面，"或许在那里，你觉得呢？"

"我觉得，"百里东君转过身，"我的确该回去了。"

"那就……"莫衣往石碑之外走去。

百里东君却一个仰头倒在了地上，整个人醉倒了过去。

"老袁。"莫衣衣袖一甩，把百里东君整个人往外甩了出去。

老袁纵身跃起，接过了百里东君，百里东君却忽然不觉，依旧睡得很是香甜。

直到一日之后，山腰间的水榭楼阁之中，水雾弥漫，宛如仙境。

"疼疼疼疼疼！"百里东君龇牙咧嘴，可是身子却僵硬在那里，一点也不敢乱动。

"谁让你把胡子养得这么长的！"玥瑶轻轻一甩手中的小刀，在旁边的溪水中冲了一下又拿起来，小刀在阳光下闪了一下，吓得百里东君一个机灵。

百里东君苦笑道："在那石碑后面，好似完全没有了时间的概念。你说我一去几个月，我却觉得只过了几天，就是这满脸的胡子没有骗人。"

"还有你这衣服……"玥瑶轻轻笑了一下。

百里东君叹了一声，低头看了看自己身上："这哪是衣服啊，都是一些破碎的布条。"

"别动,别动!"玥瑶按住了百里东君的头,"瞎看什么呢?"

百里东君抬起头,看着玥瑶就在自己眼前一寸的地方,正全神贯注地给他刮着胡子。

那瓷玉一般的皮肤,含着一汪清泉的眼眸,鲜嫩欲滴的嘴唇……

是啊,我瞎看什么呢?

我应该看点应该看的啊!

百里东君的眼神慢慢往下移去,衣襟开得似乎刚刚好,只是自己这个角度却有些不够,还可以再……

再低点!

差……差不多了……

百里东君的呼吸一点点地急促起来了,脸也慢慢地变红了。

玥瑶很是不解,疑惑道:"不过是刮个胡须,你那么紧张做什么?"

"没……没有……"百里东君尴尬地笑了笑。

"算了,别乱动就好,"玥瑶小刀轻轻地晃着,"不然见了血可就不好了。"

"你……你小心……"百里东君舔了舔嘴唇。

据说佛家有一门武功,叫天眼通,修习之人别的不说,视力可是远超常人。

"应该练练的……"百里东君喃喃道。

"练什么?"玥瑶问道。

"我是说,我创的那套拳法似乎还有不足之处,还需要再练练。"百里东君随口胡诌。

"你这胡子也太多了,刮都刮不完,热死我了。"玥瑶抱怨道,随后左手轻轻一甩头发,将它们拢在了后面,又理了一下衣襟,"来,继续。"

"哇哦!"百里东君的心跳漏了半拍,"大!"他忍不住脱口而出。

"什么大?"玥瑶一愣。

"胸,真的很大!"百里东君已经无法控制自己了。

之后便是一阵沉默。

这个沉默，足够百里东君从方才的情不自禁中反应过来，也足够玥瑶抬起一脚，把百里东君踹进了河中。只是在百里东君入河之前，他一把拉住了玥瑶，玥瑶愤怒地往后一拽："你要干吗？！"

若放在几个月前，那个功力尽失的百里东君，玥瑶这么愤怒地一拽，自然把百里东君甩开了。

只是如今的百里东君，修成了内功垂天。

于是玥瑶那愤怒地一拽，就没有起到任何的作用，她自己瞬间就被百里东君拉进了小河之中。

站在岸边不远处的猿猴朝着天咆哮了一下。

莫衣落在了它的身边，挠了挠它的头："放心吧，敢对天尽头挥剑的人，不会淹死在一条小河中的。"

老袁心领神会，立刻转过头，不再去看那边，顺手还拉了一下莫衣。

莫衣笑道："许久没有见人间真性情了，我一点也不害羞，我想多看一会儿。"

此刻的百里东君抱着玥瑶在水中扑腾。

百里东君身上的衣服早就破烂不堪，落水之后就跟赤身裸体没什么区别了。

玥瑶穿着一身轻薄的白衫，此刻入水之后，身上的曲线清晰可见。

"百里东君你疯了！你做什么？！"玥瑶怒道。

两个人自打第一次见面之时，玥瑶与百里东君的相处，就像是一个姐姐在看着还没长大的小弟，除了那成为王月的一段时间，两人吵吵闹闹倒还平等，再次重逢之后，玥瑶依旧变回了以前的样子。可这一次，玥瑶却被百里东君牢牢地制住，除了恼怒，连动都动不了。

百里东君落在水中，双手抓住玥瑶的肩膀，整个身子变得无比灼热，但他却也没有失去理智，甚至他的力气更像是因为紧张。

他小声说道："我……我并没有做什么……"

"那你放开。"玥瑶回道。

"我只是想亲你一下……"百里东君低着头。

玥瑶怒道："不是说没有做什么吗！"

"所以我还没做，只是想想。"百里东君解释道。

玥瑶气极反笑："那你想完没？"

"我想完了，所以想问问你，可不可以？"百里东君问道。

玥瑶一愣，大概没想到百里东君这么不按套路出牌。

"可以吗？"百里东君又问道。

玥瑶终于是叹了口气："可以！"

百里东君的眸子瞬间扩大，整个人立刻往前扑了过去。

两个人再次一头扎进了水中。

莫衣在远处惊叹道："刚刚，百里东君竟然入了一瞬的神游玄境！"

海外仙山，难得有凡尘情缘。

莫衣一跃而起，足尖踏在一根树枝上，随手摘了一片树叶，放在嘴边便吹了起来。

岛上的飞鸟全都聚集了过来，在水榭之上盘旋，远处的海面上忽然有一头巨鲸一跃而起，再一头栽下，击起一阵巨浪。山林中的穿山甲、猿猴、松鼠等也都聚集到了树林之中，遥遥望着站在树枝上的莫衣，听着那悠扬的曲子。

"这般的神游玄境，倒真是有趣，可惜只有一瞬。"莫衣将那片树叶随手一挥，随后足尖轻轻一点，朝着远处掠去。

那边的小溪中，百里东君抱着玥瑶落在了岸边，他挪开了自己的脑袋，长长地呼了一口气。

的确只是亲了一下，但这一下的呼吸，却是太长太长了。

玥瑶的脸很是火红，不知是害羞的，还是憋的。

百里东君笑道："玥瑶姐姐，我好高兴。"

玥瑶叹了口气，也不知道该回什么，只是道："我看出来了。"

"但我是君子，你放心，我今天只亲你一下。"百里东君正色道。

"我明白，但你的手能不能从我的……"玥瑶迟疑了一下，还是说不出"屁股"两个字。

百里东君这才发现自己的双手似乎早就不自觉地落在了不该落的地方，急忙松开手，向后退了两步："不是故意的，不是故意的！"

　　"百里东君啊百里东君，你不是个小孩子了，就不要再装出这一副无辜的模样了。我听说你的父亲百里成风年少时风流成性，北离皆知……"玥瑶往楼阁之中走去。

　　百里东君急忙跟了上去："但我父亲遇到我母亲之后，就洗心革面、重新做人了，从此以后再也没有风流过。"

　　"哦，是吗？那你是他的儿子，估计也继承了这些风流吧！"玥瑶幽幽地说道。

　　"没有的没有的！"百里东君连连摆手，"我父亲遇到我母亲时，已经快三十岁了，所以之前的那些年才会如此风流。而我遇见你时，还是个小小少年，不懂那些。"

　　"哦？所以我如果现在刚遇到你的话，你应该也是个风流世家公子了？"玥瑶忽然道。

　　百里东君一愣："玥瑶姐姐你不讲理啊！"

　　"唉，看来果然是个小孩子，竟然要和喜欢的女孩子讲理。"玥瑶走进了那座竹楼，百里东君还想跟上去，却被玥瑶随手抄起的一条竹凳给打了出来，"我要换衣服，你别进来！"

　　"哦哦哦。"百里东君连连点头。

　　"这是你的。"玥瑶又甩了一件男子的青色长衫出来。

　　百里东君接过青衣，愣道："这是玥瑶姐姐你为我做的？"

　　"这孤岛之上，去哪里找布匹啊，莫衣前辈给了我一些以前的旧衣服，我拿来改的，你看下合不合身。"玥瑶在竹楼之内说道。

　　"合身，合身。"百里东君兴奋地冲进了旁边的小竹楼里，把身上那些破布条换成了这一件青衣，感觉从内到外，从心里到身上，都如沐春风般的舒服。他兴奋地走到了竹楼之外，发现玥瑶也重新换上了一身绿衫，只不过头发依旧是湿漉漉的披散下来。玥瑶看到百里东君出来了，走了过去轻轻地揽了一下百里东君的腰，低声道："还是差了几分，估计是你这几个月在那石碑之后练武，又瘦了些。"

"不过为啥是一身青衣？"百里东君问道。

"一身青衣，仗剑走江湖，很像我小时候听的江湖话本……"玥瑶轻声道，"而且，白衣洗起来很麻烦。"

"嗯？什么意思？"百里东君一愣。

玥瑶却没有理她，转身走开了："对啦，以后不要叫我玥瑶姐姐了。"

百里东君挠了挠头："那叫什么呢？"

"叫阿瑶！"

莫衣站在山巅之上，左手之上站着一只鸽子，他挠了挠鸽子的头，将那信管装在了鸽子的腿上："辛苦了，是一趟遥远的路程啊！"

此去之后，便又是三个月。

三个月里，百里东君终于将那垂天内功修到了令自己满意的地步，拳法海运也打得一遍又一遍，连老袁都已经学会了这套拳法，玥瑶则又做了三套青衣出来，从玥瑶的表情变化可以看出，应当是一套比一套更合身了。

直到那只信鸽重新飞回到了莫衣的手上，莫衣拆了信管，对百里东君说道："雪月城派人来接你了。"

"该回去啦！"百里东君伸了个懒腰。

玥瑶也从竹楼中走了出来："是该回去了。"

"等回去以后，我带你回天外天，把那些还想着打仗的人都给摆平了，然后把叶鼎之给带回来，然后我们就去雪月城。成亲！"百里东君大声道。

玥瑶笑骂道："谁要和你成亲！"

"莫衣前辈您到时候来不来？"百里东君却直接无视了她。

莫衣笑道："不来。"

"为何不来？"百里东君问道。

"太远了，我不喜欢出门。"莫衣耸了耸肩。

"那到时候我寄几壶酒给您，就当喝过我们的喜酒了。"百里东君笑道，"您还记得我曾说过有一种酒叫孟婆汤吗？"

"醉生梦死之酒，我记得。"莫衣点头。

"那是世间最奇妙的酒,能让您忘记许多烦恼的事情。我觉得莫衣前辈您看着是神仙,但心里藏着很多事,到时候我酿成了那壶半成品的孟婆汤,然后寄给您。最后一味酒引在岛上,您把它加进去,孟婆汤便成了。"百里东君看向莫衣。

莫衣背对着他站在那里看着海潮:"哦?是什么?"

"是断忧草,长在山崖之间,我前几日发现的。不过啊,现在的我,什么也不想忘记,不然我也真的想立刻就酿一壶孟婆汤来尝尝。"百里东君幽幽地说道,"世间最神奇的酒啊!"

"不想喝!"莫衣一挥长袖,"你们走吧,而且蓬莱之岛,你怎么寄过来?"

"长风千里雁不归,要么大雁传情,要么贵客亲至。前辈,我们还会再见的!"

"希望不必再见。"

"都说仙人太上忘情,前辈您可真是绝情呢!"

"若是你再次见到我,一定会后悔今天所说的话。"

"人生在世,定要不悔!"百里东君走过去抓住玥瑶的手,冲着靠在海岸边的那艘小船一跃而下。

三蛇岛之外停靠着一艘大船,身穿白色长袍、腰间佩着一把长剑的女子靠在船边看着远处,犹豫道:"海外仙山,蓬莱之岛,世上真有这样的地方吗?"

旁边的船长擦了擦额头上的汗,抽了口旱烟:"姑娘,既然你们雪月城给了重金,所以我们也愿意走这一趟,但是我也告诉过你很多次了,这片海没有人过得去,想过去的船都沉了!"

"我不是也没让你过去嘛!"佩剑女子打了个哈欠,"就在这里等着吧。"

船长幽幽地问了句:"等多久?"

"等到那边有人过来。"佩剑女子又打了个哈欠。

船长笑了:"若是一直没有人来呢?"

佩剑女子耸了耸肩:"那就去岛上抓点蛇吃吧,吃上个一年半载,还没有人来,我们就回去了。"

船长抽完了一袋烟,低声道:"姑娘可真会说笑。"

"我可不会是说笑的。"佩剑女子手微微碰了碰腰间的长剑。

船长心中一寒,他在岸上的时候可就见识过这个女子的剑术,海上相处三个月一直相安无事,他方才言语中就少了几分顾虑,可刚刚那女子碰剑的一刹那,他分别感觉到了几分杀意。

女子转过身,长袍随风飘起,背上的那个"赌"字很是鲜明。她往前走了一步,却又转身走了回来,她拍了拍船长的肩膀,笑容灿烂:"别担心,那个人虽然行事一直随心所欲,但他很靠谱。既然我在这里等他,那他就一定会来!"

船长只能点头,然后转身往远处看了一眼,随手一愣:"有……有船过来了!"

虽然说是船,但其实只是一艘小舟罢了。

上面有一个绿衫女子正撑着船桨向外面划着,而另有一个青衣男子正张开双手,闭着眼睛,似乎在运功。

"那个人……"船长皱眉道。

"他在用内力压下那股暗潮!"佩剑女子惊叹道,"他……竟然已经这么强了?"

"过了。"玥瑶将手中的船桨放了下来,"前面那艘船应该就是雪月城派来的吧?"

"是!船上那女子我认识的。"百里东君睁开了眼睛,擦了擦额头上的汗,朝着船上看了一眼。

玥瑶眉毛一挑,也看向那船上的女子,幽幽地说道:"很漂亮嘛。"

"是我师兄的弟子,应该唤我一声,小师叔?"百里东君足尖一点,携着玥瑶朝着那船上掠去。

持剑女子原本面带笑意,可等两人临近后却忽然脸色一沉,手一把按在了腰间的长剑上。

"退!"持剑女子怒喝道。

那船长还没来得及自己挪步,就被那女子的内力给震得连连后退。

船舱之上立刻奔出了四名带剑的男子,站在了女子的身后。

百里东君带着玥瑶落在了甲板之上，看着面前场景微微皱眉："尹落霞，许久未见你小师叔，也不必用这种阵仗招待吧？"

那持剑女子自然就是当日与百里东君一同参加学堂大考，最后被柳月公子收为弟子的女赌神尹落霞，她这次奉师命和雪月城弟子一同前往海外仙山迎百里东君，原本自然是同门相见重逢的激动，可是……

"百里东君，你为何和这个妖女在一起？"尹落霞剑指玥瑶，怒道。

百里东君更是疑惑："你什么时候与阿瑶见过了？阿瑶，你见过我这位师侄？"

两人原本同辈，却因为一个拜了李先生为师，一个拜了柳月公子为师，便硬生生差出了一个辈分，尹落霞一直不爱喊一声小师叔，若放在平时，早就因为这个称呼先争论上了，可今日她却根本无心这些，只是听到百里东君的话，她却略有些困惑："阿瑶？"

"我名叫玥瑶，请问这位尹姑娘，我们何时见过？为何唤我妖女，为何对我拔剑？"玥瑶微微垂首，恭敬地说道。

"玥瑶？"尹落霞沉吟了片刻，"所以玥卿是你的……"

"是舍妹，我们长得很像。"玥瑶回道。

尹落霞依旧没有收剑："难怪！"

"阿瑶随我出海，这大半年都没有回过北离，不过你方才说到玥卿，想必是玥卿在北离掀起了什么风浪吧？玥瑶和玥卿虽是姐妹，立场却不一样，玥卿与我也有仇。"百里东君走上前将尹落霞的剑收了起来。

玥瑶神色微微黯淡了些，没有说话。

尹落霞终于放下了警惕，疑惑道："你和玥卿有什么仇？这个人最近半年才开始在北离横行霸道，可你不是一直在这海外仙岛吗？"

"他陷害了我们的一个朋友。"百里东君皱眉道。

"谁？"尹落霞有一种不太好的预感。

"叶鼎之！"百里东君沉声道。

尹落霞叹了口气，将剑收回了剑鞘之中："你不在的这大半年，

确实发生了很多事情!"

百里东君长吸了一口气,拉过玥瑶往船舱中行去:"这里距离岸边,还有很长的时间,我来得及与你慢慢说。"

尹落霞跟了进去:"我在船舱中放了很多酒,这一路漫长,特地为你备的,而且我觉得,接下来你肯定会想喝很多的酒。"

日落月起,满天星辰。

百里东君躺在甲板之上,吹着海风看着天发呆,边上放着一坛喝空了的酒。

"半年以前,北离的西北面,冰原之上的各宗各族忽然被一股势力集结了起来,最后自称魔教。北离历史上并不是没有出现过魔教这样的势力,但他们原本的名字不是叫大光明教,就是称大明宗,只不过因为行事邪诡而被江湖人称为魔教,这般自称魔教的,却是头一次出现。他们在立教之后便频繁骚扰北离边境,而且那些人不是普通的乱民,基本上都是身怀绝技武功之人。北离这边也曾集结过高手前去阻挡,竟然都不是对手。直到上个月,有三名逍遥天境的江湖宿老打算前去铲除魔教,却都重伤而回,功力竟废,他们说打伤他们的人自称——叶鼎之。"

百里东君拿起酒坛,往嘴边倒了倒,却没有一滴酒了。

玥瑶走到了他的身边,低头看着他。

百里东君也抬头看着玥瑶,喃喃道:"我还是想把他带回来……"

东及海市府。

一向淡定自若的总督大人正不停地擦着额头上的汗,原本空空荡荡的海市府也里里外外都站满了人,而且不是普通人,是士兵。这些士兵一个个背着枪、跨着刀,整整齐齐地站在那里,将海市府由里到外占领后又在外面围着绕了好几圈。

海市府的总督大人当然不畏惧这样的阵仗,早年他也曾率兵打过北蛮,后面被调来了这海市府,也曾上过战船杀过不少海盗,可是这些兵不是普通的兵。

自明德帝即位以后,北离最强悍的军队——琅琊军,这几年风头甚至超过了镇西侯百里洛陈的破风军。

而琅琊军的背后，站着北离最有权势的一个人，北离三军大都护、御赐世袭罔替琅琊王、明德帝最信任的亲弟弟、昔日天下第一高手李长生的弟子——琅琊王萧若风。

而萧若风就坐在他的对面。

"喝茶。"萧若风淡定自若地说道。

东及海市府总督大人颤颤巍巍地拿起那杯茶："不知……琅琊王殿下大驾光临……"

"路过，只是路过罢了，总督大人不要太过于紧张了。别听外界把琅琊王殿下吹得那么可怕，其实他是个好人，为人良善，为国为民，别说杀人，吵架都很少和别人吵的。我们这一次赶往边境，想着东及海市府也并不算太远，便稍微分了一支小队绕了一下路。本来也不想打扰总督大人，但是我们人实在太多，总得有个地方管饭不是？"站在萧若风旁边的一名穿着银衣铠甲的男子笑着说道。

总督大人再擦了擦额头上的汗，虽然来者还未通报姓名，但他也瞬间就猜到了。琅琊王麾下有两名将军，一名着银衣，一名穿金甲，着银衣的那位有一个特征，在军中无人不晓，那就是话多……这个人就是曾经北离八公子榜上的多言公子雷梦杀。总督大人垂首道："不知琅琊王殿下和雷将军要见什么人？"

"我们的小师弟啊！"身穿银衣的雷梦杀笑了笑。

总督大人一愣："你们的小师弟……难道在我东及海市府上？"

"现在是不在的。"雷梦杀往屋外看了一眼，一只信鸽从外面飞了进来，雷梦杀伸出一指，直接打碎了信鸽腿上的信管，伸手拿过了那张纸，打开看了一眼，"落霞说他们黄昏前就能到了。"

萧若风点了点头："等不及了，备马！"

雷梦杀笑道："不一起吃个饭吗？毕竟也有些年未曾见过了，我还想试试我小师弟的武功呢！他都入了冠绝榜了，可我们因为身在朝堂，百晓堂不列我们的名字。到底谁强谁弱，我还真想试一试。"

"耽误太多时间了！我来这里，不过也只是想和他说一句话。"萧若风向外面走去。

"那句话真的这么重要吗？"雷梦杀跟着走了上去，"冠绝榜上

那么多人,难道只能靠一个百里东君?"

"我觉得,可能还真的只是能靠这个百里东君了!天生武脉,他是最可能接近师父的人!"萧若风沉声道。

长船靠岸,百里东君、玥瑶和尹落霞下船走到岸边。

来往之人神色匆匆,一个个都面带忧虑,巡岸的士兵一个个穿着铠甲配着重刀,严厉地盘查着路过的每一个人。

"你们三个,干吗的?!"一个虎背熊腰的士兵走了过来。

尹落霞拿出一块腰牌,对着士兵挥了一下。

"琅琊王!"士兵一愣,急忙抱拳道,"冒犯了。"

"发生了何事?上次我离岛之时,这里可不是这般景象!"百里东君问道。

士兵回道:"和南诀的战争,开始了。"

话音刚落,一阵铁蹄声响起,整个海岸都微微地颤动起来。百里东君扭过头,只见一队穿着轻甲的兵士正朝着自己这边奔来,为首那二人,一人穿着最普通不过的军队轻甲,只是轻甲的胸口,绣着一只神鸟大风,腰间配的不是战刀,而是一把长剑,旁边那人则穿着一身银衣轻甲,浑身上下没有一件武器。

"小师兄?"百里东君一愣,"二师兄?"

"上次天启一别,我说我们总会见面的。事后与军队里的兵士说起,他们说我们上阵打仗的人不能说这样的话,说这样的话等于立了一面旗帜,那面旗帜最后会插在我的坟头,但我不信,所以你看,我说会再见,我们终于在这里又相见了!你成了冠绝榜上的高手,而我是北离赫赫有名的大将军,这样的重逢,我觉得很好。"雷梦杀勒马而立,抢先开口道。

"我们的时间不多了,说一些有用的话。"萧若风无奈道。

百里东君兴奋地走上前,语气中满是欣喜:"没想到在这里能见到两位师兄,两位师兄这是要去哪儿?"

"我们要去边境,南诀对我们宣战了。后来得到落霞消息,你们会在近日靠岸东及海市府,便来这里与你见一面。"萧若风并没有下马的打算,垂头看着百里东君。

百里东君轻叹一声："看师兄这架势是要立刻走了？我本来还想许久不见，定要喝上一杯呢！"

萧若风笑道："下一次吧。"

"那师兄愿意绕上一程，特地来此处见我，是有很重要的话和我说吧？"百里东君问道。

"是！南诀突犯边境，不是偶然。我想你已经听落霞说过了，西面那里，魔教如今很是猖獗，而北面，蛮族亦对我们虎视眈眈。我们如今前往南诀，西面你父亲派兵镇守，但是有些人，军队是拦不住的，我想拜托你！"萧若风看向百里东君。

"这么信任我？那人可是我的朋友。"百里东君笑道。

"因为是你的朋友，所以我相信你不会让他一错再错！"萧若风拉起马绳，"我想得到你一个承诺！"

"好啊，叫一声大哥，我就给你这个承诺。"百里东君挑了挑眉。

"还是对师兄那么不尊敬……"萧若风调转马头，猛地一甩缰绳，"大哥！"

军队随着琅琊王狂奔而走，只留下雷梦杀一人仍留在原地。

"你也喊一声。"百里东君笑道。

"我可真得喊你一句大哥，之前以为你死了，我可每日每夜睡不着。"雷梦杀回道，"你娘亲给我下了毒，你要是死了，我也得死。"

"你叫我声我大哥，我给你解药。"百里东君耸了耸肩。

"大哥！"雷梦杀无比恭敬。

"我娘亲骗你的，她早和我说过啦，雷梦杀小弟弟。"百里东君无奈地挠了挠头。

"告辞！"雷梦杀调转马头，"这一次我还是要说那一句话，期待我们重逢的那一天，我不会死在南诀的战场上的！"

百里东君点了点头，忽然提起真气，用已经走远了的萧若风也仍能听到的声音大吼道："学堂李先生座下弟子百里东君，定不辱使命！"

山崖之上，一名持着银色长枪的男子正站在那里，嘴巴里叼着

一根狗尾巴草，正俯视着山下的动静。他的身后站着几名身着白衣腰配长剑的年轻男子，正在安静地等待男子发话。

"无双城这次又得倒大霉了。"男子撇了撇嘴，语气中略带不屑。

只见山崖之下，一队人纵马而过，为首的三人须发皆白，却依旧气势不凡，一看便是入了逍遥天境的高手。

"来了个三个老头，又来三个老头。逍遥天境又怎么样，这么多年也没有入大逍遥，就这实力，还想和叶鼎之那家伙打？"男子一口吐掉了嘴中的狗尾巴草，转过头道，"你说是不是？我的老朋友。"

"叶鼎之！"

一袭紫衣，长发飘散而下，叶鼎之出现在那里的时候，其他四名年轻男子完全没有发现，就像是游魂一般。那四人吓了一跳，急忙拔出了腰间之剑，对准了叶鼎之。

叶鼎之却直接从他们之间飘过，站在了那持枪男子的前面，那四人之剑在瞬间断裂。

"司空长风。"叶鼎之的声音微微有些嘶哑。

"仔细想来，这只是我们第二次见面。"司空长风一挥长枪，"或许也算不上朋友，虽然第一次见面，我就差点为你送了一次命，不知道第二次见面，我的命会不会真的被送走。"

叶鼎之神色不变，依旧漠然地看着司空长风："你比下面那几个老家伙强。"

司空长风手轻轻一旋，那柄长枪在原地迅猛地旋转起来："强不强，或许只有打过才知道！"

叶鼎之点了点头："可以！"他足尖一点，瞬间掠到了司空长风的面前，长袖扬起，猛地一挥，重重地砸在了地上，竟将那山崖整个地打碎了。

"这就是传说中的虚念功？"司空长风一跃而起，长枪指天，轻轻闭上眼，整个人轻轻一旋转，随后长枪猛地抡下。

惊龙变！

叶鼎之可以一掌击碎山崖，可是司空长风的惊龙变，也压倒过海边的巨潮。

"确是一条惊龙！"叶鼎之后退三步，长袖扬起，将那长枪硬生生地挡住了。

可司空长风却没有退，惊龙乍现，一起三变。司空长风在瞬间变化出了三道枪劲，逼得叶鼎之连连后退。

"起！"叶鼎之忽然立地，长袖一扬，真气澎湃如潮。

"真是一门霸道的武功，不用兵器，不用拳掌，硬生生只靠内力真气对敌！"司空长风惊叹了一声，一收长枪，稳稳地落在了地上。

初次对阵，不分上下。

其他四名年轻男子都面露惊叹之色，毕竟在传说中，对上这位魔教教主的人，全都很快败下了阵，而司空长风方才那一枪，却是和叶鼎之呈现出了旗鼓相当之势，甚至开始还占了优势。

"你比当年我见到的百里东君还要强了！"叶鼎之沉声道。

"可惜姬若风那家伙很多年没有发过武榜了，不然我也想知道，我现在和百里那家伙，孰强孰弱。"司空长风耸了耸肩，"不过，你提到我们的这位好朋友的名字时，似乎很淡定。"

"他不会死！"叶鼎之沉声道。

"为何？"司空长风问道。

"他的功力已经废了，但是没有性命之忧，而没有武功的他，也就不会参加进这场争斗中，所以他不会死。"叶鼎之缓缓道。

司空长风笑了一下："倒也是这个道理，还打吗？"

"我方才的话没有说完，你的武功虽然比当年的百里东君还要强了，但是依然没用！"叶鼎之脚下轻轻一顿，平地起风雷！

司空长风微微皱眉，握紧了长枪。

叶鼎之的气息忽然变了，变得有极强的压迫感，极强的威慑力，以及极强的魔性。

叶鼎之只是轻轻地一顿，就让那四名男子都趴在了地上，在那真气压迫之下，连勉力跪坐起来都办不到。唯有司空长风在这样的威势之下，不过是流了一点汗，握枪的手，又加了几分力。

"这才是真正的虚念功第九重吧？"司空长风勉强笑了笑，"据

说只有师父本人亲临,才能打得过的境界。"

叶鼎之一步一步走上前:"可是李先生不会来了,因为他和我一样,对这个北离很失望!"

"我们都对这个北离很失望。"司空长风缓缓道。

"哦?昔日的天启城朱雀使,会说出这样的话吗?"叶鼎之略带讽刺地说道。

"我成为朱雀使的那一天,会以为通过我们的努力,这个北离会变得不一样。可是后来等到我们拥护的那个人坐在了龙椅之上,我们才发现不过是又一次循环……所以后来我离开了天启城,回到了雪月城,但是……"司空长风长枪猛地一顿,将那叶鼎之的气势硬生生地压了下去,"这并不能成为我们毁掉北离的理由!"

"只有摧毁,才能重建!"叶鼎之一掌推出,动千山,起万潮。

"为了重建,多少人需要流血!"司空长风一枪朝天,引来漫天狂风。

两人交错而过。

司空长风长枪一分为二,吐出一口鲜血,跪倒在地。

叶鼎之没有回头,一跃而下,冲着那山下无双城的人马掠去。

"无双城的杂碎们,可是想来杀我叶鼎之!"

"布阵!"为首的那名老者立刻勒马,看着那从山上忽掠而至的叶鼎之,大声喝道。

众人立刻从马上跃了下来,拔出了腰间之剑。无双城拥有十几种绝顶剑阵,往往能通过剑阵,击杀远远超过自己实力的对手。而这一次,剑阵的阵眼由三名逍遥天境的长老镇守,就算来了一名神游玄境的高手,他们都有信心击杀。

可是有信心,和可以是两回事!

司空长风拄着断枪艰难地站了起来,对着那缓过劲儿来的四名弟子说道:"点狼烟,让其他人立刻赶过来!"

"无双城他们?"一名弟子看着山下。

"无双城这几年声势锐减,如今试图通过杀死叶鼎之来重整旗鼓,太天真了!现在的叶鼎之,根本不是他们所能对付的!"

第九章 · 物是人非

明德七年，南诀北上，西域不安，原来歌舞升平的北离变得动荡不安。

琅琊王萧若风和柱国将军雷梦杀率军南下，势将南诀之军挡于国门之外。

镇西侯世子百里成风率破风军镇守国之西门，将西域乱民拦于关外。

而西北方的魔教势力日趋鼎盛，北离无双城集结正派人士挡之，却连连败退，死伤惨重，直到后来忽然有另外一座城的人出现，才扭转了一些颓势。

那座城之前已经很有名了，却只是纸上的有名，因为在武榜未停之前，无论是良玉榜还是冠绝榜上，都经常出现这座城的名字，刚出现的时候，谁都没有听说过这个名字，直到后来有人慕名前去，却发现这不过是个祥和安静的凡城。

而这座城，直到抗击魔教这一战开始，才真正地变得有名。

有一名持着长枪，将头发随意束起的浪客，刚出现的时候就击败了魔教的两位长老，甚至最后和叶鼎之战了一场，成了唯一一个和叶鼎之正面对决未得重伤的北离之人。北离中有传言，这个持枪的浪客，无论是年龄、装扮还是枪法，都非常像一个传说中的人物。那个人曾在八王之乱的那一夜，一枪击碎数百金吾卫的铁甲，帮助明德帝夺

取帝位,位至天启四守护之朱雀使,但那个人自己却对这个猜测不置可否,只是说自己名叫司空长风,来自雪月城。

"只是没有重伤,就这么令人惊叹了吗?叶鼎之那家伙,如今这么可怕了吗?"

另有一名少女,看年纪不过十六有余,样貌秀美,比起天启城里的王宫贵女丝毫不差,可一出手,却是王宫贵女远远比不上的强悍。那些杀人如麻的魔教高手们纷纷折戟在她的手上,以至于后来一看见她就转头逃走。魔教之人还送了她一个"小剑魔"的绰号。据传说,这名少女手中那柄冒着森然寒气的剑,是六十多年前名震天下的昆仑剑仙留下的人间至寒之剑——铁马冰河。这名少女亦来自雪月城,自称李寒衣,是司空长风的师姐。

"哈哈哈哈哈,是,师父先收了李师妹做弟子,然后再收了司空长风,论辈分来说,的确司空长风在我们三人中排行第三。没想到李师妹小时候看着那么可爱,大了以后却是一个这么好胜的性子。"

另外还有一些早就名震江湖的人,也自称是雪月城的盟友,前来协助。其中包括北离八公子中的三位,墨尘公子墨晓黑、柳月公子柳月、清歌公子洛轩,以及温家下任家主温壶酒率领的温门弟子,唐门如今的对外掌事人唐灵皇率领的唐门弟子,雷门的副门主雷鲸率领的雷门弟子。

"唐门、雷家、温家,他们三家竟然也会联手?还有三位师兄竟然也来助阵了?还都打着雪月城盟友的旗号……看来这是师父远行之前早就布下的局了。师父到底是师父,连这都做得到。"

百里东君与玥瑶一路西行,两个人在路上不停地听到雪月城弟子传来的消息,西北面和魔教的对决一开始确实不容乐观,即便是后来雪月城的加入,也只不过靠着司空长风和李寒衣的几次胜利提振了一下人心。叶鼎之和司空长风的第一次对决,将司空长风打伤,银月枪打断以后,一跃而下将无双城派出的精锐悉数重伤。至今叶鼎之出手,还从未有过败绩,一直到雷、唐、温三家到来之后,魔教才偃旗息鼓,暂时退了回去。

"天外天原来真有如此强的能力?"百里东君问玥瑶。

玥瑶却摇了摇头:"若是放在以前,四位尊使都还在的话,确实可以做到如此,但是如今两位尊使已死,叶鼎之也必然不会和无法无天联手,父亲也死了,天外天原本实力应该大减。叶鼎之肯定是将域外三十二宗派全都集结起来了。"

"域外三十二宗派?"百里东君摇了摇头,"却是从没听说过。"

"西北荒原之上,我们北阕的遗民只是一支,另外还有很多散落的域外宗派,我们曾经也想过和他们结盟,可是这些域外宗派,唯一信奉的就是绝对的能力,父亲闭关,四尊使中无人能征服他们。而现在很明显,叶鼎之将他们集合了起来。"玥瑶忧道,"若真是他们全都集合起来了,加上南诀突然犯境,或许真的比我们想象中的更可怕!"

"其实还有别的可能!"百里东君轻叹一声。

"什么可能?"玥瑶问道。

"叶鼎之在很多地方生活过,他的师父是南诀曾经的第一高手剑仙雨生魔,雨家至今仍然是南诀五大世家之一,而他在去南诀之前,是生活在北蛮的。北蛮如今的大汗——都觉,曾经和叶鼎之一起摔过跤。在北蛮的盛会羊神节上,叶鼎之假装摔跤输给了都觉,所以都觉才娶到了北蛮大贵族胡氏的长女,最后才有了今天的地位。这些,我曾经听他与我说过。"百里东君意味深长地说道。

"你是说北蛮也有可能随时南下?"玥瑶一惊。

"天外天之前是否寻求过北蛮的帮助?他们想要复国,北蛮是最好的助力。"百里东君问道。

"当然,无相使一直在与北蛮传信,但是北蛮畏惧北离,并不敢给我们任何承诺,虽然暗中也帮助了我们许多。"玥瑶回道。

"我需要写封信给二师兄他们了。"百里东君皱眉道,"北面、西面、南面,如今北离似乎要被包围了!他们如今全都前往南诀,忽视了北面的敌人。"

玥瑶看向百里东君:"如今事情复杂得似乎已经超出我们的想象了!你……还打算那样做吗?"

"是!当日是因为我的错,才导致了叶鼎之在那一瞬入魔。既然是我致他入魔,那就让我把他带出来!"百里东君沉声道,"虽然

这要付出很大的代价!"

玥瑶也点了点头:"我也有我想要救的人。"

南安城。

这座南方的小城已经进入了一年一季的雨季,绵绵的细雨下了一个多月了,街道之上少有行人,唯有城中最有名的烟柳楼中人头攒动。

这样的阴雨天,需要喝一些酒暖暖身子,再有个温香暖玉的姑娘抱着也就更暖了。

"我听说,现在啊,南诀十万大军力压边境,不过七日就夺了十座城,幸亏有琅琊王他们率军阻挡,不然南诀大军可以一路北上,直取皇城。"有一名留着小胡子醉醺醺的中年男子仰头喝了一杯酒,"真是令人担忧啊!"

"挡住了不就行了,更何况我们南安城离边境、离皇城都那么远,总兵大人又何须担心呢?"旁边一名年轻男子立刻给中年男子倒了一杯酒。

被称为总兵的中年男子伸手搂了搂躺在自己怀中的美人,咂巴了一下嘴:"天下兴亡匹夫有责,虽然我们身处南安这样的太平之城,也不能……也不能掉以轻心!随时要准备提刀策马,上阵杀敌!今日我就上书一封,让总督大人,派我领兵一万,前往南诀!"

"不可不可,总兵大人若是真去了,我们南安城的安危又该交给谁啊!"旁边那人挥手欲拦。

"也对也对。"中年男子刚欲站起来,又坐了下去。

"南安城总兵,部下不过六百,而且都是守城兵,你大呼一声,就要一万上阵杀敌的兵,你就是敢应,你们的总督大人也未必敢允吧?"一个不急不缓,话语的意思中满是嘲讽,可语气却无比平静的声音响起,一下子就打破了那总兵大人和下属营造出来的壮烈气氛。

"你谁啊?"年轻男子不满道。

"在下谢宣,是一个书生,途径南安城,被一场雨困在了这里。"一名身穿白衣，端坐在那里的年轻男子放下了手中的书，喝了一口面前的黄酒。

总兵大人松开了怀中的美人，微微坐直，看向他道："你方才的话是什么意思？"

"话语很浅，未藏深意，字面是什么意思，便是什么意思。"谢宣恭恭敬敬地说道。

"你的意思是我们南安城的兵不行？"总兵大人皱眉道。

"北离开国曾有一位名将，叫作韩玄，他武功很高，率军有方，而且脾气很好，所以他的兄弟们打仗时经常问他借兵，一借就不还了，导致他经常要招募新兵，麾下军队一直都没有固定过。新兵难管、畏战、没有经验，没人愿意带新兵，可这位韩玄，却攻无不克战无不胜，战场之上，敌人见其军队莫不闻风丧胆，仓皇而逃，以至于后来天下人称'将军韩无敌'。"谢宣丢了一颗花生米到自己的嘴巴里。

总兵大人和身边的那位随从互看了一眼，总兵大人怒道："扯什么扯，这人这么有名，我怎么没听过，北离开国哪有姓韩的将军？"

"你们没听说过，是因为这位韩无敌将军后来造反了，被削爵位、夷三族，全军被坑杀在了莫浪坡。太师谢之则把所有关于他的记载都从史书之中删掉了，所有你们没听说过。"谢宣耸了耸肩。

"那你怎么知道得这么清楚？"总兵大人问道。

"因为我，书读得多。"谢宣微微一笑，有些自豪。

"什么乱七八糟的！"总兵大人愤怒地一拍桌子，"和我扯这些有的没的干吗？你说这韩将军又与我刚才的话有何干系！"

"韩将军虽带新兵，却得无敌，所以我的意思是……"谢宣伸出一根手指挥了挥，"不是你的兵不行，是你不行。"

"大胆！"总兵大人一把按住了腰间的长剑，"小子你敢挑衅我！"

"南诀此番不过是虚张声势，真正的威胁在北面，西北面魔教声势鼎盛，尚有北离高手拦之，可北面蛮族铁骑若是南下，才是真正直捣天启城了。这位总兵大人要是有心，不如率军北上，或许还

能赚个军功。"谢宣不紧不慢,依旧侃侃而谈。

总兵大人一愣:"你怎么什么都知道一样?"

"因为我,书读得多,所以晓天下势。"谢宣依旧自豪地点了点头。

"大人别理他,这个臭书生八成是读书读傻了。"随从赔笑着把总兵大人的剑按了下去,"闹大了不好,我们和夫人说是去兵营中办点事,可不是来这烟柳楼的。"

总兵大人却冷笑一声,走向前道:"都说百无一用是书生,我看你这书生不过是侃侃而谈。你说我不行,难道你行?你可上阵杀敌吗?你,会用剑吗?"

"啪"的一声,总兵大人将一柄剑扣在了谢宣面前的酒桌之上。

"我看过很多剑谱。"谢宣看着那柄剑,低声道。

总兵大人冷哼道:"我还看过孙子兵法呢!"

"都是绝世的剑谱。"谢宣伸出右手,片刻的犹豫之后一把按在了剑柄之上。

"我一直都在想,若是我有一天真的握剑了,会是怎样的一柄好剑。"他又看了那柄剑一眼,"没想到啊,却是这样一柄平平无奇,如此俗气的剑。不过这样也好,天下从来不缺名剑,缺的是名剑士!"

谢宣忽然闭上了眼睛,这十几年来,那看过的千万本剑谱在脑海里忽然幻化成了一名剑客,一招一式,将那剑谱之中的绝世之剑连而贯之地挥出。

最后,便是剑光一闪。

谢宣猛地一把拔出了剑,对着那窗外的雨势挥出了一剑。

剑断,雨停。

原本一脸傲慢的总兵大人目瞪口呆。

什么样的剑?能斩断这漫天雨丝?

谢宣丢掉了手中的剑,拿起桌上的酒,一饮而尽,又将酒杯放下。

漫天雨水再次垂落而下。

谢宣叹了口气,背起了自己的书箱:"你这剑太久没用了,这一道剑气都撑不住。"

"你……你是剑仙……"总兵大人满头是汗。

"一剑便成剑仙了吗？你说了不算啊！"谢宣没有再理会他，而是走下了烟柳楼，打开了随身携带的那柄油纸伞，走进了那漫天雨水之中。

"乱世如雨，落下来的时候，谁也躲不开。那我便，入世吧。"

"一下南一下北的，我都已经做好了和南诀那帮孙子好好打一架的准备了，忽然让我率军北上？我们是来环游北离的吗？而且为什么是我去，不是萧若风那个家伙去？这个家伙自从当了琅琊王，也就没把我这个二师兄放在眼里了啊！"一身银衣铠甲的雷梦杀将军一边策马一边念念叨叨地骂着。

"不是啊，我听其他几位公子说，王爷从前在学堂可是被称作小先生的，李先生之下的学堂第一人，你这个学堂二师兄可没有你说得这么威风。"一身金色铠甲的将军戏谑道。

银衣雷梦杀、金甲叶啸鹰，琅琊王身边赫赫有名的两大将军，可如今却都没有留在南诀的战场上，反而率军北上。北面自然有北面的军队，可是萧若风却一口气把自己最信赖的两位将军全都派到了北面。

"南诀和我们三年一小战、五年一大战、十年一死战，我对他们的行军作风了如指掌，可是北面的蛮族……"临走之前萧若风拍了拍他们的肩膀，"他们可是真正的虎狼之师啊！"

"不是说北蛮那片地种不了粮食，只能放牧，一到冬天连吃都吃不饱吗？"叶啸鹰当时摸了摸身上的金刀，很是不屑。

"是啊，就因为吃不饱，所以活下来的那个人，打倒了很多与他抢粮食的人，所以说是真正的虎狼之师啊！"雷梦杀苦笑道。

但是两个人虽然奉命上路，可依旧对北蛮会率军南下这件事半信半疑，尤其是路上一个多月过去了，前方也没有战事传来，这件事就显得越来越似天方夜谭了，毕竟蛮国像是对北离敬而远之，一个连粥都喝不上的国家，会来进犯强盛繁荣的北离吗？

"弄不好真是去看一看北蛮的草原，吃几顿烤全羊，我们就回

来了。"雷梦杀笑道。

"还想吃烤全羊,再慢一些,天启城的皇帝可能要被烤了。"一个带着几分戏谑的声音响起。

雷梦杀大惊,以他的武功,却完全没有发现有人接近,他低头,才发现自己的马边不知什么时候多了一个落魄的中年书生,穿着一身不知本色是灰还是脏成了灰色的长袍,腰间挂着一个酒葫芦,脚下若踏流星,轻松自在地跟上了自己快马加鞭的速度。

叶啸鹰将手放在了金刀的刀柄之上。

雷梦杀冲着叶啸鹰轻轻摇了摇头,随后恭敬地问道:"不知这位先生是谁?"

"《礼记》有云,所以官序贵贱各得其宜也,所以示后世有尊卑长幼之序也。长幼尊卑不可乱,你是师兄,他是师弟,可不能这样任他呼来唤去。"那中年书生却是答非所问。

雷梦杀却也不怒,看那中年书生拿起腰间的酒葫芦喝了一口酒,故意伸出一指,轻轻一点。

"雷门惊神指,"中年书生伸出一指,将雷梦杀的指劲打了回去,"我也会。"

雷梦杀一指被轻松打回,大惊道:"你是雷门的人?原来这么多年,虽然雷门一直不肯承认我这个从军的弟子,却还是默默地关注着我。在这生死存亡之际,还派了你这样的高手来协助我。果然,果然,我没有让家族失望!"

那中年书生却是一口酒差点呛了出来:"你才是雷门的人!我看着像是那帮成天捣鼓火药的暴力狂吗?我可是个儒雅的读书人。"

"儒雅看不出来的,一身的穷酸气倒是真的。"叶啸鹰嘲讽道,身上的金甲在阳光照耀下闪闪发光。

中年书生舔了舔嘴唇:"穷是穷了点。"

雷梦杀笑道:"我学堂出身,拜师李先生,师父曾教我看气辨人。先生虽然出现得不明不白,但是我看先生,不是坏人,而且是自己人,所以我对先生此刻并没有敌意,只希望先生可以说明来意。"

中年书生伸了个懒腰:"长幼无序,尊卑不分,我出来便是为了重整门风！你听好了，我是你的师兄！"

雷梦杀哈哈大笑起来："学堂之中，谁人不知，我二师兄才是最大的，这位先生，莫要胡说！"

"你这几年……没有见过柳月他们？"中年书生对雷梦杀这个反应有些意外。

"很久没见啦！"雷梦杀叹了口气，"我上我的战场，他们去他们的江湖，的确是十分想念。"

"我之前见过他，和他说我是他的大师兄。"中年书生抬头意味深长地看了雷梦杀一眼。

雷梦杀皱眉道："别闹了，大师兄根本就是师父编出来骗人的。"

"柳月和墨晓黑也都没有信。"

"然后呢？"

中年书生足尖一点，一跃而起，右手握拳，指天。

"凝神！"

随后重重落下。

"惊魂！"

雷梦杀伸出一指，雷门惊神指，一指三唱！

指间有惊雷乍响，远非方才那试探的一下可以相比。

"疼疼疼疼疼，大师兄放放放放放手！"雷梦杀连连惊呼。

只见中年书生落在了马上，坐在了雷梦杀的身后，伸出了两根手指，将雷梦杀的食指轻轻地往后掰着："听好了，我叫君玉，是你的大师兄。你命中有劫在南方，风往北吹，你便往北行！"

"是是是是是！"雷梦杀点头如捣蒜。

十日之后。

北离边境。

雷梦杀策马而立，擦了擦额头上的汗："没有来晚啊！"

十里之外的草原之上，北蛮的军队虎视眈眈，赤裸着上身的战士们或坐在血红色的烈马之上，或坐在灰色巨狼之上，或坐在庞大的犀牛之上，脸上是用鲜血涂抹得看不懂的图腾。

叶啸鹰将背上的两柄金刀拔出："这就是那些吃不饱的人吗？怎么看着像是……从下面跑出来的。"

君玉仰头将酒葫芦中的酒喝得一干二净,随后将葫芦丢在地上摔得粉碎:"北蛮的战士是这片大陆上最可怕的战士,他们骑着可怕的巨兽席卷草原的时候,天地震动,万物畏惧。"

"莫力!"北蛮那边忽然穿上一阵呼啸。

"茉莉?"雷梦杀疑惑道。

"莫力,北蛮语,意为荣耀。"君玉叹了口气,"这对他们来说,是证明荣耀的战争啊!"

天外之天。

廊玥福地。

年轻的女子从山洞之外走了进来,摘下披风将上面的雪花抖落,看着坐在那里闭目练功的男子说道:"无论是南诀还是北蛮,都遭遇到了强有力的阻拦。南诀那边早在我们意料之中,可是北面的突袭,却似乎被人预料到了。"

男子依旧闭着双目,似乎对这个消息并不在意。

女子叹了口气:"看来有人知道你和北蛮的关系。你之前与谁说过吗?"

男子睁开了眼睛,随即站了起来,从女子身边走过,看着山洞之外的漫天飞雪。

"我能想到的人只有一个,"女子转身,"你上次去了一趟北离后就入了廊玥福地闭关,几个月都没有再出手,是否你已经见过他了?"

男子依旧默然不语。

"百里东君,他回来了!"女子沉声道,"叶鼎之,你做好和他交手的准备了吗?"

如今整个域外最有威势的魔教教主却还是没有说话,只是抬头看着那飞雪,不知道在思考着什么。

直到三日之后,叶鼎之下山。

这一日,是北离的新年。

"这边真冷啊!"百里东君喝了一口热汤,身子微微颤抖了一下。

玥瑶笑道："你如今也是冠绝榜上的高手了，真气流转一下，还怕这点寒气？"

"那多没意思，春夏秋冬，四季严寒，总要真真切切地感受到，才是真实的活着。"百里东君，"今天可是新年啊，司空长风那家伙这几个月一直在东奔西跑地打架，都没有见上面。他说今天要来和我团聚的，怎么到现在还没有来？"

"来了！"一个爽朗的声音响起。

百里东君微微抬头："这么巧。"

一阵风吹过，帐篷的幕帘飘起，一个人影已经落到了百里东君的身边。那人将手中的长枪往地上一丢，接过百里东君手中的碗，仰头喝了一口："几年不见，怎么不喝酒改喝热汤了，修身养性了？"

百里东君挑了挑眉："你要酒，总是有的，今天是新年，我特地准备了几坛，不醉不归。"

司空长风舔了舔嘴巴："要最好的那种，七盏星夜酒有没有？好几年没喝到了，可是天天想着念着呢！"

百里东君拍了拍司空长风的肩膀："还真是狮子大开口啊！可惜现在没有，等回了雪月城再请你喝吧。"随后他眼睛一瞥，看到了司空长风随手丢在地上的长枪，"你怎么给枪涂了一层黑漆？多好的银月枪给糟蹋了。"

"胡说什么，这杆枪是雪月城的长老送给我的，本身就是乌金色的。"司空长风无奈道。

百里东君拿起那杆枪轻轻掂了掂："是柄好枪，不过比银月枪也没有强多少，用顺手了的银月枪为何要换？"

"银月枪断了……你难道没有听说我对阵叶鼎之的事情？"司空长风疑惑道。

"自然听过了，年轻有为的雪月城三弟子司空长风和魔教教主大战一场，略占下风，全身而退。大家这几个月来可全靠听着你的故事提升士气了。"百里东君笑道。

"那故事可没有说全，我的人全身而退了，我的枪可是被叶鼎之一掌打断了！"司空长风从百里东君手中拿回了长枪，轻轻一挥，

"那一天,我使出了有史以来最强的一式惊龙变,然后枪便断了,吐了三升血,全靠当年跟着你莫名抢了一次亲结下来的情谊才没有把命留在那里。"

"这么强了吗?"百里东君幽幽地说道。

"这么说吧,此生我见过的人,只有一个比他强。"司空长风将长枪放在一旁,看着百里东君。

"师父!"两个人异口同声地说道。

百里东君一笑:"可惜师父走之前就说了,北离的事情他已经不管了。你在天启城里见过那个大太监,号称半步神游,能和师父战上一战,你觉得和叶鼎之比,如何?"

"那大太监号称半步神游之下,三掌可杀,却被师父强行打到了大逍遥境,如今的他定然不是叶鼎之的对手,可就算他有那一夜与师父对决时的鼎盛状态,我觉得仍然逊色于叶鼎之一筹。"司空长风沉吟片刻后回道。

"半步神游之上吗?难道已入了神游玄境?"百里东君微微皱眉。

"却也不是,师父就是神游玄境,可那种感觉却相差甚远……似乎是……另一种感觉,"司空长风摇了摇头,"形容不出来。"

"想这么多做什么?到时候以剑试之,不就知道了?"一个刻意压低了的声音在帐篷之外响起。

百里东君抬起头,只见一位容貌俊秀的少年郎掀起幕帘走了进来,他看了一眼大笑道:"我说二师妹,你女扮男装做什么?还刻意压低嗓子,你当我们都是瞎子吗?下次好歹弄个斗笠或者面纱啊,就像是柳月师兄那样,等等,我可没有说柳月师兄是女扮男装哈……"

被揭穿的李寒衣脸红了红,有些恼怒:"那么多年不见,大师兄一见面就嘲笑我!早知道我便不来这里了,还能再教训几个魔教的恶人。"

"没有,没有嘲笑你,只是好端端的,为何女扮男装起来了?"百里东君疑惑道。

"这样显得更有杀气一些!"李寒衣抬起了手中的那柄剑。

"别开玩笑啦！你手中拿着的可是剑谱第三的铁马冰河，你拿着那柄剑，就算你是个三岁小童，别人也会觉得你杀气毕露！"百里东君无奈地摇了摇头，"既然我们师兄妹三人齐了，那么便认识一下，这是玥瑶，信中已经和你们说过了。"

"我是玥卿的姐姐。"玥瑶微微垂首。

司空长风笑道："没关系的，百里东君和叶鼎之还是兄弟呢。"

百里东君和玥瑶的脸色都微微变了变。

"真到了那一天，可要下定决心啊！"司空长风从地上拿起了一坛酒，"不过今日是北离新年的日子，我们团聚于此，便先不想那些令人烦恼的事情。"

"来，干！"

百里东君仰头喝下了一口酒，随手将自己手中的酒杯甩了出去："外面的客人，为何不进来喝一杯？"

外面那人伸手接过了酒杯，声音很是年轻："主人未请，不敢进。"

"客人不曾报名，主人又何敢请？"百里东君幽幽地说道。

"我的名字很普通，不如里面的各位，就算说出来，你们也不曾听过。"外面的年轻人恭敬地回道。

司空长风握紧了手中的长枪，看了百里东君一眼，百里东君轻轻摇了摇头："不像是魔教的人。"

外面的声音笑了笑："百里兄台，是如何看出我不是魔教中人的？"

"因为你身上的气息太平凡了，而魔教的人，总是自命不凡。"百里东君拍了拍桌上的酒坛，"主人允了，客人进来吧。"

"遵命！"外面那人终于拉开帐篷的帷幕，从外面走了进来。

平凡无奇的长相，略有些臃肿的身材，一身普通的灰衣，腰间那柄剑看着便像是街边几两银子一把的质地。

如其所言，真的很平凡，唯一特别的可能就是他很年轻，就跟李寒衣差不多大。

"我叫叶小凡。"少年咧嘴笑了笑。

百里东君点了点头："不知叶小兄弟来此有何贵干？"

叶小凡忽然正色，对着百里东君鞠了一躬："叶某不才，也想加入雪月城，一起对抗魔教入侵。"

"加入我们可不容易！"百里东君笑了笑，"师妹，试试他的武功。"

"等很久了！"李寒衣一步跨出，铁马冰河应声出鞘，对着叶小凡一剑刺去，原本点着火把很是温暖的帐篷在一瞬间冷如冰窖。

"女人，这么冷可不好！"百里东君看了玥瑶一眼。

玥瑶微微一笑："或许需要天下最暖的人才能降得住她。"

"来得好！"叶小凡也立刻拔剑。

以路边凡剑，对名剑第三——铁马冰河。

"铮"的一声。

叶小凡往后退了三步，李寒衣轻轻一甩长剑："有几分能耐。"

叶小凡退后三步以后，长剑轻轻一挥，划出了一个近乎完美的弧度，然后对着李寒衣一剑劈下。

百里东君放下酒杯，眼神大亮："这个剑法！"

"止！"李寒衣一剑扬起，双剑相碰，两人各退了一步，算是打了个平手。

"你姓叶！"百里东君恍然大悟。

叶小凡摇了摇头："我本不姓叶。"

"那这叶姓从何而来？"百里东君问道。

"曾经我们村子里住着一个有些怠懒的游子，他每天只爱躺在树上睡觉，但是有一次村子里来了土匪，他就从他一直睡觉的那棵桂花树上跳了下来，折了一根树枝把那些人全都打跑了。从那天起，他就成了村子里姑娘们最想嫁的男子了。村子里很多孩子都吵着要和他学剑，但是他只教我一个人。不过我从来没有叫过他师父，因为我希望他有一天可以成为我的姐夫。这个人，叫叶小凡。"

"那么为何现在，你又成了叶小凡呢？"玥瑶问道。

"因为后来有一天，他从村子里走了。我问他以后我去哪里找他，他说等我把他教我的剑法练会了，就可以娶村子中最美的女人了。若是想去要去更大的世界，就走出村子。那时候他名扬天下，我初闯江湖，我就说我是叶小凡，他会来找我。"叶小凡笑了笑，语气之中满是怀念。

李寒衣疑惑道:"那你叫了叶小凡,他以后叫什么呢?"

"他说他要问鼎北离,名扬天下,所以他改名叫叶鼎之!"叶小凡沉声道。

"魔教教主!"李寒衣大惊,铁马冰河剑上寒气再起,"你是叶鼎之的徒弟?!"

叶小凡苦笑了一下:"我认识的叶大哥不会成为魔教教主,他变成现的样子一定另有隐情,如今我已是叶小凡了,他也真的名扬天下,他应该履行诺言来找我了。"

"下午的时候,我听说有一个从没见过的剑客独自一人打退了魔教的一次进攻,是你吧?"司空长风忽然说道。

"是!"叶小凡轻轻弹了一下手中的剑,"我把他们打退了,然后告诉了他们我的名字——叶小凡。"

"所以我来见你了。"一个清冷的声音在帐篷之外响起。

"今天的客人还真的有点多啊!"司空长风长枪往地上轻轻一顿。

"是他!"李寒衣看向百里东君。

百里东君有些不自然地笑了笑:"是他,不过现在的声音,苍老了许多啊!"

"一入江湖催人老,这句话可不是开玩笑的。"

一阵风掠起。

一袭黑衣,头发披散而下的叶鼎之已经站在了他们中间。

"为什么一个人变成坏人了以后,装扮得也要么像一个坏人呢?"百里东君问道。

叶鼎之笑了一下,表情却微微有些僵硬。是啊,他已经很久没有笑过了。

"你的话还是这么难接。"叶鼎之缓缓道。

"你以前可是接得很厉害啊!"百里东君拿起酒坛,倒了一杯酒,"既然来了,便喝一杯。"

叶鼎之点了点头:"你不应该习武,就应该专心做个酿酒师。我还记得第一次喝你的酒,叫作过早。"

"我也记得你的烤牛肉,倍儿香。"百里东君回道。

"过早酒清爽甘甜,配那肥得流油的烤牛肉,可是绝配。可是啊,今日没有牛肉,只有酒,不过这酒……"叶鼎之仰头一饮而尽,"倒是辛辣得很啊!和那日的'过早'很不一样。"

百里东君叹了口气:"你现在喝的这杯酒,叫恨晚。"

"哈哈哈哈哈,好一个'恨晚'!"叶鼎之又给自己倒了一杯,"当再来一杯!"

寂静的山林中的这间小帐篷里,司空长风、李寒衣、玥瑶全都紧张地握着自己的兵器,随时准备一击制胜,叶小凡则心情复杂,几次欲言又止,可那两个人——如今的魔教教主和雪月城大弟子就那么安安静静地喝着茶,聊着天,像是多年未见的好友!

不过他们本来就是多年未见的好友。

叶鼎之放下了酒杯,看向了叶小凡:"没想到你真的走出村子了,怎么?觉得村子里最美的女子是不是仍然不够美?"

叶小凡却只是摇了摇头:"我姐姐如今已经长成一个美人了,他心里还一直想着叶大哥。"

"可惜啊,叶大哥已经成亲了。"叶鼎之转过身,伸手指着东面,"只不过她现在被困在那座城里,出不来了!"

叶小凡神色有些悲戚:"或许我们可以帮助叶大哥,一起把她带出来。"

"就像当年一样。"百里东君忽然道。

"然后就像当年一样失败吗?"叶鼎之笑道,"没有用的,那个人如今已是世间最有权势的人了,只有将他彻底踩在脚下,我和文君才有自由生活在这片蓝天下的权利。"

"会死很多人。"百里东君仰头喝了一口酒。

"我的身边,已经死了很多人了。"叶鼎之沉声道,"我们叶氏一族,还有我师父的那些剑侍,都已经死了!"

"很多事情,都是因为天外天的阴谋。"百里东君沉声道。

叶鼎之点了点头:"是,他们害了我!可现在的天外天,是属于我叶鼎之的天外天,和曾经的北阕皇族已经没有关系了。全新的天外天,将取代萧氏一族,成为这天下的主宰!"

"你什么时候看重这些事了？"百里东君苦笑道。

"当我家族被灭，我被流放极北的时候，我不看重；当我爱人被困，嫁为他人之妻的时候，我也没有看重；可当我终于有了家庭，有了妻子儿子之后，却再次被拆散并且无能为力的时候，我看重了！为何我不能看重？我与皇帝爱上了同一个女人，我如果不看重这些，那姑苏城外的那座草庐便永远不可能再搭起来了！"叶鼎之将酒杯往桌上重重地一顿。

百里东君沉默片刻，缓缓道："就算你最后赢了，姑苏城外的那座草庐也不可能再搭起来了。"

叶鼎之忽然扬头，看向百里东君。

李寒衣的铁马冰河瞬间出鞘，直指叶鼎之。

一瞬间的杀气陡现，让所有人都心中一震，唯有百里东君镇定自若地又喝了一口酒："你应该明白的。"

叶鼎之忽然大笑起来："好好好！那我问百里东君你一句，若此刻我邀你一同前往天启城，就像我们当年一起拔剑抢亲直奔王府一样，这一次我们直奔皇宫，你愿不愿意同行？"

"当仁不让！"百里东君低喝道。

"师兄你疯了？！"李寒衣急道。

司空长风没有说话，因为他明白百里东君说的是认真的，而他此刻在想的是，自己到时候应不应该助他们。

"好！那再和我一起杀了萧若瑾，一雪我心中之恨，你觉得又如何？"叶鼎之再问道。

百里东君沉默许久之后摇了摇头："国无君主，天下难安！你虽然只杀了他一个人，可天下却会有千百万人因为这一人之死而遭殃！"

"哈哈哈哈哈！"叶鼎之拍了拍百里东君的肩膀，"我明白了，天下人，一人……以前我也曾在乎这些，可终于，我们已经成为不一样的人了。"

叶小凡忽然道："这几年我游历江湖，遇到过很多叶大哥你的朋友。"

"哦？"叶鼎之缓缓收回了自己的手。

"天山派的王人孙,你可还记得他?"叶小凡问道。

"自然记得,我游历经天山派时,与他曾畅谈过数日,我说南诀曾有一名刀客,称'大好头颅,不过一刀碎之',恣意江湖,年纪轻轻便对天下第一高手拔刀。王人孙心神往之,亦是练出了一刀碎尽长空的刀法。"叶鼎之点了点头,"他如今应是天山派最看重的弟子了吧?哈哈哈,可是我当年和他说的故事,却是我在无忧城听说书先生说的小说话本,他却一直信以为真。"(备注:"大好头颅,不过一刀碎之",这个故事取自时未寒所著《碎空刀》)

叶小凡沉声道:"天山派此行,以他为首。还有破云枪李空,你可记得这个人?"

叶鼎之又是点了点头:"一枪破云,万鬼惊鸣。他创了金枪门,当时不过寥寥几人,便自称门主,想来也是有些好笑。"

"如今金枪门是岭南大派,门下有数百人,不再是当年的小门派了。北离众门派围堵魔教,金枪门亦在召集之列,所以他也来了。"叶小凡说道。

叶鼎之却面不改色:"又还有谁?"

"江南花府三公子花无暇、平桂城三信楼楼主言有信、凌罗宫宫主连翠……他们都来了,就像你当年和我说的故事,我也走了当年你的路,遇见了这些人,与他们也结为朋友。他们不相信你会变成魔教教主,在他们心中,你爽朗热情,心中满是侠义,走到这一步必是被人所逼,所以,他们让我来找到你,然后劝你……"叶小凡长吁了一口气,"回头!"

叶鼎之将酒杯递给了百里东君:"再来最后一杯吧。"

百里东君便倒了一杯。

叶鼎之一饮而尽,将手中的酒杯丢在了地上,摔成了碎片。

"不回了!"

他拉了拉衣领,向外面走去,头也不回。

"这是一个很好的机会,我们三人都在,还有玥瑶姑娘和叶小凡相助,而他却只有一人,就算他再强,也不可能逃走。"司空长风对百里东君说道。

"见魔教教主,没有放走的道理。"李寒衣也看向百里东君。

玥瑶走过去，伸手轻轻挽住了百里东君的手臂。

百里东君忽然大喊道："你走出去的话，我们以后就是敌人了！"

语气有些任性，像是孩童之间的对吵。

叶鼎之挥了挥手："你已经是冠绝榜上的高手了，而我孩子都已经好几岁了，不要再说这些任性的话了。"

"我们早就是敌人了，"叶鼎之又道，

"今天的这一杯酒，已经很奢侈了！"

"再见了。百里东君。"

百里东君紧紧地握住了拳头，叶小凡按住了手中的剑，泪流满面。

山高水阔，就此别过。

忽然山间响起了一阵笛声，在这阴寒清冷的夜里，显得格外的苍凉悲怆。

帐篷之内，百里东君坐在桌边一杯接着一杯地喝着酒，没有再说话，叶小凡沉默许久以后持着剑冲了出去，可是山野茫茫，却哪里还有叶鼎之的踪影。

李寒衣微微皱眉："谁在这个时候吹笛子？"

司空长风将长枪放在了桌上，和百里东君对坐，共饮起来："既然笛声还挺好听，对方也没敌意，那听便是了。"

唯有玥瑶神色微微有变，看了百里东君一眼，拉开帐篷的帷幕走了出去。

山巅之上，一身紫衣的年轻人站在那里，垂手看着山间的那顶帐篷："方才教主进了那间帐篷，可除了一瞬间的杀气之外，好像就没了动静。"

在他的身旁，一头白发的年轻弟子正闭着眼睛吹着笛子，曲声悠扬。

"是故乡的曲子……"玥瑶一步一步走到了山巅，"许久没有听过了。"

白发男子放下了笛子，紫衣男子转了身。

三个人站在山间，彼此没有说话，唯有山风吹起他们的长袍，猎猎作响。

"小姐！"白发男子叹了一声，单膝跪倒，右拳捶地，恭恭敬敬地行了一礼。

"小姐！"紫衣人亦跟着行了一礼。

玥瑶笑了笑："我还是你们的小姐吗？白发仙、紫衣侯？"

白发仙笑道："小姐永远都是小姐，就算是教主，要是敢动小姐一根汗毛，我也对他拔剑。"

玥瑶走过去拍了拍白发仙的肩膀："棋宣，还是这么的意气风发啊！只不过，曾经站在我身边的你，为何也决定对北离拔剑了呢？"

白发仙苦笑道："从前不愿意听从无相使的指令，是因为我觉得他无法带领我们战胜北离，他们的复国梦只会带我们走向灭亡。可如今叶教主联合了域外三十二宗门的势力，他短短几年，做到了很多不可能的事情，我和紫衣都愿意追随他。"

"男人是不是都这样信奉强者，想要追随自己的英雄之路？！"玥瑶轻叹一声，走到山崖边，看着山下。

白发仙摸了摸腰间的玉剑："谁也不想一辈子留在那苦寒之地。"

紫衣侯忽然道："我们来此，本来是想迎回小姐，可是话还没有开口，这件事就似乎已经没有可能了。"

玥瑶没有回头："我不想看到任何的战争，虽然我承认现在的叶鼎之，的确有机会带领北阙的遗民回到这片大陆。"

"小姐怜悯世人，我们一直都知道，但这个世上，不是每个人都没有私心的！"紫衣侯沉声道，"我有私心，白发有私心，域外宗门三十二派都有私心，小姐你也有私心！"

"哦？什么是我的私心？"玥瑶问道。

"你的私心，叫百里东君！"紫衣侯缓缓道。

玥瑶笑了笑，撩了撩被风吹起的鬓发："是吗？倒也没有说错。"

"魔教很快就会开始正式的东征之路，到时候若遇上小姐，只求各让一路。"白发仙转过身，轻轻拍了拍腰间的玉剑，"我现在的剑法可是很强的。"

紫衣侯笑了笑，一展长袖，山野之间狂风呼啸："我的紫气东来，也练到了第七重。"

"知道你们厉害啦。"玥瑶转过身，盈盈一笑。

白发仙却是看呆了，站在那里许久没有动。

"别看啦，你喜欢的小姐，已经跟着别人走啦！"紫衣侯拍了拍他的肩膀，"小姐，白发一直喜欢着你。"

玥瑶点了点头："我知道的。"

紫衣侯忽然清了清嗓子："我也一直喜欢着小姐。"

玥瑶眉毛轻轻一挑，嬉笑道："是吗？这倒是没有看出来，我还以为你是喜欢白发的呢……"

白发仙浑身打了一个激灵，躲开了紫衣侯放在他肩膀上的手："我把你当兄弟，你却……"

"我从小便喜欢小姐，只是因为白发很早就到处和人说他喜欢你，所以我一直都藏在心中，可现在既然小姐都另有喜欢的人了，那我也就不藏着了。"紫衣侯忽然温柔地笑了一下，"小姐，我喜欢你。"

白发仙拍了拍腰间的剑："这是要打一场？"

"赢了小姐也不会跟我们走的。"紫衣侯转过身，径直冲着山下走去，"走啦。"

白发仙对着玥瑶鞠了一躬："小姐，白发退下了。"

"退下之前，能否给我一个承诺？"玥瑶问道。

白发仙点头："万死不辞！"

"不怕我给出一些难以完成的承诺？"

"小姐聪敏过人，不会说出那样的话。"

"比如让你退出魔教，回到北离呢？"

"那我便退、便回！"白发仙正色道。

"好啦，你说对了，我不会提出一些让你为难的承诺，我只希望……"玥瑶垂首，轻声道，"帮我保护好玥卿！"

"好！"白发仙点了点头，随后纵身一跃，跟上了紫衣侯。

"小姐是让你保护好玥卿小姐吧？"紫衣侯低声问道。

"是啊，只是如今的玥卿，值得我们保护吗？"白发仙喃喃道。

"虽然长得一模一样,可有时候我却想杀了她。"白发仙瞬间拔出了腰间的那柄玉剑,指着山道上的那名来客。

那是一名年轻的书生,背着一个重重的书箱,书箱之上还插着一把秀美的长剑。

"兄台为何对我拔剑?"书生仰头问道。

"你是谁?"白发仙问道。

书生清了清嗓子:"我叫谢宣。"

白发仙皱眉想了一下:"不曾听过。"

"你的剑很美,"谢宣仔细打量了一下白发仙的长剑,赞叹了一声,"比我的剑好看多了!"

白发仙收起长剑:"谢谢。"

谢宣一步便踏过了白发仙的身边,抖了抖长袍,悠然道:"只是现在不是时候,不然也想试试你的剑。"

紫衣侯一惊:"好快的身法。"

白发仙擦了擦额头上的一滴冷汗:"若有机会的话……"

"告辞了,和我说说你的名字吧。"

"我叫莫棋宣。"

谢宣想了想:"那就称美剑莫棋宣吧。"

第十章·枪破孤虚

"今天是个什么样的日子啊？老朋友一个接一个呢？"百里东君放下酒杯，趴在桌上醉倒了过去。

帷幕被拉起，背着书箱的年轻男子从外面走了进来："有朋自远方来不亦乐乎，君为何醉乎？"

司空长风笑道："他是真的睡过去了，回答不了你这个问题了。"

"我生平第一次见他，便是喝酒，如今多年后重逢，没想到还是见他喝酒。"谢宣将书箱放在地上，"长风兄，别来无恙乎？"

"这个人乎来乎去的，真令人讨厌，一股子酸气。"李寒衣冷哼道。

"这位姑娘看着面熟，是李心月姐姐的女儿吧。"谢宣和善地笑了一下，"脾气不如李姐姐好。"

"你称呼我师弟为兄，却叫我母亲姐姐。怎么？占便宜可不是这样占的！"李寒衣瞪了谢宣一眼。

谢宣看了司空长风一眼，司空长风无奈地耸了耸肩："我怀疑这是师父故意整我的，偏偏要在收我为徒之前先收了……这位李师姐。"

李寒衣摇了摇头："所以你是谁？我看你书箱上插着一柄剑，也是一位剑客？"

司空长风摇了摇头："这位谢宣兄弟，是

个熟读藏书三千,却不通武艺的读书人。"

"不。"谢宣将书箱上的剑拔了出来,轻轻一挥,司空长风和李寒衣都感受到了一丝稍纵即逝的浩瀚剑意,谢宣笑了笑,"我已继承陈儒师叔的位置,如今是山前书院的新一代院监了。"

"也就是一名剑客了。"

"剑客如何!当作剑仙!"百里东君忽然站了起来,大喝一声,往后仰去倒在了地上,"而我,只想做一名酒仙。"

月落日升。

明德八年的第二日,狼烟四起。

北面,柱国将军雷梦杀拦击北蛮。

南面,琅琊王萧若风力抗南诀。

西面,镇西侯世子百里成风镇压暴民。

而西北之处,魔教万千教众,入黑云压日,东袭而来。不再是一阵接着一阵地突袭了,而是全员东征。

"来得正是时候啊,谢剑仙。"司空长风看着那浩浩荡荡来临的魔教弟子,"这么大的场面,我在这里那么久了,却是第一次见到。"

谢宣淡淡地说道:"天地不仁以万物为刍狗。"

司空长风疑惑道:"我读书少,这话这时候说是什么意思?"

谢宣轻抚长剑,轻轻一弹,发出"铮"的一声:"就是要杀人了。"

在魔教大军最前面,有一黑影朝着他们急掠而来,黑影的身后跟着四名金袍之人,雷动千钧,声势惊人。

"这四个人,想直接突围?"司空长风皱眉道。

"是叶鼎之!"李寒衣冲了出来,拔剑大喝。

转瞬之间,叶鼎之已经冲到了他们三人的面前。

帐篷之内,百里东君刚从宿醉中醒来,摸了摸自己的脑袋,皱眉道:"他来了!"

谢宣出了一剑,司空长风出了一枪,李寒衣也出了一剑。

万卷书,乌月枪,铁马冰河。

这些在接下来的几年里,将一直出现在金榜第一榜百兵榜上的武器，同时出手。

有过一次，也仅有一次。

堪称绝世的合击。

却依然没有拦住那突围的一袭黑影。

因为那黑影已经等了太多年，等了太多年东去，直取北离，去那皇城，去迎回自己的妻子。

虚念功第九重，直接运至了最高境界。

谢宣和司空长风还有李寒衣都退了一步。

"如此之强？"谢宣愣了一下。

叶鼎之却带着那四名金袍人穿山而去，百里东君从帐篷之中走了出来，看着叶鼎之离去的方向，低声道："他在聚势。"

"一路东行，到那皇城之时，虚念功之势便到达顶峰，他这是去杀明德帝的。"玥瑶缓缓道，"这一次他是下定决心了。"

"我去拦他！"百里东君一步向前跃去。

可山间却不知何时起了浓雾，百里东君和玥瑶在雾中追了一会儿便已经看不见叶鼎之的踪影了，再几个纵身，却看到了司空长风和谢宣等人。

"怎么回到了原地？"百里东君疑惑道。

司空长风摇头道："这个雾，不一般。"

"是孤虚之阵。"谢宣缓缓道，"背孤击虚，一女可敌万人。孤者，高上独尊之象；虚者，卑下虚弱之象；孤虚者，兵家战胜之秘道也。"

"说点能听懂的。"司空长风沉声道。

"是奇门遁甲中的一种阵法，如今已经失传。原本最后会这阵法的诸葛一族已经销声匿迹很多年了。但是孤虚阵，乃是兵家大阵，有兵家之气。这个阵，却鬼魅异常，算是孤虚鬼阵，剑走偏门，非正道，邪得很。"

"天外天中曾有一名尊使出自诸葛家，想必如今的魔教之中也有当年诸葛一族中的人。"百里东君沉声道，"我一共和那个人对决过两次，每一次都凶险异常。"

"入阵者当如何？"司空长风问道。

"所见非所见,四处杀机。"百里东君忽然转过身,看着面前虚虚幻幻的一个鬼影。

"小心!"叶小凡冲着那鬼影一剑劈下,可却一招落空,整个人跟跄了一下。

"看,所见非所见。"百里东君走向前,看着面前又出现一个虚虚幻幻的鬼影。

叶小凡愣了一下:"大白天闹鬼了。"

"所见非所见,但有时候所见,就真的是所见。"百里东君一掌推出,只听"啪"的一声,那虚幻的鬼影变成了一个真实的黑衣人,被百里东君一掌打得飞掠了出去。

"雾,越来越浓了。"司空长风喃喃道,"邙山之上,有着来自北离各派的武林人士。他们中,可不是每个人都知道这孤虚之阵。"

叶小凡收了剑,说道:"我现在去通知各大门派。此阵法可有方法破之?"

李寒衣跟着道:"我们分两边而行。"

谢宣笑道:"孤虚鬼阵,隔绝外世,独成一方诡异天地。所见非所见,可所闻仍是所闻,让他们听风。当身边的风被撕裂的时候,就是敌人出现的时候!"谢宣挥出一剑,将面前的几道鬼影后的黑衣人给打了出来。

"那如何破阵?"司空长风又问道。

"找阵眼!"谢宣答道。

百里荒山,千鬼夜行。

李寒衣一路持剑而行,提醒着沿路各大门派小心这鬼魅异常的孤虚之阵,但是这雾却越来越浓,一路行去,不少门派已经遭到了袭击,伤亡惨重。

"得必须破阵才行。"李寒衣忧道。

山脚之下,十位魔教长老盘腿而坐,双目紧闭。

其他的魔教弟子浩浩荡荡地冲入孤虚阵后,其后身影却化作一片幻影,融入了大阵之中。

"这就是孤虚之阵吗?据说还不是真正诸葛家的孤虚之阵,就已经有如此玄妙了吗?"一头白发的年轻男子走到那几位长老的身边,幽幽地说道。

其中一名长老闭着双眼,声音阴寒:"诸葛家的孤虚之阵,只应天道,而我们的孤虚之阵,却可窃取天道。比起诸葛家那只增加兵势的阵法,可要强得多了。"

"终究诡道。"紫衣侯冷哼一声。

"你们二人还在这里做什么?还不快速速入阵?"那名长老低声喝道。

"我是一个剑客。"白发仙将手中玉剑收在背后,"我与你交手,只凭我手中的剑,不凭其他。"

"那恐怕这一次你没有机会了。"长老冷笑中,"这千里荒山之上的人,这一次都将死于这阵中。"

"如果你见过这山上的有些人,那么你就应该知道。他们不是那种会死在这样的戏法中的人。"白发仙跳到了旁边的马车上,拿出了一壶酒,"紫衣,一起喝会儿酒。待会上山。"

紫衣侯耸了耸肩:"不喝了,我的紫气东来功正在聚势,喝酒会破功的。"

"那我得多喝点,我的美剑,醉了以后更美。"白发仙拿出一壶酒,仰头喝了一口。

山巅之上,谢宣轻轻一拂长袖,将面前的浓雾挥去,他微微蹲下,看着山下:"看来诸葛一族的这一支人数还不少,竟有十人布阵。估计数月之前就开始准备了,这才布出这么大的孤虚鬼阵。"

百里东君也低头望去:"怎么样?下去把他们打倒是不是就破阵了?"

"下不去的。"谢宣笑了笑,"别看我们现在是纵身一跃就能到他们面前的距离,可或许他们远在百里之外。"

"那有什么办法吗?"百里东君叹道,"难道要杀光那些躲在这阵中的魔教教众才行吗?"

"方才不是说了吗?需要找阵眼。这几个布阵之人可不是阵眼,所谓阵眼,必然是得在这阵中。也就是说,阵眼就在山上。"谢宣将书箱之中的长剑拔出,往地上一插,右手食指、中指合一,放在

唇边,轻声道,"破。"

只见长剑之上一缕剑气掠出,竟冲破浓雾,开出了一条细长的道路。

司空长风持着长枪转过身:"难道从这里走,就能通往阵眼?"

"是的。"谢宣点了点头,"这孤虚之阵原本是兵家之术,能在冥冥之中将气运引得自方身上,以此压过敌方一头。但是这魔教布下的孤虚阵却太过诡异,明显是走了诡道。既然是诡道,必主阴,这么大的阵,阵眼自然在这山间最阴之处。这山中,西北面有一处绵延无际的孤坟,坟地之中埋藏着当年大玄朝炽凰一战中战死的六万大军,这六万大军身死他乡,无人收葬,魂魄也难归故里。那怨气随着时间的流逝,并没有散去,反而越聚越多,自然便是这里的极阴之处。"

"你不是第一天来吗?"司空长风一愣。

"可我看过史书,也看过这里的地图。"谢宣语气平静,"不用来过,我也知道。"

司空长风将长枪扛在肩上:"行,你的剑气会为我开路。"

"荣幸之至。"谢宣点头道。

"是柄好剑,剑叫什么名字?"司空长风又问道。

"人间道理万卷书。我的剑,便叫万卷书。"谢宣回道。

"有此好剑开路,必当得胜而归。"司空长风朗声道。

百里东君急忙向前:"我也去!"

"你去了,无人替谢宣护阵。他可就死在这里了。"司空长风拍了拍百里东君的肩膀,"留在这里吧。等我破了阵,你就直接从这里往东去。叶鼎之已经赶往天启城了,能把他拦在天启城下的,只有你!"

百里东君仍有些犹豫:"可你一人……"

"放心吧。当年行走江湖,遇见你之前,我一直都是一个人。"司空长风笑了笑,拿起长枪朝着前方走去。

"北离兴剑,南诀用刀,世间用枪者寥寥,可世人却忘了,枪,乃百兵之王!"谢宣手轻轻地在万卷书上一敲,"世间万千鬼魅,最怕的就是这枪!"

从万卷书上掠出的那一缕剑气便一直游走在司空长风的前面，只是随着司空长风越走越远，剑气也就越弱，那开出的路也就越来越窄，直到司空长风将长枪一顿，站在了一条幽泉之前。他仰起头，浓雾之中，大大小小的坟头参差林立，延绵百里数十里之长，一个接着一个，看不到尽头，坟头之上杂草丛生，看着着实骇人。

　　饶是司空长风闯荡江湖这么多年，也第一次见到如此多孤坟林立的场景，忍不住感慨道："来了这里这么久，只觉得这山间异常的阴冷，却没想到在此处却有如此多的孤坟。这几个月，想到日日睡在这孤坟之侧，可真是有些害怕啊。"

　　"改朝换代，便需要流这么多的血，死这么多的人。可是改朝换代虽然是世间千万人的大事，可对这些士兵来说，若是死了，那这件事也便与他们无关了。"

　　"在下司空长风，原本是世间一名浪客，飘荡到此，见各位英雄，没有带香，"司空长风将长枪插在土中，"那便以这根长枪作为一炷香，遥敬各位英灵。"

　　于是司空长风便真的等了一炷香的时间。

　　一炷香之后，司空长风长叹了一声："刚才忘记问那死书生了，我找到阵眼以后，应该做什么！"

　　山雾渺渺，孤坟万千。

　　"我总不能把这些坟给挖了吧？"

　　"糟糕！"谢宣忽然仰起头，低喝一声。

　　"怎么？"百里东君问道。

　　"我只告诉司空长风去哪里，却没告诉他去那里应该做什么！"谢宣挠了挠头。

　　百里东君脑袋一歪："哈？"

　　"阵眼是那百里孤坟，可总不能一个坟一个坟掘了不是？！"谢宣擦了擦额头上的汗。

　　百里东君苦笑："你这百里孤坟一说，我还以为是我哪个亲戚呢。"

　　"这可不是开玩笑的时候啊。"谢宣又擦了擦额头上的汗，"阵

眼之中虽然阴气极重,但若要利用这些阴气,除了外面那几个人以外,必定有人已经悄悄进入了这山中。司空长风到了那阵眼之中,必须要找出入阵之人。"

"那我们现在过去?"百里东君问道。

"来不及了!"谢宣轻叹道,"我们现在只能选择相信司空长风了。"

司空长风盘腿坐了下来,将长枪放到一边,幽幽地说:"忽然有点想念辛百草了。虽然那个臭郎中硬要把我收作他的徒弟,还老让我上山采药,但他救了我的命,还教了我很多东西。"

"比如这个草叫孤魂草,多长在山野坟间,虽从坟中长出,但却有驱邪避恶之效。只要将它点着,什么鬼魅都能散去。"

司空长风拿出火石轻轻一打,将那孤魂草点燃,随后轻轻一挥。

面前的迷雾散去了一层。

幽泉之中,站起了一个人,一身黑衣,黑衣之上流淌着黑色的水。

"哎哟,水鬼?"司空长风挑了挑眉,"我就知道谢宣肯定不是让我来挖坟的。我这辈子大多数时间都在江湖游荡,做得最多的事就是打架。既然谢宣让我来,必定是让我来打架的。既然打架,那当然有人。或者是鬼?"

旁边的一座孤坟忽然动了一下。

"别闹别闹。"司空长风咽了口口水。

一只手破土而出,从坟头之中伸了出来。

"来了一个水鬼,再来一个僵尸?"司空长风按住了长枪。

一个巨大的身躯从那座孤坟之中爬了出来,按说这坟中的人躺了几百年,应该早就成了骷髅,可那个身躯肌肉虬结,肤色铁青,倒更像司空长风所说的僵尸。

"这么久了还不成骷髅?"司空长风疑惑道。

然后一只白色的骷髅手从地下伸出,一把抓住了司空长风的脚踝。

"说什么来什么？"司空长风用力一踹，将那只骷髅手踢了出去。

"哈哈哈哈，你刚不是说没有骷髅吗？"一具骷髅从土中站了起来，对着司空长风盈盈一笑。

骷髅盈盈一笑是一副什么样的场景？司空长风从前想象不到，但今天却体会到了。

那具骷髅全身都是艳红色的，身躯扭转，仿佛是诱人的腰肢，声音柔媚，生前必是美人："所以奴家这就来了。"

"水鬼、僵尸、艳骨。"司空长风站了起来，拿起长枪，"莫非你们就是传说中的风尘三侠？"

水鬼、僵尸，甚至于那话很多的艳骨，都没有对这句话有所回应。

司空长风挠了挠头："行走江湖的烂笑话，你们这些鬼怪听不懂啊！"

"风尘，奴家生前，却是风尘，可惜了可惜了，若是当年见到你这样的少年郎，一定要好好地、好好地快活一番。"那艳骨发出咯咯咯的笑声，像是两截骨头在生硬地碰撞，听得人毛骨悚然。

"虽然见到了风尘三侠，但我还是要说一句，我不信鬼的！"司空长风傲然道，"我有一套枪法，名惊龙变，是我师父李长生所传。惊龙之变，可杀圣人。我今日不用。"

"我还有一招枪法，名翻云覆雨。枪起翻云，枪落覆雨。我今日也不用。"

"我这几年最有名的那招枪法，叫百鸟惊鸣，长枪震鸣，如众鸟朝凤。我今日也不用。"

"我现在要用的枪法，是最近所创的。这些时日，一直忘记和百里东君说了，我现在也成婚了，母亲百里也认识，虽然入雪月城后硬是说洛姓好听改了名，从风秋雨变成了洛水清。我也有了一个女儿。女儿有一个很好听的名字，叫司空千落。我这几个月很想她，所以创了一招新的枪法，叫千落。可看好了。"

那"风尘三侠"忽然暴起，冲着司空长风扑了过来。

司空长风忽然闭上了眼睛。

骷髅僵尸在脑海之中化为虚无。

百里孤坟依旧只是那百里孤坟,浓雾弥漫,寂寥阴冷。

没有僵尸,没有水鬼,没有艳骨。

只有丛生的杂草,萧瑟的风……

可孤虚之阵中,本不该有风。

"我说了那么多话,除了真的想宝贝女儿以外,也是为了找你。"司空长风扬起长枪。

方圆三里之内,浓雾皆退。

司空长风长枪之首,狂风大作。

孤坟之间,一名穿着灰衫的老人仰起头,目光狠戾:"你就是司空长风!"

"落!"司空长风一枪打下。

那灰衫老人遥隔百步之远,却仍被这一枪打得弯了腰。

"落!"司空长风再一枪打下。

"咔嚓"一声灰衫老人的腿一折,跪倒在了地上。

"落!"司空长风又是一枪打下。

"落!"

"落!"

……

"落!"

"落!"

"落!"

一共喊了整整九百九十九次落,枪劲也随之落了九百九十九次,那灰衫老人根本没有撑过九枪就已经断了气,但是剩下的那九百九十道枪劲,却把百里孤坟的那股阴凉之气也全部打散。

"诸位将士,今日司空长风便送各位,魂归故里!"司空长风落下的最后一枪,竟是从怀里取出了一截断枪,直接冲着那迷雾打了过去。

正是司空长风成名之枪——银月!

满山浓雾终于在此刻散去。

这延绵数百里的孤虚鬼阵,终是被破了。

司空长风长枪拖地，整个人倒在地上，靠着一棵大树重重地喘着粗气："狼狈了，狼狈了。一会儿回去见到百里东君还有谢宣，定要说自己只用了一枪，就破去了这劳什子孤虚阵。可不能说我用了一千枪啊。"

"司空长风！"山林间有人在呼喊，是百里东君的声音。

"还活着呢！我的任务完成了，你可别让我失望！"司空长风用尽最后的力气喊道。

"不负君之所望！"百里东君朗声道。

天启城，钦天监。

国师齐天尘在长达七日的闭关之后走出了观星阁，望着西面的方向，沉声道："进宫。"

"皇帝陛下未有宣召。"一名天师向前说道。

"西面有一煞气东来，可危及北离国运，必须要进宫。"齐天尘轻率拂尘，足尖一点，竟是片刻也没有等待，直奔皇宫而去。

皇宫，御书房。

明德帝翻着手中的书卷，缓缓问道："瑾宣，今日的军报都送来了吗？"

"方才刚刚从宫外送进来。"一身紫衣蟒袍的大监瑾宣垂首道。

"念吧。"明德帝放下了手中的书卷。

"南诀大军所占之城已尽被琅琊王收回，现今南诀大军虽然仍未退去，但已难成大事。"瑾宣首先打开了一封金色的军报，上面画着一颗滴血的狼牙。

"南诀这一次本就是虚张声势，若风率军，击退南诀自然不在话下。"明德帝点了点头。

"西面西域乱民已被镇压，偶有流寇作乱，已不成大器，算是胜了。"瑾宣又打开了一封银色的军报，上面画着一面破碎的旗帜。

"破风军派出去镇压这些流寇，着实有些浪费了。"明德帝已经十分淡定。

"至于北面。"瑾宣又打开了一封军报，军报之上写着一个雷字。

明德帝神色终于多了一丝紧张，另外忍不住强调道："长话短说。"

瑾宣点了点头："雷将军说北蛮将军是其见过最可怕的军队，远胜南诀之军十倍有余，是真正的虎狼之师。但幸得琅琊军全军神勇，又得贵人相助，北蛮大军再过神勇，从起军之日到今天，一步都没有踏入过北离的领土。请皇帝陛下放心。"

"贵人？"明德帝喝了一口茶。

"军报上说，贵人名叫君玉，虽从未来过皇城，但却是学堂弟子，拜师李先生座下，排位第一。"瑾宣读到"李先生"三个字的时候，微微停顿了一下。

"是李先生啊……"明德帝笑道，"这位天下第一的李先生，就算已经消失了这么久，却余威犹在啊。那么西北面，那个地方呢？"

"西北面也传来了信。"瑾宣继拿出了三封精致的军报之后，第四次拿出的却是一封皱皱巴巴的信，上面的字也是写得龙飞凤舞，难以辨认。

"西北面虽然是武林人士前去镇守，但无双城乃是开国皇帝御赐的武城，本就有护国之职。不过这军报，还真是随意啊。"明德帝摇头道。

"不是无双城发来的军报，是雪月城的司空长风。"瑾宣回道。

"朱雀使啊，那就难怪了。"明德帝一笑，"上面写着什么？"

"上面说，魔教大军已被拦住，只有五人突围而去，往天启城而来，要我们严守皇城，务必保住皇帝陛下的安危。"瑾宣念道。

"只有五人而已，还能在这皇城之中杀孤！"明德帝怒道，"笑话。"

"五人之中，有一人，叫叶鼎之。"瑾宣沉声道。

"报！国师求见。"外面有太监高呼一声，手持拂尘的齐天尘并没有等待任何的回应就走入了书房。

"陛下。"齐天尘微微鞠了一躬。

"国师来此，想必是算到了天机。有人是要来这皇城之中杀孤？"明德帝轻轻挑了挑眉。

"是，请陛下入天剑阁暂闭。"齐天尘说道。

明德帝摇了摇头："不。"

齐天尘和瑾宣都是微微一愣。

"国师可能算到他这来皇城取孤性命还要多久？"明德帝笑道。

"就在今日。"齐天尘回道。

"好。"明德帝站了起来，轻轻一抖长袖，"那就随我去青云台等他，既然他想杀孤，那就让他来杀杀看吧！"

齐天尘摇头道："陛下不可任性，那人武功绝世。"

"比国师当如何？"明德帝问道。

"远胜于我。"齐天尘叹了口气。

"那比白虎使如何？比青龙使如何？比瑾宣如何？"明德帝又问道。

齐天尘沉吟片刻后回道："天启城中能与那人对抗的，只有浊清公公。"

"守皇陵的人，不能再离开了。"明德帝从齐天尘身边走过，朝着门外走去，"就算你们一个个都打不过他。可皇城中有守军万余，你们亦在孤的身边，他如何杀孤？！"

"国师大人为何不拦着陛下？"瑾宣幽幽地问道。

"皇城国运，不可轻损。但若陛下有意迎敌，那若是退了，国运也便真的损了。"齐天尘摇了摇头，跟了上去。

青云台。

皇宫最外侧的一处高台，明德帝便站在高台之上，遥望远处："从城门到此处还有二十里之遥，你说叶鼎之他走不走得过这二十里？"

"白虎使和青龙使已经在城门之处拦他了。"瑾宣回道，"两位尊使都是入了大逍遥境的高手，想必那叶鼎之也很难突围。"

"四尊使若是都在，便定是进不来了吧。"明德帝低声道。

城门之处，带着恶鬼面具的白虎使躺在那里，双手靠在头边，望着远方："从那么远的地方一路奔来，一定是一气呵成的，那股劲到了这里，便都会释放出来。想想就真的可怕啊！"

"你怎么还在这儿？"一身红衣的青龙使李心月提着长剑站在白虎使的身旁，"我总以为我们四人之中，你会是最早离开的那个。"

"我收了个小徒弟，很有天赋，我觉得最多十七八岁就能入逍遥天境，是天才中的天才，所以我留下来了。"白虎使笑道。

李心月没有再继续这个话题，沉吟片刻后忽然道："你有信心拦住那个人吗？"

"没什么信心，虚念功第九重，加上吸取了北阙旧主玥风城还有百里东君的内力，又是剑仙雨生魔的传人，怎么想都可怕得很啊。我一个人必定是毫无办法的，但既然李姐姐在，我觉得还有一丝机会。"

"我们二人联手，却只有一丝机会？"

"是，一丝机会。稍纵即逝！"白虎使一把握住了身边的长棍，猛地站了起来，用几乎整座城池都能听到的声音大喝道，"他来了！"

三里之外，有一人踏风而来。

不是军报上所说的五人，而是只有一人。

"来得好快。"李心月手中的心剑开始震鸣。

"心剑有灵，它在害怕吗？"姬若风微微俯身，手中的长棍微微抬起。

"不，是兴奋。"李心月瞬间拔剑，只见一道如长虹贯日般的剑气，直冲云霄，向着那三里之外的叶鼎之袭去。

不，只是瞬间的工夫。

叶鼎之已在一里之内。

"剑心冢心剑传人。好剑，好剑心！"叶鼎之朗声高喝，随后一拳把那剑气打散，没有半点停顿。

"好强。莫不是传说中的神游玄境？"李心月看了一眼姬若风。

姬若风左手扶了扶自己的恶鬼面具，沉声道："不是。这不是神游玄境，却也不是逍遥天境。这在四境之外，应是君邪境。"

"那是什么境？"李心月疑惑道。

"君邪境之上便是鬼仙境了，是入了魔道的境界。我从未提及，只是因为能够至此境界的人太少了。"姬若风握紧长棍，"我忽然有一种预感。"

"什么预感？"

"我们真的拦不住他！"

叶鼎之一步踏在了城墙之上。

然后墙就塌了半边。

李心月一跃而起，心剑劈斩而下，她没有寄希望于能够和叶鼎之缠斗，所以一剑挥出，就是心剑最强的一式——心剑万千。

剑气如潮，劈斩而下。

一剑化为千剑。

"止！"李心月大喝道。

姬若风也挥出了自己的长棍，棍名无极，昔日黄龙山镇山之宝。一棍既出，无边际，无穷尽，无限，无终！

叶鼎之只觉得那剑气来得很快，只是瞬间就从一剑变成了千道剑气，一道接着一道地砸过来。

却又觉得那棍来得很快，只是一棍的时间，却似乎过去了好几年那么久，缓缓地，慢慢地，像是陷入了一片虚无。

这就是剑心冢的剑心诀吗？

本就一柄剑，如何化为千柄？

这就是黄龙山的无极棍吗？

原意为"混沌"的棍法？

若是当年遇见，应当是荣幸之至了。

叶鼎之闭上了眼睛，双手摊开，高声喝："起！"

一股无比蛮横的真气从叶鼎之的双手中散发而出，将那些剑气全都弹了出去，李心月挥剑一挡，远远地落在了另一边的城墙之上。姬若风收了无极棍，落在了他的身边。

"还真是霸道，没有兵器，不用招数，纯粹以真气对敌。"姬若风面前的恶鬼面具被一分为二，摔落在了地上，露出了一张俊秀的脸庞，还有那一头白发。

李心月重重地喘了一口气，压下了胸口的那一道腥甜："应该让陛下速速退避。"

"避不了的，在这样的高手面前，万千军队也不过是摆设。"姬

若风沉声道,"如今李先生已经不在,四守护走了两个,琅琊王和雷梦杀也去打仗了。过了我们两人这一关,便只剩下大监和国师了。"

叶鼎之也落在了他们的面前:"你们二人很强。"

姬若风扛起无极棍:"我觉得还不够强,不然也不会看着你想了半天,也想不到任何可以对抗你的武功。"

"我有虚念功九重真气护体,身上已经没有武功可以伤得了我。"叶鼎之缓缓走向姬若风,"所以就算我就这么站着,不躲,你也没有武功伤得了我。"

"厉害啊。"姬若风伸出一根手指,放在嘴巴用力一咬,手指上鲜血流出,他便在无极棍上轻轻一抹,随后重重地往地上一蹾,"国师,起阵!"

皇宫之内的国师齐天尘用力地一甩拂尘,左手轻抬,猛地一划。

八卦!

钦天监之上,六位天师齐站观星台,也都和齐天尘一样,做了一个奇怪的动作,然后大神喝道。

八卦!

李心月和姬若风往后退了一步,便像是雾气一样消散在了城墙之上。

"好一座大阵。"叶鼎之冷哼道。

李心月和姬若风退了一步,其实真的只是退了一步,然而抬头望去,叶鼎之的眼神却已经飘散了,根本看不见他们。

"这是国师和钦天监祭的阵法吗?"李心月问道。

"是的。现在的叶鼎之如他所言,已经刀枪不破,万物不可近身,你我虽都入了大逍遥境,可却拿他没有任何办法。对于这样的人,只能用阵困之。"姬若风回道。

"这是什么阵?"李心月问道。

"锁鬼阵,又名,雷池。"姬若风幽幽地说道,"这样的阵困不住普通人,专困这种入了魔道的人。入阵的恶鬼,会在阵中迷失心神,怎么走也走不出自己的困境。他会想起这一生最绝望的事情,并且在他的幻觉之中一遍又一遍地重复，最终都会因为受不了那种无限循环的绝望而自尽。"

李心月轻叹道："这就是所说的不敢越雷池一步？"

"是！因为雷池之外，便是正道。他入魔道，本就应该对此畏惧，所以他走不出这个阵。"姬若风看了看皇宫的方向，"我的无极棍，国师的白雨拂，都是道家至宝。我们布下的锁鬼阵，无人能破。"

李心月抬头看着那入了一片云雾之中的叶鼎之，微微皱眉："他，好像在看我们？"

"什么？"姬若风抬头，目露惊讶。

只见叶鼎之一步一步地向前走来，直接踏出了那片云雾之外，他看向姬若风，淡淡地说道："阵，我破了。"

他再轻轻一挥长袖，云雾散去。

皇宫之中，齐天尘轻轻后退了一步，钦天监中，六位天师却没有那么好过了，全都口吐鲜血，跪倒在了地上。

姬若风也往后退了三步："怎么可能？！"

叶鼎之面无表情，看着姬若风："因为你说过了，我虽入魔道，却根本不畏惧所谓的正道。而且这一生中最绝望的事情，我每一天都在回想，而不是踏入这座阵的那一刻起！"

李心月抬起心剑，闭上了眼睛。

入，剑心！

无极棍上所绘着的符箓忽然发出了妖红色的光，姬若风咬了咬牙，说道："看来还是得靠真刀真枪地打啊！"

叶鼎之摊开双手，全身上下青紫色的真气开始流转："我不想杀你们，请你们让开！"

"我叫姬若风，百晓堂这一任的堂主。天下四境，由我所创，世间之事，无一不晓。"姬若风朗声喝道，"你有什么资格让我退！"

"你拦得住我？"叶鼎之冷笑，"不自量力。"

姬若风拿起长棍："我的这根棍名为无极，所谓无极，就是无限无终……"

"你在拖延时间？"叶鼎之忽然看了李心月一眼。

剑心有月，睡梦杀人。

"是！"姬若风一步跳出，冲着叶鼎之一棍子打了下去。

叶鼎之微微一撤，一掌推出。

这一掌虚虚实实，变幻莫测，光是掌力凝聚的真气就变换了四种法相。

"这是早已经失传的无法无相功？"姬若风一棍子打空，随后就感觉到排山倒海的真气涌来，最后汇聚成一缕极为锐利的真气，直逼姬若风胸膛而去。

"八卦！"姬若风左手一推，一个真气凝成的八卦现出。

瞬间击碎。

"八卦！"

"八卦！"

"八卦！"

"八卦！"

姬若风六起八卦心门，前五道全部都被瞬间击碎，直到用出第六手八卦心门，才将那道真气给彻底化去。

李心月依旧紧闭双眼，似乎对旁边发生的一切毫无感觉。

叶鼎之双手忽然合十，怒喝道："祭！"

李心月身旁的城墙忽然就塌了下去，姬若风急忙一跃而过去，将李心月往后一拉，随后手中无极棍狂甩，将叶鼎之打来的三掌尽数化去。

"你很强。"叶鼎之沉声道。

"我觉得到了我这个境界，已经不需要再有别人的赞美了。"姬若风将李心月放下，手中无极棍往前一推，双眼忽然就变了颜色。

"哦？"叶鼎之眉毛一挑。

"不！动！明！王！"姬若风几乎是咬牙切齿地说出了这四个字，随后便是金刚怒目！

"我以为天下间只有我们那一派还会这门武功。"叶鼎之幽幽地说道，"果然百晓堂真的是天下百晓。"

不动明王功，叶鼎之曾经在参加学堂大考遭遇天外天袭击的时候用过这门武功,这门武功能让使用者在瞬间爆发出身体里的所有力量,能逆境杀人,是世间最蛮横最霸道却也最是伤人伤己的武功。运起此功时,呈金刚怒目相,邪魔皆畏惧。

"退!"姬若风猛地一甩无极棍,比起方才,威力更甚数倍,就连叶鼎之也不敢直接对抗,侧身一闪,躲过了那一棍。可在瞬间姬若风竟又移到了他的身边,一棍子打在了叶鼎之的肩膀上。

"咚"的一声,却像是敲在了一口铜钟之上。

"金刚不坏神通?"姬若风一愣,于是又打出一棍。

天空之中,忽然之间乌云密布,隐隐有惊雷在云间炸响。

叶鼎之连吃了姬若风十三棍,一棍退了一步,连退十三步之后终于还手了,他长袖翻飞,竟凝出了一柄袖剑的模样,一剑挡住了那一棍。

"云袖剑?"姬若风收了棍,退了回去,重重地喘了一口气。这不动明王功对身体的负担实在是有点大,若不能速战速决,自己可能随时遭遇反噬而死。

"我在廊玥福地里住了很久,那里记载着很多神奇的武功,有的有练就之法,我便练了,有的只是一段记载,但我也记住了。"叶鼎之忽然抬起头,看着那片乌云,"比如黄龙山的引雷之术。"

"雷,落!"姬若风举起无极棍,大喝道。

一道惊雷乍起,猛地落下,落到了姬若风的无极棍之上,无极棍身之中,那些血红色的符箓闪闪发光,他猛地一扬,那道雷就向叶鼎之甩去。

世上任何人,就算武学练得再强再猛,也仍然是凡体之躯,凡体之躯又如何去阻挡天上落雷呢?除非,这个人已经入了那传说中的神游玄境,近乎仙人。

"轰"的一声,那道落雷结结实实地打在了叶鼎之的身上,那一片的城墙都被炸得粉碎。

姬若风眼神中的火红一点点地褪去,手中无极棍摔落在地,自己也浑身脱力倒在了地上:"师父啊师父,要是这还打不过,那就不怪我了。"

尘土散去,叶鼎之依然站在那里,一身黑衣已经支离破碎,他

　　此刻就像方才的姬若风，浑身火红，怒目金刚。
　　他也用了不动明王功。
　　姬若风苦笑："不动明王功，加上虚念功，你是真的很想杀皇帝，也是真的一点也不怕死。"
　　叶鼎之冲着姬若风一步一步地走去。
　　李心月在这个时候终于睁开了眼睛。
　　半晌入定，得剑心一瞬。
　　拔剑！杀！
　　银光一闪，叶鼎之猛地抬头，这一瞬间的剑气比方才姬若风强运不动明王功时带来的威胁更大。
　　叶鼎之的手一伸，掉在地上的无极棍忽然飞到了他的手中，他猛地一扬，抬手就是一棍。
　　如同姬若风一模一样的无极棍法。
　　一棍出，无边际，无始无终，无休无止。
　　"砰"的一声，剑棍相撞。
　　李心月终于睁开了眼睛，看着叶鼎之，叶鼎之也看着李心月。
　　李心月在叶鼎之的眼中没有看到半点杀意，虽然如今的叶鼎之是魔教教主，率大军东征北离，是北离民众心中的大魔头，可这一刻叶鼎之的眼神，在李心月看来，仍然是干净而纯粹的。
　　只是也藏着千尺深潭一般的执念。
　　"谁也不能拦住我。"叶鼎之很平静地说出了这句话。
　　"每个人都有自己的使命！"李心月手中剑气再涨，可那一瞬间的剑心终于还是耗尽了。
　　叶鼎之猛地一甩，将李心月连人带剑甩了出去，随手便提着无极棍，从姬若风身边一掠而过。
　　姬若风勉力用手撑着地面，却一点力气都没有了，李心月以剑抵地，在城墙之上划了一道二十余丈的剑痕之后才停下来，她也试图站起来，可一站起来就呕出一口鲜血。
　　"我方才说错了，如今的叶鼎之，已经入了鬼仙境。"

第十一章 · 剑指皇城

皇宫之内，青云台上。

齐天尘一甩拂尘："他们没能拦住他！"

"方才那一道落雷，是你们道家至法引雷之术吧？"瑾宣看了齐天尘一眼。

齐天尘点了点头："黄龙山昔日至尊道法，早已经失传了，就连我也不会。白虎使手中拿着我道家至宝无极棍，用的是我道家秘法引雷术，若不是今日在此生死关头，不然还真想问问他的师父究竟是谁。"

"陛下，整个天启城内所有的高手，竟已在青云台下。"瑾宣沉声道。

明德帝俯身看着下方，有很多熟悉的身影，五大监中其余的四位，以及众多平常隐藏行踪，藏匿在天启城中的皇族供奉高手，几乎每个人都有逍遥天境的实力。算上自己身边的这两位逍遥境巅峰高手，共有二十多位，放在江湖之中，强过任何一个名门大派，加上下方禁军和虎贲郎数千，还拦不住一个叶鼎之？

一道狂风扫过。

那数千禁军和虎贲郎全都人仰马翻，放在北离军中，他们一个个都是最精锐的士兵，可是面对叶鼎之这样的高手，他们却连腰间的长刀都没来得及拔出。

那二十多位逍遥天境的高手在片刻反应过来，全都出了一招，却也只是出了一招

罢了。

刀枪剑戟，拳脚掌指，无数的杀招对着叶鼎之袭去。

叶鼎之却只是大喝一声："起！"

风起，云涌！

叶鼎之双手一抬，所有的人全都离地半步，他再双手一压，所有的人全都跪倒在地。任你高手遍地，我一指，跪之！

"这是什么武功？！"瑾宣惊喝道。

"到了这个境界，早已不是武功了。"齐天尘手中拂尘猛地一挥，上面的白色尘丝在那个瞬间仿佛化为万千羽翼，蓦然张开成为一个巨大的盾牌挡在了他们三人面前。

叶鼎之在此时早已乘着那浩然真气一跃登上了这皇宫之中最高的青云台，一拳打出，正好打在了那拂尘化为的盾牌之中。一拳将那盾牌打得凹了进去。

瑾宣拉着明德帝猛地向后退去。齐天尘站在原地，寸步未移。

叶鼎之收了拳，火红色的瞳孔慢慢地熄灭了下去，他沉声道："国师。"

齐天尘猛地往回一拉，白雨拂变回了原样，他微微垂首："叶教主。"

叶鼎之看着齐天尘，缓缓道："在我幼时，父亲和我说过，朝中之人，他最敬重的是你。虽然国师身在朝中，但仍是仙师。"

齐天尘轻叹一声："叶将军厚爱，当年没能救下将军，实在惭愧。"

"父亲相信自己的兄弟不会杀他，直到生命的最后一刻才醒悟过来，可是已经来不及了。"叶鼎之遥遥看了远处的明德帝一眼，"但我不会再犯这样的错误。"

"可我觉得叶教主在犯一个更大的错误。"齐天尘看着叶鼎之。

叶鼎之笑了笑："或许吧，又有什么关系呢？国师职责在身，必是要拦我了，那么便请动手吧。"

"台下数千军士，二十多位天境高手也拦不住你，齐某不才，自认没有这个能力。"齐天尘摇了摇头。

叶鼎之回道："那国师是想如何？"

"我们道家讲究五行——金、木、水、火、土，各有遁法，齐某不才，在清风道人座下，五行遁法皆不擅长，却唯独擅长一个嘴遁，能言善道，喜好吹牛，所以被派来天启城做了国师。打架打不过，我想和叶教主说几句。"齐天尘缓缓道。

叶鼎之素来听说国师齐天尘高深莫测，神鬼难辨，可这句话却是听得云里雾里，摇头道："我不明白国师的意思。"

"能不能听我说几句。我想劝劝你。"齐天尘直接道。

"不能。"叶鼎之回答得也很直接。

齐天尘却还是说了："叶将军生前爱民如此，当初的他有能力发起兵变，但最终仍不愿见天启城陷入战火，所以才没有反抗。"

"但我和我父亲不一样。"叶鼎之回道。

"但你的父亲一定不希望你用这样的方式复仇。"齐天尘轻叹一声。

叶鼎之点了点头："我明白。太安帝已经死了，青王也被这位新皇帝给软禁了。父亲的仇本就没什么可报的了，而且如国师所言，我明白父亲不希望我这样。"

齐天尘面露欣喜之色："看来叶教主并非是冥顽不灵之人，没想到我寥寥几言，你就已明白其中利害关系。叶教主愿意退此一步，免此北离一遭祸事，齐某不胜感激。"

叶鼎之叹了口气："国师，此行我来，不是报父亲的仇。"

齐天尘一愣："那是……"

"国师常住钦天监，观国运，知天下，对世上这些凡俗之事，不了解也是应当的。"叶鼎之往前踏出一步，"我来此，是为了自己的仇。"

"什么仇？"

"夺妻之仇。"

齐天尘一惊，转头看向明德帝。

明德帝神色阴冷："宣妃早就嫁入孤的景玉王府，是你将她拐骗离开，怎是孤夺的？！"

瑾宣护在明德帝的身旁，一身紫衣蟒袍之中真气流转，随时准备拼力一搏，他曾见过自己的师父入半步神游，三掌之内杀逍遥天境,也曾见过南宫春水自压半境,打得自己的师父抬不起头来,在他看来,面前的叶鼎之,虽然仍旧不如当日南宫春水带来的压迫强,却也完全不逊色于自己的师父了。

他一定打不过叶鼎之。

唯一的希望便是齐天尘了。

谁也不知道国师的武功有多高,只知道皇帝换了几个了,国师却依然还是那一个,曾经学堂李先生傲视天启,谁都不放在眼里,可唯独对国师齐天尘,能有几分敬意。有人传言,国师齐天尘,早就踏入了神游玄境的门槛,只等有一天,乘云化龙,一步登仙。

齐天尘果真向前踏了一步,青云台上,刮过一阵清风。

"叶教主,夺妻之仇,不能不报。"齐天尘忽然说了一句。

明德帝一惊,瑾宣的汗瞬间就流了下来。

叶鼎之面不改色:"当然。"

"不过。"齐天尘轻轻顿了顿,"毕竟我是一国之师,不能看着你刺杀皇帝。不如我们打个赌如何?"

"赌什么?"叶鼎之问道。

"我们来一局六博棋盒?"齐天尘从怀里拿出一个棋盘。

"天子棋盒。"叶鼎之看了那棋盒一眼,皱眉道,"我在廊玥福地中读过一本书,书上说若在天子棋盒上下六博,那么整个人便会陷入幻境之中。方才国师已对我用了锁鬼阵,现在还要故技重施吗?"

齐天尘拿着棋盘,笑了笑:"想不到叶教主懂得如此之多,所以这棋局,叶教主入还是不入?"

"不入,"叶鼎之沉声道,"我没有太多的时间。国师,我的耐心也是有限的。"

"为什么不入呢?"齐天尘笑道,"叶教主心中在害怕些什么?"

"为什么你们总觉得,我会害怕呢?"叶鼎之反问道。

"因为世间所有的不甘,大都来源于恐惧。"齐天尘轻甩拂尘。

叶鼎之缓步冲着齐天尘走去:"国师错了,我不恐惧任何事物。"

齐天尘站在那里,纹丝不动,看着叶鼎之,依旧微微含笑:"任凭叶教主处置。"

叶鼎之没有犹豫，伸出右拳，猛地冲着齐天尘砸了下去，却是斩在了虚空之中。齐天尘的身影化作一团云雾散去，只有声音从四面八方传来："看来叶教主看的那本书没有说清楚，天子棋盒，并不需要真的落子六博，从你看到棋盒的那一刻，你就已经入局了。"

"用幻境困我，真的这么有意思？"叶鼎之冷冷地说道。

"齐某不才，只会一些诡道。"不知藏匿在何处的齐天尘说道。

"国师何在？"叶鼎之问道。

"我无处不在。"齐天尘含笑说道。

叶鼎之猛地抬起头，却看到齐天尘化作一个巨大的法相悬浮在空中，他再一低头，发现自己正站在这处法相的手掌之上。叶鼎之曾在茶楼之中听过那个猴王大闹天宫的故事，故事的结局便是佛陀现身，伸出一掌便困住了一个跟头能翻十万八千里的猴王，他看着那巨大的法相，冷冷地说道："道门仙师也爱玩这一手吗？"

"什么是道呢？"齐天尘微微一笑。

"每个人都有自己的道，天下并没有唯一的道。"叶鼎之竟然回答了这个问题，"比如国师的道，是守卫这个国家，而我的道，是守卫姑苏城外，寒山寺下的那个小草庐。"

"草庐已经毁了。"齐天尘说道。

"但是人还在，那座草庐塌过很多次，我都重新盖了起来。"叶鼎之神色不改。

"你可以走你的路，重新建起你的草庐，我以国师之名向你保证：你在那里的日子，不会有任何人打扰。"齐天尘垂首道。

叶鼎之沉默了一会儿，忽然低头笑了笑："差点着了国师的道。"

齐天尘一愣，随后轻叹一声："叶教主聪敏过人。"

"我不知道这六博棋盒上含着怎样的道家秘法，但是从国师这仙师法相现身以来，我的心中就有隐隐的畏惧，几次都忍不住低头，差点便答应了国师。"叶鼎之伸出一掌敲了敲自己的胸膛，"我已经很久没有感受到畏惧了。"

"天子六博，从你入幻境的那一刻，你就会觉得自己已经败了，所以心中会有畏惧。原本天子棋盒的幻境，加上我的口才，我以为真的能说服叶教主。"齐天尘摇了摇头，"奈何叶教主心若磐石。"

"国师啊,说一句伤人的话。"

"如何?"

"你的口才真的很一般。"叶鼎之忽然抬起无极棍。

他不是那猴王,他从未想过一个跟头翻出这个手掌,而是直接将那手掌打破。他也不是那猴王,生来桀骜,想要与天斗。他只是不拿到自己失去的东西誓不罢休。

一棍落下,幻境散去。

"大监!"齐天尘怒喝一声,白雨拂上面的拂尘再度张开成为荆棘一般的羽翼,朝着叶鼎之猛地砸去。

瑾宣身旁,青云台下赶来的其他四位大监已经来到,他终于运起真气,一掌打去。

叶鼎之从幻境之中挣脱,方有片刻的喘息,见那白雨拂打来,提起无极棍便挡。

"道法奥妙,玄心天然。"齐天尘手中轻轻念道,左手伸出一指点在了叶鼎之的胸膛之上,肉眼可见的冰霜瞬间爬满了叶鼎之的半面胸膛。

"国师!"叶鼎之大喝道,浑身真气暴涌。

"国师!"另一边,大监瑾宣也是大喝一声。

"九天之下,皆是凡人。"齐天尘忽然收回了一指,朝天一挥,再朝地一指,"镇!"

叶鼎之身上的滔天真气在瞬间被压了下去,只是一个瞬间,却足够了。

瑾宣在心中也终于确定了一件事,在浊清大监的境界被李先生强行打下去之后,天启城中的第一高手,国师齐天尘当之无愧。

他一掌打在了叶鼎之的身上。

叶鼎之向后轻轻地一退,随后再往前轻轻一扬,他面露惊讶:"你的武功!"

"对,这就是我的武功!"瑾宣的手掌也随着叶鼎之向前一推,又向后一扬,像是和叶鼎之的胸膛粘在了一起一般。

"虚念功!北离朝中竟有人会这门武功。"叶鼎之嘴角流出一丝鲜血。

"不，穿在北阙的是虚念功，而留在北离的是虚怀功，两门功夫一脉同源，本就相生相克，我等这一刻很久了。"瑾宣一身蟒袍在真气流转之中狂舞，上面的巨蟒仿佛活过来了一般舞动着，仿佛随时就要腾云化龙。

"相生相克，那是建立在你我境界相同的情况下，如今的你，不过迈上高山，而我已在云中！"叶鼎之咬牙怒喝道。

齐天尘忽然甩了甩拂尘："叶教主这个比喻真的很好。"

"国师何意？"瑾宣怒道。

"我只是想说，和叶教主相比，我的口才真的很一般。你是高山，而他已在云中，真的很妙。"齐天尘伸出一掌，按在了叶鼎之的肩膀上，"齐某不才，未曾登山，也不在云中，不过是平地行走的一个凡人。"

"以此山为界，魔教之人，休想跨出一步！"李寒衣一剑划出，一道霜气将正欲冲向前的魔教众人逼退了三步。李寒衣的身后，司空长风和谢宣等一众北离武林人士都在养伤之中，魔教众人这几日试图从五处山门突围而出，无双城所守的那一处山门已经失守了，大批魔教之人已经从那里侵入北离。天山派等几个门派所守的那一处也告急多次，唯有温壶酒和唐灵皇率领门下弟子所守的那一处固若金汤，这两个生命中的宿敌，联手起来的时候似乎有着一种奇妙的默契，魔教连攻十几次都被打了回去，至于雷家堡为首的江南各大门派守护的那座山门都快被炸塌了……

"想不到域外之地，藏着这么多的高手。"司空长风的衣衫已经破碎不堪，头发散落下来，显得有些狼狈。

谢宣苦笑道："关键是人多，来了一批又来一批。"

"不，不是他们人多，是你们心太软了。你们总是伤而不杀，这些人回去后养一天伤，第二天继续来攻你的山门，那当然是来了一批又来一批。"一个带着几分戏谑笑意的声音响起。

李寒衣猛地转身："谁？"

一个留着两撇小胡子的年轻人把玩着手中的匕首："是我们，不知道各位正派人士欢不欢迎？"

"都快被打洗了,还不欢林我们?"一个瘦瘦高高,戴着斗笠的男子将手中一根长长的佛杖往地上一蹾,佛杖之上的圆环撞击,发出清脆的响声,"里们好,我们系暗河。"

司空长风转头看了他们一眼:"我见过你们。"

"次槟榔吗?"瘦高男子从怀里拿出一颗槟榔,问司空长风。

司空长风摇头:"不吃。"

"槟榔系个好东西。"瘦高男子将槟榔塞进嘴里,轻轻地嚼咽着,"看起来你们系打不过了呀。"

李寒衣怒道:"谁说我们打不过!"

"小昌河说得对,你们这些名门正派啊,就系矫情。人家都撒你了,你当然也要撒人家。"那瘦高男子一口官话讲得众人云里雾里,唯独最后这几个字说得字正腔圆,"不然就是傻!"

"暗河来此,是为了什么?"谢宣问道,"总不会只是来嘲笑我们的。"

"暗河杀人,从来只为钱。这是这几十年来,我们第一次做没钱的生意。"玩着匕首的年轻人忽然一把握紧匕首,"大家长觉得,魔教入侵北离,对我们来说不是一件好事,会影响我们原本很少的生意,所以派我们来协助你们。"

谢宣一愣,司空长风也是吃了一惊。

"哈哈哈哈。喆叔,我就说他们听到以后一定会很惊讶的。"年轻人大笑起来,"堂堂暗河,居然和名门正派站在一起,护卫这大好河山。"

"你不要笑。"瘦高男子冷哼一声,"我们暗河虽然是撒手组织,但是心中也有家国大义,犯我北离者,虽远必诛!"

"喆叔威武啊!脸皮比城墙还厚!"年轻人忽然收起了笑容,看着面前被李寒衣暂时一剑逼退的魔教中人,沉声道,"暗河,送葬师,苏昌河。"

瘦高男子将手中的佛杖再次一蹾,又一次字正腔圆:"暗河,战狼,苏喆。"

"你是斗笠鬼苏喆。"谢宣毫不留情面地拆穿了他。

"这里都知道?素闻卿相公几博学,却么有想到,博学到则个地步。"苏喆笑道。

"你们应该还有一个同伴,我记得那个人和你从来不分离的。"司空长风对苏昌河说道。

"哈哈哈哈,他现在啊,升官了,和我分离了。不过啊,他的确来了。这一次他才是主力。"苏昌河挑了挑眉。

一个手持油纸伞的男子落在了李寒衣的身边。

李寒衣下意识地抬起剑,抵在了男子的咽喉之上:"你又是什么鬼?"

"暗河,傀。"男子扶了扶脸上的厉鬼面具,在他的身后,有三十二个同样带着厉鬼面具的杀手。

"这是……"司空长风微微皱眉。

"直接隶属于暗河大家长的蛛影杀手团,看来斗笠鬼说得是真的。暗河真的是来帮我们的。"谢宣低声道。

"那帮完我们会不会顺手把我们给杀了?"司空长风问道。

"这个问题问得很好,有这个可能。我们先运气疗伤,让他们先打。"谢宣双掌一挥,真气在体内运转起来。

"放宽心,不给钱,不撒自己人。"苏喆忽然朝前一掠,手中的佛杖猛地一挥,就冲魔教为首的那名灰袍老人砸去。

灰袍老人方才与李寒衣对阵十几个回合不落下风,自然不惧这突然冒出来的瘦高男子,一爪冲着苏喆的胸膛掏去。

"鬼爪子啊。"苏喆笑了一声,佛杖轻轻一摇,上面的圆环叮叮当当作响。

灰袍老人忽然失了片刻的神。

苏喆佛杖便猛地砸下,重重地敲在了灰袍老人的脑袋上,将他打在了地上。

于是那脑袋,像是一个西瓜一样,炸开来了。

"撒生了。"苏喆挥起佛杖,冲着下一个人奔去。

自称为傀的男子也一跃而起,落在了人群之中,手中油纸伞瞬间炸裂开来,十几个魔教教徒都在瞬间被刺穿了胸膛。苏昌河也冲了进去,那柄匕首在日光下闪过一道狠戾的光,所过之处,尽断咽喉。

三十二名蛛影杀手也拔剑了。

李寒衣退到了司空长风的身边,盘腿坐在地上,运气疗伤的同时也闭上了眼睛。

"对面虽是魔教,可感觉我们这边的才是恶鬼啊。"司空长风感慨道。

谢宣摇了摇头:"虽然不愿意承认,但或许真的只有这样,才能阻止这场祸事。"

"以杀止杀?"

"我在想,我们对于陌生的魔教教众,都不忍下杀手,那么当百里东君遇见叶鼎之的时候,会如何?"

天启城,城墙之上。

一袭青衣的百里东君一步落下,躺在地上的姬若风依然没有力气爬起来,只是抬头看着那熟悉的身影,幽幽地说道:"哟,你来啦?"

百里东君站在城墙之上,看着这个来过三次的城池,低声道:"我是不是来晚了?"

"我和姬堂主本来想在城门之处就拦他入城,可惜我二人合力也不是他的对手,如今他必然已经到了宫门之内,宫门之内萧氏皇族供奉高手几十人,均是逍遥天境,还有国师和大监在旁。"李心月撑着剑站了起来,"只是……"

"怕是仍然挡不住他。"姬若风躺在地上苦笑,"当年李先生进出宫门仿若无人之境,要想杀皇帝不过抬手一挥,如今的叶鼎之就算还没到那个地步,却也差不离了。百里东君,你现在武功如何?听说你之前废了。"

百里东君轻轻一顿足,抬手一挥,运起那垂天功法,一身青衣随风而扬。

"哟,半步神游。"姬若风赞叹道,"不愧是李先生的关门弟子啊!"

"姬堂主还死不了吧?"百里东君低头问道。

姬若风擦了擦嘴角的血迹:"死不了死不了,那叶鼎之留了几分情面。"

"好！"百里东君足尖一点，朝着皇宫掠去，"等我回来！"

青云台上。

随着齐天尘的那一掌打在叶鼎之的身上，场间气氛瞬间就变了。

原本肃杀凛冽的真气相撞，忽然多了几分柔和。

叶鼎之一愣，看向齐天尘："国师这武功并不是虚念功，可却依然能与我们真气相融。"

"齐某师从黄龙山清风道人，所学内功八卦心门。所谓八卦——乾、震、坎、艮、坤、巽、离、兑，它就像一个巨大的容器，能容纳天地万物，所以你们的内功一脉相承，而我的内功可与天地万物融合。"齐天尘微微含笑，"叶教主，得罪了。"

齐天尘的脚往地下重重地一蹾，三人足下十丈之内，现出一个巨大的八卦之形。

"你想与我比拼内力？"叶鼎之皱眉道。

"齐某不才，稍长些岁数，愿意一试。"齐天尘忽然眉头一皱，一身道袍连同那须发全都扬起。

"我体内有三个人的内力，合起来都快一百岁了。国师年长，可有百岁？"叶鼎之怒喝一声，浑身一震，试图将齐天尘和瑾宣给震出去。

瑾宣脸色瞬间苍白，呕出一口鲜血。

齐天尘神情微微一变，脚下那八卦之形微微颤抖了起来："叶教主的内力，真是令人惊骇。"

"当年，玥风城还有百里东君和我三人也曾这样比拼内力，我们三人同时修炼虚念功，功法一致，而虚念功又能吸收彼此之间的内力，最后阴差阳错，所有内力汇聚到了我一人身上。今日这场景与当日相似，既然你们一个自称修炼一脉同源的虚怀功，一个修炼与天地万物相融的八卦心门，那么二位的内力，今日我也笑纳了。"叶鼎之猛地一吸。

瑾宣和齐天尘只感觉身子中的内力开始源源不断地流入叶鼎之的身体之中，而叶鼎之整个人的眸子，烧得越来越红。

"抢了我的内力,还这么沾沾自喜!"

"啪"的一声,百里东君落在了青云台上,他的背上背着长刀尽铅华,右腰挂着长剑不染尘,左腰挂着一个酒葫芦,一身青衣被那三人澎湃散出的真气吹得飞扬起来,说不出的风流潇洒。

"这人是谁?"一众高手将明德帝围了起来。

"不妨,是镇西侯爷的孙子百里东君。"明德帝笑道,"百里东君,当日你和若风一起回天启的那天,我在城门之上看你,当时进了城就纵马天启,还是个青涩少年,现在看来,倒真有一副侯府公子的模样了。"

百里东君瞥了他一眼,冷哼一声:"那当日我抢亲的时候,你有没有见到过我?那时候的我是什么模样?"

明德帝一愣,没有说话,百里东君自顾自地说了下去:"那日你在成亲,你怎么会知道呢?那天啊,我一路杀到了景玉王府之前,最后被我父亲一剑打晕了带回了乾东城。可惜啊可惜。皇帝,你方才有句话说错了。那就是,我,百里东君一直是个少年。"

"少年,遇见看不惯的东西,就要挥拳!"

百里东君真的挥出一拳,就把拦在明德帝前面的几个高手给打退了。

齐天尘在一旁惊喝道:"百里公子,不要冲动!"

所有人都以为百里东君此行前来是为了阻止叶鼎之的,因为他们都听说了,雪月城大弟子百里东君现身西境,力阻魔教。如今百里东君现身天启,自然是来阻止叶鼎之的。

"百里东君,你想做什么?"明德帝怒道。

百里东君看着那一众高手,伸手指了一下其中一个俊美的年轻男子:"你叫什么名字?"

那年轻男子声音尖锐,却是个太监:"掌香监,瑾仙。"

"你们若是用武功,我便也用武功,那到时候生死自负。皇帝一定死,你八成也得死。"百里东君捏了捏拳头,骨头咔咔作响,"你们觉得如何?"

瑾仙摇了摇头:"我不明白公子的意思。"

"罢了。"百里东君拿起左边的葫芦,仰头喝了一口,随后擦了擦嘴巴,"不说废话了。"

青衣一闪。

百里东君已经站在了明德帝的身边。

这样的身法……瑾仙一滴汗从额头上流了下来。

"这叫一醉千里。"百里东君一把抓住了明德帝的肩膀,纵身一跃,从那数十高丈头上飞了过去。天启四守护和国师、大监均不在的时候,场中那些人纵然是天境高手,却也根本拦不住他。

百里东君携着明德帝落在了青云台的另一角,随后百里东君拔出了腰间的不染尘,一把插在了地上:"若过此剑,你们的皇帝就没了。我说到做到,别忘了我的爷爷的绰号是什么。我是他的孙子,得了真传的。"

"你想怎样?"瑾仙一挥手,拦住了其他人。

百里东君看了明德帝一眼,随后伸出一只手,微微握紧。

"百里东君!你太过放肆了!"明德帝怒道。

"我想讨个债。"百里东君一拳把明德帝打飞了出去。

"陛下!"场上众人惊呼道。

瑾仙急忙挥剑拦住众人:"他没有用武功!"

众人这才反应过来,方才百里东君那一拳虽然力道很足,打得结结实实,但是却没有用内力,不然光是这一拳,就能打得明德帝脑袋开花。

明德帝倒在地上,伸出一指指着百里东君:"孤……"

"孤什么孤。"百里东君一脚踩在了明德帝的脸上。

"太过于放肆了。"瑾仙低声道。

百里东君瞥了一眼瑾仙公公,笑道:"那又如何?我以后又不要当什么世子,侯爷,我不过是江湖一名浪客,皇帝要治我的罪那便治,谁是大理寺卿?"

"我。"人群之中走出一名膘肥体壮的大汉,扛着一把硕大的砍山刀,"大理寺卿,沈罗汉。"他的脾气在天启城中出了名的不好,可是要做大理寺卿,脾气太好也就做不了了。

"我这是什么罪?"百里东君问道。

"你打皇帝,当然是死罪。"沈罗汉将刀扛在了肩膀上,神情复

杂,心里暗骂道:百里东君你这混蛋,我对学堂素来不薄,你却在这关头为难我?

百里东君低头问明德帝:"我这可是死罪?"

明德帝愤怒地推开百里东君的脚,从地上站了起来,他拍了拍龙袍上的灰尘,声音略带阴冷:"这是灭九族之罪!"

"哦?"百里东君微微一笑。

明德帝双拳握紧,眼神中闪过一丝狠戾。

场中众人皆是一惊。

百里东君却依然是微微含笑,似乎一点都没有惊讶之色:"一直都说景玉王醉心诗书,武功虽好,但只是些兵马功夫,可现在看来,似乎也有天境了?"

明德帝一身龙袍狂舞,神色凛冽,但真有几分帝王之色,他对着百里东君猛地挥出一拳,拳风撕裂,犹如龙吟。

百里东君却只是伸出一掌,直接就握住了明德帝的拳头。

"我说过,你们不用武功,我就不用武功。你若用武功,可就别怪我不客气了。"百里东君随后一掌打在了明德帝的胸口,"逍遥天境?就你也配逍遥!"

一拳打得明德帝真气崩塌,直接跌入了自在地境。

"当皇帝,有人替你出手,武功那么好做什么?有我师兄在,你的王位无忧的。自在地境?我偏让你不自在。"百里东君又是一拳。

自在入金刚。

"我觉得还是高了点,你觉得呢?"百里东君再次举起一拳。

明德帝已被方才那一拳打得退到了墙边,他捂着胸口看着那边的一众高手,瑾仙握着剑柄的手已经布满了汗,他看着插在那里的不染尘,咽了口口水。

不动手,皇帝已被折磨至此了。事后若活下来,那么他们袖手旁观,也是大罪。

一动手,可能皇帝就真的死了。他们护卫不力,也是死罪。

"百里公子。"瑾仙轻叹一声。

"行,你一身武功练就不易。金刚就金刚吧。"百里东君笑道,

"不过接下来,可别再用你那不多的内力了哦。不然下半辈子,就只能躺在龙椅上了。"

"你到底想做什么?!"瑾仙喝道。

百里东君一步掠出,已到了明德帝的身边,随后拎起他的衣领,把他一把丢在了地上,随后双腿一夹,把明德帝夹在身下,然后举起拳头,就是噼里啪啦一顿乱打。

"人家易姑娘不喜欢你,你强迫人家嫁给你算什么!"

"既然人家都已经逃了,过自己的快乐日子了,你又把人关起来做什么!"

"你是皇帝,后宫三千,我兄弟只爱一人,各过各的不好吗?!"

"你怎么就不能跟你弟弟学一学?你弟弟连皇位都能让给你,你不能让个老婆给我兄弟?"

"你是不是现在很愤怒,很想大呼一声,抄我全家?可是现在能拦我的人被我兄弟缠住了,剩下那些人连动都不敢动!是不是?沈罗汉!"

沈罗汉被吓得一个激灵,挥刀骂道:"百里东君,你大逆不道,赶紧速速退下,我给你个全尸!"

"那你倒是过来啊。"百里东君又是一拳砸了下去。

"可恶,这不过去到时候该我被灭族了。"沈罗汉被逼得没有办法,一跃而起,大砍刀直斩而下。

"不可!"瑾仙挥剑欲拦,却也拦不住了。

百里东君仰起头,笑道:"来得好!"

他也一跃而起,拔出了背上的重刀,冲着沈罗汉劈去,双刀相撞,沈罗汉怒目圆瞪:"下去!"

"不。"百里东君挑了挑眉。

沈罗汉天生神力,且这几年一身内家功夫已经炉火纯青,若拼刀劲,已经十几年不曾输过了。可百里东君虽然身形瘦削,挥刀之时感觉也是举重若轻,可无论沈罗汉如何借势下压,百里东君都纹丝不动。

"收刀吧。"百里东君忽然将重刀往下一压,沈罗汉手中的砍山

刀瞬间脱手,百里东君左手一掌把沈罗汉打了出去,随后又接住了那柄砍山刀,一落而下,狠狠地插在了明德帝脑袋边上一寸之地。

明德帝此时已经被打得鼻青脸肿,遍体鳞伤,连愤怒的力气都没有了。

"看好了,若现在我们兄弟二人联手,杀你就是这么的容易。"百里东君站了起来,拍了拍衣服上的灰尘,转过身,朝着叶鼎之那边走去。

那三人依旧还在那里比拼着真气,只是方才这边发生的一切影响了他们,以至于在百里东君的目的明朗以前,谁也不敢用全力。

"老叶,皇帝已经被我打残了,杀了他终究不太好,毕竟他弟弟也是我师兄,我一家老小还在北离做官。给个面子,我们现在去接嫂子行不行?"百里东君笑着对叶鼎之伸出一只手。

天启城城墙之上,又来了一位客人。

客人长得很年轻,可是眉宇间却有一股难言的苍老感,他的腰间挂着一柄狭长无比的剑,一身灰袍虽然有些旧了,却洗得很干净。他就像百里东君方才一般,默默地看着这座熟悉的城池。

"今天的天启城可真是热闹,连洛城主都来了。"此刻姬若风已经坐了下来,看着面前的这位老相识。

洛青阳,昔日的大内第一护卫,曾经在太安帝巡视天下的时候,帮助太安帝挡下了无数明面上或是暗地里的刺杀,尤其在浊清大监告病休养的那段时间,深受太安帝的重视。以至于太安帝重病的时候,特地把他叫到跟前,问他:"孤已命不久矣,青阳你救我多次,孤趁着还是北离的君王,也想回报你一些。"

"我想离开天启城。"洛青阳平静地说道。

太安帝沉吟良久后轻叹道:"你武功很高,当一个护卫却是可惜了。这样吧,孤赐你一座城,以后你划城而立,可与无双城相当。"

洛青阳点了点头:"多谢陛下。"

"想要哪座城?孤都给你。"太安帝轻轻咳嗽起来,示意身旁的小太监把北离的地图打开,羊皮卷上写着北离最有名的那些城池,"除了皇城不能给你,其他的任由青阳你挑选。"

洛青阳看了一眼，手指西边，一个没有写着名字的地方："那里。"

太安帝一愣："那里？那里曾经是北离最重要的城池之一，但是气候变故，四周变成一片荒芜的沙漠，如今早就是一座孤城了。"

"青阳是个剑客，所练之剑称'凄凉剑'，这座城能助我养剑，还请陛下成全。"洛青阳沉声道。

"好，那孤便赐你这座城。"太安帝点头道。

三个月之后，太安帝驾崩，留下遗旨。洛青阳甚至没有和新登基的明德帝说上任何一句话，就独自离开了天启城，来到了那西面荒凉之地。以一人居一城，江湖人称洛城主。

"洛城主的凄凉剑看来已经大成了，只是不知道洛城主是来帮哪一边的。"姬若风意味深长地问道。

"为什么一直要选择一边？"洛青阳反问道。

"有趣有趣，昔日你们三人一起在天启城中抢亲，也算是并肩作战的好友，如今三人都成了天下前十的高手，同时再会这天启城，却要走三条路？"姬若风幽幽地说道。

"为什么一定要走一条路？"洛青阳又反问道。

姬若风耸了耸肩，没有说话。

洛青阳点足一掠，冲着皇宫行去。

"把皇帝打一顿，还要抢了皇帝的老婆，你也太不给你们皇帝面子了吧？"叶鼎之微微一笑，眼神中的魔性似乎在瞬间退去了。

百里东君也笑道："以后咱们要是不开心了，随时回皇宫，再把皇帝打一顿。"

"我看可以。"叶鼎之点了点头。

百里东君轻轻舒了一口气："那，三位还请住手？"

瑾宣大监看了国师一眼。如今这情形，似乎超出了他们的想象，如今若是他们不收手，那么一旦百里东君站在叶鼎之这一边，他们二人会死，明德帝也必死，若是收手了，如百里东君所言，他们打了明德帝一顿，然后带走宣妃娘娘，等于当着天下众人羞辱了明德帝，魔教可退军，不用打仗，北离也能得保平安。

怎么选？

"你看我干吗？我不知道。"齐天尘没好气地骂了瑾宣一句。

从他们内心出发，自然愿意做第二个选择，可是明德帝是什么性情，他们比谁都了解。可正当他们思考的时候，却感觉掌中传来灼热的刺痛感，他们再抬头一看，叶鼎之眼中的魔性却是不降反增。

"只是百里啊，如今已经不是我一人之事了。对不起。"

叶鼎之猛地一抬手，将瑾宣和齐天尘通通打了出去，齐天尘和瑾宣二人退到了明德帝的身旁，脸色均已煞白，应是受了重伤。叶鼎之却也退了三步，胸口之处有鲜血流出，也受了不小的伤。

"我如今走的路，你我是注定无法同行的。"叶鼎之对百里东君伸出一掌，"拔剑吧。"

百里东君面无表情。

他想让叶鼎之做出一个选择，但叶鼎之现在却逼着他做唯一的选择。

这一次，你我终究无法同行。

百里东君伸出一掌，那原本插在地上的不染尘，飞回到了他的手中。

左手不染尘，右手尽铅华，双手刀剑术。

"认识这么多年，我们也没有真正地打上一场。听说你那次功力尽失以后反而觅得良机，我想看看。"叶鼎之抬起了无极棍。

百里东君沉默许久以后终于开口了："看来是需要把你打一顿，你才能醒过来了。"

"那便来吧，不要再犹豫了。"叶鼎之一步向前，闪过百朵棍花，冲着百里东君砸下。

百里东君轻轻一旋，双手刀剑齐出，将那棍花打得粉碎。

"起！"叶鼎之抬手怒喝。

青云台上所有人都感觉脚下剧颤，却是有些站不稳了。

"定！"百里东君定足一顿，将那叶鼎之的真气压了下去。

"这是什么武功？"叶鼎之问道。

"我自创的，内功垂天！"百里东君一剑从叶鼎之鬓边划过。

叶鼎之赞叹一声："好！"随后无极棍一转，点在了百里东君的胸膛上。

百里东君的剑也抵在了叶鼎之的咽喉上。

两人站定，互视对方。

随后收了兵器。

再战！

"今天这么多人来皇宫，就像入无人之境一般，真是丢人啊！"禁军统领看着青云台，按着腰间长刀，怒骂了一声。

"人家都是江湖高手，这么高的青云台都能飞上去，我们有什么办法。"旁边一位禁军安慰道，"上面有大监和国师在，放心吧。"

"若是头儿在，哪轮得到他们撒野。"统领无奈道，"头儿的剑法那可是真真正正的天下第一。"

忽然有一人落在了他的面前，一身灰衫，背对着他看着上方的青云台。

"谁？！"统领拔出了长刀，喝道，"今天我还真不信这个邪了，谁都不把我们禁军放在眼里是不是？"

"许久不见了。"洛青阳转过身，"还是这么莽撞。"

"头儿？"那统领一愣，随后看了看那青云台，把刀收了起来，犹豫道，"头儿也是要上去？"

"不去了。"洛青阳摇了摇头，朝着另一个方向走去。

"那个地方……"统领微微眯起眼睛。

第十二章·天下第一

"人间太无趣,天上过寂寥,唯我仙人凡世走,世上最逍遥。"

这是昔日天下第一高手李长生曾说过的一句狂言。当时所闻之人,无不被这句话的狂傲所折服,但有的人不仅折服,更是神往,必须在心中下定决心,也要做那世间仙人。

比如百里东君。

他握紧一刀一剑,闭上双眼,回想着当日李长生的风采。

那是仙人临世的傲然独立,是绝对境界的俯视碾压,要胜过如今的叶鼎之,他必须要强迫自己入那仙人之境。

半步神游犹未足够,需要踏出那最后的半步。

叶鼎之也将自己的无极棍丢在了地上,忽然按住了腰间的长剑。

叶鼎之一直佩着那柄剑,虽然在魔教东征的这一路上,从来未曾有人见过叶鼎之拔剑,以至于经常有人忘记,叶鼎之一开始,便是用剑的。

剑名"玄风",也是一柄名剑。按住剑的那一刻,叶鼎之也想起了自己的师父——剑仙,雨生魔。

"让你不要看最后一剑,可你还是看了吧。"

那一剑的恢宏，在叶鼎之心中，不输李先生。

因为那一剑是绝望的一剑，孤独的一剑，在雨生魔挥出剑的时候，雨生魔就已经知道这是他此生的最后一剑，所以极尽绚烂，极尽恢宏。

师父，我们的最后一剑，却有些不一样了。

我这一剑，要彻底斩断自己和过往的羁绊，从此以后便是世间再无一友的叶鼎之了。虽然很不一样，却是一样的绝望。

"师父啊师父，您说以后要我胜过李长生的弟子，今日阴差阳错，倒真是战上了。"

青云台上，其他人深屏呼吸。

"瑾仙，去皇陵，召浊清来。"已经被打得鼻青脸肿的明德帝此刻却并没有太恼怒，语气依然平静。

瑾仙一愣："这……"

"隐匿样貌，别让任何人发现。"明德帝低声道。

"是。"瑾仙立刻持剑退了下去。

台上有人试图在二人闭目凝神的间隙走过去，可刚踏出几步，又被凛冽的剑气给逼了回来。二人三丈之内，台上再无一人有能力靠近。

齐天尘感慨道："世间竟同时出现了两位少年英才，若他们未曾背道而驰，那么北离的江湖武运将彻底压过南诀百年之久。"

"可惜现在他们却不得不生死一战。"瑾宣捂着胸部的伤口，冷笑道，"国师，不妨咱们做个赌，谁能赢？"

"若论武功，叶鼎之明显更胜一筹，可是方才与我们二人比拼内力，加上城墙之处两位守护使的拦截，叶鼎之已然受了伤，现在的百里东君气势全盛，不可能输。"齐天尘摇头道，"不过比起担心他们的输赢，大监好像有些过于置身事外了？"

"今日一伤，非三年不得恢复。但我有信心，当他们二人死战之后，我拼尽全力，必能击杀叶鼎之。"瑾宣忽然盘腿坐下，开始运气疗伤。

齐天尘微微皱眉，瑾宣所言并非虚言，叶鼎之再怎么强，连番苦战之后终究已是强弩之末，就算勉强胜过百里东君，那还能从青

云台上下去吗？只是瑾宣能想到的，百里东君也必然可以想到。

但这绝对不会是百里东君想要的结果。

百里东君在这个瞬间睁开了眼睛。

"师父啊，我剑气酝酿了很久也逍遥不起来，我方才忽然想到了原因。"

百里东君将一刀一剑插在了地上。

"没喝酒啊！"

百里东君将腰间的酒葫芦拿了起来，仰头一饮而尽，随后打了个饱饱的酒嗝，吐出的就是一口剑气。

"好酒。"叶鼎之也睁开了眼睛。

"酒名须臾，是刚入江湖时酿的。所谓生死，只在须臾，叶鼎之你可看好了。"百里东君忽然张开双手，刀剑瞬间尽入其手，他纵步一跃，起刀光，亦出剑影。

叶鼎之也挥出了那传自剑仙雨生魔的最后一剑，只是比起雨生魔当时那一剑，更加的恢宏，更加的绚丽，也更加绝望。

他已经很多年没有拔剑了，他在养这强绝的一缕剑气，却没想要用在了最好的兄弟身上。

天空之中不知何时已汇集了一片乌云。可乌云虽大，落下的却是细雨。落下之后，却又被那炽烈的剑气蒸发成了水雾。

那绝世对决的一剑，谁都没有看清。就连国师齐天尘都没有看清。只听得那边一声惊雷乍响，然后瞬间归于平静。

半晌之后，一柄断剑忽然从水雾之中袭出，直逼明德帝而去。明德帝面不改色，怒视那柄突如其来的断刃。齐天尘踏出一步，拂尘一甩，将那断刃打在了地上。

水雾散去，地上躺着两柄断剑。昔日剑仙雨生魔佩剑玄风，名剑山庄多年后才重现世间的仙宫品名剑不染尘，今日全都断了。

百里东君也躺在了地上，仰头看着那漫天雨丝，似乎出了神。

而叶鼎之的胸膛之上插着那柄洗尽铅华，只入了一寸，叶鼎之右手握住刀柄，直接把刀拔了出来，刀刃撕裂血肉的声音，听得人心惊。

"你方才可以杀了我，但你留手了。"叶鼎之冷冷地说道。

百里东君张开了嘴，似乎天上落得不是雨，而是酒。

"所以你注定不能和你师父一样逍遥。"叶鼎之转过身，看着明德帝，"到你了。"话一说完，他就冲着明德帝一步一步地走了过去。

瑾宣忽然纵身跃起，冲着叶鼎之一掌打去，叶鼎之似乎早有预料，也一掌挥了过去，两掌相撞，叶鼎之一步未退，瑾宣却被整个打飞了出去，撞碎了青云台的青石墙，瞬间晕死过去。

齐天尘轻叹一声。

"那个傻子，只想着困住我，不想杀我，也不想伤我。可是现在的我，已经不会退了，他还是想不明白。"叶鼎之看着齐天尘，"国师还要一战吗？"

"职责所在。"齐天尘捋了捋长须。

百里东君躺在地上，忽然笑了："师父啊师父，我忽然想到我的大道了。"

细雨如丝，忽然变成了滂沱大雨。

百里东君此生有两个师父，一个叫古尘，西楚儒仙，传了他剑法西楚剑歌和内功秋水诀，还有一个师父叫李长生，似乎什么也没教他，又似乎把什么都教给了他。方才百里东君第一次闭目冥想时，想到的是天下第一的李长生，如今躺在地上，却想起了那个爱玩弄幻术的儒仙古尘。

那一天，梧桐树下，风沙弥漫，古尘一剑重回少年。

只有百里东君看清了那一剑，那"大道朝天"的一剑，但是古尘说过，那是属于他自己的大道，那么属于百里东君的大道呢？

"我的大道就是，我和我的朋友一个都不能死！"百里东君从地上缓缓站了起来，大雨落在他的身旁，都化为了水汽。

叶鼎之转身，看着他。

"这条道很难走，但也很好走，只要我够强！"百里东君怒喝道，"师父，看清了，这就是我的大道！"

"世间很多的遗憾，都是来源于不够强，比如西楚覆灭，北阕亡国，将军战死，夫妻两隔。只要足够强，那么大道朝天，谁也不能拦我的路。"百里东君忽然足下一顿，他的手中已经无剑，可青

云台上，却是剑气如潮。

叶鼎之微微皱眉，百里东君所说的大道，又何尝不是当日叶鼎之在绝望之后寻找到的大道？两个人最终想走的大道是一样的，可为何他的道一抬头便是黑暗，而百里东君说出大道的时候，他看到了光明？

"也罢。"叶鼎之轻叹一声，伸出一指，虚念功真气从指间流出，将空中那些剑气斩断。

"剑已经折了，刀也不在手边，那我便用拳头。"百里东君伸出一拳，整个人猛地一旋，冲着叶鼎之急掠而去。

以腿为剑柄，以身为剑身，拳为剑首，指为剑尖。

这是以人为剑！

青云台上剑气在瞬间达到顶峰。

那些磅礴落下的大雨，即便在三丈之外也是裹着剑气落下，沈罗汉挥出一掌，想把那雨水打落，可一挥手，那手却已经被雨水割破，鲜血直流。

"太强了吧……"沈罗汉低声道。

"这场对决，已非我们能参与的了。"齐天尘轻叹一声，一甩拂尘，伸出一指，一个巨大的八卦心门在他们头顶现出，阻拦着那些危险的雨帘。

百里东君此时以人为剑，一剑到了叶鼎之的面前。

"百里！"叶鼎之怒喝一声，虚念功在瞬间运至顶峰，面对着那"剑"，挥出一拳。

"剑"与拳相撞。

"啪"的一声，很清脆，像是鸡蛋壳裂开的声音。

叶鼎之瞪大了眼睛，忽然垂头，看着那百里东君。

百里东君已经站定，一拳按在了叶鼎之的胸膛之上，叶鼎之的手指点在百里东君的头顶上，却没有按下去。

"你说我傻，你不是也留手了！你想明白了吗？"百里东君低声骂了一句。

叶鼎之笑了笑："罢了。"

"国师，结果如何？"明德帝幽幽地问道。

齐天尘沉吟片刻，缓缓道："百里东君胜了半招。"

"那……"明德帝有些犹豫。

"不可。"齐天尘直接回道。

叶鼎之整个身子往后仰去，倒在了雨水之中。

"文君……"

"还没完呢。"百里东君忽然把已经闭上了眼睛的叶鼎之从水潭之上拎了起来，"你要活下去，你想见的姑娘也可以再见到。"

"动手！"明德帝一声令下。

那一众天境高手早就已经自诩为武学宗师，可今日在两个年轻人的面前，却连动手的机会都没有，此刻得令，全都在瞬间出击。

齐天尘轻叹一声："何苦！"

"众生皆苦。"百里东君忽然对国师笑了笑，"但我和我的朋友不能苦。"他抓起叶鼎之，从青云台上一跃而下。

他和叶鼎之方才的对决已经用尽了全力，青云台那么高，即便全盛之时，他们二人可以如仙人御风般登上青云台，但如今的他们一跃而下，岂不等于粉身碎骨？

"叶鼎之，你和南诀、北蛮的人说，让他们退兵！然后你就带着文君到南诀去，这辈子都不要回来！"百里东君接着道，"但我可以去看你！"

叶鼎之在百里东君的怀里已经奄奄一息，此刻随着百里东君从青云台上坠下，苦笑道："我们要一起死了啊！"

"不会的，我还有值得信赖的人。"百里东君笑道。

一众守在下方的禁军仰头看着那直坠而下的两人，一时全都呆住了，就在此时，有一袭白衫踏着他们的脑袋朝着青云台掠去。

"又是谁？！"禁军统领怒骂一声，仰头看去，却是一名女子，一袭白衫在空中飞扬，那女子扭头看了禁军统领一眼，盈盈一笑。

一笑，就仿佛时间都停止了。

"头儿，怎么办？"有人反应过来，问道。

禁军统领还沉浸在那一眼的风华之中，哑巴了一下嘴说："静观其变！"

白衣女子一脚踏在青云台的墙壁之上，借势一跃而下，手中挥

出一道白绫将百里东君和叶鼎之两人裹住,轻轻往后一拉,随后白衣女子落地,再借势一起,又挥出一道白绫将二人裹住。

"卸!"白衣女子轻喝一声,白绫轻轻一颤,将那千斤下坠之力统统卸去。

百里东君抱着叶鼎之稳稳落地,他冲着白衣女子微微一笑:"阿瑶来得可真及时。"

"若不及时,你摔死了怎么办?"玥瑶轻叹一声。

"不会的,我不会死的。"百里东君笑了笑,随后看着那一众拔出了刀的禁军,"各位,我不想杀你们的,还请让路。"

那些禁军虽然害怕,却仍然未退。

"他们让了路,就会被斩首。"玥瑶从袖中拿出一把梅花针,"还是得杀出去。"

"算了,那就跑吧。"百里东君抱着叶鼎之点足一掠,他剩下的力气也不多了,可是如今救下叶鼎之,遇到心上人,心中无比愉悦,足够他——一醉千里!

玥瑶笑了笑,提步跟了上去。

禁军们根本没有反应过来,三人已经从他们身边掠过,直奔皇宫城门而去。

城门之处,一辆马车缓缓停了下来。

"看来,来得正是时候。"

百里东君和玥瑶同时停了下来。

这辆马车散发出的味道很危险。

手持长剑的年轻太监从马车之上走了下来,正是方才在青云台上和百里东君对峙过的掌香监瑾仙,他看了面前三人一眼,神情复杂。

"有些累了。"百里东君叹了口气,"不想打了。"

瑾仙握紧了手中之剑,看了马车一眼。

马车的帷幕被轻轻吹起,坐在其中的人沉默了许久也没有说话。

"是谁?"玥瑶低声问道。

"没猜错的话，是上任大监浊清公公。"百里东君无奈地叹了口气。

"为何叹气？"玥瑶问道。

"他本是大内第一高手，半步神游之境天下难逢敌手，结果被我师父硬生生地打跌了一境。"百里东君平静地说道。

"不太妙啊。"玥瑶感慨道。

"是啊，就算跌了一境，也比上面那些人要难打多了。"百里东君微微皱眉。

如果再打一阵，那么就真的只能拼命了，到时候就算胜了这个太监估计自己也废了，那就只能靠玥瑶一个人把他们带出去了。

"难办啊。"百里东君舔了舔嘴唇。

只是这个太监，为何还不出手？

"百里东君，许久不见了。"浊清公公的声音响起，却带着几分笑意。

百里东君笑了笑："是啊，公公，师父他老人家很想你。"

"拿李先生威胁我啊！"浊清公公伸出一指，拨动着自己的鬓发，语气有些悠然，"可我听说李先生早就已经远行了，很久都没人有他的消息了。"

"公公不是在守皇陵吗？对外面的事情还真是了解呢。"百里东君仰头看着城门，努力想着脱身的办法。

"别看啦，有我守在这里，一只苍蝇也飞不出去！"浊清公公忽然道。

百里东君目光一凛："看来公公是一定打这一场了，这一架一打，我必死无疑了。我不知道我师父去哪里了，我只知道我若死了，他应该会回来。"

"看情况，你是已经赢了叶鼎之？都快成了天下第一了，怎么还拿师父出来当靠山？"浊清慢悠悠地说道，似乎并不记得动手。

百里东君耸了耸肩："毕竟我师父是正儿八经的天下第一嘛。"

"今日若放你们走，可记得我一个恩情？"浊清忽然道。

瑾仙一惊："师父……"

"多嘴！"浊清公公一挥手，一记掌风打在了瑾仙的脸上。

百里东君沉吟片刻后回道:"得看要如何报恩了,毕竟浊清公公你,之前可是打算杀我的。"

"今日我不杀你,若有一天你要来杀我,便也留下一手?"浊清大监幽幽地说道。

"这么简单?"百里东君问道。

"或许当那一天到来的时候,你会觉得不那么简单。"浊清大监回道。

"至少现在看,这买卖不亏,我还以为你要让我去杀我师兄呢。"百里东君舒了一口气。

"如果你愿意的话。"浊清大监一笑。

"让路!"百里东君低声怒喝。

"瑾仙,回皇陵。"浊清大监低喝一声。

"若师父回了皇陵,陛下那边该怎么交代?!"瑾仙急道。

"我的笨徒弟啊,我是守皇陵的上任大监,祖训令我终身不得离开皇陵,除非陛下下旨,废除祖训,不然我本就不应该在这里。"浊清公公沉声道,"走。"

瑾仙看了百里东君一眼,一步跳上了马车,拉过缰绳调转了马头,猛地一甩鞭子,踏出了宫门。

"既然如此,一开始师父为什么还来这一趟?"瑾仙忍不住问道。

"我以为我到的时候,叶鼎之已经把皇帝杀了,而我可以把叶鼎之杀了。"浊清公公低头盘着手中的玉珠子,"这个叫百里东君的年轻人,真是一直给我惊喜啊。"

百里东君长舒了一口气:"走吧。"

玥瑶点了点头,随后忽然想起了什么,说道:"等等!叶鼎之的娘子呢?不是说要一起带走吗?"

"我来之前,送了封信去西面的那座孤城,虽然我和他也不算熟,但我觉得他一定会来。"百里东君笑了笑,"方才在青云台上,我感受到他的剑气了。"

"西面孤城,你是说洛青阳?"

景态宫。

皇宫之中最得盛宠的偏宫，因为这里每日都会有来自明德帝的赏赐送到，每个月的月俸、起居规格都直逼正宫之处。

可又是整个皇宫之中最冷的宫殿，因为景态宫的主人总是把所有的奴仆赶到宫殿之外，而自己一个人一枯坐便是一整天，而明德帝却也一次都没有来过。

所以当那些宫女们看到洛青阳出现的时候，都很惊讶，因为这里除了每日辰时送赏的太监，很少有人会来。

"你是谁？！"一名侍女大声喝道。

边上另一名侍女把她拉了回来，她仔细打量了一下洛青阳，缓缓道："洛统领。"

"小蝶。"洛青阳冲她点了点头。

被唤作小蝶的侍女脸微微一红，垂首道："没想到洛统领记得我的名字。"

"你从王府就跟着文君，那日出嫁便是你陪着她，文君和我说过，我记得。"洛青阳声音平和，"烦请告诉文君一声，师兄来了。"

"好！奴婢这就去通报！"小蝶急忙转过身，冲进了内殿。

易文君正坐在窗边发呆，看着小蝶匆匆忙忙地跑进来，微微皱眉："怎么了？"

小蝶喘着粗气，急道："娘娘，洛统领来了！"

"洛统领？"易文君站了起来，"你是说，师兄？"

"是！"小蝶用力地点了点头。

易文君立刻朝着屋外冲去，自从那日入了宫门以后，虽然她以死相逼，不让明德帝靠近自己一步，可自己却也被软禁在了皇宫之中，不仅出不去，连信都无法送出去。她一直等待着叶鼎之能够出现，却没想到，等来的却是洛师兄。

"师兄！"易文君从门内走了出来，看到洛青阳那一刻眼泪就掉了下来，"你怎么来了？"

洛青阳站在阳光中，少有地露出了几分温暖的笑意："我来带你回家。"

"回家？"易文君一愣。

"是，带你回去见你的夫君，他回来了。"

青城山。

"魔教的人马上就要经过青城山了。"一名年轻道士慌慌张张地走进三清殿中。

"如今魔教在一女子的率领下浩浩荡荡地讨伐各大门派，一路上扫平了很多门派。"大殿中的一名老道士轻叹道，"如今他们必然也会上青城山，我们作为江湖道首，必是他们开刀的对象。"

"谁封你的江湖道首？武当同意了吗？"一名身穿紫色道袍的年长道士从殿外走了进来。

"掌门。"殿内的道士们全都一惊，恭敬地唤道。

这名身穿紫色道袍的年长道士，便是如今青城山的掌门——吕素真，他被天启城国师齐天尘称为道家真仙，在武林之中威望极高。

"山下的百姓们都已经接到山上了？"吕素真问道。

"都已经接来了。"最开始说话的那名老道士回道，"可是青城山上武功不错的那些，都被王一行带去西面阻挡魔教了。如今魔教破山而出，来到这里，光凭山上的我们，真能护得住他们吗？"

"护不住也要护，我青城山吃了山下百姓这么多年的香火，如今大难至此，岂有退缩的道理？"吕素真冷哼一声，随后喝道，"玉真。"

"来啦来啦。"一名年轻的道士从殿外跑了进来，一身道袍穿得歪歪斜斜，手里还拿着一个桃子。

"就这么爱吃桃子？"吕素真瞪了他一眼。

年轻道士咬了一口桃子，笑道："桃子与我有缘，吃完桃子，便等桃花开。"

"春心荡漾。"吕素真低声骂了一句。

"年少应当。"年轻道士回了句。

"山下来了一批人。"吕素真幽幽地说道。

年轻道士咬了一口桃子："我听说了，魔教，不是好人。"

"青城山周围百姓众多，几日前我们便已经把他们召到了山上，若我们和魔教开战，势必误伤百姓。你把他们赶走。"吕素真似乎在说一件很容易的事情。

年轻道士轻松地点了点头，似乎这真的不是一件很难的事情："明白，师父。"

吕素真叹了口气："他们可是魔教，听说一路上扫平了不少门派。"

"可我们是青城山啊。"年轻道士朝着殿外走去，随后挥了挥，"我们可是很厉害的。"

"别用你的桃木剑了，用我的。"吕素真手指轻轻一挥，腰间的长剑瞬间夺鞘而出，冲着年轻道士飞去，年轻道士手一挥，接住了青霄剑，他轻轻一弹，发出清脆的声响："青霄剑啊。"

"用这柄青霄剑告诉他们，我青城山的山路，魔教不能走。"吕素真声如洪钟。

"得令。"年轻道士脚下生风，直奔山下而去。

"在山脚之下停步。"吕素真提醒道。

"就不。"年轻道士笑道。

青城山下。

三百魔教教众站在那里。

山下并没有他们想象中的有道士拦路，一条山路空空荡荡，直指山顶，一个人都没有。

"山下百里之内都已经没有人了，若不是逃了，就是躲在青城山上了。"一名身穿黑色长袍的中年男子冲着旁边轿子中坐着的人说道。

轿子的帷幕被拉开，一身紫衣的女子看着那空空荡荡的山路，幽幽地说道："那这山路这样敞开，是计？徐长老？"

被称作徐长老的男子犹豫了片刻后回道："青城山是如今北离的道门魁首，声势更在武当之上，不可小觑。山路大敞，必是有诈。"

"那我们……"女子微微皱眉，"放火烧山？"

徐长老一愣："青城山……素来是道家朝圣之地，烧山，或是不敬。"

"我们可是魔教，对道教，自然应该不敬，放火，烧山。"女子放下了帷幕。

徐长老犹豫了一下，挥手道："放火，烧山。"

"大胆！"忽然有一声呵斥从山间传来。

"谁？！"徐长老抬头看去，山道上依旧空无一人。

片刻之后，声音再起。

"我！"

一阵清风吹过，轿门的帷幕被轻轻掀起。

一名年轻的道士站在了山脚下。

三百魔教教众，一名年轻道士，相对而立，良久无言。

所有人都被那一句"我"给镇住了，因为道士的气势真的很足，道士出现的也很有仙家风范。

只有轿中的女人轻笑一声："你是谁？"

"青城山，赵玉真。"年轻道士手中的剑轻轻一挥，一道剑风划过，在最前面的魔教教众前留下了一道长长的剑痕。

徐长老看着那柄剑，沉声道："青霄剑。"

"好眼光，的确是我青城山至宝青霄剑。今日我持剑在此，上山者，杀！"赵玉真厉声道。

"青霄剑是天下名剑，我很想试试。"徐长老用的那柄剑，剑柄之处打造成了一个骷髅的模样。

"那你过来。"赵玉真伸出一根手指，轻轻勾了勾。

徐长老一愣，看了看那空无一人的山道，咽了口口水："不，你过来。"

"我不能过来，你过来。"赵玉真摇了摇头。

徐长老一听，更觉得那山道上有诈，哪里还肯过去："你那里有埋伏？"

"就我一人，你说你想试试，你怕什么？"赵玉真怒道。

徐长老按着剑柄，很是犹豫。

"徐长老，山道上没有埋伏。"轿中女子幽幽地说道，"我看这年轻道士，是真的很想你过去和他打一架。"

"真是着急啊。"赵玉真终于按捺不住了，点足一掠，跨过那一众魔教教众直接来到了徐长老的面前，一剑挥下。

一剑化万剑。

"无量！"赵玉真低喝。

徐长老只感觉眼前一花，手中长剑急忙挥出，却落了一个空。

赵玉真忽然收了那青霄剑，在地上一抵，往后借势一退，便又落在了原地，他轻舒一口气："这样不算下山吧？"

徐长老回过神来，看着手中，却只剩下了一个剑柄，他猛地抬头，却发现那轿子的帷幕已经被一剑斩落了，而自己长剑的剑身便插在了轿子中，距离那女子只有一寸之遥。

"还是那句话，过此剑痕者，杀。"赵玉真舔了舔嘴唇。

"走。"轿中女子平静地说道。

月黑风高，山野小路。

百里东君生了一把火，叶鼎之则躺在旁边，身上绑满了绷带，还昏睡在那里。玥瑶在他们旁边坐了下来，丢了几根树枝到那火堆之中："接下来我们应该如何？"

百里东君皱了皱眉头，看了看远处："我与洛青阳约定，离开天启城后，我们分两路南下，最终在姑苏城见面。之后他们便前往南诀，我们再另做打算。"

玥瑶轻叹了一声："真的可以这么简单吗？"

"如今战乱四起，如果能快速地结束这场战乱是最好的。"百里东君轻叹一声，"北蛮和南诀都是随叶鼎之的号令而起的，只要叶鼎之给他们……"

"没那么简单的。"玥瑶小声说了一句，打断了百里东君的话。

百里东君看着那个火堆，忽然就沉默了。

玥瑶犹豫了一下，还是说了下去："北蛮和南诀都有自己的目的，叶鼎之只是为他们提供了一个契机，如今北离三面受敌，甚至有一些魔教中人已经突围而出。北蛮和南诀在这个时候绝对不会轻易退兵的。"

百里东君将手中的树枝掰断，丢进了火堆之中："总有办法的。"

玥瑶轻轻地"嗯"了一声，没有再接话。

山河破碎，又何来办法？

半招胜了他的时候,你是北离的英雄,可当你背上他逃亡的时候,整个北离的剑都会指着你。"

北离皇宫。

"叶鼎之,必须死!"天启城中,明德帝重重地拍了一下桌子。

景态宫中,宣妃告病,所有人不能进出,就像很多年前景玉王府中出现过的情况一样,或许有人想,这个宣妃娘娘真的体弱多病吧。

"那百里东君呢?"瑾宣问道。

"百里东君……"明德帝冷笑了一下,"如今他可是胜了魔教教主的人。"

瑾宣点了点头:"明白了。那洛青阳和宣妃娘娘?"

"带回来,要是带不回来,也杀了。"明德帝沉声道。

"得令!"瑾宣走出御书房外,四名太监等候在那里。

掌香监瑾仙,掌剑监瑾威,掌册监瑾玉,掌印监瑾言。

"现在出发,追杀叶鼎之。"瑾宣低声道。

"得令!"四人回道。

天启城五大监,在这一日同时出城。

他们昔日曾以各自的名字名扬过江湖,这一次确实身穿宦官蟒袍,代表着北离朝堂。

远在边境的司空长风也拆开了一封从天启城八百里加急送来的信。

"信上如何说?"李寒衣问道。

"百里他……赢了。"司空长风微微一愣。

"那不是很好?"李寒衣不解为何司空长风一脸苦闷。

司空长风叹了口气:"这可一点也不好,是真正的不好!因为百里他……把叶鼎之带走了。唉,早就猜到这样了,若是换了我去……算了,就算我去,也打不过叶鼎之。"

李寒衣微微皱眉:"他为什么要把叶鼎之带走?"

"因为这是他的兄弟啊,如果有一天,全天下的人要杀你,他也会和全天下为敌的,这就是我认识的百里东君。"司空长风回道。

"可是因为叶鼎之死了很多人。"李寒衣很认真地说道。

"叶鼎之的全家都被北离的皇帝杀了,老婆也被皇帝强行带走了,这是他对北离皇氏的复仇。"司空长风说道。

"可是那些北境南境战死的士兵,我们与魔教交战中死去的江湖人,和他们的恩怨又有什么关系呢?为什么死的是他们?"李寒衣反问道。

司空长风明白李寒衣说的是对的,只得轻叹一声:"叶鼎之是入了歧路,而百里东君想把他从这条路上带出来。"

"可是每件事情都有它自己的代价,而叶鼎之需要为这个事情付出代价。"李寒衣正色道,"如今魔教中很多人都从无双城失守的那座山门中潜入北离了,现在这里你们守着就已经足够,我去找叶鼎之。"

"做这件事情的人可以有很多,为何是你去?"司空长风问道。

"因为我有一个朋友,是天山派的,叫陈飞燕。"李寒衣握住了手中的铁马冰河剑,"她昨日被魔教的人杀了。"

司空长风叹了口气。

"每个人都有朋友。"李寒衣回道。

"说得好啊,说得好。"门外传来一个鼓掌的声音。

司空长风和李寒衣抬头一看,是暗河那个留着小胡子的年轻人——苏昌河。

苏昌河手中匕首轻轻转了一下:"李姑娘……不对,李公子这个话说得特别好,特别有我们暗河的风范,要不换个姓,叫苏寒衣如何?我们苏家欢迎你!"

"闭嘴!"李寒衣低喝道,"谁要去你们那里做杀手。"

"做杀手有什么不好的。"苏昌河笑了笑,"对吧,傀?"

戴着面具的男子从屋外走了进来,他的手中拿着一把油纸伞,脚步缓慢:"一个人杀不了叶鼎之,我与你同去。"

司空长风手指轻轻地在枪柄上敲击着:"信上说天启城两大守护——李心月和姬若风合手没能拦得住他一炷香的时间,之后大监瑾宣和国师齐天尘联手再上,也仍然不是对手,所以……"

"那加上我们够不够?"一个豪迈的声音在屋外响起。

司空长风只听声音便知道是来自雷家堡的雷千亭、笑了一下:

"你功夫这么差也凑热闹?"

"我火药厉害啊。"雷千亭拍了拍胸脯,他的身旁还站着其他四人。

温家温冷,潮王阁落雨阑,天山派王人孙,以及无门无派但是和叶鼎之渊源颇深的叶小凡。加上雷千亭、李寒衣和暗河的傀,这七个人的确是一个很可怕的组合。

司空长风没有再说话。

李寒衣提着剑准备离开,走出几步后忽然停住了脚步。

"其实很久以前,当他还住在寒山寺下的时候,我曾遇到过他,当时我还很小,自己偷跑出来游历,他教了我几招剑招,我问他是谁,他说他是江南一个游侠。我当时很仰慕他,就像当年的叶小凡一样。"

"但是有些事,是无法回头的。"

"天启城的探子传来的消息,宗主败了。"徐长老看着手中的信纸,声音有些微微颤抖,在他们看来,叶鼎之已经是强大到不可战胜的存在,却没有想到天启城一战,他那么快就败了。

"败给了谁?"坐在轿子中的女子努力保持着声音中的平静。

"百里东君。"徐长老将那张纸收了起来,"探子是藏在深宫中的萧氏皇族供奉之一,他在信上说宗主在进入天启城中,直接破城门而入,即便天启两大守护合力出手却仍未能拦住他,宗主一直打到青云台上,整个萧氏一族的供奉高手合力也拦不住他,杀死明德帝只在一线之间。但是这个时候百里东君出现了,百里东君一开始似乎是来帮助宗主的,还把明德帝给揍了一顿,可是之后他劝宗主收手离开,宗主并未同意,两人交战。可宗主当时已经身受重伤,所以输给了百里东君半招。"

"之后呢?"轿子中的女子语气有些激动了。

"信上写宗主败给百里东君之后,明德帝下令立刻斩杀宗主,但明明已经胜了宗主的百里东君突然倒戈,带着宗主从青云台上一跃而下,在……"徐长老顿了顿,"在玥瑶公主的帮助下,两个人从皇城之中逃脱,之后便下落不明。明德帝现在已经派出五大监追杀他们。另外还有一件奇怪的事情……"

"什么事？"

"在他们在青云台上决斗的时候，慕凉城城主洛青阳来到了天启城皇宫，并且还带走了一个人，当时天启城中能与其一战的人都受了重伤，没有人能够拦得住他。他带走的人，是景态宫的宣妃，也就是叶宗主的……结发妻子。"徐长老看了轿中的女子一眼。

女子皱了皱眉头，没有说话。

"玥卿公主。"徐长老轻声唤道。

女子从轿子中走了下来，一身妖冶的紫衣，却是与玥瑶容貌极其相似，可神态气质却相差千万的玥风城的次女玥卿，她看了看远方，忽然道："我想我知道他们打算去哪里。"

"哪里？"

"我们立刻前往姑苏城，迎回宗主。"玥卿沉声道。

"可是……"徐长老提醒道，"下一波突围而出的教众快要来此与我们会合了，不如先等他们一起。"

"还要多久？"玥卿问道。

"来了。"徐长老猛地转身，果然不远处，有数百人正策马而来，为首的那两人，一人满头白发，腰挂玉剑，一人身着紫衣，马前还坐着一个小童。

"白发仙、紫衣侯！"玥卿的神色中却没有见到同伴的欣喜，随后目光又转向了那个小童，"他们怎么把他带来了？"

虽然相隔甚远，但是紫衣侯却听到了玥卿的话，他朗声道："少宗主一定要来此，又是我们可以拦得住的！"

坐在马前的叶安世远远地看了前面的那些人，低声道："父亲并不在其中。"

"放心，很快你就能见到你的父亲。"紫衣侯挠了挠他的头。

白发仙和紫衣侯策马来到了玥卿的面前，白发仙低头俯视着玥卿，神色中带有某种傲慢，随即扭头看向徐长老："徐长老，宗主现在身在何处？"

徐长老不敢隐瞒，垂首道："探子的消息传来，百里东君带着他一路南下，但具体去往哪里，我们还并不知道。"

"南下?"白发仙微微皱眉,"莫非是南诀?"

"不,不是南诀。"叶安世忽然开口了,语气坚决得不像是一个孩子,"他一定是去了姑苏城。"

"姑苏城?姑苏城外寒山寺,寒山寺下一草庐。原来宗主常念的诗是这个意思。好,那便听你的,去姑苏城。"白发仙朗声道。

玥卿寒声道:"你们是北阕的遗民,却为何对叶鼎之如此死心塌地?他如今已经败给了百里东君,我们群龙无首,应该先把教众们召集起来。"

"北阕只是一个名字,我自小生活的地方是天外天,那是方外之境,天外之天,我觉得没什么不好。另外,我与你们是不一样的,玥卿。我和紫衣不信什么阴谋诡计,所以我们从来都不听无相使的命令,我们只信奉绝对的力量,所以叶鼎之便是我们的宗主。而安世,就是我们的少宗主。"白发仙调转马头,冲着南面的方向,"走,我们去迎宗主。"

"迎到了我的父亲后当如何?"叶安世坐在马上一边颠簸着一边问白发仙和紫衣侯。

白发仙和紫衣侯相视一笑,没有回答。

叶安世又往下说了下去:"父亲其实不想做什么宗主,他只要回到那个草庐。"

"只是个孩子,却能说出这样的话。"白发仙看着紫衣侯。

紫衣侯挠了挠叶安世的头:"你还是个孩子,有些事情就留给大人们想吧。"

曲南城,承德客栈。

即便是百里东君武功如何强悍,在一轮惊天骇地的决战再加上昼夜不息的赶路之后,终于还是倒头睡了过去。而当他一闭上眼睛,一直昏迷不醒的叶鼎之便睁开了眼睛。

"他终于是撑不住了啊!"漆黑一片的房间之中,忽然有一个女子的声音响起,随即房间里的烛火便被点燃了,微亮的烛光下,玥瑶正坐在那里,转头看向床上昏昏入睡的百里东君。

叶鼎之冷冷地看着玥瑶,体内真气缓缓流转。

"所以你想如何呢？杀了我吗？"玥瑶问道。

叶鼎之摇头："不会。"

"我听说过很多种入魔的形容，但却没有见过你这样的。你的神智很清醒，良知也还在，这入的是什么魔？魔头不该是失去理智，大杀四方吗？"玥瑶笑了笑。

"正魔本只是立场，如今的我，不在乎天下苍生，不在乎任何一个与我无关的人，更誓要杀所有与我为敌的人，在天下正道看来，又怎么不是魔？而百里东君，他又想救这天下，又想救我，这不是正道，也不是魔道！"叶鼎之轻轻叹了一声。

"那是什么？"玥瑶问道。

"是大道。"叶鼎之站了起来，"可是他的道再大，我也无法与他并肩而走。"

第十三章 · 大道相离

百里东君翻了个身，咂巴了一下嘴，已经完全陷入了自己的梦乡之中。

叶鼎之看了下那微微闪烁的蜡烛的火苗："你点了安眠草。"

玥瑶淡淡地说道："我知道你会离开，但我还是想劝劝你。"

"很多人都说要劝我，可是我如何能回头呢？百里东君要带我离开，可是北离皇帝能容下我吗？他让我去南诀，可是南诀的皇帝又能让我过平安的日子吗？还有我的教众们，他们希望离开那片苦寒之地，拥有一片自己的家园，如果我离开了，他们怎么办呢？是不是只能被北离的军队屠杀？"叶鼎之问道。

玥瑶手指轻轻拨弄了一下烛火，没有说话，叶鼎之口中的"教众"很多都是曾经和玥瑶生活在一起的北阕遗民。

"这些事情，百里东君不会想不明白，他不愿意去想，你应该提醒他。"叶鼎之沉声道。

玥瑶笑了笑："怎么提醒他呢？他现在看似很强大，可却也很脆弱啊，他现在心里一个执念，南下南下。似乎到了南方，一切就会变好。"

"一切都不会再变好了。"叶鼎之摇头道。

"是我们天外天害了你们。"玥瑶轻叹

一声。

"不必和我道歉,做错事情的人都已经被我送到了地狱。"叶鼎之低声道。

"不,我还活着。"一个厚重的声音响起。

叶鼎之转过头,手一挥,房门便被打开了,一袭黑衣的男子站在那里,微微地驼着背,耷拉着肩,一副无精打采的样子。

"魄官飞盏?"玥瑶一愣。

"当年是我把你的妻子送进了天启城,但我还活着。"飞盏抬起头,看向叶鼎之。

叶鼎之双拳握紧,恶狠狠地盯着飞盏。

玥瑶急忙伸手拉住了叶鼎之,低声道:"你的伤还没有好,魄官飞盏是天外天中数一数二的高手,武功不在四尊使之下。"

"那又如何?"叶鼎之一掠而出,瞬间来到了飞盏的面前,他比飞盏要高出一个头,微微垂首,俯视着他。

飞盏的黑袍被轻轻吹起,可神色却分毫未变,依旧是那一副无精打采的样子。玥瑶就着微弱的烛光,看清了飞盏的脸,心中暗道一声不好。飞盏练的是哭丧功,练此功法的人平日里总是面无表情,神色颓丧,但这功夫练到第九重的时候,便是"哭丧至终,笑面阎罗"。方才飞盏的脸上便是一丝诡异的笑容,像是硬咧出来的,只看一眼,便让人不寒而栗。

飞盏微微仰头,便以那一张诡异的笑脸对着叶鼎之:"你杀了我的弟弟。"

"他该死。"叶鼎之一掌对着飞盏打下,"你也该死!"

飞盏撤步一退,退出了房门。

下方的客栈大堂之中,有五人同时仰起头,为首那人摘下了风帽,看着上方微微一笑:"看来我们来得正是时候。"

"那人是谁?"旁边一个矮矮胖胖的人问道。

"不清楚,现在谁能杀了叶鼎之,谁就是北离的英雄,号召令我已经发出去了,自然想杀他的人不少。"为首的人笑道。

叶鼎之挥出一掌,把栏杆打得粉碎,飞盏微微一撤,整个人落到了大堂之中,他回过头看了那五人一脸。

"这笑得比我还难看啊。"矮胖的那人擦了擦额头上的汗。

叶鼎之也低头看到了那五人,微微皱眉:"又是你们这几个太监。"

"叶教主,你的脸色看起来似乎不太好。"为首的那人摸着手中的玉扳指,"看来那天你受的伤还没有好。"

飞盏看了身边那五人一眼,犹豫了片刻,点足一掠冲出了客栈大门。

叶鼎之见状立刻从二楼一跃而下,直奔客栈大门而去。

"拦住他!"为首之人低喝一声。

矮胖男子率先踏出一步,却被叶鼎之一挥掌,直接撞飞了三张桌椅,倒在了地上。

"滚!"叶鼎之低喝一声。他现在根本不想和这五个太监纠缠,一心只想杀了那个叫飞盏的男人。

为首的太监低头沉吟了片刻,沉声道:"瑾威、瑾言,你们随我跟上去。瑾玉、瑾仙,你们上楼看一下百里东君他们是否还与叶鼎之一起。"

"得令。"瑾玉和瑾仙纵身一跃来到了二楼,其余三人则冲出了客栈,紧紧跟着叶鼎之和飞盏而去。

玥瑶听到下方的声音,伸出一指将蜡烛熄灭,随后左手握着一把梅花针,随时准备撒出去。

瑾仙看到原本似乎有一丝光亮的房间忽然漆黑一片,便看了瑾玉一眼,瑾玉从怀里掏出了一颗夜明珠,直接丢进了房间之中,整个房间瞬间通亮起来,玥瑶一愣,手心中瞬间流满了汗,握着的梅花针也不知该不该丢出去。

瑾玉和瑾仙走进了房间,便看到了坐在凳子上的玥瑶和躺在床上的百里东君。

瑾仙微微点头示意:"这位便是传说中的北阙帝女吧?你与百里东君的故事,我曾听白虎使说过。"

玥瑶后背已经冷汗淋漓,却强行保持着镇定:"你们二位是五大监中的哪两位?"

"在下掌香监瑾仙,这是掌册监瑾玉。"瑾仙回道。

瑾玉也点头微微示意，随后便转头看向百里东君："他睡着了？"

"他太累了。"玥瑶回道。

瑾仙点了点头："一番大战加上昼夜奔波，是该累了。"

玥瑶缓步走到了百里东君的身边："你们想怎么样？"

瑾仙笑了笑："姑娘不要误会，我们奉命捉拿逆贼叶鼎之，并没收到要杀百里公子的命令，当然就算收到……"

"我们也打不过。"瑾玉接道。

"方才大监让我们上来看一下百里公子在不在这里，我们便来看一下。"瑾仙笑道。

瑾玉神色淡定，也接了下去："现在看来，房中空无一人，想必叶鼎之早就从百里东君手中逃脱了。"

"姑娘，就此别过，也替我转告一句话给百里公子。"瑾仙转过身，碰了碰手中的剑，朝着门外走去，"瑾仙非常钦佩他。"

"瑾玉也是。"瑾玉跟了上去。

皇城中一座早就荒废了的小庙。

带着红色恶鬼面具的男子拿出了手中的长棍，在一尊小小的弥勒佛的头上轻轻地敲了三下。

咚，咚，咚。

男子往后退了三步。

笑嘻嘻的弥勒佛便转过了身，露出一个大坑。

男子收起长棍，从那坑中跳了下去。

那弥勒佛便又笑嘻嘻地转了个身，将那个坑给合上了。

小庙的地下，却是另一番别有洞天。下面的空间几乎有二十座小庙那么大，摆满了无数高高的铁架子，架子上放满了典籍，有的墙上则堆着一层一层的银色箱子，箱子外面都挂着一把精致的银锁。

只是偌大的空间却空无一人，男子往前走着，掏出了腰间的长棍，往尽头的铁门旁的一个小窟窿中塞了进去，然后轻轻一旋，铁门便缓缓打开。里面的空间不大，只有六个带着铁面具的人坐在那

里,每个人的面前都有一个格子,打开又合上,然后从其中掉出来一些事物,大多数时候是书信,有时候又是一些奇怪的事物。

男子将脸上的恶鬼面具摘了下来,放在了一旁,静静地等待着那六名铁面官完成手中的工作。此时,内侧的一个小房间却突然走出来一个小童,穿着华贵,面目俊秀,看着那男子笑道:"师父您来啦!"

男子转头笑了笑:"你怎么在这里?"

"一大早就来了,吵着要见你,说担心你的伤势。"一名铁面官一边低头处理着工作一边说道。

那小童过来拍了拍男子的肩膀,围着男子绕了一圈,说道:"我看心月姑姑伤得可重了,躺在床上几天了,父皇都派了太医过去,怎么我看师父你好像没什么事?看起来没伤啊,脸色也不错。"

"心月姐还是太耿直了,那入剑心一瞬的反噬岂是本就受了伤的她能够承受的?而你师父我可就聪明多了,那徒手引雷气势又足,反噬又小,最后弄得衣衫破烂,往地上一躺那就是拼尽全力了。可谁会和叶鼎之拼命啊,老祖宗可没让我做这事,他让我帮萧若瑾登上皇位,我的任务早就完成了。"男子笑了笑。他自然便是那日和李心月一同拦截叶鼎之的白虎使姬若风,同时亦是百晓堂的堂主,而这座皇城之下的隐蔽之处,自然便是百晓堂了,至于面前这个小童……

"师父您真是狡猾,可您不出全力,我父皇死了怎么办?"小童问道。

"放心,你父皇死不了,我早就知道百里东君会赶到,洛青阳也会来,他们两个要是来了,加上国师和大监,就算是我老祖宗亲自出手,你父皇也死不了,何况只是一个叶鼎之。"姬若风笑着挠了挠小童的头,"不过楚河啊,你父皇真不是个好东西。"

小童捂着耳朵:"不听不听,皇叔让我不要听师父您的这些话。"

"你皇叔倒是不错,可惜了。"姬若风摇了摇头,转头问那六名铁面官,"整理得如何了?"

六名铁面官停下了手中的工作,方才说话的那位铁面官沉声道："百里东君和北阕帝女带着叶鼎之一路南下，期间遇到了一名男子，那名男子很有可能便是多年前将易文君送到天启城的天外天的魄官飞盎，他和百里东君曾在东及海市府见过一面，从此以后便失踪了，如今他再次出现，似乎功力已经大成。他和叶鼎之交手了片刻，五大监却已到场，飞盎似乎不愿意让五大监渔翁得利，所以提前离去。叶鼎之随后跟了上来，五大监中除了瑾仙和瑾玉也都跟了上去。瑾仙和瑾玉上楼查看，应该是寻找百里东君的行踪，但片刻后他们就离开了，据我们的情报，那屋里确实有百里东君和北阕帝女，这很难解释……"

"从情报上很难解释，但你们若是见过瑾仙和瑾玉，这就很能解释了。瑾仙曾名沈静舟，以风雪剑之名威震江湖，比起朝堂人，他更像江湖人，至于瑾玉，若不是受父牵连入宫当了太监，以后必是要中科举的。对百里东君这样的人，他们只会惺惺相惜，所以刻意放过他们也就能解释了。"姬若风回道。

铁面官点了点头，继续说了下去："另外洛青阳也带着易文君一路南下，从路线来看，他们和百里东君的目的地应该是一样的，是姑苏城的方向，他们应该会在那里碰头，然后一路再去南诀。只是洛青阳和易文君南下的阻力似乎比百里东君要难很多，瑾宣派去了影宗仅存的那些弟子，也下了死令，而那些弟子都是洛青阳和易文君昔日共处的同门，他们无法痛下杀手，所以速度要比百里东君慢很多。"

"瑾宣这个人很狡猾的。"姬若风看了一眼小童，"楚河啊，以后你可要小心这个人啊！"

被称为楚河的小童眨巴了一下眼睛："瑾宣大监吗……"

"是啊，太监坏人多，而且他是最大的那个太监。"姬若风笑了笑，"看来还是要走一趟啊！"

小童一愣："师父您要去哪里？"

"还有一个消息。"铁面官忽然道。

"好消息还是坏消息？"姬若风问道。

铁面官拿着手中的毛笔轻轻地敲了敲桌面："边境那边，雪月城的李寒衣、暗河的苏暮雨等人也去找叶鼎之了，一共七人。"

"不好办了啊。"姬若风提起棍子。

"师父您不是打不过那个叶鼎之吗？你也要去杀他？"小童问道。

"乖，打不过这个事不要说得那么直接！师父也要脸啊！"姬若风拿棍子轻轻敲了一下小童的脑袋，"更何况，这一次我不是去杀他的。"

"去救他？感觉更难啊！"小童挠了挠头。

"去救百里东君。"姬若风轻叹了一声，"那个傻子啊，武功再高也是个傻子，但是个不错的傻子。你一定要记住这个名字，楚河。"

小童点了点头："很好听的名字啊，我记住了。"

"记住就好，从朝堂再到江湖，有些事啊，终归是江湖起江湖了。"姬若风将无极棍扛在肩上。

"明明就是一个太监，为什么要自称大监？"

"大监是尊称，五大监分别是掌香监、掌剑监、掌印监、掌册监以及大监，所谓大监，即是大太监。"

"非也非也。"

"哦？愿闻其详。"

"一般的太监下面没有了那玩意儿，就很自卑，所以太监的太字下面有那一点。而做到了大监这个位置，就觉得已经光宗耀祖了，下面那一点没有也没关系了，反而堂堂正正，我就是大监，下面没有那一点。"

"这个解释妙啊，大师兄果然是博学多识。我看师父不如您。"

战场之上，骑在马上的雷梦杀冲着站在一旁的君玉竖了个大拇指。君玉耸了耸肩，看着远处的那些兵马："蛮族啊，虎狼之师啊！打了这么久还打不退。"

"蛮族高手不显于世，武榜评定从来都是北离南诀，却没想到蛮族竟也有高手能和大师兄你抗衡。"雷梦杀想起那个身形高大的女子。

"是啊。澹台金月啊，澹台一家如今的家主，真的不太好惹。"君玉舔了舔嘴巴，"好厉害的女人啊，还是我家二娘好，温柔如水。"

"你之前不是说是三娘吗？"雷梦杀问道。

"既然有三娘，当然就有二娘啊，笨。三娘就不行了，老把我从楼上丢下来。"君玉一副恨铁不成钢的语气，"不过我与那女人打了三场了，底牌也都透露得差不多了，第四场她必败无疑。"

"我觉得下一轮和蛮族交锋，我也能赢。"雷梦杀笑道，"蛮族的军队虽然凶猛，却无章法，还是读书少，军法兵阵一窍不通，就是能打。不像我，我可是学堂出身，李先生座下二弟子。"

"北面有我们，真是北离之福啊。"君玉伸了个懒腰，"只不过北离境内，却只能他们自求多福了。"

"北离之内，不是有小师弟吗？"雷梦杀仰起头，"我相信他。"

君玉轻叹一声："那个叶鼎之，当年我不应该手软，抱着同归于尽的打算也应该杀了他的。"

曲南城。

百里东君睁开了眼睛，他翻身坐了起来，环顾了一下四周，已是一片狼藉，他立刻从床上蹿了起来，跑到门外。玥瑶正坐在大堂之中喝着粥，吃着油条，边上坐着客栈的掌柜，正在噼里啪啦地打算盘。

"姑娘，总共纹银十九两。"掌柜的声音有些颤抖。

"等我喝完这碗粥，就给你。"玥瑶指了指上方的百里东君，"早点给他也来一份。"

"好嘞。"掌柜立刻退了下去。

百里东君从楼上一跃而下，站在了玥瑶的身边："昨晚发生了什么？"

"魄官飞盏突然出现，他是当年把易文君带进天启城的人，叶鼎之恨他入骨，当然是要杀了他。在他们决斗的时候，五大监赶来了。飞盏先逃了，叶鼎之追了去，那五个太监也跟了上去。"玥瑶喝了一口粥，"我不是他们的对手。"

百里东君轻叹一声，也坐了下来："你在蜡烛中做了手脚。"他

的话语虽然隐隐有责怪之意，可是语气却依然很平和。

"是，你真的需要休息了。而且若是叶鼎之执意要走，你也拦不住。我昨夜想劝劝他。"玥瑶摇了摇头，"可惜他似乎早就做好了决定。"

"已经没有人能劝他了。所以我才想把他带到那个地方去，姑苏城外，寒山寺下，那里有间草庐，草庐里会有一个人在等他。"百里东君低声道。

"你想让易文君来劝他？"玥瑶问道。

"是的，如果这个世界上还有一个人能够让叶鼎之改变决定的话，那么只能是易文君了，洛青阳会带着她从另一条路南下，我们约定在那座草庐碰面，我相信洛青阳，也相信易文君。"百里东君坐了下来，开始喝粥，"叶鼎之也知道了易文君会去那里，所以虽然他如今和我们分开了，但我们的终点还是一样的。"

"那就喝粥。"玥瑶加了一根油条放在了百里东君的碗中。

姑苏城外，寒山寺下。

个子已经蹿高了不少的小沙弥擦了擦头上的汗，放下了手中砍柴的小斧头："师父，叶大哥真的会回来吗？"

"会的，这里是他的家，他当然会回来。"老和尚笑着看了看远方。

"但是我听说叶大哥成了魔教的教主，正在和北离打仗，这里是北离的地盘，叶大哥住在这里不会被官府抓走吗？"小沙弥问道。

"无禅，若是官府来抓你的叶大哥，你会如何？"老和尚问道。

小沙弥像模像样地挥出一掌，掌风刚劲，竟将面前的柴火打得飞了出去："我的金刚伏魔神通现在也不赖了。"

"傻孩子。"老和尚摇了摇头。

"对了，叶大哥若是回来了，那么易姐姐呢？还有那个小娃娃。"无禅问道。

"你自己才多大，叫人家小娃娃。"老和尚笑了笑，又接着说道，"当然他们都会回来，这是他们的家，而他们是一家人，是一家人总有团聚的时候。"

"那这次你就把那个小娃娃收作徒弟吧。师父您可是禅道大宗，麾下总不能只有我一个徒弟吧？"无禅笑道。

"是你想做别人的师兄了吧？"老和尚挠了挠他的头。

"师父啊，我总觉得这事情没有那么简单啊！"无禅忽然叹了口气。

"怎么不简单了？"老和尚笑道。

"叶大哥当了魔教教主，我听说……魔教杀了很多人，我听寺里的那些人说，很多门派都被灭门了。他们的死，是叶大哥下的命令吗？如果是这样的话，我就不认他做大哥了。"无禅显得有些沮丧，"如果官府派人来抓他的话……"

"你觉得叶大哥是这样的人吗？"老和尚问道。

无禅摇了摇头："不是。"

"那便不要想那么多。缘起必有因，有因则有果，寻找事情的根源，然后解决它，那么万事皆可了。"老和尚缓缓说道。

"那么，什么是此事的因？"无禅问道。

"这间草庐。"

飞旋山。

魄官飞盏看着山前石碑上刻着的字后，缓缓转过身："便到这里了吧。"

叶鼎之也稳稳落地，他已经连续追了三天三夜，可似乎并没有一丝疲倦，眼神中的那股灼热的能将人烧死的憎恨越烧越浓。

"在见你之前，我用了整整三个月来休养生息，然后等你在天启城一战落败，如今的我，一身功力已趋至顶峰，而你的武功在我看来，正以一日千里的速度往下落。可当日见你第一面，我便知道我仍然杀不了你。"飞盏淡淡地说道，"所以我把你带来了这里。"

叶鼎之皱眉道："我并不需要知道这些。我只问你，是否还要逃？"

"我来见你，本就是杀你，我为何逃？"飞盏忽然直起了背，抬起了肩膀，一身颓唐之气顷刻消散，原本无精打采的眼神忽然就变了。

变得和叶鼎之一样灼热,一样充满憎恨。

"这里还有你的两位恩人在。"飞盏笑了笑。

飞旋山上,走下来两个人,一个又瘦又高,一个又矮又胖。

"无法。"

"无天。"

"当日便是我们把你的妻子从天启城中救出,送到了你的面前。"

"是的,和你的那四个家奴一起。不过他们应该已经死了吧!"

叶鼎之瞳孔微微缩紧,他这几年一直在寻找那四位家奴的下落,却没有半点消息,虽然心中已经有所猜测,却是第一次听到确切的答案。

无法轻叹一声:"我们本是堂堂天外天的四大尊使,宗主不在的时候,天外天便以我们为尊。可是自你当了宗主以后,我们便只能流荡在外,真是令人憎恨啊。"

无天笑道:"好在你今天就要死了。"

叶鼎之淡淡地问道:"你们说完了吗?"

无法和无天相视一眼。

"若是说完了的话,那么可以去死了吗?"叶鼎之语气平静。

无天微微扬头:"狂妄!"

"狂妄?"叶鼎之点足一掠,已经到了无天的面前,他伸手一掌,往下一压,便把无天整个矮胖的身子按进了土中,"这是狂妄吗?"

几乎是在一瞬间,无天毫无还手之力就被叶鼎之一招制服,他低声骂道:"不是说受了重伤吗?"

站在一旁的无法急忙长袖一扫,冲着叶鼎之袭去,叶鼎之站了起来,左手伸出一掌,将无天打了出去,随后左脚朝无天的脑袋踢了去。

"嗬。"不远处,一个身材和无天十分相似的矮胖太监打了个寒战。

"瑾言,你怕什么?"掌剑监瑾威嘲讽道。

掌印监瑾言舔了舔嘴唇:"脑袋开花啊!这叶鼎之杀性这

么强?"

大监瑾宣微微眯起眼睛:"瑾言这句话说对了,此刻的叶鼎之,比起在天启皇宫那一日,杀性更强了。他们自以为已经把叶鼎之拖入了绝境,可没想到是把自己逼到了死地。"

瑾仙和瑾玉在这个时候也已经赶到了他们的身旁,瑾宣没有回头,只是问道:"百里东君不在那个客栈吗?"

"回禀大监,我们上去的时候,他们已经离开了。"瑾仙回道。

"罢了。我也不想得罪镇西侯府和雪月城,如今雪月城在抵抗魔教的过程中声名大起,加上百里东君胜了叶鼎之半掌,估计很快江湖第一城的名号就不再属于无双城了。"瑾宣摸了摸手中的玉扳指,"真正麻烦的还是叶鼎之。"

瑾仙左手轻轻地捻着佛珠,右手按住了风雪剑,看着那淌了一地的血水:"这才是真正的成魔了吧。"

"飞盏,走!"无法跟跄几步后低声喝道。

他们以常理推断出了叶鼎之此时的状态和武力,可他们却没有料到,如今的叶鼎之,早已不能以常理推断。

"不。"飞盏提步向前,一拳挥去,重重地打在了叶鼎之的胸膛上。

叶鼎之脸色瞬间煞白。

"哭丧功?"瑾仙转动佛珠的手忽然停了下来。

瑾宣点了点头:"确实是哭丧功。"

"哭丧功,哭丧至终,笑面阎罗,这人已经练到了第九重。中了哭丧功的掌力,身体内的真气会被打乱,像是有一万只蚂蚁在体内乱爬般痛苦,中掌者若不能将那股掌力逼出,最后便会经脉寸断而死。"瑾玉缓缓道,"是个很难练成的武功。功成之后,整个人身上便是一股挥之不去的哭丧之气,便如行尸走肉一般,修炼者极少。一般都是……"

"全家死光,心如死灰,无所思无所想的人才会练这门武功。"瑾宣幽幽地说道。

飞盏看着叶鼎之:"中了这一掌,你必死无疑。"

"哭丧功,我在廊玥福地中看过这门功法。"叶鼎之低声道。

飞盏想收回自己的手掌,却发现被叶鼎之的真气紧紧地吸住了。

"我也听过你的故事,你和飞离的家人在北阕亡国的那场战争中已经死光了,只留下你们二人相依为命。你是哥哥,飞离是弟弟。他死了你想报仇,我理解。"叶鼎之慢慢地说道。

飞盏的脸色越来越凝重:"你想说什么?"

"你是个很理智的人,知道自己要什么。你想要你和你弟弟的平安,对这一切以外的东西,都可以毁灭。若是以前,我会觉得这样的人是坏人,但是现在,我很能理解你。是啊,天下偌大,我们能顾的只有自己。"叶鼎之一把握住了飞盏的手,"所以你为了弟弟来杀我,我觉得没错,就如同我现在把这一切还给你,也没有错。"

飞盏一愣,只感觉那一股被打入叶鼎之体内的掌力又被逼退了回来,他感觉到胸膛口传来一阵刺痛,随后倒在了地上,浑身开始抽搐。

叶鼎之抬起头,看向无法。

无法退了几步:"是我将易文君救出天启城的,你的那几个家奴是飞离和玥卿杀的。"

"玥卿?"叶鼎之皱眉道。

"是。细细算起来,我与你无冤无仇!"无法大声道,"甚至还有恩情,你不能杀我!"

"那便借别人的剑吧。"叶鼎之猛地一挥手。

不远处瑾威公公腰间的长剑瞬间脱鞘而出,划过长空,划出一声长啸,随后便洞穿了无法的身子。

"渊眼是认主的境。"瑾威从地上拾起了那把带着血污的剑。

"按照姬若风的说法,他现在是入了鬼仙境,阴中超脱,神象不明,鬼关无姓,三山无名。万物都畏惧他,何况只是你一柄剑。"瑾宣看着叶鼎之离去的方向,幽幽地说道。

"既然入了鬼仙境,我们五人能够对付得了他吗?"瑾仙问道。

"自然不能。可是方才那天外天之人有一句话没有说错,叶鼎之如今的状态却是一日千里地下落,别看他现在仍然是全盛的感觉,但其实只靠一口气吊着,我们只需要等他这口气缓下来,然后杀了他。"瑾宣笑了笑。

瑾仙微微皱眉："那这口气什么时候会落下去？"

"当他到那个地方的时候。"瑾宣幽幽地说道，"姑苏城外，寒山寺下。"

"不远了。"瑾仙轻轻转动着手中的佛珠。

姑苏城外，寒山寺下。

无禅小和尚一口气喝了一大碗水，随后大大地喘了口气："哎哟妈呀，可累死我了。"

"都是师兄们在做，你不就砍了些柴吗？"忘忧大师笑了笑。

"那师父您呢？师父您不就是坐着打瞌睡吗？"无禅不满地说道。

"非也非也，师父我这不是打瞌睡，我这叫监督，毕竟要来的人还是那些人，草庐也得是曾经的草庐。"忘忧一挥长袖，"无禅，我们下山。"

"去哪里？"无禅跳了起来，"买糖葫芦？"

忘忧挠了挠他的头："等你叶大哥来了，让他给你买。"

两人并肩走到山下，却有七人等候在那里，为首的那人提着一把长刀，咧嘴笑了笑："忘忧大师！"

"孙子。"忘忧大师调侃道。

"我父亲大概是讨厌我，才给我起了个王人孙的名字，人孙人孙，世人皆是我爷爷啊。"王人孙无奈道。

"你来此做什么？"忘忧大师问道。

站在一旁的李寒衣问道："这位大师是……"

"忘忧大师——如今的寒山寺住持，佛道大宗，我的好朋友。"王人孙回道。

"这位姑……哦不，少侠，"忘忧大师笑了笑，"手中握着的可是铁马冰河剑？"

"是。"李寒衣点头答道。

忘忧大师点了点头："他昔日的主人，和我亦是朋友，此剑有你这般的传承，甚好甚好。"

李寒衣一愣："你见过他的主人……"

忘忧大师继续转向那王人孙："孙子啊，你们来此是……"

"杀人。"王人孙收起一脸笑意。

"是杀叶大哥吗？"无禅拉了拉忘忧的衣角。

忘忧大师轻呼一声佛号："你们曾是朋友。"

"师命难违，师父说我若不出手，就将我扫地山门，这二十多年养育之恩就当喂狗了。"王人孙苦笑道，"我们天山派这些年本就愈发式微了，若此次魔教东征一战，我们做缩头乌龟的话，江湖上便没有了我们立足之地。"

"所以你选择了拔刀？"忘忧问道。

王人孙摇了摇头："我只是带着刀来，只有拔刀的时候才能知道，我是否真的做好了决定。"

"阿弥陀佛。"忘忧大师轻叹一声。

无禅看着王人孙："你这人真是个孙子。"

"别骂人。"忘忧大师拍了一下无禅的脑袋，拎着他继续往山下走去。

苏暮雨走到了王人孙的身边："忘忧大师为何此时下山？是否是去知会叶鼎之？"

"放心吧，就算叶鼎之知道我们在这里等他，他也一定会来。"王人孙掂了掂手中的刀。

忘忧和无禅走到了山下，又往前走了一里路的时候，忽然停了下来。

"叶大哥！"无禅惊讶地瞪大了眼睛。

叶鼎之停住了脚步，垂首道："无禅。"见到旧人，叶鼎之由衷地想咧嘴笑一下，可是脸抽搐了一下，却没有笑出来。

忘忧察觉到了这个细微的神情，眉头皱了皱："叶施主。"

"大师来此地可是拦我？"叶鼎之问道。

忘忧双手合十，摇了摇头："不，我在那里重新盖了一座草庐，和你离开时一模一样。我和当年的话一样，寒山寺下，始终有你的一处草庐。"

"既然不是拦我的，那我便走了。"叶鼎之从忘忧身边走过，伸手挠了挠无禅的头,"这次没有糖葫芦吃了。"

无禅瞪大了眼睛,泪水夺眶而出,一把抓住了叶鼎之的衣袖:"叶大哥你不要去,那里有七个人要杀你!"

"茫茫天下,如今要杀我的人,怕是有七百万,岂止七人!"叶鼎之把无禅的手轻轻放下,"不怕的。"

"叶施主,老衲我还有一句话想和你说。"忘忧沉声道,"放下屠刀。"

"立地成魔。"叶鼎之已朝着前方飘然掠去。

五大监也在此时出现在了他们面前,无禅擦了擦泪水,看了一眼忘忧,又看了一眼他们:"师父,他们又是谁?"

"北离五大监。"忘忧看了为首的那人一眼,"瑾宣公公,许久不见,如今已经成为大监了。"

瑾宣微微皱眉:"忘忧大师。"

瑾仙更是面露尊敬,微微垂首:"瑾仙见过大师。"

"是静舟啊,"忘忧对着他微微一笑,"你怎么也来这里了?"

瑾仙沉声道:"职责所在,还请大师不要责怪。"

"大师站在此地,又是为何?"瑾宣开口问道。

"想请五位大监上寒山寺喝一杯茶。"忘忧缓缓道,"当然只能从前山走,不能由后山入。"

瑾宣挑了挑眉:"忘忧大师是想救叶鼎之?"

"凭我一己之力,怕是做不到这些。老衲我只是觉得江湖之事江湖了,朝堂上的各位,还请就此止步。"忘忧缓缓道。

"这个老和尚你很能打?"瑾威怒道。

瑾玉笑了笑:"忘忧大师的武功到底有多高,可能并没有定论,但忘忧大师真的很抗打,很能拦人,倒是真的。"

"他拦过谁?"瑾威问道。

"学堂,李先生。"瑾仙不停转动佛珠的手停了下来。

"般若心钟!"忘忧大师双手合十,一个巨大的铜钟法相从身边展开,足足有十丈之宽,十丈之高。

"李冢主,这柄剑还可以补好吗?"路边凉亭之中,戴着面具的

男人将一个包裹丢到了桌上。

坐在对面的老人将包裹打开,拿起其中的那柄断剑,伸手划了一下,幽幽地说道:"这是名剑山庄铸的剑,你应该去找他们。"

"这不是关系和李冢主更近一些,李冢主的本事也更大一些。"男子笑道。

"仙宫品的名剑……"李冢主仔细打量着面前的这柄剑,眼神中流露出几分欣赏,"你说错了,打造出这柄剑的人,比我要厉害,我此生最满意的作品便是位列剑谱前十的动千山,可是动千山却不如这柄……"

"不染尘。"戴面具的男子说出了剑的名字。

"我想见一下这柄剑的主人。"李冢主将不染尘放下。

"他很快就来了。"男子抬起头。

只见远处一男一女正携手翩然而至,男子着青衣,女子着白衣。

"好一对璧人。"李冢主赞叹道。

"这便是这柄剑的主人。"戴面具的男子笑道,"如今北离无人不知、无人不晓的百里东君。"

"就是那半掌胜了叶鼎之的百里东君?"李冢主看了那青衣男子一眼,点了点头,"竟然如此的年轻。要是能当女婿就好了。这可比雷梦杀那话痨强多了。"

"说来这辈分也挺神奇,他是你女婿的小师弟,又是你外孙女的大师兄。做你女婿是不行了,就是不知道该称你为大伯还是称你为爷爷。"戴面具的男子说道。

百里东君落在了凉亭之前,看了那面具男一眼,疑惑道:"姬若风?你不是应该在天启城养伤?"

姬若风扶了扶自己的面具:"做人总要留一手,我号称天下百晓,自然知晓叶鼎之到底是什么境界,怎会真和他以命相搏。"

"所以你就坑我女儿?"李冢主骂道。

"这位是剑心冢冢主李素王。"姬若风介绍道,"你那日走得急,落下了很贵重的东西,我特邀李冢主来此,看能不能重铸此剑。"

"不染尘。"百里东君心中一喜,他本以为此剑必然被萧氏一族给收走了，却没想到在这里重新见到了，他看向李素王，抱拳道，"那便拜托李冢主了。"

"剑本无品，用剑者证之。这柄不染尘配你，绝对担得起仙宫品的名号。只是很遗憾，这柄剑老夫修不好了，名剑山庄应该也是无能为力。"李素王遗憾地摇了摇头。

"为何？"发问的却是姬若风，"只是修补断剑而已。"

"你信不信剑也是有生命的？"李素王问道。

姬若风摇头："不信。虽然我知道你们剑心冢一直说名剑有灵，但剑终究只是兵器。"

"按照我们剑心冢的说法，名剑有灵，这柄剑的灵已经死了，若我没有猜错，当时这柄剑应是与另一柄剑一同断的。"李素王看向百里东君。

百里东君点头证实了他的猜测："当日不染尘对剑玄风，双剑皆折。"

"名剑玄风，是我父亲所铸，后来被南诀剑仙雨生魔取走。它也是一柄好剑。"李素王轻叹一声，"可惜啊。"

"既然名剑有灵，那便安葬了它吧。"百里东君虽然遗憾，但也洒脱。

"刚好我所住的地方叫剑冢，如果百里公子不介意，我愿意将它葬入剑冢，或许百年之后，吸取剑冢灵气，它能够重新现世。"李素王说道。

"那便拜托冢主了。"百里东君回道，"我这边还有急事，来日必定去剑心冢拜会前辈。"

"等等。"姬若风伸出无极棍，拦住了百里东君。

"姬若风，你做什么？"百里东君问道。

姬若风摇了摇头："我倒是想问问你百里东君想做什么，是不是想去救魔教教主？"

百里东君皱眉道："我只是想救我的朋友。"

"我来的这一路上，见到很多门派都被灭门了，那是潜入北离的魔教教众们所为，虽然并不是叶鼎之所指使的，但终究和叶鼎之脱不了干系。你现在去救他，就是要和北离江湖人为敌。你代表的

是学堂,是雪月城,虽然老祖宗没给我什么指示,但我觉得,我有必要来这里拦你。"姬若风缓缓道。

百里东君往前踏出一步:"你可以试试。"

姬若风摇头叹道:"你以为你在救叶鼎之,可你这样只会害死他。"

"何意?"百里东君一愣。

"叶鼎之虽然已是鬼仙之境,可对所有他在乎的人,依旧存有感情。而你百里东君是他在世间极少数还在乎的朋友,既然你是他的朋友,那么他便绝对不能接受你的恩赐。你救了他,等于将自己置入万劫不复之地,那么他便绝对不会让你救,你带他去南诀,他便一定要留在北离。"姬若风拿着手中的无极棍敲了敲地面,"这样说,你听得懂吗?"

百里东君沉吟片刻后回道:"你是不是在骗我?我也是学堂弟子,没那么好骗的。"

"玥瑶姑娘,你觉得如何?"姬若风问玥瑶。

玥瑶笑了笑:"姬堂主号称天下百晓,对这人心之事自然也是百晓,我觉得姬先生所言有理。"

"那我应该如何做?"百里东君问道。

"你便让叶鼎之自己战,自己逃,他胜了那北离江湖,独自逃亡南诀,那便是他自己的事。若他输了,死了……"姬若风抬起无极棍,"那也是他自己的事。"

"和你百里东君无关!"

百里东君仰头看向天,没有回答。

"你做得已经够多了,也错得够多了。世人有愧于叶鼎之,而叶鼎之也复仇于世人,只是祸及天下,叶鼎之已经不能回头,他注定只能做一个魔头、恶人或是霸主,你们终究不在一条道上了。若你也强行要走上那条路,那么百里东君,便不配是学堂的百里东君,雪月城的百里东君。你的师父古尘、李长生、南宫春水,都教你此生要随性而行。这随性而行,不是任性而行。"

"便走到这里了吧。"

"不然这一次,我可不会再有半点保留,定与你死战!"

凉亭之中，众人沉默了许久。

姬若风的话已经说得很明白了，所以大家都在等一个回答。

可是百里东君一直没有说话。

姬若风便只能问玥瑶："玥瑶姑娘，你觉得如何？"

玥瑶盈盈一笑："姬堂主坏得很，总想从我这里入手。依我来看，我当然希望东君可以一切平安，那自然挥一挥袖子回那雪月城去，这里的破事一件都不必来管。可是现在的我呢，决定听东君的，东君说走我就走，他说打我就打。堂主你要死战，可若我二人联手，你便只剩一个死了。"

姬若风轻轻掂了掂无极棍："玥瑶姑娘，真是令姬某钦佩啊。"

"姬堂主天下百晓，竟说些废话。"玥瑶撇了撇嘴。

"方才姬堂主的话有道理。"百里东君忽然道。

姬若风笑道："所以……"

"可是有道理，不代表我要讲道理。"百里东君抬起头，"这一次，我不想讲道理。"

"那就真是遗憾了。"姬若风将无极棍一挥，"李冢主先请退下吧，一会儿可能真的要死人了。"

李素王抬头看向远方："有人来了。"

"是他们。"姬若风将无极棍往旁边一放，"这下是真的没得打了。"

"他们是谁？"李素王问道。

"慕凉城城主洛青阳，以及宣妃娘娘。"姬若风回道。

"不，是叶鼎之之妻易文君。"百里东君纠正道。

两人已经落在了凉亭之前，走在前面的女子穿着一身白衫，肤色也是莹白如雪，她那一双如水般的眸子在凉亭中扫视了一圈，姬若风伸出一只手在自己的胸膛上按了按："啧啧啧，娘娘你别看我，我会心动。"

李素王轻叹一声："果然是能让天下大乱的女子啊。"

玥瑶笑了笑："是比我好看些。"

易文君的眼神扫视了一圈后终于落在了百里东君的身上，而百里东君也看着她，两人相视许久之后，百里东君挠了挠头："感觉

我们应该认识很久了。但似乎我们从未见过。"

易文君点了点头："确实从未见过。我叫易文君，是叶鼎之的妻子。"

百里东君笑了笑："他一直和我说你漂亮漂亮，今日一见果然是绝世的美人，在世间我见过的女子中，绝对排得上第三！"

"哦，那第一、第二是谁？"易文君问道。

"第二是我娘亲温络玉，第一是我身边的玥瑶姑娘。"百里东君回道。

"你果然和鼎之所说的一样。"易文君笑了笑。

百里东君疑惑道："他说什么？"

"鼎之说你生来随性，看似狂妄，自诩风流，可根据面相来看，以后结了婚，必定是个怕老婆的。"易文君回道。

玥瑶的脸微微一红，百里东君有些恼怒："瞎说！"

"那是不怕？"玥瑶忽然问道。

百里东君急忙点头："怕的，怕的。"

"师妹，不是说这些的时候。"一直站在易文君身后一言不发的洛青阳忽然开口了。

易文君点了点头："我要回家了，便先告辞了。"

百里东君看了看寒山寺的方向："我陪你一起去，那里有很多本不该去的人去了。"

"不必了。"易文君摇了摇头。

"为何？"百里东君问道。

"因为你也是不该去的人，你该去的地方是富饶喧闹的乾东城，或是风花雪月的雪月城。百里东君，你为我们做得已经够多了，你再踏出这一步，那你便是要和天下为敌。鼎之不希望看到这些，我也不希望看到这些。"易文君轻叹道。

百里东君咬了咬牙："可叶鼎之不能死。"

"如果当年我不那么骗着他带我离开就好了，如果当年草庐之中，我的心可以更坚定一些就好了，可惜没有如果。这一切的错，终究是我造成的。"易文君抹了抹眼角，"我会将鼎之带回来的，你放心。但如果你去了，鼎之一定会死，我了解他。"

"叶鼎之此次入北离，最想做的一件事情，就是杀了萧若瑾。"洛青阳缓缓道，"可我们都知道，皇帝杀了，天下必乱。你拦住了叶鼎之杀皇帝，也要拦住北离人杀叶鼎之，你这是要逼着叶鼎之去死。"

百里东君沉吟许久后冲着玥瑶点了点头，玥瑶明白了他的意思，走到了易文君身旁，将一个药瓶塞进易文君的手中，随后凑到易文君的耳边小声说了些什么。易文君的神色微微一变，最后点了点头。

"多谢东君了，希望来日我们能一起喝杯酒，鼎之说你酿的酒很好喝。"易文君转过身，白衫随风轻轻飞扬。

"他也说过你做的饭很好吃。"百里东君笑道。

"会有那么一天的。"易文君纵身离去。

洛青阳转过头看了百里东君一眼："听说你的剑断了？"

百里东君眉毛一挑："听说你至今还没拔过那柄九歌？"

洛青阳碰了碰腰间那柄狭长无比的剑："可惜了，本来想与你试剑的。"

"世间武学，何止于剑，你太执着了。"百里东君缓缓说道。

"或许吧。"洛青阳提步跟了上去。

姬若风长舒了一口气："我说了那么多你也不听，易文君说了你就听，我觉得我的口才更好些。"

"我不相信你，你是天启的守护使。但我相信她，她是叶鼎之的结发妻子。"百里东君在凉亭之中坐了下来，"你说，那天若是我不去皇宫，让他就把皇帝杀了怎么样？"

"这真是一个很好的问题。"姬若风手指轻轻地敲着石桌，问李素王，"李冢主觉得呢？"

"他要是杀了皇帝，将易文君带走，那么其他人我不知道，至少有一个人此生一定不会让叶鼎之有一日安稳。这个人很不好惹。"李素王幽幽地说道，"至少是我觉得北离最不好惹的人。"

"你的小师兄萧若风。"姬若风沉声道，"琅琊王殿下。"

百里东君双手抱头："怎么翻来覆去都是这几个人？"

"放心吧。"玥瑶走过去抱住了百里东君，"很快这一切都要结束了。"

第十四章 · 英雄陨落

"下雨了。"苏暮雨微微地仰起头,打开了手中的油纸伞。

李寒衣看了他一眼:"是不是你去的地方都喜欢下雨?所以你才总带着伞?"

苏暮雨轻轻转着伞柄,语气中带着几分自嘲:"或许吧。"

"我发现你有一个习惯。"李寒衣淡淡地说道。

"嗯?"苏暮雨转头看向李寒衣,他的脸上也带着一张恶鬼面具,和姬若风那张面具就像是同一个手艺人雕刻出来的一般,只不过苏暮雨的这张面具上的鬼露着凶狠的獠牙,而姬若风的那张则是诡异的笑容。

"一旦要杀人你就开始转伞柄。"李寒衣说道。

苏暮雨的手微微一停,随后依旧轻轻转动起来。

"为什么总戴着这个面具?"李寒衣问道。

"因为我是傀。"苏暮雨回道,"傀,人中之鬼。"

"莫名其妙。"李寒衣撇了撇嘴。

"执伞鬼,暗河这一代最令人闻风丧胆的杀手。"王人孙将手中的长刀插在了土中,"可你销声匿迹了许久,我本以为你已经死了,却没想到你成了傀。"

"傀，到底是什么？"叶小凡不解。

"所谓傀，就是暗河大家长的直属杀手团首领，直接听从大家长号令，所以便不再接普通的杀手任务。"温家的温冷说完后轻轻地咳嗽了一下，他的面色极为苍白，似乎重病缠身一般。

雷千亭拨弄着手中的霹雳子："这一次居然和暗河的傀联手，回雷家堡说起来，怕是族里的那些人都不相信。"

"首先，你得有命回雷家堡。"一身红衣的落雨阑娇媚地一笑，"我们要面对的可是魔教教主叶鼎之。"

"我们要不要搞个什么阵法？"雷千亭问道。

落雨阑"咯咯咯"地笑了起来："我们这临时凑出来的七个人还能搞什么阵法，说白了就三个字。"

"一起上。"苏暮雨淡淡地说道。

落雨阑笑着点了点头："对，一起上。"

"可我已经布好阵法了。"雷千亭嘴角微微一撇，"或许我们并没有一起上的机会了。"

"口气这么大？难道把你们雷家堡的麒麟火牙带来了？"落雨阑幽幽地问道。

"不必试探我。"雷千亭看了落雨阑一眼，"不到最后一刻，我们谁都不会亮出自己的底牌。"

落雨阑低头笑了笑。

叶小凡和王人孙互视了一眼。

温冷的咳嗽声忽然重了起来。

李寒衣皱了皱眉。

苏暮雨依旧在轻轻地转着伞柄。

"我们谁都知道，这是九死一生的一战，也是千载难逢的一朝扬名的一战！"雷千亭朗声道，"这一战，我便先请了！"

远处的农田边，一个人影已经出现，他遥遥地站在那里，看着这边的草庐。

这边的七人离得很远，甚至看不清那个人的脸，但他们心里却都响起一个声音。

这就是叶鼎之。

虽然相隔甚远，但仍有强烈的、阴郁的压迫感，让他们的呼吸都变得急促起来。

落雨阑擦了擦额头上的汗："真是可怕的对手。"

苏暮雨转着伞柄的手忽然停了下来。

"不是时机！"李寒衣低声道。

王人孙咽了口口水。

叶鼎之往前缓缓走来。

雷千亭向前踏出一步，将手中的三颗霹雳子冲着叶鼎之丢了过去。

"三颗霹雳子也想杀叶鼎之？"王人孙冷笑道。

"不是。"苏暮雨沉声道。

雷千亭轻轻地吐出了两个字："雷池。"

"雷家堡的雷池阵！"王人孙惊道。

只见三颗霹雳子落地之后，叶鼎之所在前方的那片土地轰然炸起，但紧接着更加可怕的爆炸声响起，一阵紧接着一阵。

雷千亭嘴边轻轻地默念着。

"瓦釜雷鸣！"

"布鼓雷门！"

"晴天霹雳！"

"一雷二闪！"

"雷落天震！"

"一连五道雷家堡的天字级火药。"王人孙眉头紧皱，"可真够下血本的。"

"还有一道。"雷千亭长吸了一口气，"麒麟吼！"

"麒麟吼，雷家堡仅次于麒麟火牙的火药。"温冷一向平静的声音都有了一丝波动，"没想到雷堡主把这个都给你了。"

雷千亭瞳孔微微缩紧，声音却有些微寒："为何？"

只见远处的那片土地已经被炸得尘土飞扬，若是平常之人，早就已经尸骨无存了，可那七人却知道，叶鼎之绝对没有这么简单，至少他们仍然能看到尘土之中，有一个人影依旧站在那里，就连雷千亭也知道，麒麟吼若没有炸响，那么剩下的那五道火药杀不死叶鼎之。

尘土之中的人影手轻轻一挥,将那尘土挥散开来,他的黑衣之上闪着银色的光芒,似乎有一整道真气覆盖在他的身上。

"是无法无相功。"苏暮雨淡淡地说道。

雷千亭的目光盯着叶鼎之的脚下,那里是他埋着的最后一道杀器——麒麟吼,可是却被叶鼎之一脚踩进了地下,并没有被响出那一声吼。

"看来雷兄你一朝扬名的希望破灭了。"王人孙拔出了土中的刀,"不过也没有白来,至少今年过年没听到的鞭炮声,今天是听了个够。"

雷千亭咬了咬牙,指间开始凝气。

"叶鼎之!"王人孙拿刀指着远处那人,"现在跑!还来得及!"

"来不及了!"落雨阑冲着叶鼎之掠去,一身红衣飘扬,像是一团火焰燃烧了起来。

王人孙也纵身一跃,手中长刀猛地一挥,风声中似传来一声惊鸣。

碎空刀,一刀碎尽长空。

"你在寻找机会?"李寒衣看了一眼苏暮雨。

苏暮雨依旧默默地看着前方,手轻轻地旋转着伞柄。

"你是我见过最冷静的剑客,每次一出手便是决出生死之时,我在对抗魔教的时候观察过你的出剑。"李寒衣缓缓说道,"有机会我想和你试剑。"

"你说错了,我是杀手,不是剑客。"苏暮雨仰头看了看天空中细小的雨丝。

"时机从来不是等来的,而是创造出来的。温冷不才,不求一朝扬名,愿创造出那一丝时机。"温冷也纵身掠出。

潮王阁落雨阑最先赶到叶鼎之的面前。

潮王阁不是什么大门派,甚至于江湖很多人都没听说过,但是落雨阑却很有名,因为她的夫君曾是南诀刀仙,后来她的夫君死了,那把刀也没了。

刀名落寞,是一把只比匕首大一些的短刀。

此刻再现,是在落雨阑的手中。

红光一闪,那把刀冲着叶鼎之的咽喉刺去,落雨阑冲着叶鼎之娇媚地看了一眼,眼波流转,这一刻的媚眼如丝曾经留住过南诀刀仙的心,可是叶鼎之却只是面无表情地看了她一眼。

落雨阑最危险的武器并不是那把落寞,而是她的美色,但是和叶鼎之对视的那一眼,却让她微微一寒,仿佛叶鼎之看着的,已经是一个死人了。

"你的媚术对叶鼎之不会有用的。"落雨阑的衣领被人猛地一拉,落雨阑往后一退,叶鼎之的长袖从她的喉间划过,王人孙将落雨阑整个地摔了出去,一刀迎了上来,"叶鼎之!"

"王人孙。"叶鼎之飞起一脚,将王人孙手中的刀踢飞到了空中。

王人孙一跃而起,伸手抓住了那柄长刀,随后猛地挥下。

叶鼎之抬起头,只见天上天下,四面八方,全是那柄长刀的刀光,仿佛整个空间都被那柄刀给切割了开来,自己无法可逃,无处可避。

"练出了一手好刀法啊。"叶鼎之轻叹一声。

绝一切生机的刀影之下,有一个浑厚的声音响起:"叶鼎之,你早已身受重伤,又何必强撑?!不如就此带着你的魔教教众离去,何必要徒增杀孽?!"

叶鼎之面无表情地抬起头:"王人孙,既然你代表天山派来了,就要有天山派大弟子的气概,这么乱七八糟舞了一通,什么时候才落下来?"

"罢了。"

那万千刀光忽然汇聚成了一道,瞬间落下。

叶鼎之长袍飞扬,双手一挥,大喝一声:"好刀法!"

"当得我一剑!"

叶鼎之伸出一指,他手中早已无剑,可剑气却浩瀚无际,他只用一指,便将那万千刀光瞬间穿透,王人孙翻身落地,手中的长刀便被那一指给弹飞了出去,在空中打了一个旋,落在了自己的身前三步之处。

"这个人这么强,那边的人为何还在看戏?"落雨阑低声看了一眼仍旧站在那里的苏暮雨和李寒衣。

"若他们也出剑了,我们就真无退路了。"王人孙低声道,"雷千亭!快动手!"

雷千亭不知何时已来到了叶鼎之的身边,对着叶鼎之一指伸出。

雷千亭怒骂道:"王人孙,你到底是哪一边的!"

"他是哪一边的不重要,重要的是你的指法真的很烂。"叶鼎之甚至没有回头,只是回手一指,与雷千亭双指相触。

"啪"的一声,是骨节断裂的声音,然后是腕骨断裂的声音,手臂断裂的声音,肩胛骨断裂的声音。"啪啪啪啪",清脆得令人不寒而栗。雷千亭整个人倒在了地上,脸色煞白,痛得豆大的汗珠一滴滴从额头上流了下来。

叶鼎之转过身:"你不该毁了这片田。"

一个白影忽然落在了叶鼎之的面前,他对着叶鼎之忽然做了一个拥抱的动作,叶鼎之往后退了退,然后传来了一阵轻轻的咳嗽声。

瘦削病态的男子就这么对着叶鼎之轻轻咳嗽了三下,然后他原本驼着的背忽然挺了起来,耷拉着的眼睛也明亮了起来,就连苍白无血色的脸都微微红润起来了,似乎是一个死人,重新活了过来。

叶鼎之看着面前那面色苍白的男子,淡淡地说道:"温家温冷。"

温冷笑了笑:"是我。"

"这就是你的三字经?"叶鼎之问道。

"是,我的三字经。病死鬼。"温冷点了点头,温家每个人出生之后都会拥有一道自己的"三字经",那是他们个人独有的毒,只有在最危急的时候才会使用,谁都不知道温家人的这道三字经藏在哪里,用在何处。

"好。"叶鼎之伸出一掌把温冷打飞了出去。

温冷连伸手挡一下都没有挡,就这么硬生生地扛着那一掌,然后整个人像是脱线了的风筝一般飞了出去,他仰过头,冲着远处的苏暮雨等人笑了一下。

叶鼎之衣衫上的护体真气忽然散了下去,他的脸色微微变化,呈现出一种诡异的金色。

王人孙一愣:"他中毒了。"

苏暮雨转着伞柄的手忽然停了下来。

"还不是时机。"李寒衣低声道。

"那最后一剑的机会,我留给你。"苏暮雨忽然举起伞,于是那把伞就像花一样地绽放了,十七根伞骨之中十七把利刃喷射而出,苏暮雨左手一收,将那十七把利刃同时冲着叶鼎之袭去。

"这一招,便是暮雨。"李寒衣瞪大了眼睛。

"是,那些长剑落下的时候,便如同下了一场剑雨。"苏暮雨左手忽然放开,右手握着的那根伞柄在风中寸寸断裂,露出伞柄之下的那柄长剑。

叶鼎之转过身,看着苏暮雨手中的那柄长剑。剑雨之后,那柄长剑才是最后的杀招。

"可惜我手中无剑了。"叶鼎之轻轻地说了一句,他一伸手,王人孙手中的长刀便落在了他的手中,叶鼎之看了一眼王人孙,"你的刀法很强,但有一处不足。"

"何处不足?"王人孙问道。

"杀人心不足!"叶鼎之怒喝一声,手中长刀一挥,漫天刀影现出,竟与王人孙方才的刀法如出一辙,只是多了几分凌厉,多了几分王人孙所说的杀人心。

刀影与剑雨相撞,十七柄利刃皆数都被斩落,碎刃们便如雨落一般洒在了叶鼎之的周围,王人孙和落雨阑退到了雷千亭和温冷的旁边,将那些落下的碎刃打飞。

"刀断啦。"叶鼎之将手中的断刀丢向了王人孙。

王人孙眉头微微一皱,自从他在边境之处再次遇见叶鼎之,直至今日,他第一次从叶鼎之的语气之中听到了疲倦。

叶鼎之抬起头,一剑长虹贯穿了他的肩膀。

"好剑法。"叶鼎之看着那张狰狞的恶鬼面具。

叶鼎之只说了这三个字,连衣袖都未曾扬一下,可"好剑法"这简简单单的三个字中却藏着锋锐剑气,"咔"的一声,那张面具之上出现了一道裂痕，随后分成了两半摔裂在了地上，露出了面具之下俊秀的面庞，看着年纪却是与叶鼎之差不多大。

"叶宗主好武功。"苏暮雨低头，看着胸口的那个黑色的掌印。

"你以为你找到了最好的机会。"叶鼎之淡淡地说道，"可面对我，你没有机会。"

苏暮雨摇了摇头："不，我始终知道，机会还没有出现。"苏暮雨忽然从叶鼎之的肩膀之上拔出了长剑，鲜血从叶鼎之的肩膀之上涌出，苏暮雨感觉胸口一阵刺痛，举起剑，却再也没有力气挥下去了。

却有一人从他的身后跃了起来，长剑拔出，剑气呼啸若铁马踏破冰原，剑光幽寒却又似坠入无边地狱。

"铁马冰河！"叶鼎之低喝道。

苏暮雨冲着叶鼎之吐出一口鲜血。

李寒衣一剑斩落，斩得却不是叶鼎之，而是那一口鲜血。

鲜血在瞬间凝结成了冰柱，长尖锋锐。

百年多前的那位诗剑仙，传说中便能口吐剑气，惊艳了那座已经从这片土地上消失的长安城，如今李寒衣和苏暮雨双剑合力，竟重现了那口吐剑气、杀人于不备的场面。

于是那鲜血凝成的冰柱，便带着这一口啸出的剑气，直冲叶鼎之咽喉而出。

"来得好。"叶鼎之淡淡地说了一句，那根冰柱从他的胸膛右侧穿过之后，继续往前飞出，直至慢慢消散在了空中。

李寒衣落地，轻轻地咳嗽了起来，随即伸手扶住了仰面倒地的苏暮雨。

方才她只出了一剑，苏暮雨只喷了一口血，却是用尽了两个人毕生的修为。

"这才是机会。"李寒衣看着叶鼎之。

叶鼎之点了点头："似乎是演练千万遍才能出现的合击，可又明明是第一次使出才有的决然，或许这就是剑客之间的默契，我曾经也想成为这样的剑客。"

苏暮雨盘腿坐了下来，低声道："快跑。方才那一剑，没有刺中

他的要害。"

倒在地上的温冷呆呆地看着天,幽幽地说道:"酒哥啊。还是没在你面前争口气,早知道让你来了。"

雷千亭强忍着疼痛,冲着温冷骂道:"还没死呢!别说这些丧气话!"

落雨阑看了王人孙一眼,王人孙看着脚下的断刀,叹了口气。

李寒衣摇了摇头:"不。他撑不住了。"

像是印证着李寒衣的话一般,叶鼎之忽然脸色煞白,伸手捂着胸膛边上的那个窟窿,那个窟窿已经被冰霜覆盖上了,而叶鼎之的手上也慢慢地出现了寒霜。

"这是止水剑气。"苏暮雨疑惑道。

"是。"李寒衣又咳嗽了一下,"方才那道血剑杀不了他,但残留在他体内的剑气可以。"

叶鼎之闭上了眼睛,开始运气,手上的寒霜一点点地退去。

"他在运功逼出那道剑气。"落雨阑低声道。

雷千亭皱着眉头,用尽力气最后扭头看着叶鼎之:"这个时候只要有个人过去砍下他的脑袋就行了。"

"我……"落雨阑站了起来,可手却被身旁的王人孙按住了,她只觉瞬间脱力,浑身的真气都被强行按了下去。

王人孙沉声道:"我们二人方才受了重伤,如今叶鼎之运起虚念功疗伤,我们进不了他三步之内。"

落雨阑张了张嘴,却发现说不出话来了。

李寒衣拿起铁马冰河,向前走了三步,终于还是以剑拄地,才勉强没有摔倒。

苏暮雨摇了摇头:"没办法的,那一剑我们二人谁都没有留后手。机会就是这样,从来都只有一次。"

"不,我们还有一个人。"一直看着天的温冷忽然说道。

一阵清风吹过。

持着剑、相貌平平的少年站在了叶鼎之和众人的中间,这个人无门无派,武功在他们七人之中也绝算不上上乘,方才那一阵接着一阵的对决,他也一直像一个无事人在一旁围观。

叶小凡。

"有朝一日，你出来闯荡江湖，就说你叫叶小凡。到时候我来找你。"

便是这个叶小凡。

叶小凡举起剑，看着叶鼎之。

叶鼎之睁开了眼睛，苦笑了一下："最后杀我的是叶小凡。就像我曾经杀死了那个身为叶小凡的我。"

叶小凡又看着手中的剑。

只需要一剑，他就能斩下魔教教主的人头，成为整个北离的大英雄，就连之前胜了叶鼎之的百里东君也无法拥有的荣耀，那是真正的名扬天下。

只需要一剑！

叶小凡一步一步走向叶鼎之，他一把揪起叶鼎之的衣领，长剑举在空中："你为什么要做魔教教主？！为什么要挑起战争？！为什么？！"

"因为我的一生似乎都在失去，我接受不了这种失去了。"叶鼎之笑了笑。

"你走！"叶小凡一把推开了叶鼎之，大吼道，"你走！你往南边走！去南诀，一辈子都不要再回来了！"

叶鼎之愣了愣。

"你走啊。"叶小凡冲他挥了一下剑后转过身，眼泪已经夺眶而出，他擦了一下眼泪，看着剩下的那六个人，"我帮你拦住他们，你快点走！"

"小凡。"王人孙低低叹了一声。

落雨阑感觉手中的压迫被放开了，却也依然没有开口说话。

李寒衣苦笑了一下："也罢。"

"哈哈哈哈哈哈。"温冷仰头大笑起来。

雷千亭也仰头大笑，就算疼得龇牙咧嘴也仰头大笑。

"你笑什么？"温冷笑完后问他。

雷千亭神色痛苦："只是觉得可笑！所以便笑了！"

"还是个傻孩子啊。"叶鼎之身上的寒霜全都退散了下去，他点

足一掠来到了叶小凡的身边,伸出一掌在叶小凡的脑袋上轻轻拍了一下就把他拍晕了过去,随后握住了叶小凡手中的剑,看着面前的六人。

雷千亭的神色更痛苦了。

苏暮雨脸色冰冷:"这下不觉得可笑了吧。"

寒山寺外不远处的那座长亭之中。

百里东君在方才听到远处的爆炸声之后,神色开始有些不安,他一时站起,一时坐下,口中喃喃自语:"到底有哪里不对?哪里不对?"

玥瑶握住了他的手:"放心!易文君他们已经去了,一切都会好的。"

"不行,我还是要去!"百里东君沉声道。

姬若风眉头微皱,手轻轻地触在了长棍之上,却终究是慢了一瞬,那一句"要去"还没有说完,百里东君就已经从长亭之中一掠而出,朝着寒山寺奔行而去。

玥瑶叹了口气,对那姬若风说道:"姬堂主,东君就是这样的一个人,他做事,从不后悔。"

姬若风点了点头:"罢了。"

玥瑶长袖一挥,也跟了上去。

李素王看着他们离去的身影,低声道:"你觉得叶鼎之可以活下来吗?"

"我只知道,不管叶鼎之是死是活,他都没办法去南诀,他们想要的那座草庐,终究只是一场梦。"姬若风仰头看着天,"这个故事,注定是个悲剧。"

寒山寺下。

叶鼎之轻轻地弹了一下手中的剑:"若是你们真的杀了我也好,我就不用再做选择了。"

苏暮雨缓缓道:"我觉得叶宗主很久以前就别无选择了。"

"嗯?"叶鼎之将剑抵在了他的喉间。

"比如现在的叶宗主,只有杀了我们一个选择。"苏暮雨回道。

"是啊。"叶鼎之低头笑了笑。

"住手!"远处有一声厉喝传来。

叶鼎之抬起头,握剑的手忽然剧烈地颤抖起来,苏暮雨瞳孔微微缩紧,这是他见到叶鼎之之后,叶鼎之的情绪第一次出现如此剧烈的波动。

"文君。"叶鼎之低声喃喃道。

一身长衫的剑客落地,拿起手中未出鞘的长剑将叶鼎之手中的剑挑开:"便到这里为止了吧。"

但是叶鼎之没有理她,叶鼎之只是看着剑客身后的女子,嘴角微微抽搐了一下,想说话却终究没有说出来。

易文君便也这样看着他,相视无言许久之后才终于颤抖地说了三个字:"对不起。"

"去那边聊吧。"洛青阳走过去,伸手抓起叶鼎之的肩膀,纵身一跃来到了草庐之边,洛青阳将一个药瓶塞在了叶鼎之的手中,低声道,"这里面的药丸是百里东君从辛百草那里要来的,一会儿你吞下去之后,我会对你出一剑。之后你便会假死过去,就算是皇城太医到这里来诊断,也会觉得你已身死。但你的尸体只能由易文君带走,她会带着你一路南下,去往南诀。"

易文君也来到了草庐之边,冲着叶鼎之点点头:"师兄和百里东君他们都安排好了,以后再也没有人找得到我们。"

"文君,能够再见到你,我很高兴。"叶鼎之眼神中的那股炽烈终于散去了,体内真气流转,虚念功正在一点点地散去。他冲着易文君笑了笑,身上的气质忽然变了,不再是那个阴郁深沉的魔教教主的模样,重新变成了那个爽朗正义的少年郎。

洛青阳微微皱了皱眉头,叶鼎之身上出现的情况只有在即将死去的高手身上才会出现,真气流散,这是油尽灯枯的前兆。而叶鼎之的魔性散去,重新拥有了常人的理智,却又有些回光返照的意味。

"当年你走之后,我一直害怕再也不能见到你了,这种害怕折磨着我,让我越来越绝望。所以我决定拼尽一切也要把你再次从那

里带走,以前的我失败过一次,可没想到这一次却又失败了。"叶鼎之低声说着。

易文君摇了摇头:"不,我回来了!这一次,我们再也不会分离。"

"不是的,当我再见到你的时候,却发现我这次依然是失败了。我若在这里走了,那便是背叛了那些冰原上的人。我告诉他们的,不是重新找回我的家,而是带他们重新拥有一片家园。"叶鼎之轻声叹道,"文君,不止我一个人想要拥有一个家的。而我这一次,却毁掉了很多人的家。"

"总有办法的,总有办法的。"易文君喃喃道。

"文君,我要走了。有一句话我一定要告诉你。"叶鼎之看着易文君,眼睛之中满是柔情。

易文君却只是摇头:"等我们离开这里再说。"

叶鼎之却依然还是说了下去:"我从来都相信你不会离开我。我这一生也不曾怪过你。"他将手中的药瓶一指捏碎,里面的那粒价值千金的药丸化为粉末散在了空中,叶鼎之举起手中的剑,朝着自己的胸口一剑刺下。

"不!"易文君大喊道。

洛青阳手轻轻触过剑柄,却发现已然晚了。

"不!"一袭青衣正朝这边掠来,一声高喝回荡在山林之间。

"叶鼎之自杀了。"李寒衣惊道。

苏暮雨神色不变,却似乎并没有太多的惊讶。

易文君一把扶住了仰后倒去的叶鼎之,伸手想要捂住叶鼎之的伤口,可鲜血喷涌而出,很快就将她的衣衫染成了一片血红:"鼎之,鼎之!为何要这样?!"

之前我像是入了一场噩梦,直到见到你的那一刻,我的梦才醒过来。"叶鼎之伸手摸着易文君的脸颊,"可梦醒之后,我才意识到,在我坠入噩梦的那段时间,做了那么多的错事。既然做了错事,总要付出代价。"

易文君看向洛青阳:"师兄,你救救鼎之,你救救鼎之!"

叶鼎之是何等的剑客,洛青阳只看了一眼,便知道叶鼎之这一剑，并没有给任何人留下救他的机会，他看着叶鼎之，沉声道："何必？！"

"洛师兄，照顾好文君，别让她再受伤害了。不过……"叶鼎之呕出一口鲜血，"你不能娶她，文君这一生，只有我一个丈夫。至于皇宫里那个，我还是希望……希望能杀了他啊。"

一袭青衣落在了叶鼎之的面前。

叶鼎之笑了笑："兄弟。帮我带那些人回家吧。"

"文君，很高兴，死之前能够回到这里。"

明德八年。

魔教教主叶鼎之战死于寒山寺下，北离各大门派派出的七人完成了这场狙杀，但是叶鼎之究竟是如何被杀死的，却仍旧成了一个谜题。

有人说是天山派这一代最出色的弟子王人孙靠着和叶鼎之旧日的感情骗取了他的情谊，然后趁其不备一刀斩杀了他。但王人孙从这一日起，再也没有回过天山派，从此以后下落不明。

有人说是雪月城的二弟子李寒衣出了必杀的那一剑，雪月城三弟子司空长风一枪破去魔教孤虚鬼阵，大弟子百里东君半掌胜了叶鼎之，二弟子李寒衣一剑杀了叶鼎之，雪月城声势一时无两，在江湖人的心中，它的地位已经胜过了曾经的江湖第一城无双城。

但所有的这一切之前，都加了"据说"两个字，就像叶鼎之的尸首最终也不知去了哪里。但叶鼎之的死讯很快就传了开去，江湖各大门派开始了对魔教的反扑，北面的战役已经结束，雷梦杀已经收军，南面的战役也已经进入尾声。

似乎一切都要结束了。

寒山寺下，筋疲力尽的老僧盘腿坐了下来，小和尚无禅坐在他的身边，冲着面前的那五个人怒目而视。

"大师，你劝人放下屠刀，立地成佛。"瑾宣大监从他的身边走过，缓缓道，"太天真了。"

忘忧禅师双手合十："阿弥陀佛。"

"你们才是魔！"无禅恶狠狠地说道。

"这个世界有时候并无善恶。"瑾仙对着忘忧禅师微微一鞠躬,随后看向无禅,"只有立场。"

五位大监来到了寒山寺下,李寒衣等七人已经离去,洛青阳陪伴着易文君站在草庐门口,百里东君坐在草庐之上,伸手捞起一片落叶,在那里吹着不知名的曲子。

瑾宣大监看着易文君身上那件已被染成血红色的白衣,微微皱眉。

"或许已经结束了。"瑾宣大监走到了草庐之前。

瑾威探头看了看草庐之内,低声道:"里面放着一具尸体。"

瑾宣大监点了点头,看向洛青阳:"洛城主。"

洛青阳按了按手中的剑:"我劝你最好不要说话。"

"皇命在身,吾等五人在此等候娘娘一个答复。"瑾宣大监微微垂首。

"滚!"洛青阳低喝一声。

瑾宣大监点足一掠,带着其余四人退到了半里之外,这一等,便是三日。

这三日之内,除了寒山寺上的和尚们下来做了一场法事外,草庐内外都无比安静,百里东君总是吹着不知名却满是忧伤的曲子,洛青阳拿着那柄始终未曾出鞘的长剑在草庐边静静地挖着坑,易文君拿着一块长长的木牌在上面用手指划着字。

三日之后,百里东君跳下屋檐,从草庐之内抱出了一具尸体。

"是叶鼎之。"瑾宣终于确定了心中的猜想,他拍了拍瑾威的肩膀,"现在去回报天启城,叶鼎之死了。"

"那宣妃娘娘呢?"瑾威问道。

"再等等。"瑾宣说道。

百里东君将叶鼎之的尸体放入了洛青阳在草庐边挖出的坑中,两名如今江湖之上首屈一指的高手就这么安安静静地一抔土一抔土地将尸体掩埋,期间无比安静,没有谁说一句话。最后易文君将那块木牌立在了坟墓之前。

亡夫叶鼎之之墓,妻易文君,友百里东君、洛青阳立。

易文君抹了抹眼泪,百里东君看向洛青阳,说道:"要不要打一架？"

洛青阳摇了摇头道："强敌围伺，还是留给将来吧。"

百里东君点了点头，看向易文君："想来我应该唤你一声阿嫂。不知阿嫂接下来有何打算？"

"我现在心中最挂念的是安世。"易文君低声道，"我想去寻他。"

"那日玥瑶从这里离开之后，我便托她去寻找你们孩子的下落，他如今应该是随魔教大军一起入侵北离了，如今魔教连连败退，我担心他的安危，今日便启程去寻他。"百里东君回道，"如今叶鼎之身死，魔教之中想必也是大乱，安世身份特殊，想必如今处境会很艰难，以阿嫂的身份最好不要出现在魔教之人面前，还是交给我吧。"

"好，我还有一个孩子，如今依然被困在皇宫之中。我想把他带走。"易文君说道。

"阿嫂，天启城那个地方，进了便很难再出来了。"百里东君沉声道，"阿嫂可想清楚了？你已经从天启城走了两次，皇帝可不会让你再走第三次。"

"有我在，便可以。"洛青阳淡淡地说道。

"洛城主你的剑术已有大成，但无论你还是我，都不是叶鼎之，当日他能做到的事，你我如今还都做不到。"百里东君转头看着墓牌。

"不过是再入牢笼罢了，我总有机会飞出来的。"易文君惨笑了一下，"怪我这一生，注定是要入牢笼。曾经的影宗，如今的皇宫。"

"你当时要是相信鼎之就好了。"百里东君淡淡地说道。

易文君愣了愣，没有说话。

"鼎之说他不怪你，可我怪。"百里东君转身离去，"可没办法，如果我真的怪你，他会不高兴的。他那么喜欢你，以至于死前都想让你放下心中的愧疚……"

"百里东君。"洛青阳沉声道。

"阿嫂，再见了。我会把你们的孩子带回来的，会把冰原上的

那些人送回他们的家园,一切都会好的。"百里东君纵身一跃,"只是叶鼎之永远回不来了。"

"百里东君!"洛青阳怒喝道。

易文君伸手阻止了洛青阳,看着那墓牌,低声道:"是啊,永远回不来了。"

"大监,我们……"瑾言公公问道。

"等。"瑾宣大监低声道。

于是便又等了四日,易文君就在那草庐之中待了四日,洛青阳守在门口,不让任何人靠近。直到四日之后,易文君从草庐之中走出,缓缓走向那等候在原地的四人。

瑾宣大监站了起来,微微鞠躬:"宣妃娘娘。"

"回天启。"易文君面无表情地说道。

夜幕降临,北离的一座南部小山。

一位小童站在山崖边,看着远处,看着看着就无声地哭了起来。

白发佩剑的男子从树林中走出来,看着那小童低声道:"安世,这么晚从营地里跑出来很危险。"

小童一开始还只是无声地哭着,可听到身后男子的声音后终于忍不住号啕大哭了起来,男子走到了他的身边,小童转身扑进他的怀里:"棋宣叔叔,他们说父亲死了,他们说父亲死了!怎么会这样?!"

"活要见人,死要见尸。"白发仙莫棋宣左拳握紧,"我相信宗主不会死的。你也要相信。"

"白发,我们被围山了。"紫衣侯也从树林中走了出来,"江南十九门派全都来了。自从宗主身死的消息传出去以后,北离各大门派的声势便不一样了。"

"宗主若活着,那些小门派心有顾忌,不敢与我们正面为敌,想着若是我们胜了便归附我们,如今宗主死讯一传开,他们便觉得没了后顾之忧。哼,只是一些宵小。"白发仙冷哼道,"所以我觉得宗主的死讯,很可能只是一场阴谋。"

"但探子来报,几日之前,确实有人看到了宗主的行踪,一路向南,前往寒山寺。"紫衣侯回道。

"寒山寺,从这里过去只有一日的路程了。"白发仙皱眉道,"不能再等了,今晚就从这里杀出去,带着少宗主去寒山寺,紫衣你下去告诉所有的人,宗主还没死。谁若再敢擅自传言宗主死讯,杀无赦!"

山下,江南十九门派点起火把,虎视眈眈地看着这座孤山。

"放火烧山吗?"点水派掌门易水红幽幽地说道。

段家家主段罗泽挥着手中的折扇,淡淡地说道:"这是不老林的地界,放火烧山也得经过他们的同意才行。"

不老林首领白洛冷哼一声:"山是我不老林的山,最后杀死魔教的功劳却是要大家平分的,这是凭什么?他们如今已是困兽,我们把山围了起来,不出十天,他们粮水尽绝,还需要我们动手?"

"你想不动手?我打赌魔教中人不出三日,就会强行下山,到时候要想拦住他们,不知道不老林准备了多少个弟子赴死?"易水红冷笑道。

"易掌门说错了,又何须三日,不到一夜,他们就来了。"段罗泽折扇一收,"烧山也来不及了,还是拼命吧。魔教教众武功高强,且战而无畏,我们江南十九门派此刻只能齐心协力,若谁再留些私心,小心以后江南便没有你们的立足之地。段某不才,便打这头阵!"

山林间,浩浩荡荡的魔教教众正朝着山下冲来,白发仙抱着叶安世冲在最前面:"紫衣,替我拦住他们!"

"话可真多。"紫衣侯从白发仙身边穿过,一掌冲着最先冲过来的段家家主段罗泽打了出去,他没有半点保留,一出手便是九成功力的紫气东来。

段罗泽折扇撑开,二十四桥明月夜,一出手便是最后一桥——断。

"停手!"有一声怒喝传来。

紫衣侯和段罗泽同时收手,猛退!他们同时都感觉到一股可怕的力量从天而降,果然,在他们猛退六步之后,一柄重刀从天而

落，插在了他们中间，一条绵延数十丈的沟壑被那一刀展开，一身青衫的男子点足站在了重刀之上。

他的剑已经断了。但他的刀还在。刀名尽铅华。

"百里东君。"紫衣侯低声道。

"百里东君！"江南十九门派弟子之中出现一阵骚动，毕竟这个名字是如今在北离江湖之中，最响亮的一个名字。

"原来是雪月城的大弟子百里公子，在下段罗泽，乃是江南段家家主。"段罗泽抱拳道。

百里东君点了点头："段家主好。我有些事情要与这几位天外天的朋友说，这架能不能一会儿再打？"

段罗泽一愣，天外天？朋友？

百里东君却没有等他回应，直接从长刀之上跳了下来，伸手在长刀之上敲了敲："此刀一日不拔，魔教中人不得下山，北离众人不得上山。若有人不服，便与我试刀。"

"胜了叶鼎之，便可以如此目中无人吗？"易水红低声骂道。

"没错，胜了叶鼎之，就可以这么目中无人。"段罗泽退到了他的身边，"要不然，你说大声点试试。"

百里东君看向白发仙怀中的小童，喃喃道："这就是叶兄的孩子吗？"

"我叫叶安世。"小童很认真地看着百里东君，"请问我的父亲死了吗？"

"白发，我与你聊几句，随我来。"百里东君没有回答他的问题，直接朝着山上走去。

"他不敢看我的眼睛。"叶安世和白发仙说道。

白发仙放下叶安世，纵身一跃跟了上去，问百里东君："宗主他如今……"

"你们输了。"百里东君直截了当地说道。

白发仙苦笑了一下："宗主是你杀的？"

"你觉得呢？"百里东君冷冷地看了一眼白发仙。

白发仙轻叹一声："还是不愿相信宗主会死。"

"你们这场东征，本身便是一个错误，如玥瑶所说，天外之天就算再荒凉，也是世外之境的一个家。你们这次东征，只会造成更多的人失去自己的家园。而你们的天外之天，也有可能被毁掉。"百里东君沉声道。

"当战争开始的时候，就没有谁是正义的。就像多年前北阕和北离的战争，就像如今我们的东征。人活在世上，便是为了自己而活，成王败寇，我们从来不觉得自己是正义的。"白发仙握着剑柄说道。

"和谈吧。"百里东君忽然说道。

白发仙微微皱眉："我们还有和谈的机会吗？"

"我说有便有。再继续打下去，除了死更多人并没有太大的意义，你们从北离退出去，回到你们的域外，但我要一个人。"百里东君看向白发仙。

"你想要少宗主？"白发仙眯起眼睛。

"是。"百里东君说道。

尾章·大战休止

山脚之下,紫衣侯领着魔教中人和江南十九门派隔着那柄长刀对峙着,但谁都不敢跨越那柄长刀一步。

"紫叔叔,刚才那个人就是杀了我父亲的人吗?"叶安世低声问道。

"不会,就算全天下都想杀你父亲,他都会拦着他们。他叫百里东君,你记好了,是你父亲一生最好的朋友。当年与你父亲一同抢亲的,就是他了。"紫衣侯轻声道。

"可现在,我们是敌人吧?"叶安世问道。

"是,他是北离正派弟子,我们是魔教中人,自然是敌人。"紫衣侯回道。

"你要我把少宗主交给敌人?宗主才刚死,我就要用少宗主来换我们的命吗?"山腰之上,白发仙手握在剑柄之处,随时准备拔剑。

"若叶安世随你们一起回天外天,会如何?在你们东征之时,叶鼎之是你们的英雄,可如今他已经死了,他的孩子只有五岁,回到那域外之后是成为那些人争权夺利的兵器还是发泄失败怒火的对象呢?"百里东君忽然问道。

白发仙一愣,随后脸色微微一沉。他知道百里东君这句话并没有说错,叶鼎之此次东征将域外大大小小所有宗门都召集到了一起，他们人心本就不稳，全靠叶鼎之一人的力量才压制得住，如今叶鼎之一死，那么这联盟也就土崩瓦解了，叶安世此刻若回天外天，却是会成为众人争夺的对象。白发仙轻叹一声："百里公子说得没错，那依百里公子所想，应当如何？"

"我问你，天外天现在的宗主应当是谁？"百里东君忽然问道。

"既然宗主已死，那么自然是少宗主。"白发仙回答得理所应当。

"叶鼎之不是北阕的人，而你是。如今北阕的四尊使和魂官、魄官都已经死了，你就没有取而代之的想法吗？"百里东君继续问道。

"我们曾经追随大小姐，因为自小跟随她长大，似乎这种追随成了一种习惯。后来我们追随叶鼎之，是敬佩他的强大，既然我们已经承认了叶鼎之是新的宗主，那么自然也承认他的孩子。别人我不管，至少我和紫衣，此生都不会有二心。"白发仙看向百里东君，认真地问道，"这是我们的信念。"

"好，那你们告诉我，回到域外以后，你和紫衣侯需要多少年能够重整天外天，让他们中的每个人都能与你们二人一样，追随叶安世？"百里东君沉声道。

"如今天外天唯一的变数在二小姐玥卿，在听到叶鼎之的死讯之后，我们依旧往南而行，而她已经悄悄离去了。若我们回去，最大的敌人必然是她。六年，至少要六年的时间。"白发仙沉吟片刻后回道。

"十二年！我给你们十二年的时间！"百里东君深吸了一口气，忽然以方圆十里之内都能听到的声音大声说道，"我今日便与你们立约，自今日之后，十二年内，魔教中人不得踏入北离一步。魔教教主叶鼎之之子叶安世扣留北离，十二年之期一日不满，一日不得离开。"

山下江南十九门派皆大惊失色！

"魔教中人明明已是瓮中之鳖，杀了就是，还立什么约！"

"百里东君就算胜了叶鼎之，又凭什么替我们北离江湖做决定！"

叶安世惊讶地转过头:"紫叔叔。"

紫衣侯皱着眉头看着山腰处,低声道:"白发你究竟在想什么?"

"如何?"百里东君问道。

白发仙犹豫了许久终于还是点了点头,冲着百里东君挥出一掌:"我信不过北离的人,但我信你。这十二年,由你传业,我相信少宗主不会辜负我们的期望。"

百里东君笑了笑,轻轻一掌把白发仙的手拍下:"我没有资格给他传业,他有更好的老师。"

"是谁?"白发仙问道。

"也是故人。"百里东君纵身一跃,从山腰之间一跃而下,很快就来到了山脚,他把那柄长刀拔起,丢给了紫衣侯。

紫衣侯伸手接过,神色复杂,叶安世一把抓住了他的衣袖:"我不走。"

百里东君看向紫衣侯:"这柄刀便是信物,你召集所有还在北离的魔教中人,让他们把自己的刀收回去,马不停蹄地离开这里。十五日后,若北离还有他们的踪影,那么我会亲自去杀他们。"

方才义愤填膺的江南十九门派此刻静默无声,只有段家家主段罗泽犹豫地走向前:"百里公子……这个决定……"

"这个决定是我们雪月城做的,雷家堡、温家、唐门、天山派、潮王阁以及暗河都已经同意,段家是还有异议吗?"百里东君很谦卑地问道。

段罗泽连连摇头:"没有的,没有的。"

百里东君笑了笑,又看向叶安世:"孩子,还记得你的家吗?"

叶安世往紫衣侯身后躲了躲:"不记得了。"

"你父亲死前你没有送他,现在我带你去祭拜一下他可好?"百里东君柔声道。

"那我是不是就不能回来了?"叶安世问道。

"回这个字很有讲究,你的家在哪里,哪里便是回。"百里东君不置可否地走到他身边,轻轻地牵起叶安世的手,"你觉得呢?"

叶安世想了一下,问道:"我母亲在哪里呢?"

百里东君挠了挠他的头："你真的只有五岁吗？"

叶安世看着百里东君："你为什么不回答我的问题呢？"

百里东君无奈地摇了摇头，看着从山上走下来的白发仙："这孩子，和他父亲一样，真的很难聊天。"

白发仙耸了耸肩："其实要看聊天的对象是谁。"

"莫叔叔！"叶安世大喊道。

"听这位百里叔叔的话，等我们回来接你。那一年你十七岁，我们天外天的所有人都会在域外迎候你。"白发仙大声道，"那一日，你便是我们天外天的大宗主。"

"十二年，很久吧……"叶安世的眼眶红了。

"很快的，当你闭上眼睛再睁开，便是十二年了。人生不过须臾间。"百里东君抱起叶安世，没有再给他说话的机会，直接冲着远处掠去。

寒山寺。

小和尚无禅烧了三炷香，朝着面前的土坟叩拜了三下，土坟前面还放着一串糖葫芦："叶大哥，你走了，姑苏城里的糖葫芦都没那么甜了。"

忘忧大师摇了摇头："姑苏城里有十六家卖糖葫芦的店，只有城南你家最甜最干净，城北那几家山楂里都是小虫子，城西那几家的糖太少，不够甜。"

无禅站了起来："师父您又不吃糖葫芦，您是怎么知道的？"

"叶鼎之和我说的，他说他每次给你买的就是城南那家，最甜、最大、最干净。"忘忧大师挠了挠无禅的头，"不过你已经不小了，不该吃糖葫芦了。"

"为什么成为大人了就不能做一些事了？"无禅问道。

忘忧大师想了想，笑道："师父方才的话说错了，你不管多大，都可以吃你的糖葫芦。"

"可我不想吃了，我觉得其实城南、城北的糖葫芦都一样，别人买的才甜，这串糖葫芦是我自己花钱买的，所以觉得不甜。"无禅轻声道。

忘忧大师轻叹一声："小无禅长大了啊！"

无禅抬起头，眼眶还是微红的："师父，长大了就要遇到这么多难过的事情吗？之前我觉得走路很累，念经很难，但再苦再难，睡一觉也就过去了，可叶大哥死了那么多天，我还是觉得每天都很难过，而且一天比一天难过。"

忘忧大师摇了摇头，没有说话。

百里东君抱着叶安世从远处行来，几个纵身便落在了土坟前，他将叶安世放下，对忘忧大师行礼道："大师。"

忘忧大师看了一眼叶安世："是那个孩子啊。"

叶安世直接从百里东君的怀里挣脱，走到了那座土坟面前，看着墓碑上写着的字，却只认识六个字——叶鼎之、易文君，他如今才五岁，能认得的也只有父母的名字。他低声道："这就是阿爹的墓吗？"

百里东君在他身后回道："是。"

"我阿娘来过吗？"叶安世又问道。

"来过。"百里东君回道。

"她去哪里了？"叶安世语气依旧很平静。

"你们会再相见的。"百里东君没有直接回答这个问题。

叶安世跪了下来，对着土坟用力地磕了三个头，再度抬起头时已经满脸都是泪水："阿爹！阿爹！这一切都不是真的，你没有死！阿爹！"

无禅也跟着哭了起来，但没有哭出声来，肩膀剧烈地颤抖着。

百里东君和忘忧大师就这么站着，一个是如今名震天下的江湖后起之秀，一个是世人公认的佛道大宗，可面对这人世间最平凡的生离死别的悲伤，却除了沉默，并没有任何的办法。

直到叶安世终于哭得没有力气了，倒在了土坟前，仰头满眼泪水地看着天，身子时不时地颤抖一下。忘忧大师轻声道："无禅，把这孩子背起来。"

无禅点了点头，抹了一把泪水，蹲下身把叶安世背了起来。

叶安世带着哭腔问道："你们是谁？"他觉得两人有点熟悉，却想不起来了。

"我们是你的家人。"忘忧大师轻声道。

无禅扭头道:"小时候我们不是经常一起玩泥巴的吗?你都忘记了?你还想吃我的糖葫芦,但你太小了,不能吃那么甜的东西。"

"那时候他更小,那么小的孩子只能记住自己的父母,而且会记得很深很深。"忘忧大师缓缓说道。

"你们不是我的家人。"叶安世倔强地扭过头。

忘忧大师看向百里东君,双手合十唤了一声"阿弥陀佛":"百里施主,这孩子便交给老和尚了。此番上山,便是十二年,至于山下之事……"

"自有我在。若有人敢上山叨扰,大师传信到雪月城。"百里东君沉声道,"我亲自来。"他这句话说的声音很响,响到三里之内的人都能听到,以至于那些早就虎视眈眈藏在附近的人心里都震了一下。

忘忧大师点头道:"谢过百里施主了。"

"便拜托大师了,是百里谢过大师才对。"百里东君回道。

忘忧大师摇了摇头:"当年是我没有降住叶鼎之的心魔,其实自从你们从天启城抢亲离开以后,叶鼎之就有入魔之状,后来见他与妻子生活和睦,又有了孩子,却想着心魔已除,也就放心了很多。可没想到,却是天外天早就布下的阴谋,最后若我能及时阻止,也不至于如此。"

"大师慈悲,此事本就与你无关,不必自责。只是这个孩子,"百里东君看了无禅背上的叶安世一眼,"我希望,大师能好好教导。他身上背负了太多东西,我本想亲自带其回雪月城,可思考良久,觉得我可能做不到我想要的那样。"

"百里施主想得太多了,不过老和尚我有一个问题,如何算好好教导呢?"忘忧大师问道。

"希望我十二年后见到他,就像我初次见到叶鼎之时一样。"百里东君思考良久之后给出了这个答案,当年的叶鼎之同样童年惨遭不幸,同样看到家人离去,但他第一次见到百里东君时,却给人感觉是个潇洒于世间的侠客。

忘忧大师笑了笑:"每个人都有自己的人生,这个孩子也会有

的。放心吧,虽然会和你想得不一样,但十二年后你要是见到他,他一定不会令你失望。无禅,我们上山。"

"好,叶安世,我们上山。"无禅对着背上的孩子说道。

"别叫名字了,以后他就是你的小师弟了,你叫他小师弟便可以了。"忘忧大师缓缓说道。

"师弟。"无禅愣了一下,随后一笑,"好的,小师弟,我们上山。"

"谁是你小师弟!"叶安世挣脱着想要从无禅的背上跳下来。

可无禅却抓得更紧了,快速地朝着山上走去。

忘忧走到他们身边,沉吟许久之后说道:"你以后便叫无心。"

"我叫叶安世!"叶安世不满地回道。

"无心则明,无心则不偏,无心则不私。我希望你可以无心,因为只有无心,"忘忧大师平静地说道,"才能自在。"

北蛮的军队终于选择了退兵,他们带着雄心和真正的虎狼之师而来,可却连北离的国门都没有踏入一步,他们带着重兵转头离去的同时,也记住了一个名字——雷梦杀。

这位北离的大将军告诉了他们,在勇猛之外,军阵的运用是多么的重要。而另外他们记住的那个人,从头到尾也没有说过自己的名字,只是把北蛮的第一高手一次次地打趴下罢了。

"北离真是值得敬畏啊。"北蛮的将军感叹道。

而南面的战争也宣告了结束,琅琊王萧若风依旧保持了自己不败的神话,很快就班师回朝。有人向其告知了镇西侯府独孙百里东君在皇宫之内暴打了明德帝一顿的事情,但是萧若风知道后并没有任何的反应,那些好事的人都悻悻然离去的时候,萧若风一个人坐在房间里,低声骂了一句:"打得好!"

而在这场风波中,江湖的格局也在悄悄发生着变化。曾经的江湖第一势力无双城在阻挡魔教的战争中溃不成军,唯有大弟子宋燕回斩杀多名魔教长老为他们挽回了一点颜面,可人们开始不停惊叹的,却早已是另一座江湖之城。

下关风，上关花。苍山雪，洱海月。

曾经作为一处隐居之所的雪月城，终于在这一场风波之后名扬天下。风波之中，这座城的城主一直都没有露面，但因为代表雪月城出战的百里东君、司空长风以及李寒衣都和某个人关系匪浅，所以很多人都在私下猜测，这座城的城主便是曾经的李长生李先生。

很快，这些猜测就没有意义了。因为雪月城已经昭告天下，新任大城主由百里东君担任，李寒衣为二城主，司空长风为三城主。雪月城也召开了恐怕是建城以来最盛大的城主继任大会，雷家堡、唐门、温家等武林各大门派都派了使者前来，隐隐之中有结盟之意。如此多的贵客盛临，继承城主的大会上，却只有司空长风一个三城主。

"我要练剑，没时间参加这个。"李寒衣带着剑直接上了苍山。

至于百里东君——这位雪月城的大城主很多年没有回过雪月城了。

"为什么偏偏是我？我只是个三城主啊！"司空长风一脸无奈地看着面前的一众长老。

长老落念瑟笑着道："因为你已成家，有老婆有孩子，就不会乱跑了。"

"那为什么我不是大城主？"司空长风问道。

落念瑟喝了一口茶："辈分如此。"

"我可以砸了这里吗？"司空长风问道。

落念瑟点头道："可以的，但是修复的损失会算在雪月城的财账上，你身为雪月城的三城主，每个月都需要对账本负责。三城主还有什么想问的吗？不妨一起问了。"

"没有了。"司空长风无奈道。

"那便烧香祭祖吧。"落念瑟朗声道。

苍山之上，李寒衣在自己的草庐边煮了一壶茶，与人道别。

一个拿着伞，戴着恶鬼面具。

一个留着小胡子，手中把玩着一把匕首。

"此次并肩作战，虽然明白暗河和我们并不是可以一直同行的人，但我确实敬佩你们。"李寒衣倒了两杯茶。

"你如今已是雪月城的二城主了，说话的姿态也有些高了呀。"苏昌河笑道。

苏暮雨摘下了面具，走到李寒衣面前，将茶杯捧到嘴边，轻轻地吹了吹，然后喝了一口，缓缓道："好茶。"

"下次再相见，应该不是朋友了吧。"李寒衣沉声道。

"大多数时候你见到暗河，那么就是暗河要杀你。"苏昌河没有喝那杯茶，"我们该回去了，北离江湖的新时代已经来了，那么暗河的新时代也将到来。"

李寒衣幽幽地说道："你的话中似有深意。"

苏暮雨重新戴上了面具，转过身："还是希望可以重逢的。"

苏昌河收起了匕首："那得活到那一天。"

楼阁之上传来了一声又一声的敲钟声，冗长而庄严的城主即位仪式终于开始了。

一身青衫的年轻人在此刻落在了雪月城的城墙之上，他伸手捻过一朵茶花，满怀感情地看着这座城："很多年没有回来了啊！雪月城，如师父所言，的确是世间最好的一座城。"

"你如今是这座城的城主啦。"下面停着一辆白色的马车，一身白衣的女子坐在马车上，仰头看着青衫男子，"要进去吗？"

青衫男子是如今江湖中人人传颂的雪月城大城主百里东君，那白衣女子自然就是曾经的北阕帝女玥瑶。

"不去啦。城主什么的，感觉负担很重啊。我还想走走江湖。"百里东君将那朵茶花一丢，纵身一跃跳了下来，"找到玥卿了吗？"

玥瑶摇了摇头："没有，她应该是回到天外天了。"

"希望她早日可以醒悟，只是天外天之事，我与白发仙和紫衣侯等人承诺过，不去干涉他们。"百里东君轻叹一声。

"你不恨玥卿吗？若不是她，叶鼎之也不会走到这一步。"玥瑶问道，这是她一直想问的一个问题，却一直不敢问。

"如果恨能解决问题，那么叶鼎之也就不会死了。现在我们能做的，只能尽量让接下来的事都不再有遗憾。"百里东君对着玥瑶笑了笑，笑容温暖而和煦。

自从他们重回北离以来，玥瑶很久都没有看到百里东君这么笑了,她的心情也不由地愉悦了起来:"那我们现在去哪里?"

"去乾东城。"百里东君忽然道。

玥瑶一愣:"为何是乾东城?你不是说要闯荡江湖,怎么第一站,便是回家?"

"是啊,要先回家。"百里东君走过去,挽住了玥瑶的手,"我要娶你为妻,当然得先回家,拜过高堂。"

玥瑶脸微微一红,然后便笑了。

大风吹拂,茶花漫天。

一辆白色的马车徐徐离城而去,马车中的女子吹着笛子,笛声悠扬婉转,满是惬意。持着马鞭的男子仰头喝下了一口酒,微微眯了眼睛,仿佛在这一场春风之中醉去了。

(全书完)

番外·桃花依旧

青城山,满山桃花开。

穿着一身紫衣道袍的年轻道士坐在桃花树下,他的身旁插着一柄绯红色的桃木剑,道士轻轻弹了弹那柄木剑,震得一朵桃花从树上飘落,年轻道士伸手接住那朵桃花,看了许久,喃喃道:"已经快过去一年啦。"

年轻道士轻叹一声,闭上了眼睛,靠着桃花树打起了小盹。

一名须发皆白的老道人踏入院门,看见那年轻道士的模样,不由地轻叹了一声。老道人是青城山本代掌教吕素真,年轻道人则是他的弟子赵玉真,因当日在青城山下一剑拦住魔教东征的大军而被百晓堂列入了百兵谱,称道剑仙。赵玉真从未下过山,所以江湖上对于赵玉真的形容也就越来越夸张,都说他身高九丈,一身紫衣道袍,有金光透出,可以足不沾地,御剑千里而行,但事实上,赵玉真不过是青城山看起来普普通通的一个年轻道士罢了,甚至每天总是懒洋洋的,最爱坐在这桃花树盛开的院子里打盹。

赵玉真又梦见了那个戴着面巾、打扮成男装的女子。

第一次来时,那女子要和他试剑,他一时失手,一剑打落了那女子的面巾。

世间绝色,恍若天下仙女下凡。

第二年,冬去春来,桃花盛开,那女子

再次携剑而至，一剑引来满山之花，打散了赵玉真的百尺剑魂，失了桃木剑的赵玉真最终折下一束桃花枝，飞出手中再次打落了女子的面巾，还第一次听到了她的声音。

无量劫不如桃花劫，天上仙不如眼前月。

那小仙女说她叫什么名字来着？

哦，叫李寒衣。听师父他们说，雪月剑仙李寒衣，在江湖上赫赫有名，已经是雪月城的二城主了。

她说，一年之后还会再来。

到时候让我随她一起下山。

下山啊……

赵玉真缓缓睁开了眼睛，看着手执拂尘的吕素真正站在自己面前。他站起身，揉了揉眼睛："师父啊。"

"发现是师父，是不是有些失落？"吕素真笑着问道。

赵玉真挠了挠头："嘿嘿，是不是可以吃午饭了？"

吕素真伸指轻轻弹了一下赵玉真的额头："都被称为剑仙了，怎么还只记得吃呢。对了，今年怎么没用那离火阵心诀催得你的桃花树快点结果子啊？"

"桃花开得那么好，今年有些不忍心了。"赵玉真笑了笑。

吕素真转身朝着院外走去："走了，吃饭去了，虽然没有桃子，但为师替你准备了一些桃花酿。"

"好嘞。"赵玉真笑着跟了上去。

"玉真，若心里不开心，不必强行欢笑。"吕素真轻声道。

"没有的事，师父。"赵玉真回道。

"不要每日都待在这院里，多和师兄弟们练练剑，对了，你被评为剑仙之后，有很多人想拜你为师。"吕素真缓缓道。

"好啊好啊，没想到我都可以收徒弟了。"赵玉真连连点头。

"别说收徒了，以后青城山都是你的，为师决定了，你便是下一任青城山的掌教。"吕素真轻轻甩了一下拂尘，轻描淡写地说出了这一句能让江湖震一震的话。

"师父。"赵玉真突然停住了脚步。

"嗯？"吕素真转身。

"我不想做掌教。"赵玉真仰起头,"我想她。"

"我想见她。"

"我想下山。"

雪月城,苍山古道。

一杆长枪,挂着一壶酒。

雪月城的三城主,如今江湖上仅此一位的枪仙司空长风缓缓登山,走到了山腰上的那间草庐前。

"这是东君留下的风花雪月,快出来喝一杯吧。"司空长风对着草庐喊道。

"等一下。"草庐之内传来一声清脆的女声。

司空长风耸了耸肩,在草庐外面的石凳上坐了下来,将那酒壶放在桌上,抱怨道:"山下那么多舒服的院子你不住,偏要住在这山上,你这性格太古怪。你虽然算是我的师姐,但实则我和东君与你的父亲才是一辈,我们受了他的嘱托要好好照顾你……"

"山下太吵了,不宜于练剑。"那声音回道,"你也太吵了,话快和我师父一样多了。"

"你的剑又不是洛青阳的凄凉剑,多点烟火气,我觉得没有什么不好。"司空长风给自己倒了一杯酒,一饮而尽。

"那我的剑是什么剑?"草庐走出来一个身穿红衫的女子,女子穿着艳丽,妆容淡雅,腰佩一柄长剑,给人一种既惊艳又冰冷的感觉。

司空长风愣住了:"寒……寒衣,你今日是怎么了?"

雪月城二城主——李寒衣,如今的雪月剑仙,常年都是以男装示人,即便是司空长风,也是第一次见到李寒衣穿女装,甚至还化了妆容的样子。

李寒衣按了按腰间的长剑,神情有些局促:"怎么了?"

"没事。"司空长风笑了笑,给李寒衣也倒了杯酒,"挺好挺好,或许这就是我说的烟火气了,保持这个装扮,我怕以后不是问剑的踏破我雪月城的城门了,而是提亲的踏破我们城门了。"

李寒衣走到司空长风身旁,却没有坐下,只是饮下了那杯酒:

"今日，我要下山。"

"下山？"司空长风疑惑道，"去哪里？"

"青城。"

"青城？"

青城山，乾坤殿。

"玉真，我曾说过，你此生不能下山，是因为我算出了你的天劫。你天生道心，天赋绝佳，且你的天道与青城山相契合，可就因为这种天道上的完美契合，所以你若离开青城山，那青城山便会衰，你会死，你若留在青城山，那青城山则强盛百年，你也有机会一步登仙。"吕素真坐在赵玉真面前，手执拂尘，语气平静。

"师父您被称为道家真仙，您说的我从未有过怀疑。"赵玉真垂首道，"只是徒儿有时候也会想，是不是足够强了，能与天道一斗，若我胜过了天，那么一切都能解决了。"

"其实留在青城山也没什么不好，百年兴盛，亦是我所愿，现在想来也是有些自私了。"吕素真轻叹一声，"这些年我想了许久，想到了一个方法。与天斗从未有人胜过，但我想试一试，能不能骗过天。"

赵玉真眼睛一亮："有什么方法？"

"若我取青城山一缕真气注入你身，那么以后你行走天下，便等于带着青城山的天道，那么下山不下山，便无所谓了。"吕素真微微笑着。

"求师父教我此法。"赵玉真垂首道。

"此乃偷天之术，需要付出极大的代价。"吕素真伸出一指，点在赵玉真的眉心，"罢了罢了，每日看你愁眉苦脸，为师心中不忍。"

赵玉真感觉一缕真气从眉心注入体内，随后闭上了眼睛，在那个瞬间，他感觉自己仿佛和青城山融为了一体，山中的变化，甚至那一草一木的轻微变化都能够感觉得到。

"过程会很痛苦，也需要很长的时间。"吕素真说道。

"没问题的，师父。"赵玉真回道，"我一想到或能下山了，便

觉得很开心。与这开心相比,万箭穿心,都算不得什么。"

三日之后,有一年轻人乘黄鹤降临青城山。

年轻人双手抱拳,坐在黄鹤之上,他看着拦山的上百道士,目光阴冷:"我来不是和你们打架的,把赵玉真喊出来。"

"你是何人?"为首的中年道士手持木剑的手微微有些颤抖,此人乘黄鹤而临,倒比他们这些道士还更像修道之人。

"雷家,雷云鹤。"年轻人朗声道。

"雷门双子!"为首道人大惊。

"雷云鹤就是雷云鹤,雷轰就是雷轰,别把我们混为一谈。那家伙来了青城山,回去后不知中了什么邪,硬是要练剑。所以我今日便来见一见赵玉真,看看雷轰所说的一剑之美,究竟是什么东西。"雷云鹤不耐烦地说道。

"掌教真人和赵天师正在闭关,你过几日再来吧。"为首道人回道。

"那就是没得聊了?"雷云鹤挑了挑眉,"早就料到了。"

"难不成你要硬闯?"为首道人喝道。

"那我便一指破苍山!"雷云鹤朝前伸出一指,指风袭出,硬生生打出了一道山路,把面前的那一众道士都掀了个人仰马翻,他拍了拍座下的黄鹤,"阿离,我们上山。"

座下黄鹤惊鸣了一声,便带着雷云鹤往山顶上的乾坤殿行去。

"赵玉真。出来一战!"雷云鹤高声大喝,黄鹤绕着乾坤殿开始盘旋。

乾坤殿内,赵玉真睁开了眼睛:"师父?"

吕素真摇了摇头:"或者这便是命中之劫啊,偷天之道,还是被天窥得。"

"不管了。"雷云鹤伸出一指,直接将乾坤殿的屋顶给掀开了。

吕素真吐出一口鲜血,将身旁的白色拂尘染得血红,赵玉真起身,抬头望向雷云鹤:"你是谁?!"

"在下雷云鹤,我有个兄弟,见了你的剑,说世上武学,最美仍是剑,我也想见一下。"雷云鹤垂首看着赵玉真。

"青霄。"赵玉真伸出手,怒喝一声,挂在乾坤殿上的长剑登时出鞘，落在了他的手中。

"青霄？名剑谱第六。很好。"雷云鹤眼神中流露出了几分兴奋，"值得我一战。"

"你兄弟见到了人间最美一剑，但你见不到。"赵玉真的眼神中泛过一道紫光，"你会见到人间最怒一剑。"

"怒剑仙，不应该是颜战天吗？"雷云鹤疑惑道，"你是道剑仙，与我言怒？"

"剑之怒，又能算得了什么？"赵玉真长剑一扬，"而我有承天之怒！"

"好！"雷云鹤伸出一指——雷门惊雷指。天空之中，一道惊雷炸响。随后雷落！竟落于雷云鹤一指之上。雷云鹤的惊雷指是整个雷门最强的惊雷指，便是因为他的惊雷指，真的含有惊雷。

吕素真看着雷云鹤那一指落下，惊骇道："这是黄龙山的九天引雷术！黄袍？竟然是他！他怎么会传雷门弟子九天引雷术？"

赵玉真纵身一跃，持剑冲着雷云鹤袭去。

一剑轻抬。

雷灭。

那黄鹤惊鸣一声，左翅被赵玉真一剑所伤，直接朝地坠下，雷云鹤足尖轻轻一点，避开了赵玉真袭来的一剑，背后已是冷汗淋漓，他自闯荡江湖至今，向来以招数霸道凶狠压过对手一头，可却第一次遇到一人，比自己还霸道？还要不讲道理。

"一指断乾坤，两指劫天命。"雷云鹤在空中对着赵玉真又伸出了一指。

"天命！我最爱斩的便是天命！"赵玉真举起剑，猛地落下。

一道剑影在瞬间化作百道、千道、万道。

最后又汇聚成了一道剑光。

青城山最高剑法——无量剑。

雷云鹤急忙变指，伸出了第三指，也是自己的最强一指——惊雷变。

这一指终于穿破了那道剑光，点在了赵玉真的眉心，但很快那一指便失去了自己的支撑力量，无法再前进寸许，因为雷云鹤的整

条右臂都被青霄剑给齐齐斩断了。雷云鹤瞪大了眼睛,摔落在了地上。赵玉真持青霄剑,缓缓落地。

"一剑之美。"赵玉真喃喃道,"美吗?"

雷云鹤失去了自己的右臂,不可置信地看着面前的赵玉真:"不……不可能!"

"没有什么不可能的,或许这就是你的,天命吧。"赵玉真持剑朝着雷云鹤缓缓行去,"就像那是我的天命。"

"你若杀了他,道心便毁了。"一袭青衫落在了雷云鹤的身前,那人面目俊秀,腰间挂着一个酒葫芦,脸颊微微泛红,似是刚喝了不少的酒。

"百里……百里东君。"雷云鹤认出了面前之人,乃是雪月城城主百里东君,如今很多江湖人心目中的天下第一人。

"我要杀他。"赵玉真瞳孔已经彻底变成了紫色,很明显他已经走火入魔。

"道心毁了,你就再也没有下山的机会了。"百里东君缓缓道。

"我已经没有了。"赵玉真持剑向前。

"罢了罢了。"百里东君将手中的酒葫芦丢了出去,"现在的你,怕是已经听不得我说的话了。"

赵玉真一剑将那酒葫芦打得粉碎,其中酒水迸射而出,打湿了他的一身道袍。百里东君一个闪身,掠到了他的身旁,随后一掌打在了他的身上。紧接着,赵玉真那一身酒水在瞬间化为水雾,将他整个人笼罩了起来,等水雾散去之时,赵玉真竟已倒在了地上,似是晕了过去。

吕素真从乾坤殿中走了出来,对着百里东君微微垂首:"今日青城山可真是热闹,竟连百里城主都来了,乾坤殿蓬荜生辉啊。"

百里东君笑道:"本来是为了给我师妹来提亲的,她毕竟是个女孩子,不能真上山抢人,她虽然不在乎这些,但我这个做师兄的,总得替她多想一些。"

吕素真轻叹一声:"可如今这……"

"总有机会的,不过是再等等罢了。"百里东君转身,看着地上已经断臂的雷云鹤,摇了摇头,"练剑,练刀,用火药,真的需要那么执着吗？我不太懂你们这些雷家人，难怪二师兄要从你们那里离开。"

雷云鹤却眼神空洞，看着自己的断臂痴痴地说道："我的手，我的手……"

"唉。"百里东君轻叹一声，将雷云鹤的断臂收起，随后抱起雷云鹤，点足一掠，朝着山下行去。

赵玉真忽然睁开了眼睛，他努力地站起身，看向吕素真，瞳孔中的紫色缓缓散去，最后轻声唤了一句："师父。"说完之后，再次力竭仰头倒在了地上。

当日傍晚，青城山宣布封山，任何人除非得到掌门默许，都不能私自出入。但是次日清晨，那一袭红衣便已经到了。李寒衣已经来过青城山两次了，前两次来，她都是悄悄潜入山中，除了赵玉真和几位天师外，并没有任何人察觉，但这一次，总归是不一样的，所以她来到了山门之前，准备登山。

"姑娘，青城山今日封山，任何人不得上山。"守山门的弟子见来人是如此貌美的一个女子，语气也不由得温和了许多。

李寒衣微微皱眉："今日封山，那明日呢？"

"这……就不可知了。"守门弟子摇头，"但听山上的消息，怕是得等好些日子了。"

李寒衣迟疑了片刻，问道："因为何事封山？"

守门弟子闻言急忙摇头："那便是我青城山的私事了，不得与外人言，姑娘还请回吧。"

李寒衣又低头思索了许久，最后往前踏了一步："不行，我得登山。"

"这！"守门弟子拔剑欲拦，可刚一拔出剑却发现手上只剩下了一个剑柄，他吓了一跳，李寒衣便已经从他身边走过，但很快李寒衣就停了下来，她转身看着前方。

一名身着灰衫的男子出现在了山门之前，男子的腰间佩着一柄红色的剑，相貌平平，看起来并不特殊。

可是李寒衣却好奇地打量了他半天，最后问道："我见过你。"

男子垂首："当日我曾上青城山，见过姑娘和赵真人对剑，从那天起，我才知剑之美，才可称绝世。"

李寒衣轻轻摇了摇头："可我记得你说过你叫雷轰，雷轰这个名字并不寻常，我听我父亲说起过，是雷门这一代最有天赋的弟子之一。但你身为雷家堡弟子，怎会佩剑？"

"姑娘竟记得我的名字。"雷轰神色一喜，"那日从青城山离开之后，我便开始练剑。如今快过去一年了，自感有所得，便想来青城山会一会赵真人的剑。"

李寒衣眉头一皱，正欲说话，却被那守山门的弟子抢了先，那弟子怒喝道："你们这些雷家堡的人有完没完了！一个接着一个的登山，各个都要挑战赵真人，我们赵真人如今已经闭关养伤了，你们还要来挑衅！"

"闭关养伤？"李寒衣低声道。

守门弟子自知失言，立刻转身对身后的师弟说道："你去山上通知掌门真人，这里交给我们。"

雷轰神色困惑："在我之前，还有谁来过？"

守门弟子心中本就藏着怒火，此时索性就骂了出来："上次那个骑鹤的就来过了，也点名了要和赵真人打，我们青城山是道门仙府，又不是你们这些莽夫打擂台的地方。"

"阿鹤，他居然来了……"雷轰愣了愣，"那他现在如何了？他并没有回雷家堡。"

"那我便不知道了。"守门弟子没好气地说道，"反正没打过我们赵真人。"

"我要上山。"雷轰朝前走去。

"不，你不能。"回答他的却是李寒衣。李寒衣拔出了腰间的长剑，站在其身后的守门道人们全都被那寒冽的剑气往后震了三步。

雷轰微微皱眉："姑娘这是……"

"你要比剑，那和我比便是了。"李寒衣冷冷地说道，"我的剑，你也见过，不输给赵玉真。"

话才刚说完，李寒衣便出了一剑，一道寒光，若铁马踏破冰河，冲着雷轰急袭而去。

雷轰从来没有感受到过如此寒冷的剑气，他们雷家堡钻研火药，向来走的是霸道猛烈的路子，最不怕的就是冰寒，可是他却从未见过这样夸张的寒气，像是要把整个人都冰封住千万年一样凛冽的寒、寂寞的寒，连雪都似乎要冻住的寒。

更何况那寒中，却还有一股奇特的暖，并不炽烈，却绵长悠远的暖。

乾坤殿内，紧闭双眼的赵玉真睫毛微微颤抖了一下。

站在他身后的吕素真轻轻甩了一下拂尘，赵玉真的神色便重归于平静。

山上，雷轰也拔出了自己的剑。

他的剑很特殊，是一柄火红色的长剑，剑首之处，还雕刻着一只浴火而起的凤凰，他挥剑一挡。

李寒衣那寒冽的剑光之中，便出现了一道火热的红。这道红来得极为猛烈，几乎就要将李寒衣的剑光给压下去了。

不过也只是几乎罢了。

下一个瞬间，李寒衣一剑便逼到了雷轰的面前，她长剑轻轻打了个旋。

雷轰的眉毛上便留下了一道白霜。

雷轰也回了一剑。

李寒衣的红色衣角上，又多了一道浅浅的灼痕。

"以暖对寒，也是有趣。"雷轰持剑后退。

李寒衣轻轻摇头："你的剑意，并不能称作暖，只是烈。"

"那什么是暖？"雷轰不解。

李寒衣仰起头："就像是桃花盛开前的那一刻，弥漫在空气中的那一股暖。"

"在下愚钝，听不明白。"雷轰摇头。

"若听得明白，你的剑便不止如此了。"李寒衣朝天挥出一剑，"你的剑距离剑仙之剑，相距甚远。"

这一剑并没有对雷轰挥出，而是对着天空挥出。

但那寒冷的剑意，却在瞬间弥漫开来。

即便是相隔几十步之外的青城山守山弟子都感觉到了一股透骨的寒意，他们低头看着自己的木剑，发现木剑之上已满是冰霜。

雷轰此刻下意识地想要提剑相抗，可是他的那柄火红色的剑却慢慢地变成了白色，而自己修炼了许久的那股炽烈的剑意，也在那浩瀚的寒冷剑意下，消散无踪。

原来他练了这么久的剑，在真正的剑仙面前，连拔剑都做不到。

"你的剑还可以，但也只是还可以。"李寒衣收回了自己的铁马冰河剑，那股强大的压迫感终于散去。

雷轰低头看着自己的剑，轻轻摇头："是我坐井观天了。"

"回去吧。等你什么时候练成了剑仙一剑，我会亲自来拜访你，来问一问你真正的剑。今日这青城山，你上不得。"李寒衣轻轻挥了挥手。

"我叫雷轰。"雷轰沉声道。

李寒衣微微皱眉："我已经记下了。"

雷轰转过身："下一次见面，怕是要等很久了，所以想在离开之前提醒一下姑娘这个名字，担心接下来的这些年里，姑娘会忘记这个名字。"

"雷轰，你的剑名？"李寒衣问道。

"剑名杀怖，自己打的。"雷轰提剑离去，没有再回头。

李寒衣转身，看着那些守山门的弟子。

这些年轻弟子又何曾见过这样可怕的剑法？见识好的已经认出了这是来自雪月城的雪月剑仙李寒衣，此刻全都双腿微颤，连话都说不出来了，又怎敢上前去拦。

"他在养伤？"李寒衣却没有再急着登山，只是温柔地问道。

为首的弟子咽了口口水，点头道："是……是的。"

"那是不是无人打扰会比较好？"李寒衣又问道。

弟子们相视一眼后老老实实地回道："掌门说，若被打扰，有可能会再度走火入魔。"

"那好。"李寒衣转身，"让吕掌教和他说一声，我来过了。"说完这句话后，李寒衣便提剑离开了，只是走出好远之后，还是没能忍住，回头看了一眼。

雪月城中。

百里东君摆了一桌子的酒,一杯接着一杯地喝,眼睛越喝越亮。

坐在他对面的雷云鹤双眼失神,呆滞地看着面前的酒,偶尔会举起尚在的左手,喝上那么一小杯。

司空长风在一旁苦笑道:"你怎么把雷家堡的天之骄子给绑来雪月城了?而且这家伙,还破坏了寒衣的好事,你不怕寒衣一剑把他给杀了?"

百里东君摇头道:"不要把这件事告诉寒衣。雷云鹤现在心境崩塌,充其量只能算是个金刚凡境的普通高手了,寒衣杀他怕是真的只需要一剑,他们也算是同族之人,寒衣真杀了他,那就难以收场了。"

"那你还把他带回来?"司空长风无奈道,"丢回雷家堡啊。"

"让他去登天阁里养伤吧,他如今应该也不想回雷家堡。"百里东君推了一杯酒给雷云鹤,"雷兄弟,这杯酒叫须臾,生死不过须臾之间,想开点,喝一杯。"

雷云鹤漠然地喝下了一杯酒。

"那赵玉真以后便再也没有机会下山了?"司空长风也喝了口酒,"我总觉得天道这种事,玄之又玄,做不得真,真下山了,难道会一道雷打下来,把人劈死?"

"青城山掌教吕素真乃道家真仙,他说的话不会骗人。不过雷云鹤此行上山很蹊跷,他学的九天引雷术也很蹊跷,应该是有人在针对赵玉真和青城山,不想要赵玉真下山。雷云鹤应该是被人利用了。"百里东君轻叹道。

"是吕素真说的那个黄龙山的黄袍老道吗?唉,江湖啊,真是麻烦。连修仙的道士都天天想着算计别人。"司空长风打了个哈欠,"有些怀念以前的雪月城啊,避世而居,和这些纷扰都没有关系,咱们溜吧?找另一个雪月城躲起来?"

"是啊。但如今雪月城是江湖魁首,司空城主你一定要主持好江湖正义啊。"百里东君拍了拍司空长风的肩膀。

司空长风无奈道:"你才是大城主好吗?我不过是个垫底的三城主,辈分最低,做的事情却最多。"

"能者多劳。"百里东君站了起来,他喝得有点醉醺醺的,步伐都有些不稳。

"做什么去?"司空长风问道。

"你把雷云鹤送到登天阁,我去接师妹回家。"百里东君点足一掠,走出了房间。

雪月城下,一袭红衣翩然而至。

李寒衣抬起头看着牌匾上的城名,有一些恍然。

她曾有过一些期望,再次站在城下的时候,会是两个人。

她和那人说:"你看,青城山虽然很美,但哪里比得上雪月城啊。"

直到一双手轻轻拍了拍他的肩膀,李寒衣才回过神来,她转头:"师兄?"

百里东君伸手揽过李寒衣的肩膀,笑嘻嘻地说道:"师妹你红装是真的好看,以后多穿穿,让师兄们饱饱眼福。"

李寒衣微微一愣,随即笑了笑:"师兄你调戏师妹,不怕被玥瑶姐姐知道吗?"

"你玥瑶姐姐看到后也肯定赞不绝口。"百里东君竖起一根大拇指,"走,陪师兄喝酒去,咱们今晚来一个一醉方休怎么样?"

李寒衣摇头道:"不去了,我要回山上练剑。而且我不喜欢喝酒,你又不是不知道。"

"不行,要去要去,师兄新酿了一壶酒,甜甜的,你一定爱喝。"

"什么酒?"

"酒名为桃花。"

番外 · 无心无尘

"姑苏城外寒山寺，夜半钟声到客船。"

"船停了。"秀水河畔的酒家中，一名白发苍苍的老者举杯，缓缓饮了一口。

夜已经很深了，秀水河畔酒家的灯笼依旧十年如一日地全都亮着，但是酒家中的人却都已经散了。唯独这处酒家还开着门，因为酒家的名字叫"不眠"，可酒家可以不眠，酒客却不行。所以此刻大门紧闭，只留老者一人独饮。

老者便是这间酒家的老板，没人知道老者的真实身份和年纪，只知道老板姓秦，这一整条秀水河畔，也都姓秦。

门在此刻被重重地敲响了。

"咚，咚，咚。"

"进来吧。"老者打了个哈欠。

大门被推开，一个身穿蓑衣的人走了进来，每走一步，地上都留下了一摊水，可外面分明没有下雨，这人仿佛是从秀水河中刚爬出来的一样。

"秦老板，许久未见了。"那人的声音听起来却很年轻。

老者将身上的大衣裹紧了些，无精打采地说道："每次见你都没什么好事，不见也罢。"

"可是我们已经相见了。"蓑衣人笑道，"所以说，不好的事，应该也要到了。"

老者放下了酒杯,扭头看着窗外,秀水河上不知何时已停满了船只,一个个火把被点亮,把整条秀水河都照亮了。

老者轻叹一声:"这些家伙,胆子可真大。"

"最近江湖上发生了很多事。"蓑衣人在老者的面前坐了下来,老者有些嫌弃地将椅子往后移了些。

"江湖上,哪一天不是在发生很多事?"老者反问道。

"据说百里东君死了。"蓑衣人淡淡地说道。

老者举杯的手微微停滞了一下,随后放下酒杯,丢了一粒花生米进嘴里:"确实是件大事,不过只是据说,据说便不能信。因为若是轻易信了,会死。"

蓑衣人笑了笑:"可有的人就是喜欢冒险,比如下面的这些人。"

"白蛟帮这些年的势力发展得很快。"老者又饮了一杯酒。

蓑衣人拿过老者面前的酒壶,仰头一饮而尽,随后说道:"有所听闻,不然师父也不会写信让我回来。你知道的,他最不喜欢我这个徒弟了,从来不把我带到身边,任由我浪迹天涯。"

老者挥了挥手,一名方才不知道藏在何处的小二忽然提着一个酒壶跑了过来,轻轻放在桌子上后又立刻退了下去,老者的手指轻轻地敲着酒桌:"你师父疼爱你,才选择让你到处跑,不然让你在寒山寺念经?你难道愿意?"

蓑衣人不置可否,摇了摇头:"那孩子呢?"

老者倒了一杯酒:"自然在安全的地方。"

"好。"蓑衣人站起身,腰间的长刀映着烛光闪烁了一下。

他的刀,没有鞘。

老者微微躺下,眼睛眯了眯:"动静小一些,我有点乏了,想睡一会儿。"

"怕是小不了,听这动静,是来了一百人吧。若是秦老板愿意相助,那么动静的确可以小一些。"蓑衣人朝前走去。

"我不会打架,和你们说过很多次了。"老者彻底闭上了眼睛,"就算会,我这把老骨头,也打不动了。"

"姑且相信吧。"蓑衣人推门再度走了出去,站在长街的中央。

长街的两头,已经站满了人。

每个人手中都拿着刀，亮得像雪一样的刀。

最配血了。

"虽然这句话很老套，但我照例还是要说。不然师父他老人家又会唠叨我。"蓑衣人拔出腰间的长刀，扛在了肩膀上，他有些无奈地说道，"我师弟他，只是一个孩子。"

"废话少说，把人交出来，留你一条狗命！"一声厉喝很快就盖过了他的声音。

"早就知道这答案了。"蓑衣人左手掏了掏耳朵，"日复一日，年复一年。"

"你们这些土匪说的话，永远都不带变的。没劲！下面是不是该大喊一声——"

"杀！"两侧的白蛟帮帮众同时发出了厉喝。

"那便杀。"蓑衣人手中长刀猛地一挥，两侧冲在最前面的十几名帮众都被打飞了起来。

两侧的酒家之上，有八人缓缓落在了屋檐上。

"是秦老板的人？他竟然出手了？"其中一人看着下面的蓑衣人，沉声道。

"若是秦老板打算出手，那便不会让我们靠岸。"旁边一人回道。

"那此人是谁？"方才说话那人问道。

"是寒山寺的人。"站在正中央的那人开口了。

"寒山寺不比少林、云林，会有这么厉害的护院武僧？"有人疑惑道。

"看他那一身蓑衣，应当是远行归来。我听说，忘忧有一个徒弟，武功极高，从来不跟在身边。"中间那人缓缓道。

"你说对了。"一个声音忽然在他身后响起。

众人往下方一看，已不见那蓑衣人的身影。

站在中间那人立刻转身，却被一刀给打了下去。

蓑衣人笑道："还站在屋檐上聊天，派门下一堆喽啰要送死，装什么高深莫测？"

不眠酒家之中，小二缓缓走上前，听着老者发出的低低的鼾

声,犹豫了一下,还是说道:"白蛟帮八条蛟龙全来了。"

老者的鼾声戛然而止,声音细若游丝:"蛟就是蛟,龙就是龙,哪有什么蛟龙,都是臭虫。"

小二一愣,低声道:"他毕竟只有一个人。"

"一个大逍遥境的人,也叫一个人?"老者挥了挥手,"别扰了我的梦。"刚准备再度躺下的时候,老者却听到了堂间传来声响,眉毛一挑,立刻起身。

一个身穿白袍的小和尚站在堂前,看着窗外交错闪过的人影和刀影。

"醒了?"老者柔声道。

"外面的人是谁?"小和尚问道。

"无非是两种人:一种是要杀你的人,一种是要救你的人。"老者幽幽地说道。

"想杀我的总是很多,想救我的总是很少。"小和尚淡淡地说道。

"但可惜,你到现在也没死,因为救你的人虽然少,但都强。"老者伸出一指,指着外面,"比如他,就很强。"

酒家的门再度被打开。

蓑衣人身上的蓑衣已经被斩得粉碎了,露出了下面破旧的灰衣,他伸袖抹去了长刀的血迹,重新将长刀挂在腰间,看了看眼前的小和尚:"你就是那小和尚,怎么长得粉雕玉琢,跟个小尼姑似的?"

小和尚没有理会他,直接从他身边走过,跑到了长街上。长街之上已经空无一人,只留了一地的血迹和残刀碎片。

"别看了,白蛟帮这些家伙还算仁义,知道打不过,带着那些尸体就走了。"蓑衣人转身道。

小和尚左右扫视了一遍,低头不语。

"小尼姑,和你说话呢。"蓑衣人喊道。

"你今天说的所有话,我都会告诉忘忧。"老者懒洋洋地说道。

"小无心,我是你师兄,快回来。"蓑衣人语气立刻变得温和了些。

小和尚转头，皱着眉头打量了一下蓑衣人："你叫什么？"

蓑衣人摘下了头上的破旧斗笠，咧嘴一笑，露出一口白牙："我叫无尘。"

"无尘？"小和尚看着面前这个浑身邋遢、灰衣破鞋、一身破破烂烂的人，忍不住露出了不可置信的神情。

"怎么？你有意见？我可是你师兄，说话注意点！"无尘不满地说道。

"你怎么像是刚从水里爬出来的？"小和尚看着那地上的血水。

无尘挠了挠自己的光头："没钱，买不起船票，我游着过来的……"

晨起，阳光明媚。

无心背着行囊走在前面，无尘无奈地跟在后面。

"师父从来没和我提起过有你这个师兄。"

"你师兄我是师父他老人家保护你的底牌，既然是底牌，当然是要在最关键的时刻才能够打出来。"

"那你为什么现在就出现了？"

"因为已经到了最关键的时候。"

"发生了什么？"

"你曾经居住的天外天大乱，传说雪月城城主百里东君前去相助故友之时被杀，没有了雪月城的庇护，加上师父前些日子去了九龙寺，那些原本想抓你的人现在都已经急不可耐了。昨晚那是第一批人，但绝对不会是最后一批人。"

"百里叔叔……"无心停下了脚步，沉默许久之后摇了摇头，"他不会死的。"

无尘伸了个懒腰："我也觉得他不会死，他是谁！他可是酒仙百里东君，学宫李先生最得意的弟子，怎么会这么轻易地死？但江湖上有些人就是脑子不好，你说对不对？"

无心转身："我要回天外天。"

无尘一愣，伸指骂道："原来你就是那个脑子不好的人！"

无心摇头："其实我根本没有那么重要，我若回到天外天，那么现在发生的这一切都是没有必要的。"

"你说话能不能像个小孩子?你才多大,心思怎么就这么重呢?"无尘无奈道。

"我要回天外天。"无心固执地说道。

"我虽然也是忘忧的徒弟,但我和老和尚可不一样。"无尘直接一把扛起了无心,挂在了肩膀上,"回什么天外天,回寒山寺,你念你的经,我练我的刀。"

"我从不念经。"无心用力捶着无尘的肩膀。

"唉,师父怎么尽收不念经的和尚呢?"无尘摇头叹道。

寒山寺,百年老榕树,树上倒挂着一个小和尚。

无尘坐在树下,长刀插在一旁,百无聊赖地掏着身上的虱子:"小无心,还跑不跑了?"

无心双腿被绑在树枝上,随风摇晃着,却依旧不肯服软:"有本事你把我放下来,我跑给你看!"

"性子还挺倔,看来老和尚现在教诲人的本事退步了呀。"无尘折下一根树枝,"看样子还需要好好抽打抽打。"

"大胆!我乃天外天少宗主!"无心怒道。

"你急了你急了你急了,连天外天少宗主都冒出来了。"无尘将树枝折了一小段叼在嘴上,"认个错,说自己不跑了,我烙个饼给你吃。"

"你做梦。"无心扭过了头。

"那我自己吃。"无尘转身就走。

半个时辰之后。

无尘重新坐回了树下,开始啃他自己做的烙饼。

烙饼很香,无尘吃得更香,吸溜吸溜的,吃一半他忽然抬起头,喊道:"哎哟,怎么下雨了啊?哦哦哦,不是下雨,是我们小无心流的口水啊。"

"我没有!"无心擦了擦嘴角。

"饿了吧,下来吃个饼。"无尘纵身一跃,一指将那绳子斩断,随后抱着无心落在了地上,将无心放在一边后,递了个饼给他。

无心原本还想抵抗,但却鬼使神差地把饼接了过来,舔了舔嘴唇后一口咬了下去。

"好吃吧。"无尘笑道,"师父他老人家一直心心念念想着我的饼呢,让你给先吃到了。"

无心虽然嘴上不愿意承认,但心里却也觉得这饼很是美味,没几口就将一整张饼给吞了下去,他疑惑道:"你出家之前是开馆子的?"

"我和你一样,才刚学会走路没多久,就跟着师父了。"无尘双手枕在脑后,靠着大树闭上了眼睛。

"嗯?"无心一愣。

"我父母是南诀的大人物,被仇人害了,只剩下一个我。师父他和我父母是故交,碎了十三道心钟才把我救下来,从那天起我就跟着师父了。"无尘说起这段心酸往事的时候,声音却是轻松的,"但我很不听话,总想跑回南诀,后来师父他就每天晚上睡觉的时候,在我脚下吊一根绳子,绑着他的手腕,只要我一想跑,他就能及时醒来。"

"后来呢?"无心来了兴致。

"师父他想事情总是太简单,他以为这样就万无一失了,可我趁他睡着,先把我身上的绳子解了,然后直接就跑了。"无尘笑道。

"然后被师父追回来了?"无心问道。

"哪能呢,我自己回来的。"无尘打了个哈欠,"我就这么一路跑啊跑,都跑到下一个镇子了,可忽然间,有一种空空的感觉。我不知下一步该往哪里走,然后就莫名地有些想念那个大和尚。在原地坐了许久,我终于转身,打算回去找大和尚算了。然后我一转头,就看到师父站在我的身后等着我。"

无心沉默了许久,最后缓缓道:"你是编出来的吧?"

无尘睁开了眼睛:"喂喂喂喂,你这小和尚怎么回事?我明明说得这么感人,你无动于衷就算了,怎么还质疑你师兄的人品呢?我是那种编故事骗小孩子的人吗?"

"那你后来怎么还是走了?我都从来没听师父提起过你?"无心问得一针见血。

"后来嘛……"无尘眯了眯眼睛,"那就说来话长了。总之我后

来做了一件错事,害得师父都被逐出了寺门,我们两个人流浪了一段时间。我觉得对不起师父,就自己提着刀出来闯荡江湖了。师父不和你们提我,大概是觉得失望吧。他希望我能够和他一样做个吃斋念佛的老实和尚,可结果我却提起了刀。"

无心又吃完了一张饼,仰头看着天空。

无尘似乎是倦了,靠着榕树就这么睡着了。

无心起身,听着无尘的呼吸渐渐变得平稳,犹豫地走到墙边,准备一跃而起,可无尘却在此时翻了个身:"我不拦你,但你得想清楚,现在的你,是否在做一个正确的选择。"

无心沉默了片刻,随即长吸了一口气,一跃落在了院墙之上。

"你以为说不拦你就不拦你啊?"无尘不知何时已经蹲在了无心的身旁,依旧闭着眼睛,打着哈欠。无心张了张嘴正准备说话,就被无尘一掌给打晕了过去。

等无心再醒来的时候,已经是深夜了,他起身想要站起来,却发现脚下被绑了一根绳子,绳子的另一头,绑在无尘的手腕上。

"真是个怪人。"无心小心翼翼地将脚腕上的绳子给解了,随即跳下了床,直接冲出了门。

深夜的寒山寺,静谧无声,只有空中时不时有乌鸦飞过,发出瘆人的叫声。

无心快速地往山下走去,他自认为自己的选择并没有错,内心十分坚定,白日里无尘的那些话并没有让他改变自己的坚持。

可他并没有机会走出太远,不过一炷香之后,十几名黑衣剑客就拦在了他的面前。

"这就是叶鼎之的儿子?"为首的剑客沉声道,"本还想着怎么溜进寒山寺,没想到他竟自己跑出来了。"

无心往后撤了一步,心中一惊,他没有料到这些人竟然已经胆大到直接守在寒山寺门口了。

"没想到吧。"一个无精打采的声音在他身后响起,无心转过头,看到睡眼惺忪的无尘提着刀站在那里。

"你是……"为首的剑客按住了腰间的长剑。

"无尘。"无尘懒洋洋地说道,"是这家伙的师兄。"

"原来是寒山寺的和尚，不自量力。"剑客冷笑道。

"转过身，朝着寒山寺跑，不要回头。"无尘按住了腰间的长刀。

无心仍旧未动。

"跑！"无尘高喝一声，无心咬了咬牙，转身就冲着山上跑去。

"多管闲事！"剑客冲着无尘一刀挥去。

寒光一闪，无尘的刀也出了。

一道血线飙起，剑客的手连带着剑都飞了出去，其他人见状，立刻拔剑，但速度却太慢了，剑还未拔出一半，便看到了那幽冷的刀光已经闪到了他们的面前。

"说真的，以你们这样的武功，出来蹚什么浑水啊，回去好好练剑，练个十年再说不行吗？"无尘将刀收回，"只可惜啊，你们不会再有这个机会了。"

他的身后，十余名黑衣剑客跪在地上，长剑散落了一地，他们伸手捂着手臂，但鲜血仍源源不断地喷涌而出。

"很快，我们岭南五大剑派的人都会赶到，你们没有机会的。"为首的那名剑客恶狠狠地说道。

"如果人多有用，那么统领江湖的，早就应该是丐帮了。"无尘打了个哈欠。

寒山寺前，无心重重地喘着粗气，他有些懊恼，自己的离开分明是为了不想给寒山寺不想给师父他们带来麻烦，可自己才踏出一步，就带来了这么大的麻烦。方才那些剑客看起来武功很高，无尘一人对抗他们，会是对手吗？想到这里，无心再次猛地转身。

然而，无尘已经落到了他的面前。无尘伸手挠了挠无心的脑袋："小无心，担心你师兄啊？"

无心看了一眼无尘的身后："那些人都被打跑了？"

"是啊。"无尘一把抱起无心，带着他走进了寺庙之内，"我明白，你想下山，是为了不给寺里带来麻烦。可你现在本身就是个大麻烦，你一乱跑，我们就更麻烦。"

"那怎么样才能变得不麻烦呢？"无心问道。

"变强啊。你看，比如我，曾经就是师父的一个大麻烦，他最

担心的就是我到处乱跑。那你看现在呢？天下间有几个人敢来找我麻烦，从来都是我找别人麻烦，他们见到我就抱头鼠窜。"无尘握紧了拳头，"让自己变强，而不是逃避！"

无心微微皱眉："师兄你这也是在讲大道理了。"

无尘朗声大笑："你终于肯叫我师兄了。"

晨起，太阳东升。

秀水河畔，不眠酒家。

秦老板依旧多年如一日地坐在靠窗的雅座之上，一壶酒，一碟花生米，一碟酱牛肉，一碟酸腌菜，一坐便是一日。

很多人都说，秦老板你的生意已经做得这么大了，应该享受更好的才对。应当去暖香阁包一间大屋子，让十几个花魁来伺候，喝进贡天启的太清红云，用鲍鱼、熊掌下酒，而不应该一壶酒，三个小菜，每天无趣地在这里看日升日落。但是秦老板却说，自己年轻的时候很穷，当时最大的快乐就是每隔十日收到一笔工钱，他把大部分拿给了母亲，然后剩下三个铜板，便够买一壶酒，一碟花生米的。他就一个人跑到河边，一口一口慢慢地喝，一粒一粒慢慢地吃，能过上好快活的一个下午。后来他因为勤快肯干，被一个老师傅相中了，跟着他一起做长工，那时候的钱又够多买一碟酸腌菜的了，当时他就想，一定要有一日，能够每天都能吃到酱牛肉。这次的梦想实现多花了些年月，直到三年后，秦老板终于有了一间属于自己的小铺子，才能每隔几日吃上一次酱牛肉。

但人的欲望，到这里便足矣。

就算后来，秦老板以一人之力包下了整个秀水河畔，他的快乐，也依然是一壶酒，三碟小菜，有荤有素，有花生米。

"人的贪心是无止境的，懂得克制，才能一直这么好地活下去。"秦老板喝得脸微微有些泛红了，他往后靠了靠，立刻有一名小二将毯子盖在了秦老板的身上。

"老板，昨日岭南剑派来了几个二代弟子。"小二低声道。

"嗯。"秦老板眯起了眼睛，无精打采地回道。

小二继续说道："看这势头，小的觉得有些不对啊。最近越来多的门派涌入咱们姑苏了。"

"百里东君死了，忘忧也被九龙寺给喊走了，这些事情不是偶然。那个小和尚身份特殊，想要得到他的人数不胜数。"秦老板缓缓说道，"光靠我们这秀水河，确实拦不住他。"

小二一愣："可是咱们不是答应了那忘忧，护着这小和尚吗？"

"忘忧只是担心自己离开，有些姑苏城里的家伙会按捺不住，如果只是那些人，我手掌抬一抬，不就把他们给按下去了。可是百里东君死了，你知道那意味着什么？"秦老板问道。

小二摇头道："小的不知道。"

秦老板压低了嗓音，幽幽地说道："江湖上死了百里东君，就跟朝堂死了明德帝一样……"

"慎言！"一声厉喝响起。

"谁？！"小二立刻拔出了藏在脚上的短剑。

秦老板眼皮轻轻抬了抬，伸出一根手指，虚空中轻轻一挥。

桌上酒盏中未喝完的酒，在瞬间就被凝固了。

挂在屋檐之下的铃铛轻轻响起。

一袭白衣落在了酒桌之前，随着此人的到来，那小二只觉得屋子里瞬间温度下降了许多，就连秦老板都往上将那毯子提了提。

"风雪剑，沈静舟。"秦老板睁开了眼睛，神色忽然间变得有些严肃。

来人一手提着长剑，一手轻捻佛珠，背对着秦老板，沉声道："都说秦老板终日只坐在这窗前喝酒，可天下事知道得却不少，我还未回头，你便认出了我。"

"你的剑不难认，你那串佛珠，更是天下闻名。"秦老板轻轻咳嗽了一下，"只是我没有想到你会来。"

"本座不想来，可有的事，总归需要有人站出来。"沈静舟转过身，只见他面如冠玉，风度卓越，一双丹凤眼带着几分男子少有的妩媚，只是剑眉耸立，又平添出几分杀气。

"你身份特殊，若是站出来，站得又是哪一边？"秦老板此刻说话时已经一扫平时的疲态，双拳握紧，气势陡升，似是随时准备出手。

沈静舟忽然笑了笑："何谓立场呢？我只知道，当年的约定是整个江湖立下的，百里东君死不死，约定都还在，既然约定还在，那么一切都必须成立。"

"这是天启城的意思？"秦老板意味深长地说道。

"这是鸿胪寺的意思，鸿胪寺，掌天下佛事，而我，掌鸿胪寺。"沈静舟转身，点足一掠，从不眠酒家中离开。

"还是太年轻了啊。"秦老板又重新躺了下来，眯起了眼睛，变回了那个总是昏昏欲睡的老头子。

小二收起了短刀，擦了擦额头上的冷汗，问道："老板，此人是谁？为何他说自己掌管鸿胪寺？"

"他是江湖上赫赫有名的风雪剑沈静舟，也是天启城里权势最盛的几个太监之一，掌香监瑾仙。不过这件事，鸿胪寺束手旁观是最好的选择，所以我说他太年轻了。"秦老板轻叹一声，"不过啊，也幸好，依旧年轻啊。"

寒山寺。

小和尚无心破天荒地在院中打拳，一拳接着一拳，虎虎生风，声势不小。

穿着破草鞋的无尘在一旁却是一边看一边摇头："这伏魔神通的拳法太敦实了，不适合你。"

无心一把抹去汗水，继续打拳："师兄跟着师父走了，走之前硬要把这套拳法传给我，说要保护自己。我不想练，可师父又不传我别的武功。"

"老和尚，应当是在犹豫吧。"无尘轻叹一声，"这样吧，我传你一套武功。"

无心看了一眼无尘旁边的长刀："刀法？"

"世上武功，一法通，万法通。何为刀法？何为拳法？都是一意。我今日传你这套拳，曰破戒。"无尘一跃而起，在无心面前打起了一套拳，这拳法的起势和那金刚伏魔神通颇有几分相似，但仔细一看又分明是佛家最普通的武功大罗汉拳，但是无心却越看越是入神，最后竟跟着无尘在一旁打了起来。

两人便从晨起一直打到日落，小无心的衣衫都被汗水浸得湿透了，却依旧不肯停下来，倒是无尘最后累得一屁股坐在了地上："不打了不打了，饿了，我要去烙饼吃。"

无心这才停了下来："师兄教我打拳，我请你喝粥。"

无尘苦笑道："你倒是挺懂得知恩图报。行，喝粥，配点寒山寺特制的腌菜。"

小半个时辰后，两个人便坐在老榕树下，开始扑哧扑哧地喝起了稀粥，无尘似是累坏了，一口气喝了两大碗，最后放下瓷碗，他拍了拍无心的脑袋："对了，今日我教你这拳法的事情，不要告诉师父。"

无心一愣："为何？"

无尘挠了挠头："其实这拳法也是我偷偷学的，从那个师父不让进的地方偷的，师父他都不知道。反正你不要说就对了，以后你要是不小心展露出来了，你就说这是你捡来的秘籍。"

无心点了点头："好……那这门武功就叫大罗汉伏魔金刚无敌神通！"

"哈？"无尘脸一垮，随后笑着竖起一根大拇指，"好！好名字！你这小子要是不念经，习武，论这才华，以后能当状元！"

"哈哈哈哈哈。"无心高兴地笑了起来，又喝了一大口粥。

无尘看着无心天真无邪的笑脸，心中轻叹了一声，什么魔教之子，说白了还是个孩子。起个武功名字会把自己所有觉得厉害的词都给加上去，被夸几句就能笑得情不自禁。不过今日看下午打拳这成效，这孩子在习武上的天赋，却的确是他生平见过最高的，远在自己之上。

活下去吧。只要能够长大成人，这天下间，就真的没有什么再困得住你了。

或许是白日里打拳打得太累了，喝完粥后，无心便靠在榕树上睡了过去。无尘抱起熟睡着的无心，将他放在了床上，随后他走出草屋，仰头看了看天。

日落月升。

又是杀人夜。

无尘拔出插在地上的长刀,纵身一跃,来到了寒山寺外。

寒山寺外,早就不知何时已经被近百名高手给包围了。

"岭南剑派,不老林,邀月阁,天山九门,血衣楼,白蛟帮,江南段家,空无派,来的人倒是不少啊。"无尘的目光一个个扫过那些人,一个个地报出他们的名号。

"魔教质子一日在,中原武林一日不得安宁,速速将其交出来,我们并不伤害寒山寺任何一人。"人群中有一厚重的声音说道。

"无心便是寒山寺的人,他若伤了,那寒山寺便算是有人伤了。"无尘将长刀扛在肩膀上,不满地说道。

"寒山寺乃佛门圣地,岂容魔教质子侮辱?你是谁,竟说出如此大逆不道的话来。"方才那人厉声喝道。

"我师父乃是寒山寺住持,他收无心为徒,那无心自然是寒山寺的人。你又是谁,妄论我寒山寺?"无尘也厉声道。

"看来你是敬酒不吃吃罚酒了。"那人冷笑道。

"我无尘破戒多年,就爱喝酒,管他敬酒、罚酒,我爱喝什么,便是什么!"无尘提刀纵身一跃,直接杀入了人群。

围攻寒山寺的各大门派没想到此人面对近百名高手竟会先行动手,吃了一惊,一瞬间竟被打得有些措手不及,数名高手的手筋在几个起身后便被挑断,兵器飞舞而出,一生修为便就此毁于一旦了。

"结阵!"方才说话那人再次喝道。

只见人群中,有十余名剑客立刻结剑阵,终于困住了无尘。紧接着,其余高手也涌了上来,纵然无尘武功强绝,可此时面对着毕竟不是当日的白蛟帮普通帮众,这么多人一拥而上,他的长刀一时之间也无法突围而出。

"趁着现在,入寺。"领头之人沉声下令。

"岭南剑侠,陈时秋?"有一个声音忽然在众人耳边响起。

"谁?!"陈时秋厉声道。

"就这样的气度,也配称剑侠?"一人落在了众人的面前,他一手持剑,一手轻捻佛珠,儒雅的气度之中又暗藏杀气。

陈时秋一愣:"沈静舟?"

"你还记得我？"沈静舟笑了笑。

陈时秋有些犹豫："天启城要带走他？"

沈静舟轻轻摇了摇头："为什么我一出手，你们就觉得是天启城的意图呢？我作为风雪剑，不能做出一些自己的选择吗？"

"既然是选择，那么但凡选择，都有后果！"陈时秋拔出了腰间长剑，"杀。"

寒山寺内，众僧人已经进入了梦乡，偶有彻夜苦修的和尚，时不时地敲响面前的木鱼。

寒山寺外，刀剑相映，慢慢杀出了一条血路，可一波接着一波敌人涌上，却又重新堵上了那条路。

"风雪剑沈静舟，我记住你了。"无尘一刀落在了沈静舟的面前，帮他挡开了一剑，此刻的无尘衣衫破裂，浑身浴血，已是身受重伤。

而沈静舟衣衫之上依旧不带半点尘血，还是那风度翩翩的模样，只是握剑的手已经开始难以控制地颤抖了，他的内力快要耗尽，支撑不住他出太多的剑了。对面的各大门派高手死伤过半，但仍旧没有退去之意。

"今日会死在这里吗？"无尘咧嘴笑了一下。

话音刚落，一道剑光出现在了他的身后。正是岭南剑侠陈时秋。方才他和沈静舟对剑，假装不敌被打晕在地，等待的便是这一刻！

"小心！"沈静舟挥剑欲拦，可却浑身一阵刺痛，直接单膝跪地。

无尘转身，却也已经来不及了。

而此时，一个小小的拳头出现在了那里。

拳头很小，也就似姑苏城早餐铺中的小麻球那么大。

拳法也很普通，乍一看跟佛门最普通的大罗汉拳没什么差别。

但就是这么一拳，从无尘身后出现，一拳打在了岭南剑侠陈时秋的胸膛之上。

"大罗汉伏魔金刚无敌神通！"无心高喝一声，一拳就把陈时秋打飞了出去。

陈时秋呕出一口鲜血,经直撞断了十几棵大树才最终停下了去势,岭南剑派众弟子急忙赶过去将他扶了起来,却发现陈时秋虽然尚留一口气息,但浑身筋脉却被打得尽碎,下半辈子怕是就此废了。

无心收拳,转头:"师兄,怎么样?"

无尘被这一拳看呆了,喃喃道:"还真是无敌神通啊。"

沈静舟走上前,看了无心一眼:"这就是那个孩子?不愧是叶鼎之的儿子,小小年纪,便有了这样的修为。"

无尘站起身,又握紧了刀:"虽然很想说,你还是个孩子,不应该参与这样的事。但现在看来,也不得不参与了。战吧!"

无心挥拳:"那便战!"

各大门派方才虽然被无心这一拳打晕了,但很快就回过神来,再次集合向前一步一步逼近。

到此为止吧!

一个酒葫芦从天而降,落在了他们中间。

随后一名年轻人也落了下来,只见他一身青衣,气度翩翩,不配刀不配剑,却浑身带着刀剑之意。

"百里东君!"全场众人全都齐声惊呼。

百里东君却只看无心:"孩子,我来晚了。"

所有围攻寒山寺的各大门派最终都迫于百里东君的威势而退去了,他们也因为违背了当年的盟约而受到了雪月城的制裁。二城主李寒衣亲自持剑,在各大门派的牌匾之上留下了一道剑痕,以示警诫。三城主司空长风,则敲了敲算盘,剥去了这各大门派未来五年的银财收入的一半。这一场风波才算就此平息。

沈静舟回到了鸿胪寺,江湖之上他依然是风雪剑,朝堂中他依旧是掌香监。他好似从未离开过天启城,又好像从未离开过江湖。

寒山寺外,夕阳之下,无尘和无心道别。

"师弟,我要走了。"无尘依旧穿着破破烂烂的灰衣和一双露出黑色脚趾的破草鞋,浑身上下和他的法号没有一点呼应。

无心问道:"为何不留在寒山寺呢?你还没见到师父。"

"不见了,师父他见到我只会烦心。"无尘挥了挥手,朝着山下走去,"我要去南诀了,有些心愿还是要了的。"

"师兄!"无心高声喊道,"我会好好练拳的。"

"好,以后拳练好了,来江湖闯荡。师兄带你浪迹天涯!"无尘笑道。

百里东君在一旁看着,没有说话,只是仰头,喝了一口酒。

"师兄,无尘,"百里东君笑道,"虽然他一身破烂,却不染半点世间尘埃。"

后记·以少年之名，永不妥协

——少年武侠系列创作手记

2020年，一首名为《少年》的歌曲在抖音上火了，在很短的时间里席卷各大音乐平台，那段时间不管是四十岁的中年大叔，还是正在念书的中小学生，都会哼上一句"我还是从前那个少年，没有一丝丝改变"。在第一次看到这个歌名的时候我有些恍惚，因为在我备战高考的那一年，也是一首名为《少年》的歌陪我度过的。那首歌由光良和曹格合唱，歌词是这样的："那是我们都回不去的从前，当你站在那个夏天的海岸线。我们还是心里面那个偏执的少年。"

"少年"，这些年来，一直是大家心中一个充满回忆和向往的词，这一点，其实从这两首歌的歌词中就能看出来。回忆是因为谁不曾是个少年，执着坚强、不顾一切。至于向往，多少人在成年世界里经历了磨难重重后选择了妥协，和心中的那个少年渐行渐远。而《少年》那首歌，在我读大学后成了我人人网的主页音乐，时时刻刻地在提醒着我，别忘了心中的那个少年。

还好，如今已经三十岁的我，还能够有信心说一句，我还是那个少年。所以在几年前做了一个决定，将心中积累多年的少年之气，落于自己还算擅长的文字上，写一个少年武侠系列。

武侠，算是一个伴随着我成长的词。我出生于20世纪90年代初，成长于新旧世纪的交叠之际，在童年之时，常见父亲在那里看武侠小说。父亲最爱是金庸，有一次我好奇地翻看了其中一本，当时我才读一年级，很多字都不识得，一半靠猜，也没记得书名，只记得一段主角被困在山谷里的情节，因为过于离奇而印象深刻，很多年后在电视上看到电视剧，才知道原来当时看的是金庸先生的《连城诀》。这是我与武侠的第一次结缘，后来再长大些，电视台开始放古天乐版的《神雕侠侣》、张智霖版的《射雕》、焦恩俊版的《小李飞刀》等，这些武侠剧陪伴了我整个童年。无论是第几次重播，我都看得津津有味。

除了武侠剧，陪着我童年成长的，还有各种类别的动漫。动漫的类型里，我最喜欢的，影响我最深的，主要是热血少年动漫，比如《火影忍者》《七龙珠》等。喜欢里面少年们为了友谊和正义而战斗的热血感，课间和同学们一起学火影忍者中忍术的结印，好像自己也成了木叶村的一团火焰。

陪伴我童年成长的这两件事物——武侠电视剧、热血少年动漫，对我后来的创作有着极大的影响。比如当决定开始写网文的时候，朋友都叫我不要太固执，毕竟网文圈一直有一个说法：写武侠，死路一条。但最后我还是选择了武侠这个题材，是因为真的不写一本武侠会觉得遗憾吧，以这个作为自己网文路的开启，就算失败也无憾了，然后我将主角设定为了一群少年，以少年热血为最核心的创作标准，所以便有了《少年歌行》和《少年白马醉春风》。

后来有人把我写的这一类武侠定义为新漫武侠，因为我的武侠小说中有着浓厚的漫画风格，我觉得这个说法倒是没错，因为在我接触网文以后，我发现其实武侠并没有式微，而是以另一种形式继续发挥着光芒。武侠这个题材或许写的人不多了，但其中的精髓已经融入了其他的各个题材之中，看玄幻文，看都市文，看很多其他题材，都能看到武侠的精神融入在其中。

那什么是我所写小说中的武侠精神呢？

我想了很久，最后得出的结论就是我标题里写的这句话：以少年之名，永不妥协。无论是《少年歌行》还是《少年白马醉春风》，都是围绕着这句话在进行着创作，故事的发展不断地围绕着一个问题展开：以少年人的赤子之心和满腔热血，是否能够战胜成年世界的利益与规则？虽然相比而言，《少年白马醉春风》的结局带有几分悲剧色彩，但最后给出的答案依然是肯定的。那何为少年心呢？

在我看来，大约就是对这个世界充满善意，却又不惧怕任何敌意，仗剑能走天涯，饮酒能醉春风，路见不平愿意拔刀相助，兄弟遇难立刻两肋插刀，自己遭难却又孤身而上，是倔强的、浪漫的、自由的、洒脱的、无所畏惧的。

　　写书至今，百里东君能排进我最喜欢的角色中的前三。他的身上可以说代表了我对少年的一切美好的期许，他出身世家却向往自由，相貌俊秀却痴恋一人，绝世武学唾手可得却偏偏钟爱酿酒，对朋友从不考虑这事能不能帮而是什么时候帮，活得恣意潇洒，是个几近完美的少年。他在整个故事里的发展经历了很多个阶段。第一个阶段就是柴桑城配合北离八公子众人营救顾剑门，这算是一直被保护在乾东城的他，第一次踏入江湖，在这里他在北离八公子身上看到了这江湖的魅力。第二个阶段就是乾东城儒仙之死后参加学堂大考，使得百里东君正式踏入这江湖，并和叶鼎之相识。第三个阶段就是助叶鼎之抢亲，最终被禁足两年，这是百里东君入江湖后受到的最大挫折，这让他明白，想要战胜规则，只凭借着一腔热血并不够，还需要让自己更加强大。第四个阶段就是最后与最好的兄弟叶鼎之决战，在天下大义和自己的兄弟之情之间，进行自己的抉择。

　　而出场之时同样十分具有少年气的叶鼎之，相对而言，则是一个充满宿命感的角色。他有一个凄苦的出身，但是在多年的江湖游历之后，已经将心中的仇恨给淡化了。他有很多次选择的机会，但每一次的选择都将他引向了最后的结局。最后他挥剑自刎的那一刻，仍是某种意义上，心中少年之气的胜利。

　　《少年白马醉春风》中的绝大部分角色，还将继续活跃在《少年歌行》中的江湖中，那时已经过去了将近二十年，从年龄上来说，百里东君、司空长风等都已经到了大叔的年纪，不过在《少年歌行》中，他们的选择和行为都还将保持着那股少年之气。这也是我创作的一个理念，少年不在于年纪，有的人是随时光改变而改变的，而有的人，则永远不会改变。

　　那种人，就是永远的少年。

　　希望大家永远都能成为自己心中的少年。

周木楠
2021 年 8 月

图书在版编目（CIP）数据

少年白马醉春风之东征之战 / 周木楠著. -- 北京：中国广播影视出版社，2021.9（2023.9重印）

ISBN 978-7-5043-8596-3

Ⅰ. ①少… Ⅱ. ①周… Ⅲ. ①侠义小说－中国－当代 Ⅳ. ①I247.5

中国版本图书馆CIP数据核字（2020）第268639号

少年白马醉春风之东征之战
周木楠 著

图书策划	王 萱 宋蕾佳
项目统筹	王晓赟
责任编辑	王 萱 宋蕾佳
责任校对	龚 晨
装帧设计	南大古
出版发行	中国广播影视出版社
电 话	010－86093580　010－86093583
社 址	北京市西城区真武庙二条9号
邮 编	100045
网 址	www.crtp.com.cn
电子信箱	crtp8@sina.com
经 销	全国各地新华书店
印 刷	鸿博昊天科技有限公司
开 本	880毫米×1230毫米　1/32
字 数	286（千）字
印 张	10.125
版 次	2021年9月第1版　2023年9月第3次印刷
书 号	ISBN 978-7-5043-8596-3
定 价	48.00元

（版权所有 翻印必究·印装有误 负责调换）